어느 창녀의 죽음

김성종 작품집

어느 창녀의 죽음

김성종 작품집

이 소설 초판본은 1977년 도서출판 문학예술사에서 발행되었습니다.

어느 창녀의 죽음

김성종 작품집

차 례

경찰관(警察官) (1969) ······ 11
17年 (1971) ······ 44
슬 픔 (1972) ······ 94
어느 娼女의 죽음 (1974) ······ 101
낫 (1974) ······ 167
사형집행(死刑執行) (1974) ······ 187
습지식물(濕地植物) (1975) ······ 222
金 교수(敎授)님의 죽음 (1976) ······ 245
少年의 꿈 (1977) ······ 263

作家의 말

　과거를 털어놓는다는 것은 쑥스러운 일이다. 그런 것은 자신이 밟고 있는 대지(大地)로 생각하고 말없이 짓밟아 버려야 옳은 것이다. 그것을 정리하고 거기에 논리를 붙여 기술한다는 것은 더욱 나의 취미에 맞지 않는 일이다.
　그러나 때때로 혼자서 지난날들을 생각하다 보면 어릴 적의 고통이 생생히 가슴을 적셔 오는 것을 느끼곤 한다. 그것이 조금도 퇴색하지 않고 더욱 선명한 빛을 뿌리고 있는 것을 보면 나는 그만 당황하고 만다. 그리고 바로 그것이 나를 형성해 준 최초의 뿌리가 아니었나 하고 생각하게 된다.
　내가 인생의 고통을 알고, 그리하여 세상을 보는 내 나름의 눈을 가지게 된 것은 열세 살 때가 아니었나 생각된다.
　그때 우리 가족은 피난살이에 지쳐 있었다. 여수(麗水) 항구가 멀리 내려다보이는 산비탈 난민촌에 살고 있었는데, 나까지 포함해서 아이가 다섯이나 되었다. 매일 죽으로 연명하고 있는 터에 어머니가 또 여섯째 아이를 낳으셨다.

그러나 어머니는 영양실조인 데다 지병까지 있어서 열이틀 뒤에 여섯 마리의 돼지 새끼들을 남겨 두고 그만 돌아가시고 말았다. 그때 그녀의 나이는 서른여섯이었다. 의주(義州)가 고향인 그녀는 맨 북쪽에서 태어나 맨 남쪽에서 돌아가신 것이다.
　어머니의 장례식 날 나는 구석에 앉아서 <톰 소여의 모험>을 읽었는데, 그것을 본 이웃 사람들이 나를 손가락질하면서 독종(毒種)이라고 쑤군거렸다. 그러나 사실 나는 속으로 울고 있었다. 얼마 뒤 여섯 번째 아기도 어머니를 따라갔다. 진눈깨비가 몹시 내리던 그날 밤 나는 아버지와 함께 아기를 사과 궤짝에 담아 가지고 뒷산으로 올라가 파묻었다.
　진눈깨비를 맞으며 산길을 내려올 때 비로소 나는 내가 철학가가 된 것 같은 기분이 들었다. 어머니도 아기도 없는 휑한 방에 앉아서 나는 이제부터 내 밥을 내가 차려 먹어야 한다는 것을 깨달았다. 나의 고독과 비애를 어루만져 줄 사람이 이 세상에 아무도 없다는 것도 깨달았다. 20년이 지나서야 나는 내 어릴 적의 고통 때문에 처음으로 눈물을 흘렸다.

20년 후 결혼하여 신혼 여행길에 옛집을 찾아 나섰는데, 너무 많이 변해 한참만에야 찾을 수가 있었다. 옛집은 폐가가 되어 있었다. 귀신이라도 나올 것 같은 초가에서 사진을 찍고 있는데, 머리가 허연 할머니 한 분이 옆집에서 넘어와서 누구냐고 물었다. 나는 20년 전에 그 곳에 살았다는 것, 그리고 어머니와 동생이 죽었다는 것 등을 이야기 했다. 그러자 할머니가 눈물을 주르륵 흘렸다. 20년 넘게 그 마을에 살고 있는 할머니는 나를 알아보신 것이다. 나도 눈물이 괴어 차마 할머니를 마주 바라볼 수가 없었다.

　　내가 이런 과거를 들춰내는 것은 그것이 나의 문학적 바탕에 중요한 영향을 끼쳤기 때문이다. 확연히 구분해 낼 수는 없지만, 열세 살 그때부터 나의 시선은 고독과 허무, 그리고 비극이라는 것에 뿌리를 박기 시작하지 않았나 하는 생각이 든다.

　　여기에 묶은 아홉 편의 작품들을 읽어보니, 나의 그러한 시선이 조금도 변하지 않았음을 새삼 느끼게 된다.

김 성 종

경찰관(警察官)

1969년 조선일보 신춘문예공모 소설 당선작

어부는 방을 나갔다. 문을 조용히 닫고 어둠에 익숙한 사람처럼 사라져 버렸다. 병호는 벽 쪽으로 돌아누웠다. 그리고 다리를 오므리는 것과 함께 두 팔로 머리를 감싸 쥐었다.

1

오 주임(吳主任)은 바다의 검고 칙칙한 물결을 바라보고 있었다. 아침부터 바다는 서서히 일렁거리고 있었다. 섬의 지층을 두드리는 파도 소리가 발밑에서 꿈틀거리고 있는 것을 그는 얼핏 느낄 수가 있었다. 그의 시선은 잠깐 수평선 위에 머물렀다. 뿌연 물안개로 뒤덮인 수평선은 점점 가까이 다가오면서 검은 뭉게구름처럼 부풀어 오르고 있었다. 만일 태풍이, 해일이 인다면, 그것은 바다도 어찌할 수 없는 일일 것이라고 그는 생각했다. 바다를 상대로 해서 싸우는 돈벌이 꾼들이 흔히 모든 재난을 바다의 탓으로 돌리려 들지만 그는 언제부터인가 바다를 한없이 너그럽고 따뜻한 여성의 품으로 생각해 왔다.

그는 안경을 벗다 말고, 긴 날개를 가진 갈매기 한 마리가 공중에서 맴을 돌고 있는 것을 눈으로 쫓았다. 갈매기는 날개를 접더니, 갑자기 몸을 오른 쪽으로 꺾으면서 급히 수면으로 내려갔다. 그리고는 다시 비스듬히 원을 그리면서 하늘로 올라갔다. 거의 보이지 않을 만큼 높이 올라간 갈매기는 다시 원을 그리면서 날았다. 이윽고 바다의 새는 잠시 바람의 저항을 가늠하듯이 날개도 치지 않고 공중에 떠 있었다. 그러고 나서 돌연, 바람에 쏠리는 낙엽처럼 물 위로 힘없이 떨어져 내렸다.

주임은 창문을 닫고, 안경을 벗었다. 바람이 창문을 두드리자 그는 얼굴을 찌푸리고 다시 갈매기를 찾았다. 검고 긴 날개를 가진 그 새는 이미, 수평선 위에 피어오르고 있는 물안개 속으로 사라지고 있었다.

그는 너무 잔뜩 얼굴을 찌푸리고 있었기 때문에 지금 막 조그만 배 하나가 선창에 부딪히고 있는 것을 눈여겨보려고 하지 않았다. 아마 그것은 이웃 섬에서 들려오는 똑딱선인 것 같았다. 그는 안경을 옷자락에 슬슬 비빈 다음, 처음 안경을 껴 보는 사람처럼 콧잔등과 눈언저리에 약간 간지러움을 느끼면서, 그것을 조심스럽게 코에 걸었다. 그것은 도수가 꽤 높은 것인데, 왼쪽 유리알에 두 줄로 금이 가 있어서 별로 시원스럽게 전망을 틔워 주지는 못하고 있었다. 그러나 그는 지금 배에서 내리고 있는 다섯 명의 섬사람들을 헤아릴 수 있었다. 그들 중 한 사람은 두 달 전 여수(麗水)에서 전근해 온, 같은 서원(署員)이었다.

선창을 벗어난 그는 어떤 사람과 함께 지서(支署)로 올라오는 길목에 서서 잠시 이쪽을 바라보고 있었다. 그들은 마치 생판 낯선 곳에 처음 내려, 머뭇거리고 서 있는 도회인들의 그 어색함을 엿보이고 있었다. 이윽고 그들은 생각난 듯이 조금씩 움직이기 시작했다.

지서는 바다를 향하여 약간 경사진 언덕 중턱에 서 있었다. 1년 전에 이 섬에 처음으로 지서가 설치될 때, 주임은 여러 가지 그럴듯한 이유를 들어 여기 언덕 중턱에 터를 잡도록 노력했었는데, 사실 그가 그런 수작을 부린 것은 바다를 향한 그의 동경이 너무 지나쳤기 때문이었다.

그는 아침에 바다에서 불쑥 솟아오르는 태양을 보고 빙그레 웃는 버릇이 있었다. 달빛이 해변에 부서지는 밤이면 그는 거의 잠을 못 이루다가 늦잠을 자기가 일쑤였는데 그럴 때면 으레 꿈 속에서 아내와 손을 마주잡고 하얗게 반짝이는 긴 바닷가를 거닐곤 했다.

박 순경과 또 한 사내는 언덕 밑에 몰려 있는 몇 채의 인가와 돌담에 가려 얼마 동안 보이지 않았다. 다른 섬들과 마찬가지로 이 섬에도 돌멩이가 상당히 많아 처음 주임이 이곳에 부임했을 때는 돌담 사이로 지나다니는 사람들의 머리가 흡사 돌덩어리처럼 보이곤 했었다.

두 사람이 다시 나타났을 때, 박 순경은 무엇인가 열심히 손짓을 해 가며 말을 하고 있었고, 다른 사내는 주위를 두리번거리고 있었다. 그들은 비탈길에 흩어져 있는 돌멩이에 걸려 노인들처럼 느릿느릿 움직이고 있었다.

날씨는 장마가 계속된 뒤라 한여름의 열기가 쑥 빠져 있었다.

오병호(吳炳鎬) 주임은 담배를 집으려고 책상 앞으로 다가갔다. 그의 책상은 출입구 맞은편 창가에 자리 잡고 있어서, 그것을 중심으로 서로 마주 대하고 있는 다른 두 개의 책상을 동시에 바라 볼 수가 있었다.

그는 담배를 집기 전에 벽 위에 붙어 있는 태극기를 바라보았다. 출입구를 통하여 바람이 불어오자, 태극기의 한쪽 끝이 축 늘어지면서 나풀거렸다. 그것은 지난 봄 갑자기 제주도 어느 면의 지서 주임으로 영전되어 간 김 순경이 정성들여 그린 것인데, 태극(太極)의 곡선이 거꾸로 춤추고 있었고, 팔괘(八卦)의 위치도 제멋대로 처리되어 있었다.

주임은 담배를 피워 물다가 낮게 기침을 했다. 어느 새 습관처럼 되어 버린 기침이었다.

8월 중순까지 비는 오지 않았었다. 뜨거운 날씨가 2개월이나 계속되자, 우물이 말라붙고 산비탈의 밭곡식이 전부 누렇게 타 죽어 버렸다. 그가 밥을 부쳐 먹고 있던 주인집에서는 그의 식사를 더 이상 맞지 못하겠다고 사정해 왔다. 그러나 그는 그들에게 자신을 이해시키는 데 주저하지 않았다.

그는 그들의 가난 속으로 파고 들어가, 줄곧 그들과 함께 그 꺼끌꺼끌한 이름 모를 죽들을 먹어 치웠다. 입이 상당히 까다로운 그로서는 그것이야말로 참을 수 없는 고역이었지만 무엇보다도 자신의 건강을 생각해서 억지로 집어삼키다시피 했다. 그럴 때마다 그 꺼끌꺼끌한 감촉이 목에 감겨 점점 두텁게 갑피를 이루어 가는 것 같았고, 그래서 그의 목청은 반사적으로 컥컥 하고 묘한 음향을 지어내기 시작했다. 그것이 오래 계속되다 보니, 하루에도 몇 번씩 마른기침이 일어나게 되었다. 그도 그들처럼 얼굴이 거칠어지면서 누렇게 부어올랐다.

하순에 접어들어서야 장마가 있었다. 바로 어제, 일주일 만에 장마는 그쳤다. 그리고 오후 늦게 잠깐 태양이 비쳤고 다시 구름이 하늘을 덮었다. 비가 왔다고 해서 좋은 징조가 나타난 것은 아니었다.

이미 모든 것은 가뭄에 녹아 버려 재생할 기력을 상실한 뒤였다. 어떤 기막힌 재난이 닥치더라도 이제 이 섬사람들은 줄 것이 없었다. 제물로 바칠 것이 있다면 자신들의 모진 목숨뿐이었다. 사실 이 섬에는 그동안 부황이 나서 죽은 사람이 네 명이나 있었다. 오늘 아침부터 바람이 불기 시작했으니까 만일 태풍이, 해일이 인다면 또 몇 명이 죽어 갈지 알 수 없었다.

병호(炳鎬)는 사무실 옆에 잇달아 있는 숙직실로 들어갔다. 그 방은 북쪽으로 창이 나 있어서 개인 날이면 암회색으로 빛나는 돌산의 봉우리를 볼 수가 있었다. 그는 언제나 숙직실에서 잠을 잤다. 사무실보다 약간 작은 그 방은 혼자 기거하기에는 너무 컸다. 벽에는 한쪽으로 몇 자기 옷들이 걸려 있는 것 외에 아무런 장식도 없었고, 방바닥은 깨끗이 치워져 있었다.

가족을 거느리고 있는 다른 두 명의 동료 서원들은 마을에 셋방을 들어 살림들을 차리고 있었지만, 병호에게는 가족이 없었다. 그래서 그는 따로 셋방을 구할 생각을 하지 않았고, 거의 일년 동안이나 혼자서 이 방을 지켜 왔던 것이다.

그는 방구석에 놓여 있는 라디오를 집어 들고 다이얼을 돌렸다. 만일 태풍 주의보가 있다면 그는 섬사람들에게 그것을 알려 줄 필요가 있었다. 그러나 약이 거의 떨어진 라디오에서는 삑삑거리는 소리가 날 뿐, 아무것도 알아들을 수가 없었다.

그는 사무실로 나와 책상 앞에 다가앉았다. 그때 박 순경의 거친 목소리가 들려왔다.

병호는 창문을 통하여 한 떼의 섬 아이들이 뛰어 내려가는 것을 보았다. 아이들은 거의 맨발로, 셔츠도 입지 않은 채, 까맣게 탄 조그만 몸뚱이를 서로 부딪치고 있었다.

두 손에 수갑을 찬 사내가 먼저 출입구로 들어섰다. 병호는 첫 눈에도 그가 어부란 것을 알아볼 수 있었다. 그의 뒤를 따라 박 순경이 투덜거리며 나타났다.

박 순경은 병호가 아까 닫아 둔 창문을 요란스럽게 열어젖힌 다음 의자에 털썩 주저앉았다.

그러나 병호는 그를 보려고 하지 않았다.

병호가 보고 있었던 것은 때가 까맣게 찌들은 작업복 상의에 정강이까지 올라오는 검정 바지를 입고 있는 어부, 해어진 고무신 위로 미어져 나온 투박스런 그의 발과 얽히고설킨 그의 텁수룩한 머리였던 것이다.

"그쪽도 역시 마찬가집니다."
라고 박 순경이 귀찮은 듯이 말했다.

"이쪽보다 더 심한 것 같습니다."

병호는 박 순경을 바라보았다. 그는 아침에 박 순경에게 이웃 섬을 돌아보도록 지시했었다.

며칠 전부터 이곳 흑도(黑島)에서 갑자기 눈병이 만연되어 심상치 않은 징조를 보이기 시작했으므로 병호는 이웃 관할구역인 백도(白島)가 걱정이 되었던 것이다. 박 순경의 보고를 따른다면, 그쪽이 오히려 증세가 심한 모양이었다.

박 순경은 병호의 대답을 기다리는 듯이 한동안 묵묵히 창 밖으로 고개를 돌리고 있다가 갑자기 날카로운 눈으로 어부를 쏘아 보았다.

"이봐, 이쪽으로 와."
라고 그는 말했다.

그의 크고 단단해 보이는 골격이 냉혹성을 띠고 있었다. 가늘게 찢어진 두 눈은 넓은 이마 밑에서 깊고 음울하게 빛나고 있었다. 그러나 그의 큼직한 코는 어딘지 그가 우직하다는 인상을 주었다.

어부는 조그만 나무 상자를 하나 어깨에 지고 있었다. 그것은 낡은 사과 상자였다. 새끼줄로 만든 멜빵은 한 번도 쉴 사이 없이 먼 길을 걸어온 듯 축 늘어져 있었다.

그는 고개를 숙인 채 박 순경의 책상 앞으로 다가갔다.

"여기서 도망칠 생각은 하지 마. 이리루 더 가까이 와."

박 순경은 어부의 손을 잡아 당겨 수갑을 한쪽만 풀었다.

"그걸 저 구석에 내려 놓구 다시 이리 와."

라고 그는 엄한 목소리로 말했다.

그의 이런 목소리는 모든 것을 억누르고 무시해 버리는 듯 한 힘이 있었다. 그러나 때때로 그는 병호 앞에서 상대가 민망할 정도로 나약하게 굴 때가 있었다. 그래서 병호는 박 순경을 일본 놈 같다고 생각하고 있었다. 그들은 직위와는 달리 병호가 박 순경보다 십 년이나 더 젊은 서른여섯 살이었기 때문에 서로 곤란한 점이 많았다. 이런 경우에 있어서 이해할 수 있는 쪽은 언제나 병호였다. 그는 박 순경의 자존심이 상하지 않도록 노력했다.

어부가 다시 책상 앞에 다가서자, 박 순경은 상체를 흔들면서 말했다.

"이건 규칙이야. 묻는 대로 순순히 대답하면, 다시 끌러 놓을 수 있어."

박 순경이 수갑을 채우고 있는 동안 어부는 그런 것에는 조금도 관심이 없는 듯이 보였다. 한쪽에서 기침 소리가 나자 그는 얼굴을 돌려 곧장 병호를 쳐다보았다. 그의 열에 차 있는 붉은 눈은 병호를 놀라게 했다. 그 크고 깊숙한 눈은 근심과 반항의 빛을 동시에 나타내고 있었다. 두터운 입술은 바보처럼 벌어져 있어서 얼굴에 비하여 유난히 두드러져 보였다. 병호는 어부의 가늘고 주름살이 깊게 잡힌 목 위에 점점이 떠 있는 갈색 빛깔의 얼룩들을 보고, 그가 양성 피부암을 몹시 앓고 있다는 것을 알 수 있었다. 그러한 피부병은 어부들에게서 가끔 볼 수 있는 것으로서 뜨거운 햇볕과 찝찔한 해풍이 주름살 속으로 깊이 파고들어 일어나는 것이 보통이었다.

"저걸 가지고 어디로 가는 길이었어?"

박 순경이 턱으로 상자를 가리키면서 물었다. 그는 대답을 바라지 않는다는 듯이 담뱃불을 붙이기 위해서 고개를 깊이 숙였다. 출입구와 창문을 통하여 몰려들어 온 바람 때문에 성냥불은 세 번이나 꺼졌다. 그동안 어부는 심문자의 머리 위로부터 자신의 손등으로 무겁게 시선을 내려뜨리고 있었다. 그리고 두터운 입술은 그대로 벌어진 채 움직이지 않았다.

담뱃불을 붙이고 나자, 박 순경은 허리를 뒤로 잔뜩 젖히고 어부를 바라보았다. 그리고 가볍게 코웃음을 쳤다.

"대답을 안 한단 말이지. 좋아. 나도 생각이 있으니까."

그는 담배 연기를 기세 좋게 내뿜으며 주임을 힐끗 쳐다보았다. 그러나 병호는 아직 무슨 일이냐고 물어 볼 마음이 내키지 않았다. 그에게는 두 사람의 모습이 너무 대조적으로 보였으므로 그들의 움직임 하나하나가 아주 생경하게 가슴을 파고들었다.

"쓸데없이 고집을 부리면 결국 자기 손해야. 난 잘 봐 주려고 했는데 틀렸어. 넌 살인범이야. 저쪽에 가서 꿇어앉아 있어."

박 순경이 이렇게 말하자 어부는 천천히 고개를 들었다. 병호와 시선이 마주쳤을 때 그의 두 눈은 두려움에 가득 질려 있었다.

"아닙니다."

라고 어부는 완강히 말했다.

병호는 서랍에서 안약을 꺼내 들고 출입구 쪽으로 걸어갔다. 어부의 옆을 스쳐 갈 때 그는 거친 숨결을 들을 수가 있었다.

"요놈들."

하고 그는 출입구에 서서 중얼거렸다.

문 앞에는 아이들이 한 떼 몰려서서 그를 조심스럽게 관찰하고 있었다. 병호가 한 걸음 다가서자 아이들은 그만큼 뒤로 물러섰다.

병호는 가슴에 밀어닥치는 흥분을 누르기 위하여 비탈길이 시작되는 곳까지 걸어갔다. 그는 박 순경보다 어부 쪽에 더 걱정을 느끼고 있었다. 어부의 '아닙니다' 하는 말소리를 그는 거의 못들을 뻔했었다. 그만큼 박 순경의 말은 그에게 충격적이었다.

"이리 와."

하고 그는 제일 앞에 서 있는 소년을 불렀다.

소년은 병호의 시선에 적의가 없는 것을 알자 머뭇거리며 다가왔다.

그 아이의 사지는 죽은 나뭇가지처럼 비쩍 말라붙어 있어서 조금 충격만 받아도 금방 부러져 버릴 것만 같았다. 병호는 소년의 머리를 뒤로 젖히고 눈을 들여다보았다. 소년의 두 눈은 벌겋게 충혈 되어 있었고, 때와 눈곱이 딱지를 이루고 있었다. 그는 소년의 양쪽 눈에 안약을 한 방울씩 넣어 주었다. 그 약은 여름 방학을 이용해서 이 섬에서 며칠 동안 봉사 활동을 벌인 어느 의과대학생 일행이 남기고 간 것이었다.

"자, 이리와."

병호는 다음 소년을 불렀다. 아이들은 하나씩 차례로 얼굴을 내밀었다. 모두 다 한결 같이 눈병을 앓고 있었다.

약을 다 넣었을 때 어떤 용기 있는 아이가 물었다.

"저 사람, 무슨 죄를 지었어요?"

아이들은 모두 지서 쪽을 바라보았다.

"너희들이 알 일이 아니야. 자, 가 봐. 여기서 어물어물하지 말고."

병호는 아이들을 몰아서 비탈길로 내려 보냈다.

"내일도 눈에 약 넣으러 와. 내일 올 때는 얼굴을 깨끗이 씻고 와야 해."

아이들은 비탈길 중간에서 그를 돌아보았다. 그들의 시선은 모두 아이들답지 않게 조심스러웠다. 그는 그 아이들의 불행한 미래를 환히 내다보는 것 같아 억지로 웃음을 지어 보였다.

선창에는 아까 들어온 배가 떠나고 있었다. 그 배는 백도로부터 이곳을 거쳐서 바로 여수로 가는 유일한 교통수단이었다. 그것은 높이 일어선 파도 속에서 좀처럼 헤어나지 못하고 있는 것 같았다. 그는 바람이 몰고 오는 날카로운 휘파람 소리를 들을 수 있었다.

그가 사무실로 들어갔을 때 박 순경은 여전히 책상 앞에 늘어지게 앉아 있었고, 어부는 상자가 놓인 쪽의 맞은편 구석에 웅크리고 있었다.
"최 순경은 어떻게 된 일인가요? 닷새나 지났는데 아직까지 안 오니, 사람이 그렇게 무책임할 수가 있나요."
라고 박 순경은 불쾌한 어조로 말했다.
"글쎄, 무슨 사정이 생긴 모양입니다."
"물론 그 기분을 이해할 수는 있지만. 지금이 어느 때라고, 그렇게 뱃심 좋게……."
"최 순경이 사표를 보내왔습니다."
"사표를요?"
박 순경은 상체를 앞으로 기울였다.
"네, 사표를 보냈습니다. 이유는 분명히 밝히지 않았지만……."
병호는 구석에 놓인 사과 상자 앞으로 다가갔다. 그의 등 뒤에서 박 순경의 낮은 웃음소리가 잇달아 일어났다. 최 순경이 엄친의 환갑을 맞아 그의 아내와 함께 고향에 간 것은 닷새 전이었다. 그리고 사표를 동봉한 그의 편지가 날아든 것은 오늘 아침이었다. 이러한 낙도에서 박봉에 시달리는 부하 직원들이 사표를 내는 것은 으레 있는 일이었기 때문에 병호에게는 최 순경의 편지가 그렇게 충격적인 것이 되지는 못했다.
"오 주임께서도 어떻게 해 보시죠."
"뭘 말입니까?"
"하아. 그렇게도…… 이런 데서 뭘 한단 말입니까? 아직 독신이니까 뭘 모르시겠지만……."
박 순경은 딱하다는 듯이 입맛을 쩍 다셨다. 그것을 보자, 병호는 은근히 부아가 났다. 박 순경이 어떤 좋지 못한 짓으로 말미암아 이곳으로 좌천되었다는 것은 이미 알려진 사실이었다. 그런데도 당사자는 좌천된 것을 억울해 하고 어떻게 해서든지 다시 뭍으로 가려고 기회를 노리고 있는 것이었다. 그뿐인가. 섬 생활에 만족하고 있는 듯이 보이는 병호를 고지식한 얼간이로 비웃고 있었다.

"도대체 여기 온 지 얼마나 되었다고 벌써부터 도망칠 생각만 하십니까?"

라고 병호는 빠른 어조로 물었다. 그러자 박 순경은 거침없이 대답했다.

"이런 덴 단 하루라도 있을 곳이 못됩니다."

"아무쪼록 잘 해 보십시오."

"잘 해 봐야죠."

박 순경은 벌떡 일어서더니 사정없이 어부를 걷어찼다.

"이 새끼, 누가 그렇게 퍼지고 앉아 있으라 그랬어, 무릎 꿇어!"

어부는 고통으로 일그러진 얼굴을 폭 숙이면서 똑바로 무릎을 꿇었다. 그 앞에서 박 순경의 완강한 두 다리가 건들거리는 것을 보자 병호는 고개를 돌려버렸다. 경찰에 투신한 지 5년이 넘었지만 사람을 때린다는 것은 어느 모로 보나 그의 취미에 맞지 않았다. 그래서 실오라기 같은 권한을 가진 자가 약한 자를 구타하는 것을 본다는 것은 그에겐 더없이 고통스러운 일이었다. 이런 경우 완전한 고립을 느끼면서 무관심을 가장 하는 데는 상당한 냉정이 필요했다. 사실 그는 어느 면으로 볼 때 대단히 냉정한 데가 있었다.

"이건 뭡니까?"

박 순경이 자리에 앉자 그는 상자를 가리키며 물었다.

"한번 보십시오."

박 순경은 퉁명스럽게 말했다. 병호는 뜯어진 판자 조각 하나를 잡으려다 말고 다시 물었다.

"저 사람은 무슨 일입니까?"

"살인범입니다."

병호와 박 순경은 동시에 어부를 바라보았다. 그러나 어부는 아무 말도 하지 않았다.

"자기 자식을 죽였답니다. 난 지 백 일도 못 된 아이를 손으로 눌러서……."

"아닙니다. 제가……."

"잠자코 있어."

박 순경이 소리치자, 어부는 눈을 둥그렇게 뜬 채 입을 쩍 벌렸다. 그 시선에서 일말의 번득이는 광기를 발견하자, 병호는 심한 반발을 느꼈다. 가난과 무지가 빚어 낸 범죄는 구역이 날 만큼 도처에서 끊임없이 일어나고 있었다.

"그럼 이건?"

그는 턱으로 상자를 가리켰다. 박 순경은 그것을 힐끗 보고 나서 말하였다.

"죽은 아이입니다. 어떻게 생겼는지 한번 보십시오."

병호는 그것을 보는 대신 그의 자리로 돌아가 앉았다. 그리고 잠깐 창밖을 바라보다가 졸린 듯이 눈을 감았다. 그의 머리는 갑자기 끓어오르는 분노로 말미암아 멍해지고 있었다.

"정신이 좀 이상한 것 같습니다."

병호는 눈을 뜨고 박 순경을 바라보았다.

"물을 때마다 진술을 번복하고 있거든요. 처음엔 자기가 죽였다고 자백하더니, 좀 자세히 캐물으니까 대번에 아니라고 뚝 잡아뗍니다. 했다. 안 했다. 했다. 안 했다…… 벌써 여섯 번쨉니다. 제 정신을 가지곤 그런 짓을 못할 겁니다."

"자수한 겁니까?"

"아니죠. 자수한 게 아니라 걸린 거죠. 배 위에서 불심 검문을 했습니다. 상자 뚜껑을 열어 보았더니 죽은 아이가 들어 있었습니다. 그런데…… 그게 기형입니다."

"기형이라니요?"

"얼굴이 반쪽뿐입니다."

"한 쪽이 완전히 퇴화되었나 보군요."

"글쎄 퇴환지 진본지, 그런 건 잘 모르겠습니다만 불에 덴 것처럼 반쪽이 찌그러져 있었습니다. 한번 보세요."

"나중에 보죠."

병호는 거의 참을 수 없는 기분으로 어부를 뚫어지게 응시했다. 어부도 근심스러운 표정으로 그를 마주보았다. 병호는 상대를 한 대 갈겨 주고 싶은 충동을 가까스로 참았다. 적의가 있다면, 아마 그는 어부를 두 쪽으로 갈라 버릴 수도 있을 것이다. 그러나 적의보다는 오히려 모든 것을 부정하고 싶은 심정이 그를 강력히 사로잡고 있었다.

"그런데, 이상한 것은 시체를 땅에 묻어 버리지 않고 어디론가 가져가고 있었다는 점입니다. 이 점만은 좀처럼 입을 열지 않습니다."

박 순경은 고개를 갸우뚱거리다가 어부를 노려보았다. 그리고

"이봐. 대답하지 않을 텐가?"

라고 물었다. 그러나 어부는 꼼짝도 하지 않고 그를 바라보기만 했다.

박 순경이 일어서서 앞에 가까이 다가설 때까지도 어부는 눈을 돌리지 않았다.

2

돌산 쪽으로부터 어둠은 여느 때보다 일찍 찾아 왔다. 그것은 태풍이 몰려오는 어둠이었다.

병호는 방에 드러누워 바람 소리에 귀를 기울이고 있었다. 돌가루가 창문에 부딪치는 소리가 때때로 신경을 자극했지만, 그는 얼른 일어나려고 하지 않았다. 파도 소리는 이미 배음이 되어 거대한 힘으로 그를 압도하고 있었다. 그는 처음 이 섬에 왔을 때의 그 고통스럽던 중압감을 지금 느끼고 있었다. 그는 그것이 언제나 그를 떠나지 않으리라는 것을 알고 있었다. 그것은 마치 하나

의 숙명과 같은 힘을 지니고 있었고, 그래서 그런지 그는 그것으로부터 벗어나려고 하지도 않았다. 경찰이 되기 전까지는 그도 직업이 없이 수년간을 흘러 다녀야 했었다. 그러니까 그가 경찰이 된 것은 결국 먹고 살아야 한다는 데 너무 시달린 탓이었다. 그러나 어쩔 수 없다는 사실을 그는 평범하게 받아 들였으므로 경찰이라는 직업에 대해서 심각하게 반성해 보거나 하는 짓은 하지 않았다.

그의 동료들이 누리고 있는 거의 광적일 정도의 치열한 계급의식도 그에게는 없었다. 때문에 사랑하는 아내가 산후 병고로 죽자, 그는 더 없이 단조로운 생활로 빠져들어 갔던 것이다. 그가 무능 경찰로 딱지를 맞고 이 낙도로 유배나 다름없이 버림을 받은 것은 이러한 그의 생기 없는 인생이 사회적으로 인정을 받지 못했기 때문이라 할 수 있었다. 그는 이곳으로 오기 전에 완전히 홀몸으로 돌아갈 수 있었다. 어미가 없는 아기는 우유로만 거의 두 달 동안이나 버둥거리다가 죽었다. 진눈깨비가 내리는 밤에 그는 손수 아기의 시체를 나무 상자에 넣어 산으로 가져갔다. 땅은 돌처럼 굳어 있었고, 괭이를 내리칠 때마다 파란 불꽃이 튀었다. 돌멩이로 아기의 무덤을 쌓아 올리면서 그는 몹시 투덜거렸다. 그것은 처분하기 곤란한 무용의 물건처럼 그의 앞에 버려져 있었던 것이다.

그날 밤 그는 의외로 편안하게 잠들 수가 있었다. 이후 유형지에서 계속된 기나긴 밤들을 그는 흡사 몽유병자처럼 더듬어 나갔다.

병호는 일어서서 사무실 쪽에 귀를 기울였다. 문득 어부 혼자서 사무실에 남아 있다는 것이 생각났던 것이다. 박 순경은 아주 일찍 집으로 돌아가 버렸다. 조서를 꾸미다가 도중에 그것을 찢어 버리고, 어부에게 욕지거리를 퍼부은 다음, 할 일을 다 한 듯이 나가 버린 것이다.

그 동안 어쩌면 어부가 도망쳐 버렸을지도 모른다는 생각이 났지만 병호는 별로 이상한 기분이 들지 않았다. 그리고 자신의 그러한 기분에 좀 어리둥절했다.

그러나 병호가 사무실로 들어가 등잔불을 켰을 때, 어부는 여전히 구석에 쭈그리고 앉아 있었다. 벽에 등을 기대고 두 다리를 쭉 뻗은 채 멍하니 피로한 기색이었다.

병호는 책상 앞으로 다가앉았다. 거기에는 그의 저녁 식사가 보자기에 덮여 놓여 있었다. 그것은 병호가 밥을 부쳐 먹고 있는 주인댁의 아들이 가져다 놓은 것이었다. 병호가 식사 때에 미처 마을로 내려가지 못할 때면 언제나 소년이 식사를 날라다 주곤 했다. 그럴 때마다 소년은 몹시 부끄러워하는 눈치였다. 소년으로서는 아마 식사라는 것이 너무 형편없는 것이었으므로 병호에게 미안하게 생각되는 모양이었다.

병호는 보자기를 벗기고 조그만 바구니에 담긴 식사를 잠깐 들여다보았다. 그 안에는 감자와 보리를 섞은 밥, 소금에 절인 무 조각, 그리고 해초를 버물려 놓은 것들이 들어 있었다. 밥은 식어서 딱딱한 갑피를 이루고 있었다.

"이리 와."
하고 그는 어부를 불렀다. 어부는 엉거주춤 일어서서 그의 앞으로 다가왔다.

병호는 수갑을 풀어 준 다음 어부를 의자에 앉게 했다. 어부는 병호를 줄곧 바라보고 있었다.
　"이거 먹어."
　병호는 어부 앞으로 식사를 밀어 주며 말했다. 어부는 한참 동안 그것을 응시하기만 할 뿐 좀처럼 먹으려고 하지 않았다.
　"먹어."
　병호는 다시 말했다. 어부는 망설이는 눈치로 병호를 바라보다가
　"전 괜찮아요."
라고 말했다. 병호는 밥그릇을 어부 앞으로 바싹 밀어붙였다.
　"난 다음에 먹을 테니까, 어서 들어."
　어부는 두터운 입술을 우물거리며 주저하다가 드디어 먹기 시작했다. 처음에 그는 몹시 조심스럽게 입을 놀리다가 나중에는 아주 부지런히 먹어 치웠다. 식사는 순식간에 끝났다. 빈 그릇만 남자, 어부는 민망한 듯이 병호를 쳐다보았다.
　"이젠 집에 가도 좋을까요?"
　"안 돼. 지금은 배도 없어."
　"그럼 왜 저를 풀어 줬어요?"
　"수갑을 차고 밥을 먹을 수가 있어?"
　"수갑을 또 찹니까?"
　"그래."
　"도망가지 않을 텐데⋯⋯."
　어부는 창문을 바라보며 중얼거렸다.
　"규칙이야."

병호는 책상 위에 풀어 놓은 수갑을 서랍 속에 집어넣었다. 그리고 등잔불을 들고 다시 숙직실로 들어갔다. 방 입구를 지나갈 때 그는 자신이 너무 무방비하다는 것을 느꼈지만, 그렇다고 뒤돌아서지는 않았다.

그는 방을 대강 치운 다음 이불을 펴서 잠자리를 만들었다. 방은 여름 내내 불을 지피지 않아 몹시 차가왔다. 그래서 그는 장마가 끝날 무렵부터 이불을 덮지 않으면 안 되었다. 더구나 그의 체질은 유난히 추위를 잘 탔다.

그는 여러 권의 책들을 수건으로 싸서 베개를 두 개 만들었다 그리고 어부를 불렀다.

"이리 들어와."

어부는 곧 방으로 들어와서 그와 마주 앉았다. 한 쪽 벽이 그의 흐트러진 몸가짐으로 해서 꽉 막히는 것 같았다. 그들은 한참 동안 말없이 앉아 있었다. 병호는 더 이상 할 일이 없었고 누구를 심문할 마음도 내키지 않았으므로 어부를 멍하니 쳐다보는 수밖에 없었다.

"당신이 정말 아기를 죽였어?"

그는 갑자기 큰 목소리로 물었다. 어부는 놀라서 시선을 그에게 돌렸다.

"왜? 겁이 나나?"

"아니요."

어부는 고개를 흔들었다.

"제가 없으면 아이들이 굶어 죽습니다."

"아이들이 몇이야?"

"딸만 다섯입니다. 두 달 전에 아내가 죽었습니다. 병신 새끼를 하나 낳아 놓구…… 그 애는 여섯 번째 딸입니다. 그 애를 낳구 이틀 만에 아내가…….."

어부는 조용히 울기 시작했다. 고개를 깊이 숙인 채 어깨를 들썩거리며 오랫동안 흐느껴 울었다.

"도대체 왜 그런 짓을 했어?"

"그 애는 살지 못합니다. 살더라도 병신이라서 괄시를 받습니다."

"잘했다고 생각해?"

어부는 눈을 멀거니 뜨고 병호를 바라보았다. 갑자기 자신의 물음이 얼마나 무의미한가를 깨달은 것 같았다. 곧 그의 두 눈은 병호로부터 현명한 해답을 얻으려는 기대로 가득 찼다. 그러나 병호는 냉담하게 말했다.

"죽였으면 얼른 땅에 파묻어 버릴 것이지, 왜 그건 가지고 다녔어?"

어부는 두 손으로 얼굴을 감싸 쥐면서 어깨를 움츠렸다.

"어디로 시체를 가져가려고 그랬어?"

어부는 안타까운 시선으로 병호를 바라보았다.

"그건…… 꼭 알고 싶으세요?"

"아니, 말 안 해도 괜찮아."

"말씀 드리겠습니다. 병원에 가져가서 팔려고 했습니다."

"팔려고?"

"네, 팔려고 했습니다."

"어느 병원에?"

"아무 데나······."

"누가 그런 걸 사겠다고 하던가?"

"대학생들이 그랬습니다."

"방학 때 왔던 의과 대학생 말이야?"

"네, 학생들이 그랬습니다. 병신은 돈을 많이 준답니다."

"얼마나 준대?"

"그건 잘 모르겠습니다. 하여튼 많이 준다고 그랬습니다."

병호는 벌떡 일어서서 밖으로 나왔다. 상자가 놓여 있는 곳을 지나갈 때 그는 '악!' 하고 소리치고 싶은 충동을 느꼈다. 어디선가 반쪽은 사람이 아닌가, 하고 중얼거리는 소리가 났다. 그는 자신의 목소리에 놀랐다. 어부의 어리석음이 그를 노하게 했던 것이다.

그는 큼직한 돌멩이를 하나 집어서 비탈길 아래로 힘껏 던졌다. 순간적으로나마 그는 자신이 사람을 죽이고 싶은 충격에 사로잡혔다는 사실에 치를 떨었다.

바다에서 바람은 거세게 불어왔다. 그는 아무것도 볼 수 없었지만, 파도가 높이 치솟고 있는 것을 알 수가 있었다. 정말 해일이라면 마을은 쑥밭이 되고 말 것이다. 이러한 위험이 몇 번 있었다. 그 때마다 섬사람들은 죽은 듯이 모든 것을 기다렸다. 그들은 바다의 협박을 단조로운 마음으로 받아들이는 데 익숙해져 있는 것 같았다.

병호는 모퉁이에서 바람을 막고 서서 소변을 보았다. 그리고 사무실로 들어와서 플래시를 찾아들고 다시 밖으로 나왔다. 약이 거의 닳아졌기 때문에 불빛은 희미하게 길을 비추었다. 반소매

와이셔츠만 입은 그는 추위를 느꼈다. 그렇다고 돌아 들어가 옷을 더 껴입고 싶은 마음은 나지 않았다.

마을은 불빛 하나 없이 어둠 속에 깊이 잠겨 있었다. 여느 때와 같이 거기에는 주검과 같은 정적이 깃들어 있었고, 바람의 소음 속에서 그것은 꺼질 듯이 잦아들다가는 완강히 되살아나곤 했다. 파도는 바로 마을 입구에서 부서지고 있었다. 얼음 같이 차가운 물방울이 바로 그의 머리 뒤로 덮쳐 왔다. 그는 물을 뒤집어 쓴 채 마을 입구의 첫 집으로 다가갔다. 그 집은 한쪽 돌담이 무너져 있었고, 그 무너진 돌담을 타고 파도가 밀려 들어왔다. 그는 정강이까지 차 오른 물을 헤치고 마당으로 들어갔다.

"언제 여기에 이런 폐가가 있었을까,"
하고 그는 생각했다.

그러나 그 집은 폐가가 아니었다. 오늘 아침까지만 해도 돌담은 서 있었고, 채 마르지 않은 빨래가 거기에 널려 있었다. 밤에 돌담 사이를 지나다니면 그에게는 모든 집들이 폐가처럼 보일 때가 있었다. 그것은 마치 공동묘지를 거닐고 있는 기분과도 같은 것이어서, 숨도 쉬지 않고 거기에 현혹되다 보면 그는 어느 틈에 남의 집 마당 가운데 서 있곤 했다.

"여보시오."
병호는 방문 앞에 이르자 큰 소리로 주인을 불렀다. 그리고 방문을 두드렸다.

"여보시오."
그는 방문을 잡아당겼다. 문은 그대로 덜컹 열렸고, 방 안에는 아무도 보이지 않았다. 자식이 없는 그 집의 중년 부부는 이미 다른 곳으로 피신한 모양이었다.

그는 돌아서면서 전신을 한 번 후들후들 떨었다. 물에 젖은 옷이 몸에 달라붙어 소름이 끼칠 정도였다. 몹시 처량한 기분이 되어 그는 지서로 돌아왔다.

그가 방으로 들어갔을 때, 어부는 이불 속에서 몸을 웅크린 채 잠들어 있었다. 그렁거리는 콧소리와 함께 벌어진 입을 통하여 거친 숨소리가 흘러 나왔다. 여전히 불안이 가시지 않은 얼굴은 눈을 뜨고 있을 때보다 더욱 일그러져 있었다. 병호는 어부가 깨지 않도록 조심했으나 그는 인기척에 금방 눈을 떴다. 그는 벌떡 일어나더니, 크고 붉은 눈초리로 이상하다는 듯이 병호를 쳐다보았다.

"꿈 꿨어?"

하고 병호는 부드러운 음성으로 물었다.

어부는 표정을 누그려뜨리며 고개를 끄덕거렸다.

"무슨 꿈을 꿨어?"

"다 잊어먹었어요."

어부는 한참 생각해 보다가 다시 말했다.

"생각이 잘 안나요."

그들은 불을 끄자 깊이 침묵했다.

병호는 쉽게 잠을 이룰 수가 없었다. 그의 이마 위에서 밤은 생기를 띠면서 무겁게 쳐지고 있었다. 드디어 사무실 쪽의 창문이 바람에 떨어져 나가는 소리가 들려왔다. 그러나 그들은 꼼짝도 하지 않고 누워 있었다. 지금까지 혼자서만 방을 지켜 왔던 병호는 어부와 함께 자는 것이 여간 거북하지가 않았다. 처음부터 호흡에 따라 규칙적으로 오르내리는 등의 촉감이 그를 견딜 수 없게 만들었다. 그러나 차츰 전신에 따뜻한 체온을 느끼면서부터 그는 어부에 대하여 일종의 동류의식을 느꼈다.

한밤중에 그는 배가 고파서 눈을 떴다. 때때로 이렇게 식사를 잊고 지낸 때가 있었다. 그럴 때면 매일 끊임없이 먹어야 한다는 사실에 그는 귀찮음을 느꼈다.

이윽고 그는 무엇인가 달라져 있다는 것을 발견했다. 반수면 상태 속에서는 모든 것이 어제와 똑같이 여겨졌지만, 차츰 정신이 들면서 사태는 달라졌다. 그는 몸을 일으키려고 했다. 그러나 웬일인지 꿈속에서처럼 꼼짝할 수가 없었다. 어둠은 한꺼번에 응결한 것처럼 그의 주위에서 두텁게 장막을 치고 있었다. 태풍은 이미 지나간 뒤였다. 파도 소리도 들리지 않았다. 지금이 몇 시쯤 되었는지 종잡을 수가 없었다. 그러나 그를 놀라게 한 것은 그런 것들이 아니었다. 그가 어부의 체온을 느끼려고 허리를 구부렸을 때 어부가 누워 있던 옆자리는 텅 비어 있었던 것이다.

그는 손을 뻗어서 이불자락이 끝나는 곳까지 더듬어 보았다. 그리고 어부가 없는 것을 확인하자 머리를 한 대 얻어맞은 것처럼 맥이 쑥 빠져 버렸다. 파도는 이미 자기 시작했으므로 배를 저어 멀리 도망치기에는 안성맞춤이었다. 사실 그대로 머물러 있는 것이나, 멀리 도망쳐 버리는 것이나, 별 의미가 없는 것이겠지만 병호에게는 어부의 존재가 너무 큰 부담이 되었기 때문에 차라리 없는 것이 잘 되었다는 생각이 들었다.

그가 다시 일어나려고 했을 때 사무실 쪽에서 발자국 소리가 들려왔다. 이윽고 방문이 열리더니 어부가 소리 없이 들어왔다.

병호는 몹시 긴장한 나머지 반사적으로 몸을 도사리고 이불깃을 움켜잡았다. 그리고 어렴풋하게 떠 보이는 어부의 모습을 쏘아보았다. 어부는 문을 열어 놓은 채 그 자리에 우두커니 서 있었다. 아마 그는 병호의 숨소리에 귀를 기울이고 있는 것 같았다. 병호는 고르게 호흡을 하려고 애를 썼다. 어부가 다가왔다. 병호의 머리맡에 이르자 그는 다시 한참 동안 서 있었다. 어떤 적의 같은 것도 없이 그들은 무엇인가를 기다리고 있었다.

이윽고 어부가 먼저 움직였다. 그는 아무 거리낌 없이 아주 자연스럽게 다시 문 쪽으로 걸어갔다. 그것은 흡사 몽유병자 같은 움직임이었다. 병호는 이제 무슨 말인가 해야 한다고 생각했다. 그가 조금이라도 깨어 있는 기미를 보였다면, 어부는 그에게 말을 걸었을 것이다. 어부가 머리맡에 서 있었을 때 병호는 그것을 느꼈다. 어부가 하고 싶어 하는 말은 조금도 위선이 없는 진실에 가까운 내용일 것이다. 그리고 그것은 비록 어리석은 것일지라도 그만큼 무게가 있을 것이다.

병호가 기피하는 것은 바로 그것이었다. 그는 거짓말을 싫어했지만, 그렇다고 진실이란 것을 아주 심각하게 받아들이려고 하지는 않았다. 차라리 그에게는 그런 문제를 떠난 사고의 단절 같은 것이 있었다. 오늘 그는 당황했었다. 그래서 어떤 것에도 자신을 가질 수가 없었다.

어부는 방을 나갔다. 문을 조용히 닫고 어둠에 익숙한 사람처럼 사라져 버렸다. 병호는 벽 쪽으로 돌아누웠다. 그리고 다리를 오므리는 것과 함께 두 팔로 머리를 감싸 쥐었다. 그는 아내를 생각했다. 아내의 품속에 얼굴을 묻고 깊이 잠들고 싶었다. 곧 그는 갓난아기가 된 꿈을 꾸며 잠이 들었다.

잠결에 그는 사무실 쪽으로부터 낮게 흐느끼는 듯 한 울음소리를 들었지만, 자신도 꿈속에서 울고 있었으므로 모든 것은 꿈으로 돌리고 다시 깊이 잠들고 말았다.

3

그는 늦잠을 잤다. 이튿날 눈을 떴을 때는 창문을 통하여 햇빛이 방 안에 가득 들어오고 있었다. 하늘은 청명했고 돌산은 진한 암회색으로 빛나고 있었다.

골짜기에는 물기에 젖은 돌들이 시냇물처럼 작은 흐름을 이루면서 해변까지 뻗어 있었다. 돌들은 섬 어디에나 깔려 있었다. 위로 올라갈수록 그것들은 거대한 암석으로 변하고 있었다. 돌이 구르는 소리가 봄철 해동을 맞아, 또는 여름의 긴 장마기에 때때로 골짜기에 울려 퍼지곤 했다. 병호는 바다를 향하여 창문을 열었다. 바다로부터 냉기가 스민 싸늘한 바람이 불어왔다.

바다에는 벌써 초가을의 안온한 빛이 감돌고 있었다. 그는 창가에 서서 갈매기 떼를 쫓다가 밖으로 나갔다.

간밤 바람에 떨어져 나간 창문의 유리 조각들이 사무실 바닥에 흩어져 있었다. 책상마다 흙먼지가 쌓이고 사면의 벽은 할퀴어 있었다. 그는 오랫동안 버려진 폐가의 마지막 침입자 같은 기분이 되어 실내를 이리저리 거닐었다. 놀랍게도 출입구 옆에 놓여 있던 사과 상자가 제일 안쪽인 그의 책상 곁에 놓여 있었다. 그것은 마치 저절로 굴러 와 거기에 놓여 있는 것처럼 보였다. 그는 갑자기 중대한 의무 같은 것을 느끼고 상자를 조심스럽게 들어 보다가 제자리에 놓았다. 그것은 한 번 흔들어 보고 싶을 정도로 아주 가벼웠다.

비탈길에 섰을 때 그의 두 다리가 가늘게 떨렸다. 그는 조금 춥다고 느꼈지만 벌써 태양이 높이 솟아 있었기 때문에 날씨는 오히려 더워지기 시작하고 있었다.

그는 바지 위에 와이셔츠만 걸치고 있었다. 언제나 정복 정모 차림으로 외출하는 그가 이런 차림을 한 것은 처음이었다. 모든 것에 흥미를 잃어버린 지금 그는 아무래도 좋다는 심정이었다.

그러므로 자신이 경찰관이라는 생각은 털끝만치도 없었다. 타성에 의하여 끌려가듯 그의 발걸음은 언덕 밑으로 불규칙하게 움직였다.

그가 선창가에 이르렀을 때 거기에는 배를 기다리는 섬사람들이 몇 명 서 있었다. 그들은 병호에게 하나같이 아침 인사를 하려는 눈치였으나 병호는 너무 당황한 나머지 그대로 지나쳐 버렸다. 그에게는 사람의 모습이란 것이 생전 처음 대하는 이상하고 두려운 존재로 보였던 것이다. 그는 자신이 지금까지 보아 온 모든 대상에 대해서 더럭 의심이 났다. 그리고 자신의 무력함에 이르러서는 거의 허탈감마저 들었다.

해변의 작은 돌멩이들은 깨끗이 씻겨 있었다. 물결은 나직한

함성을 지르면서 해변에 부딪히고 있었다. 미끈거리는 돌멩이 때문에 그의 걸음걸이는 몇 번씩 휘청거렸다.

자갈밭을 지나자 모래밭이 나타났다. 해변의 모래밭은 태양이 빛날 때면 언제나 하얗게 반짝거리곤 했다. 병호는 모래 위에 박혀 있는 각각 다른 두 사람의 발자국을 바라보았다. 그것은 간밤에 깨끗이 씻긴 모래 위에 아주 선명하게 나타나 있었다.

누군가가 벌써 이 모래밭을 걸어갔다는 사실에 그는 두려움이 일었다. 간혹 어부들이 표류한 배를 찾아 지나다니는 것 외에는 이곳은 거의 사람의 발길이 닿지 않는 곳이었다. 이 삭막한 섬에서 병호가 즐겨 찾는 곳이 있다면 바로 이 해변의 모래밭이라고 할 수 있을 것이다. 그는 발자국을 따라 계속 걸어갔다. 바다에서 불어오는 상쾌한 바람과 그가 걸음을 옮길 때마다 사각사각 밟히는 모래의 촉감이 그의 마음을 어느 정도 풀어 주고 있었다.

언젠가 결혼하기 직전에 아내와 그가 해변을 거닐고 있었을 때, 그녀가 이렇게 말한 적이 있었다.

"당신과 함께라면 저 바다 속에 쑥 가라 앉을 수 있을 것 같아요. 당신, 그런 거 생각해 보시지 않았을 거예요."

그리고 그녀는 어린애처럼 부끄러워하면서 그를 바다 쪽으로 마구 떠밀었기 때문에 그는 상당히 애를 먹어야 했었다. 아내는 함께 죽을 수 있다는 데 더할 수 없는 사랑을 고백했던 것이다. 그의 경험에 의한다면, 아마 죽음이 환희로 받아들여질 수 있는 경우란 아내와의 사랑에 있었던 것 같았다.

그는 바다로 향하고 있던 시선을 바로 했다. 그때 흐릿한 그의 시야에 누군가가 손을 저으면서 이쪽으로 걸어오고 있는 것이 보였다.

가까이 온 사람은 병호와 안면이 있는 벙어리 노인이었다. 노인은 그의 앞에 이르자 무작정 그의 팔을 잡아끌었다. 노인은 최근에 두 아들을 바다에 내보내고 나서, 거의 미친 듯이 아들을 찾아 헤매고 있었다.

그들의 종적은 어디에서도 찾아볼 수 없었고, 그래서 이젠 섬 사람들도 그들의 생존에 대해서 완전히 포기하고 있었다.

병호는 마음이 내키지 않았지만, 발길은 어느새 노인의 뒤를 초조하게 따르고 있었다. 그리고 조금 후에는 노인보다 훨씬 앞 서고 있었다.

간밤에 그를 놀라게 하고, 분노케 하고 마침내는 인간 전체에 대해서 증오를 불러일으키게 했던 그 어부는 해변 모래 위에 머리를 처박은 채 누워 있었다.

파도가 밀려올 때마다 시체는 물속에 푹 잠기면서 아무 저항 없이 좌우로 흔들리고 있었다. 그것은 흡사 아직 어부가 살아 있는 듯 한 인상을 주었으므로 잠깐 동안 병호를 망설이게 했다. 그러나 옆으로 비스듬히 부릅뜨고 있는 두 눈과 벌어진 입에서 끊임없이 흘러나오는 물을 보자 그는 지탱할 수 없는 공포를 느꼈다. 그리고 자신이 어부의 자살을 예상하고 있었다는 것을 깨닫고는 거의 죽을 것 같은 죄책감에 빠져 들었다.

축 늘어진 시체는 보기보다는 몹시 무거웠다. 병호는 노인과 함께 시체를 물에 잠기지 않도록 끌어 올렸다. 그것은 밤사이에 벌써 푸르딩딩하게 부풀어 있어서, 다루기에 여간 힘들지 않았다. 노인은 별로 그런 것 같지 않았지만, 병호는 상당히 구역을 느끼고 침을 뱉고 싶은 충격을 가까스로 참았다. 그에게는 구역을 느낀다는 것만으로도 자기 자신에 대해서 몹시 비참한 기분이 드는 것이었다.

병호가 고개를 쳐들었을 때 태양은 갑자기 높이 빛나고 있었다. 햇빛은 그의 이마를 때리고 눈을 깊이 찔렀다. 그것은 너무 강렬했기 때문에 그의 눈에서는 금방 눈물이 쏟아졌다. 그는 노인이 보지 않도록 고개를 돌린 채 걸음을 빨리했다.

선창에는 백도에서 들어온 배가 머물러 있었다. 그것은 곧 여수로 떠날 배였다. 배 위에는 많은 사람들이 빽빽이 들어서서 고개를 내빼고 있었다.

그들은 아까처럼 역시 병호를 진지한 눈으로 바라보았다. 병호도 이번에는 그들을 마주보았다. 그러나 웬일인지 마음이 허무해지고 심사가 사나워진 뒤끝이라 그의 시선은 사납게 일그러져 있었다.

그는 헐떡거리면서 비탈길을 올라갔다. 그리고 입구에 이르러 거기에 서 있는 소녀를 잠시 쏘아보았다. 열댓 살쯤 되어 보이는 그 소녀는 부황으로 얼굴이 누렇게 부어 있어서 본래의 제 얼굴과는 판이하게 달라진 것 같았지만 겁에 잔뜩 질린 동그란 두 눈과 핏기를 잃고 하얗게 말라붙어 있는 조그만 입술은 금방 병호의 마음을 얼어붙게 만들었다.

"뭐야?"
하고 그는 소녀에게 퉁명스럽게 물었다.

소녀는 벽에 등을 바싹 대면서 한참 동안 병호를 마주보았다.
"우리 아버지 어디 있어요?"

라고 소녀는 물었다.

"아버지라니, 누구 말이야?"

"어저께 여기 붙잡혀 왔대요."

"누가 그래?"

"동네 사람들이 봤대요."

병호는 소녀의 어깨를 가볍게 두드렸다.

"너, 백도에서 왔구나."

소녀는 드디어 울음을 터뜨렸다.

"우리 아버지 어디 있어요? 우리 아버지는 아무 죄도 없어요. 아버지가 너무 불쌍해서 제가 아기를 죽인 거예요. 그 애는…… 그 애는 더 살 수 없었어요."

"그래. 그래. 알고 있어. 아무 죄가 없어. 너의 아버지는 훌륭한 분이야."

병호에게는 어부가 남기고 간 다섯 딸들의 울음소리가 한꺼번에 들려오는 듯했다. 소녀는 울음을 참으려고 무진 애를 쓰고 있었다.

"아버지는 저한테 아무 말도 안했어요."

"그래 아버지는 훌륭한 분이야. 넌 아무 죄도 없어."

배는 선창을 막 떠나고 있었다. 누군가가 갑판 위에서 손을 흔들고 있었다.

햇빛이 쏟아지는 바다 위에는 어제 본 그 검고 긴 날개를 가진 갈매기가 크게 원을 그리면서 맴돌고 있었다. 그놈이 공중에서 날개를 펴고 움직이지 않고 있을 때면 병호는 엉뚱하게도 놈이 매우 고독한 모양이라고 생각하곤 했다. 마치 놈은 그 자리에 조용히 떠서 자기 스스로 택한 고독을 깊이 음미하고 있는 것만 같았다.

그는 소녀가 울음을 그친 뒤에도 그녀의 손을 잡은 채 그 자리에 오래도록 서 있었다. 지금까지 어느 하나도 정리된 것이 없고, 다만 끊임없이 벌어지기만 하는 삶에 대해서 그는 일종의 거대한 사업을 생각하지 않을 수 없었다. 늦잠을 자고 나서 이제야 어슬렁어슬렁 비탈길을 올라오고 있는 박 순경에게 그가 대처해야 할 말, 다섯 계집아이들과 울음소리, 그의 책상 곁에 놓여 있는 사과 상자, 어부의 시체, 섬에 만연되고 있는 눈병, 그리고 그 지독한 갈등의 신음 소리, 이러한 것들을 그는 순식간에 생각했다. 이제 그에게는 누가 아이를 죽였느냐 하는 것은 조금도 문제가 되지 않았다.

1969년 1월

17년

"내가 이런 과거를 들춰내는 것은 그것이 나의 문학적 바탕에 중요한 영향을 끼쳤기 때문이다. 확연히 구분해 낼 수는 없지만, 열세 살 그때부터 나의 시선은 고독과 허무, 그리고 비극이라는 것에 뿌리를 박기 시작하지 않았나 하는 생각이 든다. "

"글쎄, 잘 모르겠는데요."

청년은 미안한 표정을 지으면서 지나갔다. 돌담 밑으로 사라질 때 청년의 마른 얼굴이 이쪽을 강렬히 주시했다.

이곳 주민들 모두가 그런 것 같았다. 이쪽에서 말을 걸면 모두가 당황하고 미안한 표정들을 지었다. 그리고 지나치면서 힐끗 뒤돌아보는 시선이 한결 같이 강렬했다.

가난하고 희망 없는 사람들이 낯선 사람을 대할 때마다 으레 짓곤 하는 그러한 표정이 역시 이곳에도 있었다.

그렇다고 해서 불쾌하거나 이상한 기분이 들었다는 것은 아니다. 뚜렷이 느낄 수 있는 것은 도무지 친근감이 들지 않는다는 점이었다. 사람이 사람에게 친근감이 들지 않는다는 것은 결국 우울한 일일 수밖에 없다.

사흘째 이두(二斗)는 이 마을을 뒤지고 있었다. 그러나 박 노인에 대해서 정확히 알고 있는 사람은 아무도 없는 것 같았다.

17년이라는 세월이 이렇게 엄청난 변화를 가져왔다는 사실에 그는 매우 놀라고 있었다.

아무도 그를 알아보지 못했고, 그에게도 역시 모두가 모르는 얼굴들뿐이었다.

드디어 그는 자신의 기억력에 대해서 차차 의심을 하기 시작했다. 서른둘의 젊은 나이에 기억력의 감퇴를 느낀다는 것은 그렇게 기분 좋은 일이 못되었다.

그는 어제처럼 마을 위쪽으로 걸어가 큰 고목(古木)의 그늘 속으로 들어갔다.

바람 한 점 없는 8월의 열기가 눈꺼풀 위로 무겁게 내려앉고 있었다. 그는 당장 그 자리에 네 활개를 뻗고 누워 한잠 늘어지게 자고 싶었다.

마을은 항구 북쪽 변두리의 산 중턱에 자리 잡고 있어서 바다의 움직임이 바로 한눈에 내려다보였다.

만(灣) 저쪽에 떠 있는 바다 위에는 여수와 부산 간을 정기 운행하는 여러 회사의 배들이 그림처럼 아름다운 하얀 물살을 길게 긋고 있었다. 항구에서 움직이는 배들이 옛날보다는 훨씬 많아 보였고, 뱃고동 소리도 보다 크고 요란스러웠다.

그는 눈살을 잔뜩 찌푸린 채 수평선 위로 점점이 사라지는 갈매기 떼를 쫓다가 갑자기 눈물을 쏟았다. 요 몇 년 사이에 흡사 노쇠 현상이나 되는 것처럼 갑자기 시력이 나빠지면서부터 그의 눈은 강한 햇살에 눌릴 때마다 눈물을 흘리곤 했다.

"이러고 있을 때가 아니야."

그는 생각난 듯이 벌떡 일어섰다.

"서울에 돌아가면…… 안경을 맞춰야지."

안경을 맞춰야 되겠다고 생각한 것은 꽤 오래 전이었다. 그런데도 그것은 대단히 힘든 일이나 되는 것처럼 지금까지 미루어 왔다. 비단 그것뿐만이 아니었다. 모든 일이 다 그렇게 보류되고

연기되어 왔다. 그의 그런 성격에 대하여 아버지는 자주

"너는 게으른 놈이야. ······하는 수 없지."

하고 말하곤 했다.

이두는 언덕을 천천히 올라갔다.

나무 하나 없는 언덕은 붉은 황토 빛을 그대로 드러내고 있었고, 가뭄 탓인지 모든 잡초가 말라 죽어 있었다.

발을 옮길 때마다 길에서는 붉은 먼지가 풀썩풀썩 일어났다. 길은 별로 경사가 급하지 않았지만 꾸불꾸불 길게 이어져 있어서 걷기에 힘이 들었다.

그 곳은 어릴 때 그가 땔나무를 하러 다니던 길이었고, 마지막으로 어머니를 떠나보내던 길이었다.

목덜미와 어깨에서 기름처럼 땀이 흘러내렸다. 땀에 젖은 바지 자락이 두 다리에 감기는 바람에 걷기에도 여간 불편하지 않았다. 그는 남방셔츠의 단추를 모두 풀어 헤치면서 손등으로 연방 이마의 땀을 닦았다.

언덕 너머에는 그래도 관리에 힘을 썼는지 띄엄띄엄 솔밭이 남아 있었다. 산과 산 사이의 평지는 고원처럼 넓게 퍼져 있어서 길이 그렇게 힘하지가 않았다.

길모퉁이에서 그는 한 떼의 소년들을 만났다.

아이들은 소나무 그늘 속에서 몸을 꺾고 있었다. 모두 다섯 명이었는데 그 중 세 명이 입을 벌린 채 졸고 있었다. 하나같이 검고 바짝 마른 얼굴이었다. 아이들은 땔나무를 해 가지고 돌아오는 길이었다. 지게도 없이 모두 가마니에 멜빵을 달아 그 속에 솔잎과 솔방울 따위를 꼭꼭 눌러 담고 있었다. 가마니가 아이들의

키보다 더 크다고 생각하면서 그는 그들에게 말을 걸었다.

"너희들…… 점심은 먹었어?"

그의 물음에 아이들은 놀란 눈으로 그를 바라보았다. 졸던 아이들의 눈은 잔뜩 의혹을 담고 있었다.

"점심을 먹었느냐 말이야?"

그는 좀 큰 소리로 물었다.

"아니오."

입이 큰 소년이 조심스럽게 고개를 내젓자 나머지 아이들은 부끄러운 듯이 웃었다.

오후 3시가 지나도록 점심을 먹지 않았다니 굉장히 배가 고플 것이다. 아이들이 밥을 굶고 있다는 것은 모든 어른들의 책임에 속하는 문제였다. 비록 자기와는 관계가 없는 아이들이라 할지라도 말이다.

굶는다는 것의 그 고통스러움을 그는 이 소년들과 똑같은 상태에서 겪어 본 적이 있었다. 그때 그의 나이도 이 소년들과 같은 또래였었다.

이곳에서 어머니가 돌아가시자 아버지는 다시 재혼하지 않았고 그 대신 나이 많은 할머니가 집안 살림을 맡게 되었다. 이 두에게는 물론 그보다 여덟 살이 더 많은 누나가 한 사람 있었지만, 이미 결혼하여 먼 곳에 가 있었으므로 그는 언제나 혼자였고, 여자가 해야 할 잔일까지도 자진해서 처리해야 할 때가 많았다.

집안은 땔감을 살 수 없을 만큼 가난했기 때문에 그는 갈퀴를 들고 매일 이 산 저 산으로 돌아다녀야 했다. 나무가 적은 산에서 나무를 한다는 것은 힘든 일이었다. 그나마 구석구석마다 나무꾼들의 손이 미치지 않은 곳이 없었기 때문에 그것은 맨땅을 무턱대고 갈퀴로 긁어 대는 것이나 다름없었다. 따라서 빈 가마니 하나를 채우는 데는 새벽부터 시작해서 점심때가 훨씬 지나야만 되었다.

나뭇짐을 등에 지고 집으로 돌아올 때면 그는 언제나 마을이 내려다보이는 언덕 마루에서 쉬곤 했다. 지금은 두 그루밖에 남아 있지 않지만, 그가 어렸을 때만 해도 이 언덕 마루에는 큰 소나무들이 무성한 가지를 펴고 있어서 여름이면 좋은 그늘을 만들어 주곤 하였다. 여기서 땀을 식히고 있으면 얼마 안 있어 항구 저쪽 수평선을 향하여 둔중하게 고동을 울리며 떠나가는 하얀 배가 보였다. 그 배는 여수와 부산 간을 왕래하는 배들 중에 가장 큰 것으로서, 언제나 오후 3시만 되면 부산을 향하여 출발하곤 했다. 배의 둘레에는 검은 줄이 굵게 쳐져 있었고, 또 연통이 크고 소리마저 독특했으므로 그 배를 알아보기는 아주 쉬웠다. 그 배가 고동을 울리며 항구의 만을 빠져 나가는 것을 보면, 아이들은 한결 같이 늙은이 같은 목소리로

"아, 벌써 세 시구나."

하고 중얼거리곤 했다.

그러면 그들 중에서도 제일 가난했던 이두는 할머니께서 이제 곧 저녁밥을 지을 것이라고 생각하는 것이었다.

가난이 운명처럼 느껴질 때가 있었다. 건장한 청년이 되어 굶지 않고 지내게 되었을 때에도 이러한 느낌은 떠나지가 않았다.

그는 소년들의 등짐이 모퉁이로 사라졌다가 다시 나타나, 마지막으로 언덕 밑으로 가라앉는 것을 멍하니 바라보고 있었다.

그것은 마치 아이들이 가난을 등에 진 채 늙어 가고 있는 듯 한 모습이었다. 예나 지금이나 이 마을의 나무 하는 소년들이 변함없이 점심을 거르고 있다는 사실이 그를 화나게 만들었다. 강아지 같은 아이들을 굶길 만큼 이 세상이 썩어 있다는 것을 그는 철이 들면서부터 의식하기 시작했고, 이러한 생각은 나이가 들어감에 따라 가끔씩 그를 괴롭혀 왔다.

사흘째 계속 오는 길이지만, 공동묘지는 그에게 역시 낯설게 느껴졌다. 어디서부터 발을 들여놓아야 할지 망설일 정도로 그는 묘지로 통하는 길목에서 한참 동안 망연히 서 있었다.

잡초가 자랄 틈이 없이 자주 파묻고 하는 이유도 있겠지만, 날씨가 워낙 오래 가물고 있었기 때문에 묘지는 온통 헐벗고 있었다.

붉은 무덤들은 맞은편 산 너머까지 끝없이 퍼져 있었다. 그것들은 어떻게 다스릴 수도 없을 만큼 무서운 힘으로 산을 갉아먹고 있어서 그에게는 그것들이 마치 먼 훗날 어느 땐가는 이 지구를 송두리째 잠식해 버릴 것만 같았다. 공동묘지의 번식력이 얼마나 왕성한가는 이곳에 와 보고서야 비로소 알게 된 사실이었다. 옛날 그가 어린 소년이었을 때는 이 공동묘지가 이렇게까지 드넓게 퍼져 있지는 않았었다. 그것은 아담하다고까지는 말할 수 없지만, 볕이 잘 들고 전망이 좋은 솔밭 속의 자그마한 묘지였다. 그러던 것이 지금은 이렇게 끝 가는 데를 모를 정도로 맞은 편 산마루를 넘어 드넓게 퍼져 있는 것이었다.

묘지로 들어서다가 그는 까마귀 떼를 발견했다. 놈들의 검은 부리와 날개는 햇빛을 받아 번쩍번쩍 빛나고 있었다. 그것이 그의 신경을 몹시 엇갈리게 했기 때문에 그는 갑자기 돌멩이를 하나 집어 놈들 쪽으로 힘껏 던졌다. 돌멩이가 채 땅에 떨어지기도 전에 검은 까마귀들은 소리를 지르면서 묘지 가운데로 날아갔다. 그는 쫓아가면서 계속 돌멩이를 집어 던졌다. 그러나 까마귀들은 돌이 날아갈 때마다 조금씩 몸을 피할 뿐 결코 묘지를 벗어나지는 않았다.

"지독한 놈들이군."

그는 놈들을 쫓는 것을 그만두기로 했다. 사실 묘지 이외에는 놈들이 안주할 곳이 이 세상에는 없을 것이다.

어제 그는 이곳에서 해골을 발견했었다. 누구의 무덤인지는 모르지만, 파헤쳐진 구덩이 속에서 해골과 팔다리로 보이는 길쭉한 뼛조각들이 뒹굴고 있었다. 그것들은 아주 오랫동안 그렇게 버려져 있었던 모양으로 누렇게 그을려 있었다. 물론 살점이라곤 하나도 붙어 있지 않았는데, 무엇을 노리는지 까마귀 떼가 그 주위에 몰려 있었다. 놈들은 뼈에 부리를 비비거나 그것을 쪼아대고 있었다.

발밑에서 판자 조각이 빠각하고 부서지는 소리가 났다. 그는 그것이 아마 썩은 관(棺) 조각일 것이라고 생각했다. 돌아보니 판자 조각은 비스킷처럼 산산이 부서져 있었다.

그는 덤불이 우거져 있는 쪽으로 다가갔다. 그곳은 마른 잡초가 뒤엉켜 있어서 무엇을 숨겨두기에는 안성맞춤이었다. 거기서 그는 어제 숨겨 둔 괭이를 끄집어내었다. 그것을 들고 그는 이제부터 작업을 계속해야 했다. 연장을 하나 사서 작업을 시작한 것은 그저께부터였다.

그는 남방셔츠를 벗으면서 태양을 바라보았다. 태양은 서쪽 하늘 중간에서 폭발하고 있었다.

그는 맞은편 산등성이 너머로 밀알처럼 빽빽이 들어찬 무덤들을 두려운 듯이 바라보았다. 문득 그에게는 아버지의, 눈을 부릅뜨고 죽어 있을 것만 같은, 노한 모습이 떠올랐다.

휴가가 시작된 것은 4일 전이었다. 별로 팔리지 않는 여성 관계의 잡지사에서 편집부장으로 일하고 있는 그는 휴가와 함께 약간의 보너스까지 받았지만, 지금까지의 버릇대로 이번 여름에도 휴가를 즐기기 위하여 멀리 시원한 곳으로 피서를 간다는 것은 생각해 보지도 않았다.

그에게는 물론 생각해 줘야 할 여자가 없는 것은 아니었다. 여자란 남자와는 달리, 즐겁게 지내는 일에 대해서 유난히 눈을 밝히는 동물이기 때문에 그의 여자가 피서에 대하여 꿈같은 이야기를 하는 것을 그는 당연하게 생각했다. 하지만 그렇게 귀담아 들어 주는 정도에서 여자에 대한 그의 서비스는 끝나야만 했다. 그럴 때마다 번득이는 여자의 원망스러운 눈초리를 그는 대단히 미안한 마음으로 받아들일 수밖에 없었다.

피서나 여행에 대한 말을 들을 때마다 그는 자신이 이 세상과는 좀 동떨어져 있는 것만 같은 기분이 들곤 했다.

지난 수년 동안에 있어서 그의 여름휴가는 주로 집 안에 틀어박혀 지내는 것이 고작이었다. 그것은 그가 별로 돌아다니는 것을 좋아하지 않고, 또 휴가를 즐길 만한 경제적인 여유가 없었기 때문이기도 하지만, 무엇보다도 아버지의 중환이 가장 큰 이유였다고 볼 수 있었다.

칠십에 가까운 그의 아버지는 젊었을 때 고생을 몹시 했던 탓인지 벌써 6년째나 중풍에 걸려 있었다. 아버지의 이러한 병은 시들어 가는 육체의 어쩔 수 없는 퇴화 현상이라고 볼 수 있지만, 그것을 재촉한 것은 그의 부서져 버린 의지의 결과라고도 해석할 수 있었다.

사실 그의 아버지가 생에 대한 의욕을 잃어버린 것은 중풍에 걸리기 훨씬 이전이었다고 생각하고 있었다. 그것은 어머니의 돌연한 죽음과 함께 시작되었던 것이다.

어머니와 사이가 워낙 좋았던 아버지는 그녀가 죽자 흡사 열병에 걸린 사람처럼 신음하면서 급속히 살이 빠지기 시작했다. 아마 아내의 죽음은 그에게 퍽 충격이 컸던 모양이었다. 더구나 어머니의 죽음은 조용하고 편안하게 이루어진 것이 아니라 너무도 비참하게 끝났기 때문에 그 아픔은 언제나 생생하게 아버지를 괴롭히고 있는 것 같았다.

이두는 한 인간의 만년의 비애를 막기 위하여 아버지에게 재혼을 권하기까지 했다. 그러나 아버지는 조금도 아들의 말을 들으려 하지 않았고, 오직 그의 머릿속에는 사랑하는 아내의 모습만이 들어차 있는 것 같았다. 이제 아버지가 다시 소생한다는 것은 거의 불가능한 일이었다. 그의 사지는 완전히 마비되어 있어서 섭취와 배설을 완전히 남에게 의존해야만 했고, 벌써 끝났어야 할 그러한 상태가 너무 오래 계속되고 있었다.

다행히 집에는 그의 누나가 와 있었기 때문에 아버지를 간호하는 데는 별로 어려움이 없었다.

갓 마흔 살인 그의 누나는 아기를 낳지 못한다는 이유만으로 남편으로부터 추방당한 신세였다. 그래서 그런지 아버지를 돌보는 그녀는 꽤 신경질적이었다.

처음 이두는 아버지의 병을 고쳐 보려고 갖은 수단을 다 강구해 보았다. 그때의 그 정성과 노력은 지금 생각해 보아도 그로서는 대단히 극성스러웠다고 할 수 있었다. 큰 집이 한 채 날아가고, 그 자신의 계획이 중단되기도 했지만, 그는 그래도 직성이 풀리지 않아 퇴근 후면 아르바이트까지 하면서 아버지의 치료비를 배려고 발버둥 쳤다. 그러나 중풍(中風)이란 일종의 노후과정(老後過程)이어서 그런지 그의 노력은 아무 보람도 없이 완전히 헛된 것으로 끝나 버리고 말았다. 아버지의 병은 생계마저 위협할 정도로 막대한 돈만 집어삼킨 채 오히려 더 악화되기만 했던 것이다, 결국 이두는 주저앉아 버렸다. 그리고 뒤늦게나마 아버지로부터 손을 떼었다. 아버지가 세상을 뜨는 날까지 잠자코 기다리는 수밖에 별도리가 없는, 실로 무력한 상태가 그에게 찾아든 것이었다. 죽음을 기다려 준다는 것, 그것은 처음에 이두를 몹시 괴롭히고, 그로 하여금 자신의 불효에 대해서까지 생각하게 했지만, 하루 이틀이 지나는 동안에 모든 것은 평범하고 권태로운 상태로 가라앉아 버렸다.

무더운 여름철에 며칠쯤 서늘한 바닷가로 피서를 가는 것은 집에 틀어박혀 있는 것보다는 확실히 좋은 일이다. 만일 가능했다면, 이두는 적어도 지난 몇 년 동안에 있어서 한 번쯤은 먼 바닷가로 피서를 갔을 것이다. 무더위를 피해서가 아니라 그는 바다가 보고 싶었다.

그러나 언제 세상을 떠날지도 모르는 아버지를 그대로 두고 피서 여행을 간다는 것은 생각해 보는 것만으로도 부끄러운 일이었다. 그는 효자는 아니었지만, 불효라는 것도 좋지 않게 생각했었다.

그런데 금년 여름은 사태가 좀 달라지게 되었다. 여행이라면 여행이라고도 볼 수 있는 그것은 그 자신이 전혀 예상하지 못한 방향에서 좀 엉뚱하게 시작되었다. 그리고 갑자기 일어났다.

휴가가 시작되기 전날 밤, 그가 마지막 프로의 영화를 보고 나서 늦게야 집에 들어가자 아버지가

"내일부터 휴가지?"

하고 물은 다음 이렇게 말했던 것이다.

"이번 휴가에 네 어머니 산소를 찾아 봐라. 우리가 서울로 올라온 지가 햇수로는 벌써…… 17년이나 되었는데 아직까지 이장(移葬)도 못하고…… 큰 죄를 지었다."

아버지는 한참 있다가 다시 느릿느릿 말을 이었다.

"……낮에 잠깐 눈을 감고 있는데…… 네 어머니가 보였어. 머리를 풀고 아주…… 더러운 옷을 업었더라. 나한테 무슨 말인가 하려고 머뭇거리다가…… 내 꼴이 하도 안 됐던지 그대로 사라져 버렸어."

아버지의 이 말은 전혀 뜻밖으로서 아들의 가슴을 뒤흔들어 놓았다.

해마다 어머니의 제사를 간단히 치르고는 있지만, 그동안 이 두가 어머니의 산소(山所)에 대해서 깊이 생각해 본 적은 좀처럼

없었다. 1년에 한 번 치르는 제사였지만, 그것마저 약간 귀찮게 생각되었을 정도였으니까 거기까지 생각이 미치지 않은 것은 당연했다.

아버지가 산소를 찾을 수 있겠느냐고 물었을 때, 그는 웃으면서 물론 찾을 수 있을 거라고 대답했다.

"우선…… 옛날 우리가 살던 마을에 가서 박 노인을 찾아라. 그분이…… 네 너머니 산소를 돌봐 주고 있을 테니까…… 술이라도 한 잔 받아다가 대접해 드려라. 아주…… 고마운 분이지. 내가 아픈 뒤로는 통 못 만나 봤으니까…… 지금 그 노인이 살아 계실지 모르겠다……."

여느 때 같으면 더듬거리기만 하던 아버지의 말씨도 이때만은 또렷하게 들렸다. 아마 아버지는 모든 의식을 쥐어짜고 있는 것 같았다.

"네 어머니 산소에 표가 있다. 너도 알겠지만, 산소 정면에 병을 하나 거꾸로 박아 뒀으니까…… 그걸 먼저 찾아라. 꼭 찾아야 한다……."

아들이 불을 끄고 자리에 눕자 아버지는 어둠 속에서 다시 속삭였다.

"내 어머닌 굶어서 죽은 거다. 먹지 못해서…… 영양실조로…… 죽은 거야. 내가 무능했지. 그런데도 아까 낮에 내 앞에 나타났을 때도 네 어머닌…… 나를 원망하지 않았어. 오히려 나를…… 불쌍하게 쳐다보았어. 세상에 그런 여자는 없다…… 지금까지 그 먼 타향에 내던져 두다니…… 무척 외로웠을 거다…… 내일 당장 떠나라."

아버지의 이야기는 상당히 오래 계속되고 있었다.

이두는 좀 지루한 느낌이 들었고, 나중에는 듣기가 싫었다. 아버지와 함께 슬픈 감정에 젖어 든다는 것은 거북한 일이었다. 자신이 약하다는 것을 느끼는 것은 장성한 사나이에게는 불쾌한 일에 속하는 것이었다.

그러나 어머니에 대한, 채 정리되지 않은 생각들이 밀려들면서 이두는 슬퍼지는 감정을 어찌할 수 없었다. 지금까지 그는 어머니에 대한 여러 가지 생각들을 될수록 피해 왔었다. 그런데 그것이 죽음을 앞에 둔 아버지의 입에서 끓는 듯 한 소리로 굴러 나왔기 때문에 그는 한쪽으로 몰리는 감정을 피할 수가 없었던 것이다.

거의 새벽녘이 될 때까지 그는 잠을 못 이루고 뒤척거렸다. 그가 어렸을 때의 어머니의 가냘프던 모습과 그의 짓궂은 장난 때문에 화를 내고 울곤 하던 일들, 그리고 어머니의 비참했던 임종과 아버지의 고뇌, 그 후에 뒤따른 일가의 몰락, 그 자신의 고생스러웠던 지난날들— 이러한 것들이 그를 몹시 괴롭혔던 것이다.

무엇보다도 어머니의 비참한 죽음이 그의 가슴을 울렁거리게 했다. 그 바람에 그는 어린애 같은 심정이 되면서 목을 놓아 울고 싶은 충격에 몸을 떨었다. 나이가 서른둘이라고 하지만 그것은 세월이 그렇게 흘러갔다는 것뿐, 그의 감정을 그만큼 고갈시키지는 못한 것 같았다.

겨우 잠이든 그는 아주 늦잠을 잤다.

일어나 보니 날씨는 청명했고, 일기 예보는 금년 들어 최고의 온도를 알려주고 있었다.

4일 간의 여행에 필요한 것들을 대강 준비한 다음 그는 밖으로 나와 여자에게 전화를 걸었다. 미주(美珠)는 전화를 받자 기쁜 나머지 행선지도 묻지 않고 뛰어나왔다.

그는 그렇게 생각해 보지 않았지만, 주위 사람들이 그의 애인으로 믿고 있는 그 여자는 그의 입사(入社) 동기(同期)로서 그와는 7년 동안이나 지금의 잡지사에서 함께 일해 오고 있는데, 남자라면 누구나 탐을 낼 만큼 아름다운 용모를 지니고 있었다.

같은 계통의 여자들 사이에서도 꽤 말수가 높은 것으로 해서 그녀는 똑똑하고 대단한 여성으로 알려져 있었다. 그러나 그녀는 이두에게만은 똑똑하게 굴지를 못했다. 가난한 집안 출신으로 겨우 대학을 나와, 팔리지 않는 잡지사의 편집부장 일을 보고 있는 그에게는 사실 장래를 크게 기대할 만한 것이라고는 하나도 없었다. 이런 점에서 볼 때, 정말 계산이 빠른 여자라고 한다면 그 같은 남자를 벌써 차 버리든지, 단념하고 돌아섰어야 했을 것이다. 그렇지만 미주는 때때로 짜증을 부리면서도 이두를 떠나지 않고 기다려 왔다.

여자가 기다리고 있다는 사실에 대해서 남자가 감동해 주는 것은 그렇게 쉬운 일이 아니었다. 남자라는 것들은 태어나면서부터 무책임하게 여자의 육체를 편력하는 괴벽이 있기 때문인지, 한 여자에게만 집착하는 것을 큰 고통으로 생각하기 일쑤였다. 그도 예외는 아니어서, 그의 여자에 대해서 귀찮게 느껴질 때가 많았다.

여자가 왜 그를 그렇게 따르는지 그는 별로 생각해 본 적이 없었다. 그의 육체의 요긴한 부분에 절대적인 위력이 있다든지,

성격상으로 이질적인 데가 있다든가 하는 것도 아니었다. 그런데도 그녀는 그를 따르고 기다려 왔다.

　미주가 7년 동안이나 그를 기다린 데에는 물론 그의 책임이 없지 않아 있었다. 당신이 싫어졌다고 솔직히 한마디만 했다면 여자는 벌써 물러났을지도 몰랐다. 그러나 그는 그런 말을 할 수가 없었다. 여자가 노골적으로
　"제가 싫으세요?"
하고 물어 왔어도 그는 잠자코 있었다.

　처녀들이란 항상 결혼만 생각하고 있는가 하고 그는 가끔 생각해 본 적이 있었다. 그의 여자가 나이가 들어갈수록 초조해지고 있다는 것을 그는 누구보다도 잘 알고 있었다.

　그런데 그가 다른 여자를 바라고 있는가 하면, 사실 그런 것도 아니었다. 미주와 만나고 있는 동안에도 그는 다른 여자들과 교제를 했는데, 모두가 아주 가벼운 마음으로 가 버리곤 했기 때문에 그의 기억에 강렬한 인상을 남긴 여자는 하나도 없었다. 막상 결혼에 대해서 자신이 주저하고 있다는 것을 알았을 때 그는 여간 거북스럽지 않았다. 나이 많은 아버지를 생각해서라도 그가 결혼해야 할 이유는 충분했다.

　그런데도 그는 여자를 끌어들여 아내로 삼는다는 일이 너무 엄청나고 만연하게만 느껴질 뿐이었다. 아무래도 자신이 결혼할 것 같지 않다는 것이 최근의 그의 생각이었다.

　미주가 뜨거운 태양 때문인지 붉게 달아오른 얼굴로 나타났을 때, 그는 왜 자신이 그녀를 불렀는지 잘 알 수가 없었다. 집을

나올 때까지만 해도 그는 그녀 생각을 하지 않았었다. 혼자 가기가 퍽 심심할 것이라고 느낀 것은 역 앞에 이르러서였다. 그는 혼자 있는 것을 즐겨 하는 편이지만, 때때로 그것이 지루하고 두렵게 느껴지는 때가 있었다. 그럴 때면 그는 아무 여자나 만나서 정을 통하고 싶은 욕망에 사로잡히곤 했다. 그렇다고 해서 그가 미주를 아무 여자들 중의 하나쯤으로 취급하는 것은 아니었다. 그는 매우 단순한 기분으로 그녀에게 전화를 걸었던 것이다. 그녀 쪽에서도 역시 그런 기분으로 나와 주기를 바라면서 말이다.

미주의 기뻐하는 모습을 보자 그도 즐거운 마음이 솟아올랐다. 그리고 그때까지 그의 머릿속에 뭉쳐 있던 지난밤의 우울과 피로가 말끔히 가셔 버렸다. 간단히 어머니의 산소를 찾아 본 다음 모처럼 맞은 휴가를 바닷가에서 즐겁게 보내야겠다는 생각이 그를 소년처럼 들뜨게 만들었다. 이때만은 아버지의 중환도 그의 이 즐거운 감정을 거스르지는 못했다.

차 시간까지는 시간이 많이 남았기 때문에 그들은 시내에서 오후 한나절을 보내다가 일곱 시가 지나서야 차에 올랐다.

열차가 수원을 지날 때 그는 창문 밖으로 놀이 진 붉은 하늘을 바라보고 있었다.

노을이 모든 풍경을 붉게 물들여 놓고 있었다. 붉은 산과 들, 붉은 냇물, 붉은 황톳길을 그는 지치지 않고 바라보았다. 마지막으로 그는 그녀의 붉은 얼굴을 보았고, 그 얼굴을 손으로 쓰다듬어 주었다. 여자는 지금까지 보지 못한 그의 이러한 행동에 즐거운 듯이 웃으며 놀란 눈으로 그를 바라보았다.

바람을 쐬려고 여자와 함께 승강구로 나왔을 때 그는 그녀에게 이런 이야기를 해 주었다.

"옛날엔…… 옛날이라고 하지만 그렇게 오래 전은 아니고 한 십이삼 년 되었을까…… 고등학교를 졸업하기 바로 직전이었으니까. 그렇게 되겠군, 겨울이었는데 볼일이 있어서 기차를 타게 되었어. 그땐 지금처럼 이런 특급이 없고 제일 좋다고 해야 급행이 고작이었는데, 언재나 호남선은 만원이었지. 통로까지 사람들이 빽빽이 들어차 있어서 발 디딜 틈도 없었어. 나는 자리를 못 잡고 통로에 서 있었는데, 몇 시간을 그렇게 서 있으려니까 신경질이 나더군. 그래서 그 북새통에 버르장머리 없이 술을 많이 마셨어. 그땐 내가 고등학생치고는 술을 아주 잘 마셨어. 그런데 무슨 배짱으로 그랬는지 병신들하고 싸움이 붙었어. 그 자식들은 무시무시하게 생긴 인상파들이었는데, 열차를 무대로 연필 같은 것을 들고 다니면서 돈을 뜯는 놈들이었어. 진짜 상이군인인지 어떤지는 몰라도 쇠갈고리와 목다리를 휘두르면서 여러 명이 함께 몰려다니기 때문에 승객들은 꼼짝도 못하고 당하기만 했지. 비좁은 통로를 마구 휘저으며 다니는 바람에 여간 귀찮지가 않았어. 한 놈이 지나치면서 나를 짐짝처럼 밀어젖히기에 항의를 했지. 여보쇼, 조심하쇼. 하고 말이야. 술김에 그런 말을 할 수가 있었던 거지. 그러자 그놈이 나를 갈겼어. 내가 욕을 하니까 다른 놈들까지 합세했어. 난…… 하도 화가 나서 술병으로 한 놈을 갈겼어. 머리를 잘못 때렸는지 그 자식이 픽 쓰러지지 않아. 그 자식들…… 내가 깨진 병을 휘두르면서 달려드니까 도망치더군. 그 사이에 나도 도망을 쳤지. 내가 뛰어내린 곳이 대전이었는데…… 그 바람에 차를 놓쳤어요. 거기서 하룻밤 묶고 보니 여비가 부족

하기도 했고 또, 사건이 확대되어서 볼일을 못 보고 말았지. 아침 신문을 보니까, 내가 병으로 때린 놈이 뇌출혈로 죽었더군."

"어머, 그 사람인지 어떻게 알아요."

미주는 주위를 둘러보면서 속삭이듯이 물었다.

"호남선 열차에서 물건을 강매하다가 죽었다니까…… 그놈이 확실하지."

"아이, 목소리가 너무 커요. 다른 사람이 그럴 수도 있지 않아요?"

"범인은 학생복 차림이라고 했어. 그러니까 내가 분명해."

여자는 그가 지금까지 무슨 말을 했는지 잘 모르겠다는 듯이 입을 벌린 채 멍하니 그를 바라보았다. 그것을 보자 그는 웃음이 나왔다.

"에이, 농담 말아요!"

여자는 얼굴을 붉히면서 그의 어깨를 탁 때렸다. 그 바람에 그는 더욱 소리 내어 웃었다.

다른 사람이 나타나서 그들이 서 있는 난간에 끼어 들려고 했기 때문에 그들은 자리로 돌아왔다.

여자가 그의 어깨에 머리를 기대자 그는 잠자코 여자를 껴안았다. 조금 후에 그들은 함께 눈을 감고 자는 체했다.

그는 숨소리만으로도 여자의 심장이 놀란 토끼처럼 팔딱팔딱 뛰고 있는 것을 느낄 수가 있었다. 그의 거짓말에 여자는 상당히 놀랐던 것 같았다.

그는 고개를 외로 꼰 채 코를 골면서 정말로 깊이 잠이 들어 버렸다.

열차가 여수(麗水)에 도착한 것은 이른 새벽이었다. 그는 긴 여행에 몹시 피곤했으므로 여자를 데리고 허둥지둥 호텔을 찾아들었다.

항구의 아침은 내지보다 일렀다.

그는 강렬한 아침 햇살에 눈을 떴다가 다시 잠이 들었다. 여자는 벽 쪽에 얼굴을 묻은 채 꼼짝하지 않았다.

그가 완전히 잠을 깬 것은 열두 시가 막 지나서였다. 열린 창문으로 무더운 바람이 들어오고 있었다. 여자는 화장을 하고 있다가 그를 돌아보면서 웃었다.

오후에 그가 잠깐 다녀올 데가 있다고 하면서 혼자 밖으로 나오자, 미주는 좀 어리둥절한 표정을 지었다. 그러나 그에게 어데 가느냐고 묻지는 않았다.

그는 어머니의 산소에 간다고 말하려다가 그만두었다. 그가 그런 말을 여자에게 하지 않은 것은 어쩌면 자신이 어머니의 산소를 못 찾을지도 모른다는 기우(杞憂) 때문이었다. 여자에게 이런 문제를 알려줄 필요가 없다는 것이 그의 생각이었다. 여자는 다만 그들이 피서를 즐기기 위해서 이곳에 왔다는 것만을 생각하고 있으면 되는 것이었다.

그가 찾아간 마을은 공동묘지로 가는 길목에 자리 잡고 있었다. 옛날처럼 그 곳에는 초가 몇 채와 움막이 있었고, 길에는 돌이 많았다.

그는 마을에 들어가 박 노인을 찾기 전에 급한 마음으로 먼저 묘지로 향했다.

길이 많이 변했다 할지라도 사실 달라진 것은 그 자신의 눈이었다. 눈이란 세월과 함께 변하기 마련이었다.

짧고 복잡한 것만을 보아 온 그의 눈은 묘지에 이르기 전에 당황하기 시작했다. 왼쪽에 있으리라고 생각했던 언덕이 오른쪽에 있었고. 울창하던 소나무는 하나도 보이지 않았다.

어머니의 산소를 찾는 일이 어렵다는 것을 알게 되자 그는 괭이를 하나 사 들고 다시 올라왔다. 그리고 저녁때까지 땀을 뻘뻘 흘리며 헤매었지만, 역시 찾을 수가 없었다.

마을로 내려오면서 생각한 것이었는데, 공동묘지에는 임자 없이 버려진 무덤들, 무덤 같기도 하고 그렇지 않은 것 같기도 한 비석은 고사하고 팻말 하나 없이 마구 파헤쳐진 무덤들이 많이 있었다.

마을에서 그가 기억해 낼 수 있는 사람은 하나도 없었다. 그뿐만 아니라 박 노인을 아는 사람도 없었다.

"박 노인이라…… 잘 모르겠는데요."

마을 사람들은 모두가 이런 식으로 대답하면서 그를 이상하게 쳐다볼 뿐이었다.

그는 밤늦게까지 마을을 돌아다녔지만 어머니의 산소를 돌보고 있었다는 박 노인의 소식은 조금도 들을 수 없었다.

그가 호텔로 돌아왔을 때 미주는 기다리다 지쳤는지 잠들어 있었다. 그가 길게 한숨을 쉬자 그녀가 눈을 떴다. 그녀의 시선은 그를 처음 보는 듯이 놀란 표정이었다가 이내 울음을 삼키느라고 어깨를 들먹거렸다.

그는 여자에게 무슨 말인가 해 줘야 한다는 것을 알면서도 아무런 말도 할 수가 없었다. 미안하다는 말 한마디도 할 수 없었다.

여자의 울음 앞에서는 그 따위 말은 너무 시시한 것 같았다.

밤이 깊도록 미주는 그에게 아무것도 묻지 않았고, 그래서 그도 미안한 마음에 꼼짝 않고 있다가 나중에는 어머니 산소를 잃어버렸다는 사실을 생각하고는 점점 불안한 마음이 되어 갔다.

어머니가 죽은 것은 순전히 전쟁 때문이었다고 그는 지금도 생각하고 있었다. 어머니가 부상했다거나 해서 죽은 것은 아니었지만, 아무튼 전쟁 때문에 고생을 하다가 세상을 떠난 것만은 확실했다.

곰곰 생각해 보니 어머니가 돌아가신 지 햇수로는 벌써 꼭 19년째였다. 19년…… 그것은 그의 짧은 생애에 있어서 가장 고통스러웠던 하나의 추억을 조금도 퇴역(退役)시키지 못한 세월이었다.

19년 전, 그가 열세 살 되던 그해 봄에 그들은 이곳 여수 항구에 머물러 있었다. 1·4후퇴로 여러 도시를 전전하다가 이곳까지 내려온 그들은 산비탈의 초가 한 칸을 빌어 그 어려운 피난 생활을 계속하고 있었다.

전세가 불리해짐에 따라 무차별 징용으로 아버지는 어디론가 멀리 끌려가 버렸기 때문에 어머니는 외아들 하나를 키우기 위하여 모진 고생을 해야만 했다. 누나라도 있었으면 어머니의 고생이 덜어질 수 있었겠지만, 누나는 그 전해에 벌써 시집가 버리고 없었다. 그의 어린 마음에도 짐승처럼 먹고 산다는 것이 얼마나 힘든 일인가 하는 생각이 들 만큼 그들 두 식구의 생활은 어렵고 빈한했다.

몸이 몹시 약하고, 거기다 고생을 해보지 못한 어머니는 언제나 무너질 듯 한 목소리와 걸음걸이로 그들의 먹이를 구하려고 밤늦게까지 거리를 헤매고 다녔다.

어머니가 한 일은 주로 선창가에서 생선을 받아다가 여기저기 돌아다니며 파는 행상이었다. 그것은 하루 벌어 하루 먹기에도 힘든 장사였다.

하얗고 아름답던 어머니의 얼굴이 땀에 절고 절어 마침내 까맣게 일그러들던 것을 그는 지금도 선명하게 기억할 수가 있다. 어머니의 얼굴은 처음에는 앙상하게 말라 가다가 나중에는 부황으로 부어오르기 시작했다. 그리고 어느 날, 이두는 갑자기 어머니의 배가 높이 솟아 있는 것을 발견했다. 그 후부터 어머니는 더욱 허덕거리는 것같이 보였다.

그러나 어머니가 그에게 두 번씩이나
"너의 아버지가 떠나시면서 아들이면 남두(南斗), 딸이면 지연(芝蓮)이라고 이름을 지으라고 했어."
하고 말한 것으로 보아 어머니는 새로 태어날 아기에 대해서 큰 기쁨을 가지고 있는 듯 했다.

그는 남두라는 이름이 이상하게 들려서 생각날 때마다 깔깔거리며 웃곤 했다.

그해 겨울, 어느 추운 밤에 어머니는 마침내 아기를 낳았다. 울음소리가 큰 아들이었다. 그러나 이두가 잠을 깬 것은 어머니의 신음 때문이었다. 몰라볼 정도로 얼굴이 부어 오른 어머니는 몹시 숨 가쁜 목소리로,

"빨리…… 의사…… 의사를……."

하고 소리치고 있었다.

그는 침침한 등잔불 밑에서 검게 번져 가는 피를 보자 번쩍 정신이 들었다.

어머니의 해산을 도와주고 있던 주인집 아주머니가 그를 보고 빨리 밖으로 나가라고 손짓했다.

그는 벌떡 일어나서 옷을 주섬주섬 입은 다음 밖으로 뛰쳐나왔다.

밖에는 앞을 분간할 수 없을 만큼 눈보라가 치고 있었다. 그는 어깨를 움츠리고 무서움에 떨면서 시내를 향하여 비탈길을 내려갔다. 마을에서 시내까지의 거리는 멀고도 험했다. 그러나 의사는 시내까지 나가야만 찾을 수가 있었으므로 그는 어떻게 해서든지 거기까지 갔다 와야만 했었다.

통금의 거리에는 인적이 끊긴 지 오래였다. 어머니가 죽어 가고 있다는 사실보다도 그는 아무도 다니지 않는 밤거리에 자신이 홀로 내던져져 있다는 것이 더 무섭게 느껴졌다. 밤 개 짖는 소리가 차차 가까워지고 있었다.

"이런 게 무서워서야 되는가."

그는 무서움을 떨쳐 버리기 위해서 꽥~ 하고 소리를 크게 질렀다. 그러나 무서움은 그의 덜미를 움켜쥔 채 떨어지려고 하지를 않았다.

그는 뒤를 힐끔힐끔 돌아보면서, 혹시 귀신이 따라오지나 않나 하고 주의했다.

"이 세상에 귀신같은 것은 없어. 그런 게 있다면 가만둘 수가 없지."

그는 오줌이 마려웠지만 그 자리에 잠시라도 서 있는다는 것이 무서웠으므로 그대로 내쳐 걸었다.

시내에 닿았을 때는 전신에 땀이 흐르고 있었다. 시가에는 가로등이 있었기 때문에 그의 무서움은 얼마쯤 가실 수가 있었다.

그는 첫 번째로 보이는 병원 앞으로 다가가 정신없이 문을 두드렸다.

한참만에야 안에서 전등이 켜지더니 현관문 대신 창문이 조금 열렸다.

"뭐야?"

헝클어진 머리털만 보이는 청년이 잠이 덜 깬 목소리로 퉁명스럽게 물었다. 이두는 주춤거리며 말했다.

"어머니가 애기를 낳고…… 피를 많이 흘리고 있어요."

"그래서?"

"집에까지 같이 가요."

"너의 집이 어디냐?"

"저어기 산 있는 데예요."

"어휴, 저어기 봉강동(鳳岡洞) 말이야?"

청년은 고개를 흔들면서 창문을 닫으려고 했다. 이두는 창문을 움켜잡았다.

"같이 가요!"

"너무 멀어서 안 되겠어. 그리구 오늘은 일요일이고…… 선생님은 지금 주무시고 계시기 때문에 안 돼."

청년은 이두의 손을 밀어 내고 문을 쾅 닫았다. 그 바람에 창틀에 쌓여 있던 눈송이가 이두의 머리 위로 덩이째 우수수 떨어졌다. 그는 목덜미로 파고드는 차가움을 떨치려고 어깨를 잔뜩 추켜올렸다.

지나가던 순찰 경관이 그를 눈여겨보더니 아마 거지 정도로 생각 되었던지 그대로 지나쳐 갔다. 이두는 몇 군데 병원을 돌아보았지만 가는 곳마다 모두 거절당하곤 했다.

마지막으로 들른 병원에서 그는 조그만 주사약 한 병을 얻을 수가 있었다. 그 병원의 의사는 이두의 애걸하는 모습을 물끄러미 바라보다가 이렇게 말했다.

"너무 멀어서 내가 거기까지 갈 수는 없고…… 이건 피를 멎게 하는 주사약이니까 하나 가져가 봐. 돈은 안 가져왔지?"

"내일 가져오겠어요."

"그건 아무래도 좋아. 잘 가 봐. 무서우면 노래를 부르면서 가라구."

돌아오는 길에 이두는 의사의 말대로 노래를 불렀다. 걸으면서 오줌을 눌 때에도 소리를 질렀다.

마을로 올라가는 언덕 밑에 이르러서야 그는 집에 주사를 놓을 사람이 없다는 것을 깨달았다. 아버지가 계신다면 문제는 간단했다. 아버지는 크고 작은 주사기를 두 대나 사 놓고, 몸이 약한 어머니에게 필요할 때마다 주사를 놓아 주곤 했었다. 그러나 지금 놓아 줄 사람이 없는 주사약은 아무 필요가 없는 것이 되고 말았다.

비탈길 중간쯤에 이르러서 그는 그의 집에 불이 환히 켜져 있고, 모닥불이 활활 타오르고 있는 것을 발견했다.

"아!"

그는 깜짝 놀라서 집까지 줄달음쳐 올라갔다.

집에는 반장을 비롯한 마을 사람들이 모닥불을 중심으로 뺑 둘러서서 웅성거리고 있었다.

이두는 잠시 문 앞에 서서 모닥불 위로 반짝이며 떨어지는 아름다운 눈송이를 바라보았다. 그때 그는 문득 그 아름다운 빛이 하늘의 축복이 아닌가 하는 생각이 들었다. 그의 그러한 생각은 아기의 울음소리에 금방 끊어져 버렸다.

이두가 방으로 뛰어 들어갔을 때 이미 어머니의 시체는 담요에 덮인 채 윗목에 뉘어 있었다.

이두는 어머니의 죽은 얼굴을 보고 싶지가 않았다.

이제 어머니는 그가 도저히 접근할 수 없는 거리에 놓여 있는 다만 한 개의 두려운 시체일 뿐이었다.

그는 갓난아기의 울음소리가 마음에 거슬렸다.

"어떻게 된 거예요?"

하고 그는 방 가운데 버티고 서서, 뒤따라 들어온 주인집 아주머니에게 소리쳤다.

"너의 어머니가 갑자기 일어나서……."

아주머니는 울먹이면서 말했다.

"어머니가 갑자기 일어났어요?"

"응. 갑자기 일어나서 소리쳤어."

"뭐라고 소리쳤어요?"

"나 좀 살려 달라고 소리쳤어."

"그래서요?"

"그 다음엔…… 그리고는 넘어지셨어. 그리고 거품을 내면서······.."

"알았어요!"

그는 눈을 부릅뜨고 어머니의 시체를 바라보았다. 음침한 등잔불 밑에서 담요를 뒤집어쓰고 있는 어머니의 시체는 점점 부풀어 오르는 것 같았다. 그것은 금방이라도 벌떡 일어나서 그를 덮칠 것만 같았다.

이두는 천천히 한쪽 구석에 쭈그리고 앉으면서 깊이 고개를 숙였다. 그러자 뜨거운 눈물방울이 손등으로 곧장 떨어져 내렸다. 그는 소리를 죽여 가며 오래도록 울음을 삼켰다. 그러면서도 한 편으로는 죽은 사람이 다시 살아날 수 있는 어떤 기적 같은 것이 없을까 하고 생각했다.

한참 후에 그는 밖에서 아주머니들이 주고받는 소리를 들을 수가 있었다. 여자들은 이런 말들을 하고 있었다.

"이 집 사내아이는 울지도 않는가 봐."

"쬐끄만 머슴애가 매몰찬 데가 있어."

"다른 애들 같으면 제 에미가 죽었다고 발버둥을 칠 텐데······."

"지금은 저렇지만, 나중에 갓 철이 들면 에미 생각이 날 거야."

그는 소리를 내어 운다는 것이 어쩐지 부끄러웠다. 그러나 동네 사람들의 비난이 두려워 조금씩 소리를 내어 울기 시작했다.

동네 사람들의 주선으로 아버지가 전보를 받고 달려온 것은 어머니가 죽은 지 이틀이 지나서였고, 누나는 그 보다 하루 먼저 도착했다. 누나는 몹시 울었다.

이두는 아버지의 우는 모습을 보려고 했지만, 아버지는 굳은 표정만 지을 뿐 결코 울지를 않았다. 그동안 고생을 많이 했던 탓인지 아버지의 바짝 마른 얼굴은 온통 검은 수염으로 뒤덮여 있었고, 움푹 들어간 두 눈은 크게 떠진 채 흡사 넋 나간 사람처럼 한 곳만 응시하고 있었다.

어머니가 누워 있는 방에 들어갈 때 아버지는 아무도 따라 들어오지 못하게 했다. 그래서 밖에서 모든 사람들이 기다렸는데, 안에서는 아무 소리도 들려오지 않았다.

이튿날 눈은 한층 더 거세게 내렸다.

어머니의 장례는 장례라고 부를 수도 없을 만큼 초라하고 쓸쓸하게 치러졌다.

공동묘지로 가는 산길은 눈이 너무 쌓여 걷기에 몹시 힘이 들었다. 아무 장식도 없는, 다만 가마니로 덮은 관을 들것에 들고 두 사람의 늙은 인부가 앞뒤에서 번갈아 넘어지면서 언적을 올라갔다. 뒤따르는 사람은 이두네 세 식구와 동네 사람 둘이었다. 그 중의 한 사람은 평소 아버지를 훌륭하게 생각해 주던 박 노인이었다. 노인은 이두의 손을 줄곧 잡아 주고 있었다.

이 한겨울에 공동묘지를 찾아 온 사람은 그들 외에 아무도 없었다. 그들은 마치 외계에서 들어온 침입자 같이 조심스럽게 묘지로 들어갔다.

쌓인 눈을 헤치고 얼어붙은 땅을 파는 데 한나절이나 걸렸다. 이두가 너무 추워하는 것을 보고 박 노인은 나무를 주워 모아 모닥불을 지펴 주었다.

마침내 땅 속으로 관이 들어가고 아버지의 첫 삽이 붉은 흙을 떠올렸을 때, 아내를 떠나보내는 그의 얼굴은 심히 일그러졌고 삽을 쥔 두 손은 떨리고 있었다. 아버지는 고별의 신호를 보내는 데 있어서 몹시 머뭇거리고 있었다.

한참 후에 그는 발작적으로 관 위에 흙을 뿌렸다. 이두도 아버지를 따라 어머니의 주검 위에 한 삽의 흙을 떠서 뿌렸다. 뒤이어 인부들의 부지런한 움직임이 있었고, 구멍은 순식간에 메워져 버렸다.

아버지는 붉은 무덤이 반쯤 솟아올랐을 때 그 정면에 밑바닥을 밖으로 하여 술병을 하나 박았다. 왜 아버지가 그런 것을 박아 두는지 아무도 말해 주지 않았지만, 이두는 묘를 잃어버리지 않기 위해서는 그런 표지가 필요할 것이라고 생각했다. 아버지는 두 번째로 묘 앞에 긴 사각의 목나무를 깊이 박았다. 준비해 온 목나무에는 <4244, 5, 2 - 4284, 12, 29 金英和의 墓>라는 먹 글씨가 적혀 있었다. 이두는 그것을 들여다보면서 그것이 썩어 없어지기 전에 언젠가는 빗돌을 세워야 할 것이라고 생각했다.

40세, 젊은 나이에 어머니는 구원을 바라면서 죽어 갔다. 먹지 못해 부황이 든 얼굴로 외롭게 아기를 낳다가 죽어 갔다. 그것은 실로 비참하고 불쌍한 죽음이었다.

장례를 치른 다음, 박 노인은 집으로 내려가자고 했지만 아버지는 그것을 거부했다.

"수고하셨습니다. 전 좀 있다가 애들하고 같이 내려갈 테니까 염려 마시고 먼저 내려가십시오."

아버지의 말에 사람들은 더 다른 말이 없이 순순히 공동묘지를 떠났다. 남은 사람은 유족들뿐이었다.

동네 사람들이 언덕 저쪽으로 사라지자 아버지는 눈 위에 그대로 풀썩 주저앉았다. 이두도 누나와 함께 그 옆에 붙어 앉았다.

아버지는 아무 말 없이 눈 내리는 모습을 한동안 바라보고 있었다.

백설은 주위의 산들을 수평선처럼 보이게 하고 있었다. 거기에는 온갖 기쁨과 슬픔을 잠들게 하는 힘이 있었다. 그것을 밀어내듯이 아버지가 힘들게 입을 열었다.

"이두, 너는 앞으로…… 지금보다 고생이 더 심할 거다…… 그렇지만 전쟁이 끝날 때까지는…… 고생이 되더라도 참고 살아야 한다. 지금부터 넌 어른이 돼야 해. 옥이 너는 남의 집에 가 있더라도 어미니 대신 동생을 잘 보살펴 줘야 한다. 세상에…… 너의 어머니처럼 좋은 사람은 없었어."

아버지는 두 손으로 감싸 쥔 얼굴을 무릎 사이로 깊이 떨어뜨리면서 어깨를 격렬하게 흔들었다. 드디어 그의 입에서 울음소리가 터져 나왔다. 그것은 저 깊은 땅속에서 우러나오는 것처럼 깊고 깊은 오열이었다. 거기에는 여타의 조그마한 감정의 편린도 허용하지 않는, 오직 슬픔 그것만을 응고시키고 또 그것에 집착하는 완전한 고독의 흐름이 있었다.

아버지가 우는 것을 보기는 처음이었다. 그래서 이두에게는 그것이 하나의 큰 감동이 되어 다가오는 것이었다. 아버지가 울자 누나도 따라 울고 있었다. 그런데 어쩐 일인지 이두는 함께 울 수가 없었다. 다만 아버지가 이 세상에서 가장 외롭고 불쌍한 사나이로 보일 뿐이었다.

울음을 그친 뒤에도 아버지는 정신없이 그 자리에 한동안 앉아 있었다.
 며칠 뒤 갓난아기가 죽었을 때에도 아버지는 멍한 얼굴로 모든 것을 처리해 나갔다.
 그로부터 2년 뒤에 그들은 그 곳을 떠나 서울로 왔고, 그동안 벌써 17년의 세월이 흘러갔던 것이다.

 이두는 땀에 젖은 러닝셔츠를 벗어 버렸다. 허기가 지고 몹시 목이 말랐지만 그는 준비해 온 것도 없었고 주위에는 마실 물도 없었으므로 참고 견디는 수밖에 없었다.
 서쪽 하늘에 피어 오른 8월의 길고 무더운 낙조 속에서 괭이를 휘두르고 있는 그의 모습은 차차 검은 빛을 띠어 가고 있었다.
 오늘까지 사흘 동안 그가 점검한 무덤들은 수백 개가 넘었다. 그렇지만 병이 박힌 어머니의 묘는 좀처럼 나타나지 않았다.
 그는 자신의 추정을 이젠 믿을 수가 없게 되었다. 적어도 그가 지금까지 생각하고 있었던 추정의 한계는 경계선도 없이 자꾸 넓어져 가기만 했다. 이젠 도대체 어디서부터 손을 대어 어디쯤에서 끝을 내어야 할지 막연하기만 했다. 차라리 얼른 손을 떼어 버리는 것이 현명한 일임을 그는 벌써부터 짐작하고 있었다.
 그러나 그것이 무모하고 쓸데없는 짓임을 알면서도 그는 쉬지 않고 계속 무덤 사이를 더듬었다. 어머니의 묘를 잃어버렸다는 사실이 그를 거의 정신없이 만들어 놓고 있었다. 그는 당황했고, 자신에 대해서 치욕스러움까지 느끼고 있었다.
 그는 너무 더웠기 때문에 바지까지 벗어 버렸다. 그리고 조금 망설이다가 구두와 양말도 벗어 버렸다. 이제 그는 팬티만 걸치고 있었다. 다행히 사람이 없어 망정이지, 혹시 누군가가 그의 이러한 몰골을 보았다면 대단한 미치광이로 여겼을 것이다.

만사가 귀찮다는 생각이 허탈감과 함께 그를 약간 기분 좋게 만들어 주고 있었다. 엉뚱하게도 죽은 사람의 무덤을 찾아서 뭣 하겠느냐는 생각까지도 들었다.

작업을 하는 데 있어서 가장 괴로운 것은 더위였다. 팬티만 입었지만 땀은 금세 가슴과 잔등을 흘러내리고 있었다. 그는 너무 지쳤기 때문에 이젠 땀 닦을 생각도 하지 않았다.

실상 그렇게 고된 작업은 아니었다. 괭이로 무덤의 정면을 벗겨 보면 되는 일이었다. 그런데 그것을 똑같은 방법으로 끊임없이 되풀이한다는 것이 그를 피곤케 하고 있었다.

그가 첫 번째 휴식을 취하면서 주위를 천천히 돌아보았을 때, 저편 길 쪽 나무 사이로 희끗희끗한 것이 보였다. 그것이 행인이라는 것을 알자 그는 일부러 시선을 돌려 버렸다. 한참 후에 다시 일을 시작하면서 돌아보니, 그 사람은 길을 벗어나 묘지 안으로 들어와 있었다.

사십대쯤 되어 보이는 그 사내는 눈을 크게 뜨고 이쪽을 바라보고 있었다. 그것을 보자 이두는 불쾌해졌다. 그가 날카롭게 쏘아보자 그 사내는 허둥지둥 뒤돌아서서 사려져 버렸다.

작업을 하는 동안 이두는 인간의 엄청난 주검에 대하여 처음에는 놀라 마지않았고, 나중에는 자기 자신까지도 공동묘지의 일부처럼 느껴지는 것이었다.

날씨가 완전히 어두워지자 이러한 기분은 더욱 강한 힘으로 그를 압박했다.

등을 타고 스멀스멀 흘러내리는 땀줄기가 흡사 죽음의 손길처럼 그의 피부를 벗겨 내고 있었다. 시간이 감에 따라 그것이 더워서 흐르는 땀인지, 아니면 식은땀인지 그는 얼른 판단할 수 없게 되어 갔다. 괭이질이 끝나면 그는 라이터 불로 무덤의 정면을 비쳐 보곤 했다. 불이 반짝할 때마다 그는 깊은 악몽에서 깨어나는 것만 같았다.

그는 괭이를 수직으로, 또는 옆에서 비스듬히 내리찍었다. 무덤은 오랜 가뭄으로 돌처럼 딱딱하게 굳어 있었기 때문에, 괭이는 그 표피만을 긁어내면서 튕겨 오르곤 했다. 더구나 그는 점점 힘이 빠져 가고 있었으므로 한 무덤에 여러 번 괭이질을 해야만 했다.

이미 그는 이 일에 싫증을 내고 있었다. 육체노동에 매력을 느끼고 있으면서도, 막상 그것에 부딪치면 힘을 못 쓰고 싫증을 느끼는 것이 그의 체질이었다.

그런데도 그의 몸은 끈질기게 무덤 사이를 배회했다. 그것이 이제 기계적인 움직임에 지나지 않게 되었음을 알면서도 어쩔 수 없이 하지 않을 수 없는 상태, 실로 난처하고 괴로운 상태에 그는 놓여 있었다.

밤이 이슥해지자 여기저기서 짐승들의 울음소리가 들려왔다. 그것은 몹시 신경을 거슬렸기 때문에 그는 소리가 들려오는 쪽으로 자주 시선을 돌리곤 했다. 그뿐만 아니라 모기가 따갑도록 몸에 부딪혀 와서 못 견딜 정도로 괴로웠다.

바람은 한 점도 없이 열기만이 가라앉아 있었다. 달빛에 거무스름하게 드러난 묘지의 기복이 음산하기 짝이 없었다. 무덤의 사이사이에서는 사자(死者)의 혼들이 형체를 띠고 금방이라도 벌떡벌떡 일어설 것만 같았다.

그는 무서움을 떨쳐 버리기 위하여 잦은 기침을 했다. 그리고 모기가 달려들 때마다 철썩 하고 세차게 후려지곤 했다. 그는 휘파람도 불었는데, 그것만은 좀 싱거운 생각이 들어서 곧 그만두어 버렸다.

자신이 겁이 많은 것은 옛날이나 지금이나 별 차이가 없었다. 겁을 느낀다는 사실에 은근히 화가 났지만 몸에 배어 드는 본능적인 느낌만은 어쩔 수 없었다. 그것은 밤의 어둠처럼 서서히 침입하더니 갑자기 그를 사로잡아 버렸다. 그는 그 속에서 빠져나오려고 해 보았지만 꼼짝할 수 없었다. 밤에 묘지에 머물러 있는 한 공포를 몰아내려는 그의 노력은 완전히 헛된 것이었다.

그의 두 눈은 보이지 않는 공포를 살피느라고 크게 떠지고, 팽팽해진 신경은 금방이라도 터질 듯이 번쩍거리면서 날카롭게 곤두섰다.

거의 신경질적으로 그는 일을 서두르기 시작했다. 무엇보다도 어서 일을 끝내는 것이 급했다. 일을 어느 정도에서 끝내야 할지는 막연했지만, 아무튼 이 죽음의 골짜기를 빨리 벗어나고 싶었다.

처음 어머니의 묘를 잃어버렸을 때의 그 당황감과 긴박감은 차차 사라지고 있었다.

그는 자신의 나이를 생각하고 대담한 짓을 할 수 있는 충분한 연령이라고 보았지만, 그것은 이 어둠의 공포를 더는 데 있어서는 아무런 도움도 되지 못했다. 그는 한낱 겁 많은 어린 소년에 불과했다.

　팬티 바람으로 무서움에 떨면서 땀을 흘리고 있는 자신을 삼십대의 청년으로 보는 것은 실로 부끄럽기 짝이 없는 일이었다.

　인간의 본능과 시간과의 사이에 놓여 있는 이 엄청난 차이에 그는 새삼 놀랄 뿐이었다. 17년 만에 이곳을 찾아온 그는 조금도 성장하고 있지 않았던 것이다.

　지난 17년의 세월이 그의 앞에 죽음의 바다처럼 썩은 냄새를 풍기며 조용히 가로놓여 있었다. 인생이란 것이 이렇게 썩어 가는 것이 아닐까 하는 생각이 들었다. 세월의 흐름을 어떤 종류의 발전과 결부시켜 생각하는 사람들 중의 하나로서 자신이 지금까지 살아왔다는 사실을 그는 부정할 수 없었다. 그러나 지금 그가 자신의 발전이라고 내세울 수 있는 것은 아무것도 없었다. 그리고 발전이란 것이 얼마나 무모하고 막연한 것인가도 알게 되었다. 다만 사람들에게는 세월과 함께 허망하게 늙어 간다는 사실만이 있을 뿐이었다.

　이제 와서 생각하니, 지나간 17년이 그에게는 조금도 충격적인 세월이 못 되었다. 때문에 그동안에 한 번도 어머니의 산소를 찾지 않았다는 사실이 별로 그렇게 놀랍게 받아들여지지가 않았다. 다만, 자신의 게으름으로 해서 어머니의 산소를 잃어버리게 되었다는 것이 죄스럽게 생각될 뿐이었다. 자신의 게으름, 혹은 무관심에 대해서만은 그는 할 말이 없었다. 만일 아버지가 말하지 않았다면, 그는 금년에도 어머니의 산소를 찾지는 않았을 것이다.

　물론 그동안에 그가 성묘(省墓)에 대해서 생각하지 않은 것은 아니었다. 그러나 그것이 그렇게 심각한 문제로 자신을 몰아세웠다거나 한 적은 없었다.

자리에 눕기 전에 아버지는 1년에 한 번 정도는 어머니의 산소에 다녀오곤 했었다. 이 사실이 이두에게는 퍽 위안이 되었던 것이고, 자신이 일부러 시간을 내어 이곳까지 내려오지 않아도 좋은 자위적인 이유가 될 수 있었다. 아버지는 언제나
"너는 바쁠 테니까 나 혼자 다녀오겠다."
하고 말하곤 했다.

그렇다고 해서 이것만이 그가 지난 17년 동안 어머니의 묘를 찾지 않은 유일한 이유가 될 수는 없었다. 오히려 이러한 것보다도 더 마음이 켕기는 것은 자신이 너무 매사 무관심하고 게으르고 지루하다는 점이었다. 사실 지금까지 이 곤란한 성질은, 바쁜 시대에 맞춰 적응해 가기는커녕 더욱 더 깊고 질기게 그를 끌고 나갔다.

그가 일을 끝내려고 마지막 힘을 내어 괭이를 내리쳤을 때, 그것은 돌처럼 굳은 무덤의 표면에 엇비슷이 부딪혔다가 곧장 그의 오른쪽 발등 위로 떨어졌다.

"어이쿠!"

그는 비명을 지르면서 발을 싸쥐고 그 자리에 털썩 주저앉아 버렸다.

라이터 불에 비쳐 보니 발등은 상당한 깊이로 찢어져 있었다. 그는 흐르는 피를 멀거니 바라보고 있다가 급히 손수건을 찢어 상처를 싸맸다. 호흡이 가빠지는 듯 하더니 이상할 정도로 머리

가 맑아지고 있었다. 그러자 지금까지의 피로가 말끔히 가시는 것 같았다.

그는 땅을 두 손으로 짚으면서 가까스로 몸을 일으켰다. 뼈까지 쑤시는 통증으로 오른쪽 다리가 뻐근하게 저려 왔다.

그가 괭이를 집어던지고 막 걸음을 옮기려고 했을 때, 갑자기 강렬한 불빛이 그의 얼굴을 강타했다. 그는 너무 놀란 나머지 소리를 지를 뻔했다.

"꼼짝 마!"
하고 불빛 저쪽에서 누군가가 소리쳤다.

철커덕 하고 총을 재는 소리까지 들려 그는 그 자리에 얼어붙은 듯이 서 버렸다.

이두 앞에 다가선 사람은 모두 세 명이었다. 그중 두 명은 모자를 쓰고 있는 것으로 보아 경찰관인 듯 했다.

"뭐하고 있는 거야?"
하고 그들의 하나가 큰소리로 물었다.

이두는 너무 놀라고 있었기 때문에 미쳐 금방 대답을 할 수가 없었다.

"……."

"이 친구…… 옷까지 벗고…… 돌지 않았나?"

그들은 굉장한 경계심을 가지고 그를 대했다. 그들은 먼저 이두의 증명서를 자세히 들여다본 다음 그가 손댄 무덤들을 한참동안 점검했다. 그러고 나서 그를 연행해야 되겠다고 말했다. 그들의 요구에 이두는 선선히 응했다.

산을 내려가는 동안 이두는 그들이 좀 부축해 주었으면 하고 바랐지만, 그들은 시종 모른 체하고 걸었다.
"망할 자식들 같으니라구."
그는 상대가 듣지 못할 만큼 작은 목소리로 투덜거렸다.
발바닥이 끈적거리는 것으로 보아 상처에서는 피가 몹시 흐르고 있는 것 같았다. 무엇보다도 통증이 심해서 견딜 수 없었다. 자기 직책에 충실한 사람들의 냉혹함이 그들에게는 있었다. 그는 갑자기 그들이 부럽게 보였다.
파출소에 들어가서야 이두는 경찰관들과 함께 동행했던 사내가 어디서 본 듯한 사람이라는 것을 알았다. 가만히 생각해 보니 바로 아까 초저녁에 나무 사이로 얼굴을 내보이던 눈이 큰 그 사십대의 사내였다.
이두와 시선이 마주치자 그 사내는 슬그머니 시선을 피했다. 그것으로 보아 형사 같지는 않았다. 지나는 길에 이상한 광경을 목격하고 파출소에 신고한 민간인인 것 같았다.
파출소장은 그를 연행했던 두 명의 경찰관들보다는 아주 젊어 보였다.
"서울에서 오셨나요?"
소장은 이두를 잠깐 바라보고 나서 물었다.
이두는 그렇다고 대답했다. 그리고 지금 무엇보다도 상처를 치료하는 것이 급하다고 설명했다.
소장은 그의 상처를 들여다보더니 그 깊이에 놀라는 것 같았다. 곧 급사 아이를 시켜, 거기에 약방에서 가져 온 몇 가지 약을 바르고 발을 온통 붕대로 감아 놓게 했다. 이두는 너무 아프고 피곤한 김에 경찰관으로부터 담배까지 얻어 피웠다.

"나도 집이 서울이오. 그런데…… 지금까지 공동묘지에서 무얼 하고 있었죠?"

소장은 호기심에 끌리는 목소리로 물었다.

"뭘 좀 찾고 있었습니다."

"무얼 찾고 있었나요?"

"좀 창피한 이야깁니다……."

이두는 통금이 가까운 밤거리를 바라보았다. 함지박을 머리에 인 아낙네 둘이 급히 지나가고 있었다.

"……어머니 산소를 찾고 있었습니다."

그는 담배 연기를 깊이 빨아들였다. 갑자기 산다는 것이 귀찮게 느껴지기 시작했다.

"어머니 산소를 잃어버렸나요?"

"네, 아무리 찾아도…… 찾을 수가 없었습니다."

"저런, 어쩌다가 그렇게 됐나요?"

소장은 소리 없이 웃으면서 물었다. 다른 사람들도 웃고 있었다. 그것을 보자 이두는 쑥스러운 생각이 들었다.

그가 가만히 있자 소장이 다시 물었다.

"작년까지는 묘가 있었나요?"

"글쎄…… 그걸 잘 모르겠습니다. 너무 오랫동안 와 보질 못해서……."

"요샌 죽는 사람들도 많으니까 공동묘지에도 변화가 많아요."

"…….."

"그럼, 몇 년 만에 와 보신 겁니까?"

"아주 오래됐습니다."

"몇 년? 한…… 삼사 년 됐나요?"

"17년 되었습니다."

이두는 내뱉듯이 말했다.

"17년…… 야, 대단한데요."

소장은 머리를 흔들면서 이 무정한 사내를 찬찬히 바라보았다. 그러자 그를 연행했던 두 명의 경찰관이,

"도대체 그동안 무얼 하느라고 한 번도 못 와 봤나요?"

"외국 유학이라도 다녀왔나요?"

하고 한꺼번에 물어 왔다.

그는 기분이 상해서 말이 나올 것 같지 않았다.

"친어머니가 아니신가요?"

질문은 두서없이 아무렇게나 행해지려 하고 있었다.

그는 무더운 여름밤에 잘 일어나는 젊은이들의 폭력을 생각했다. 그것은 무덥고 지루하다는 것만으로도 충분히 일어날 수가 있는 것이었다. 그에게는 누구에게 얻어맞는다는 것이 아주 두려운 일에 속했다.

"친어머니입니다. 그리고 그동안 외국에 간 적은 없습니다."

"하지만…… 무슨 이유라도 있어서 지금까지 못 온 게 아닙니까?"

소장의 눈초리는 불빛을 받아 번득거리고 있었다.

"이런 걸…… 꼭 대답해야만 되겠습니까?"

"아, 대답하실 의무까지는 없습니다. 하기 싫으면 안 하셔도 됩니다. 다만 어떤 사건이든지 그 동기 같은 것이 많이 참작되는

게 아닙니까? 그래서 물어 본 겁니다. 남의 무덤을, 그것도 하나가 아니고 수십 개, 수백 개를 훼손시켰다는 것은 엄연히 분묘손괴죄(墳墓損壞罪)로서 그대로 묵과될 수 없을 겁니다."

　소장의 말을 듣고 나자 이두는 자신의 입장이 거북하게 된 것을 깨달았다. 분묘손괴죄, 언젠가 들어 본 죄목이었다. 그러나 그것은 아무리 생각해도 하기 어려운 대답이었다.

　"17년 동안 한 번도 와 보지 못한 데에는 어떤 이유가 있었던 게 아닙니다. 바쁘게 생활하다 보니까 올 기회가 없었던 거죠."

　바쁘게 생활했다는 것은 거짓말이었다. 그래서 그는 자신에게 좀 더 솔직해져야 되겠다고 생각했다.

　"바쁘다 보면 그럴 수가 있죠. 그럼, 가족들 중에 누가 대신 오셨겠군요?"

　"네, 아버님께서 가끔 다녀오시곤 했습니다."

　"그렇다면…… 아버님은 산소를 알고 계시겠군요."

　"그것도 몇 년 전 일이죠. 자리에 누우신지 6년이나 되어서, 지금은 서울에서 여기까지 업고 오기 전에는 직접 확인하기가 불가능합니다."

　소장은 이해가 간다는 듯이 고개를 끄덕거렸다. 그러나 다른 사람들은 실소를 했다. 그중에서도 사십대의 그 사내가 매우 즐겁다는 표정이었다. 옷차림에 신경을 쓰고, 손목시계와 라이터 등 갖출 것을 다 갖추고 있는 것으로 보아 그 자는 편리하게 세상을 살아가는 사람 같았다. 이두가 잔뜩 쏘아보자 그는,

　"내일 또 오겠습니다."

하고 소장에게 절을 꾸벅 하고는 밖으로 나가 버렸다.

"무덤을 파면 알아볼 수가 있나요?"

"무덤 정면에 술병을 하나 꽂아 두었는데, 잡초나 압력 때문에 묻혔을 가능성이 큽니다. 그래서 무덤 정면을 조금씩 헤쳐 본 겁니다."

"그런 데서 이렇게 밤늦게까지 혼자서 있다니, 무섭지 않던가요."

"좀 무섭긴 했는데…… 모기 때문에 혼났습니다."

"어머니 산소를 잃고 나니까 기분이 어떠십니까?"

"잃어버렸다고 생각지는 않습니다. 기회가 있으면 다시 찾아봐야죠."

"그땐 남의 무덤에 손상을 주지는 마십시오."

"주의하겠습니다."

이두는 허리를 굽혔다.

"사정이 사정인 만큼 고의로 그런 건 아니니까 상부에 보고하지는 않겠습니다."

"감사합니다."

그가 다시 허리를 굽히자 소장은 만족한 듯이 길게 하품을 하면서 기지개를 켰다. 그리고

"17년이라…… 길다면 길고 짧다면 짧은 세월이지."
하고 중얼거리듯이 말했다.

"모르는 사이에 슬그머니…… 17년의 세월이 지나가 버렸습니다. 그것은 마치 멀리 선로를 따라 지나가는 열차처럼 그렇게밖에 보이지가 않았죠. 남의 일처럼 말입니다."

이두는 저려 드는 통증을 참느라고 얼굴을 찡그리며 말했다.

소장은 일어서서 허공으로 두 팔은 휘두르더니 실내를 천천히 가로질러 갔다.

"통금이 해제될 때까지 여기 앉아 계셔야 되겠습니다. 여긴 숙직실이 비좁아서."

소장은 앉은키에 비하여 의외로 하체가 짧았다.

이두는 새벽녘까지 딱딱한 나무 의자에 앉아 있었다. 잠을 청하려고 했지만, 신경이 놀란 탓인지 좀처럼 잠이 오지 않았다.

밖으로 나오기 전에 벽에 걸린 거울을 들여다보니, 낯선 사람의 얼굴이 거기에 있었다. 눈언저리에 깊이 주름이 잡히고 볼이 메마른, 눈은 충혈 되고 피부가 까맣게 탄 얼굴이었다.

그는 새벽길을 호텔 쪽으로 절뚝거리며 걸어갔다. 항구의 새벽은 써늘하다 못해 추웠다. 옷차림이 너무 지저분했기 때문에 그는 어깨를 옴츠린 채 빨리 걸으려고 애를 썼다. 웬일인지 택시를 잡을 생각은 조금도 나지 않았다. 그대로 부끄러워하면서—다만 오래도록 정처 없이 걷고 싶을 뿐이었다.

호텔에 들어서자 기다렸다는 듯이 직원이 그에게 편지 한 통을 내주었다.

"여자 분은 어제 오후에 떠나셨습니다."

직원은 아래위로 그를 훑어보면서 말했다.

방에 들어선 그는 곧장 침대 위로 몸을 던졌다. 여자가 기다리다 못해 혼자 먼저 떠나 버렸다는 사실이 그를 한동안 멍하게 해주고 있었다. 그는 누운 채로 편지를 뜯었다.

이두 씨에게

휴가를 즐겁게 보내기 위해서 우리는 이곳까지 피서를 왔는데, 저는 꼬박 사흘 동안을 방안에 갇혀 있어야 했습니다. 당신이 무슨 일로 저를 제쳐 두고 혼자 밖에 나가 있는지 저는 그 이유도 모르거니와 이젠 알고 싶지도 않습니다. 저는 지금 당신의 이 몰상식한 행동에 몹시 노여울 따름입니다.

생각해 보니, 제가 당신을 따른 지가 벌써 7년이나 되었군요. 정말 지루하면서도 안타까웠던 지난날들이었습니다. 가끔 저는 당신의 가슴을 치면서 외치고 싶을 때가 한두 번이 아니었습니다. 멍들어 버린 것만 같은 당신의 가슴을 열고 그 속에 저를 송두리째 안아 달라고 말이에요. 그러나 당신은 저를 언제나 먼발치에서만 바라보고 있었습니다. 저를 밀어 버리지도 못한 채 함께 늙어 보자는 식으로 세월만을 잠식해 들어갔던 것입니다.

당신의 이러한 단조로우면서도 저항감 없는 인생관이 처음 저의 눈에는 큰 매력으로 비쳤던 것이 사실입니다. 확실히 당신은 출세를 향하여 줄달음치는 뭇 사내들과는 다른 데가 있었습니다. 그들과 함께 술을 마시며 어울리면서도 당신은 언제나 그들로부터 떠나 있었습니다. 핵심을 찌르지 않고 항상 겉만 도는 이야기, 조용히 남의 말에 경청해 주는 태도, 듣기 좋은 칭찬, 이러한 것들이 친구들과 어울리고 있을 때의 당신의 모든 것이었습니다. 그러나 그들과 헤어져 돌아설 때의 당신의 표정은 귀찮은 존재들을 떼어 버렸다는 안도감으로 여간 홀가분한 기색이 아니었습니다.

저는 한 때 당신을 유심히 관찰한 적이 있었습니다. 당신은 일반교양 잡지를 매달 세 가지씩이나 빠짐없이 구독하고, 신문도 세밀히 읽고 있습니다. 하지만 그것은 읽는 것으로 그쳤지 거기에 대한 논평 따위는 한마디도 따르지 않았습니다. 뿐만 아니라 제가 알기에 당신은 선거 때마다 투표권 행사를 한 적이 한 번도 없었습니다. 저는 이런 것까지 관찰했던 것입니다. 쓸데없는 이야기라고 생각하실지도 모르지만, 이러한 몇 가지 점에서도 저는 당신의 면모를 어느 정도 파악할 수 있었던 것입니다.

이렇게 당신은 타인에 대한 무관심과 냉혹, 그리고 자신에 대한 아집으로 당신 자신을 극진히 아끼면서 머든 것을 떠나보냈던 것입니다. 심지어 가장 중요한 우리들의 시대(이 말은 저에게만 한정될지 모르지만)까지를 말입니다. 그것은 마치 높은 다리 위에 서서 흐르는 물을 바라보는 것과 같은 것이었습니다.

그러나 당신은 결국 그 흐름 속에 빠져 들고 말았습니다. 그것은 처음부터 그렇게밖에 될 수 없는 것이었습니다.

제가 당신을 처음 알았을 때, 당신은 스물다섯이었습니다. 그런데 지금 당신은 삼십을 넘어 서른둘이나 되었습니다. 둥그스름하던 얼굴은 조금씩 말라 가더니 이젠 길쭉하게 보입니다. 눈가의 주름은 뚜렷하게 그어졌습니다. 피부는 한결 거칠어졌고 어깨에도 힘이 없어 보입니다. 그렇다고 당신이 조로한 체질이라고는 보지 않습니다. 보다 중요시할 것은 당신이 서른둘이라는 사실입니다. 저 역시 적은 나이가 아닙니다. 스물넷에 당신을 알아 이젠 서른한 살이 되었습니다. 서른한 살의 노처녀, 결코 간단히 보아 넘길 나이가 아닙니다.

그러나 당신은 저에게 아무런 언질도 주지 않았습니다. 이번과 같은 계기가 없었다면 저는 앞으로 얼마나 더 당신을 기다려야 할지 모릅니다. 차라리 이렇게 제가 당신에게 노여워 할 수 있는 사건이 발생했다는 것이 여간 다행한 일이 아닙니다.

이제라도 저는 정신 차려 저의 갈 길을 똑바로 가야겠습니다.

사실 당신에 대한 것보다도 제 자신에 대한 질책이 더 큽니다. 당신을 직접 만나 모든 이야기를 해 버리고 싶었습니다만, 막상 대하고 나면 당신이나 저나 초라해 보일 것이고, 또 주책없이 울음만 나올 것 같아 이렇게 편지를 써 놓고 갑니다.

1970년 8월 9일
미주 올림

그는 몸을 뒤채고 베개 속에 얼굴을 묻었다. 자신이 죄인이 된 심정이었다. 그녀와의 관계가 이렇게 끝날 것이라고는 미처 생각지도 못했고, 또 이렇게 되기를 바라지도 않았던 것이다. 책임에 대해서는 생각하고 싶지 않았다. 다만, 오랫동안 사귀어 온 사람과 헤어졌다는 사실이 그를 견딜 수 없도록 슬프게 했다.

그는 낮 동안 내내 침대 위에서 몸을 뒤채다가 저녁때에야 자리를 털고 일어났다.

찬물에 목욕이라도 할 수 있으면 기분이 좀 개일 것 같았지만, 상처 때문에 그럴 수도 없는 것이 여간 답답하지가 않았다.

그는 역에 가는 도중에 병원에 들렀는데, 의사는 상처가 곪을 것 같다고 하면서 그의 부주의를 탓했다.

"당분간 이 지팡이를 사용하세요. 아픈 발에 힘을 주면 좋지 않으니까……."

지팡이를 하나 얻어 짚고 병원 문을 나서면서 그는 문득 패배자 같은 쓸쓸한 기분을 느꼈다. 그것은 그가 역에까지 가서 열차에 오른 다음 발차 시간이 될 때까지 계속되었다.

열차가 움직이기 시작했을 때 그는 주머니에서 편지를 꺼내어 다시 한 번 천천히 읽어 보았다. 그러나 그의 마음은 이미 빠른 속도로 정리되어 가고 있었기 때문에 처음과 같은 감정이 일어나지는 않았다.

편지를 읽고 난 그는 그것을 어떻게 처리해야 할지 망설이다가 주머니에 도로 넣었다.

밤새도록 그는 차창에 기대어 졸면서 담배를 피웠다. 새벽녘에 서울역에 닿았을 때는 수면 부족과 너무 담배를 피웠던 탓으로 머리가 어지러웠다.

그는 역 광장의 벤치에 앉아서 한동안 머리를 식혔다. 매우 고생스리웠던 피서 여행은 이로써 끝난 것이었다.

그러나 중요한 문제가 아직 하나 남아 있었다. 아버지에게 여행 결과를 어떻게 보고할 것인가 하는 문제였다. 어머니의 산소를 찾지 못한 것을 알면 아버지는 아마 큰 충격을 받을 것이 틀림없었다. 아버지의 노한 얼굴 앞에서 이 병신 같은 아들은 무슨 변명을 한단 말인가.

집에 들어서면서도 그는 이 문제 때문에 마음이 무거웠다.

누나는 그의 몰골에 몹시 놀란 표정이었으나 아버지는 그렇지가 않았다. 그를 보자 아버지는 기다렸다는 듯이 즉시 이렇게 물었다.

"어떻게 됐느냐? 산소에는…… 별일 없더냐?"

무엇을 찾으려는 듯 날카로운 아버지의 눈초리를 대하자 이두는 우물쭈물 해서는 안 된다고 생각했다.

"별일 없습니다. 무덤이 너무 많이 들어차서 그 일대는 몰라볼 정도로 변했더군요."

"박 노인은…… 만나 봤나?"

"네, 아직도 건재하시던데요."

"장수하는 구나.…… 널 알아보더냐?"

"못 알아보시던데요."

"그래서?"

"말씀을 드렸더니 깜짝 놀라시며…… 여간 반가워하시지 않았습니다."

"다행이다…… 난 쓸데없는 걱정을 했지."

이두에게 있어서 이번 모처럼의 여름휴가의 후유증은 적잖은 것이었다.

그가 회사에 전화를 걸어 보니 미주는 이미 사표를 낸 뒤였고, 그 자신 상처의 악화 때문에 열흘 가량 회사에 병가원(病暇願)을 내야만 되었다.

그의 아버지가 서울로의 어머니 산소의 이장(移葬)을 부탁하면서 세상을 떠난 것은 이로부터 약 한 달이 지나서였다.

망우리 공동묘지에 아버지를 묻고 돌아오는 길에 이두는 누나에게 슬그머니 물어보았다.

"누님, 어머니 산소에 가 보신 지 몇 년이나 되었나요?"

"그때는 내가 시가(媤家)에 있었을 때니까…… 아버님이 서울로 올라오기 바로 직전에 한 번 가 보고는 통 못 가 봤지. 가만 있자…… 그러니까……."

그녀는 놀란 얼굴로 이두를 바라보았다. 그리고

"그러니까 벌써 17년이 되었구나. 어휴, 이런……."

하면서 얼굴을 붉혔다

(1971년 8월)

슬 픔

놀랍게도 이동운 하사의 묘비는 나동그라져 있었고, 묘지도 파헤쳐져 있었다. 그리고 구덩이 속에는 유골함(遺骨函)도 보이지 않았다.

나는 눈을 뜨고 사내를 바라보았다. 오십대의 그 사내는 너무 오래 기다린 데 대해서 완연히 낙담한 기색을 보이면서 나에게 힐끗 시선을 던져 왔다. 눈빛으로 보아 그는 몹시 피로해 있는 것 같았다. 아마 비쩍 마른데다가 낡은 점퍼차림의 초라한 행색 때문에 내가 그를 무시했던 모양이다.
"무슨 일이세요?"
나는 소파 쪽으로 옮겨 앉으며 사무적으로 간단히 물었다. 오후에 들어서면서 날씨가 부쩍 더워지고 있었으므로 나는 거의 지쳐 있었고, 사람과 이야기하는 것조차 귀찮았다.
사내는 심각한 표정을 지으려고 애쓰면서 머뭇머뭇,
"저……, 좀 볼 수 없을까요? 사망자 명단 말입니다."
하고 말했다.
마디가 굵고 거친 손으로 보아 그가 품팔이 노동자란 건 쉽게 알 수 있었다.
"왜, 무슨 일 때문에 그럽니까?"
"좀 찾아 볼 사람이 있어서 그럽니다."
"여기에 묻혔어요?"
"그건 확실히 모르겠습니다. 혹시나 해서……."

"곤란해요. 이 국립묘지에 묻힌 사람이, 10만이 넘는데, 있는지 없는지도 모르는 사람을 어떻게 찾아요."

이 친구를 될수록 빨리 내쫓은 다음 이번엔 아예 숙직실에 들어가서 낮잠을 자야겠다고 생각하면서 나는 밖을 내다보았다. 8월의 뜨거운 태양 밑에서 수만 개의 묘비(墓碑)들이 하얗게 빛나고 있었다. 그것들이 나에게 준 인상은 언제나 하얗다는 것뿐이었다.

"꼭 찾아야 될 사람이라 그렇습니다. 힘드시다면 명부만 보여주십시오. 제가 직접 찾아보겠습니다."

"안 된다니까요. 여기에 분명히 있다면 또 모르겠지만······."

"한번 편리 좀 봐 주십시오. 이거 약소합니다만······."

사내는 갑자기 청자 담배 두 갑을 탁자 위에 꺼내 놓았다. 그러고는 초조한 듯이 내 눈치를 살폈다. 나는 졸음이 가시는 것을 느꼈다.

"도대체 누굴 찾는 겁니까?"

"제 아들입니다."

그는 재빨리 대답했다.

"그런데 어떻게 여기까지 오게 됐어요?"

"사실은 1·4후퇴 때 아들하고 둘이서 남하했는데, 부산에서 그 애를 잃어버렸습니다. 지금까지 20여 년 동안 찾아 다녔지만 찾지 못하고 해서······, 마지막으로 혹시나 해서 여기에 온 겁니다."

"그러니까 아들이 죽었을지도 모르겠다, 이 말씀이군요."

나는 조금 웃어 보이면서 호의적으로 말했다.

"네, 그렇습니다."

"고향이 어디죠?"

"평양입니다."

"아들 이름은?"

"이동운입니다. 동녘 동(東), 구름 운(雲)자를 쓰지요. 지금 살아 있으면 서른두 살, 선생님 또래는 되었을 겁니다. 잘 좀 부탁합니다."

실내에는 심부름하는 아이도 보이지 않았기 때문에 나는 직접 카드를 찾아보지 않을 수 없었다. 우선 연고자(緣故者)가 없는 사망자 카드를 뽑아 그 중에서 이가(李哥) 명단만을 하나씩 훑어보았다. 20분쯤 지나 다시 귀찮은 생각이 들기 시작했을 때 나는 벌떡 자리에서 일어섰다.

"동녘 동, 구름 운…… 이동운이라고 그랬죠?"

나는 버럭 고함을 질렀다.

"네, 그렇습니다."

사내는 일어서면서 말했다.

"원적(原籍)이 평양 어디예요."

"사동(寺洞) 25번지……."

"이리 오시오!"

나의 고함 소리에 사내는 허둥지둥 내 쪽으로 다가와서 카드를 들여다보았다.

"1940년 5월 9일, 생년월일 맞아요?"

내 질문에 사내는 대답하지 않았다. 그는 입을 꾹 다문 채 카드만을 뚫어지게 응시하고 있었는데, 책상 위에 올려놓은 두 손이 부들부들 떨리고 있는 것으로 보아 더 이상 확인할 필요가 없을 것 같았다.

"1967년 10월 월남에서 전사했습니다. 청룡 하사(下士)였었군요. 을지무공훈장을 받았고……, 유언에 따라 모든 돈을 고아원에 기부했습니다. 결혼은 하지 않았군요. 모처럼 이렇게 찾으셨는데…… 안 됐습니다. 함께 가시죠. 묘지까지 안내해 드리겠습니다."

밖으로 나온 나는 현기증을 느꼈다. 사내는 꿈속을 걷는 것처럼 입을 벌린 채, 멍한 표정으로 나를 따라왔다.

국립묘지에서 관리인 직을 맡아 본 지가 5년이 넘었지만 오늘과 같은 이런 일을 겪기는 처음이었다. 21년 만에 만난 아들이 죽어 있다니. 하긴 그럴 수도 있겠지. 걸어가는 동안 나는 계속 더위만을 느꼈다.

아들의 묘지 앞에 이르자 사내는 묘비를 확인해 보고 나서, 그 주위를 한 바퀴 천천히 돌았다. 그러고는 내가 거북하게 서 있는 것을 알자,

"감하합니다. 이제 됐습니다."
라고 말했다.

나는 그에게 위로가 되는 말을 해 주어야 한다고 생각했지만 별로 생각이 나지 않았으므로 다만 슬픈 표정으로 목례를 한 다음 그 자리를 얼른 피했다. 우는 것을 구경한다는 것은 어느 모로 보나 유쾌한 일이 못된다. 사실 나는 어느 정도 울음소리에 질려 있었다. 도중에 뒤를 돌아보니 사내는 여전히 빙빙 돌아가고 있었다.

사무실에 돌아온 나는 탁자 위에 놓인 담배 두 갑을 서랍 속에 넣고 쇠를 채운 다음 숙직실로 들어가 드러누워 버렸다. 이제 당직이 끝나는 내일 아침 9시까지 송장처럼 잠이나 자고 싶었다. 여자와 함께 어젯밤을 고스란히 밝혔기 때문에 나는 대단히 피로했다.

이윽고 나는 즉시 잠이 든 모양이었다. 도중에 아까의 그 사내가 피를 토하며 우는 꿈을 꾸었는데, 잠을 깨고 나서도 그 때문에 기분이 불쾌했다.

밖은 한낮이 기울고 이미 석양이 되어 있었다. 불현듯 사내의 일이 궁금해서 나는 묘지 쪽으로 가 보았다.

사내는 아직 거기에 있었다. 묘비 앞에 소주병과 술잔을 하나 놓은 채 그는 웅크리고 있었다. 내가,

"이제 그만 가시죠."

라고 말했지만 그는 꼼짝하지 않았다. 무릎 사이에 머리를 박고 있는 모습이 자고 있는 것 같기도 했다.

"일곱 시까지는 나가셔야 합니다."

이 말에 사내는 고개를 쳐들었는데, 술을 마셨는지 붉게 달아오른 얼굴이 땀과 눈물에 뒤범벅이 되어 있었다. 열에 뜨고 충혈된 두 눈이 나를 정면으로 쏘아보았을 때, 나는 차마 그를 맞바로 볼 수가 없었다. 크게 무안을 당한 기분으로 나는 그 자리를 물러섰다.

처음 얼마 동안은 사내에 대해서 마음이 켕겼지만 밤이 되자 거의 잊을 수가 있었다. 나는 텔레비전을 보다가 잠이 들었다.

이튿날 아침, 나는 잠이 깨자마자 무엇을 잃은 듯한 서운한

기분을 느꼈다. 한참 동안 방안을 두리번거린 다음에야 나는 밖으로 뛰쳐나왔다.

잔디밭을 가로질러 달릴 때 발등에 떨어지는 이슬의 감촉이 무척 상쾌했다. 나는 어제 갔던 묘지 쪽으로 곧장 달려갔다.

묘지에 닿은 나는 숨이 콱 막히는 것을 느꼈다. 놀랍게도 이동운 하사의 묘비는 나동그라져 있었고, 묘지도 파헤쳐져 있었다. 그리고 구덩이 속에는 유골함(遺骨函)도 보이지 않았다.

나는 주위를 한번 휘둘러 본 다음 재빨리 구덩이를 메우고 그 위에 전처럼 묘비를 세워 놓았다. 이 일 때문에 나는 거의 한 시간 동안이나 땀을 뻘뻘 흘리면서 곤욕을 치러야 했지만, 웬일인지 그 사나이의 행위에 대해서 기분 나쁜 생각은 들지 않았다.

(1972년 8월)

어느 娼女의 죽음

– 이 이야기는 종로 사창가가 폐지되기 전에
일어났던 한 비극적인 사건을 다룬 것이다.–

그는 방파제를 두드리는 성난 바다의 물결이 썩어 가는 이 대지를 깨끗이 쓸어 가 버리기를 실로 간절히 기원하면서, 그녀를 죽인 조국을 증오했다.

1969년 1월은 유난히 추웠다.

그 겨울 어느 월요일 새벽이었다. 신문을 배달하는 소년 하나가 돈화문 앞을 지나다가 가로수 밑에서 눈에 덮인 희끄무레한 무더기를 발견하고 걸음을 멈추었다. 사람의 형상을 닮은 그것은 소년을 섬뜩하게 했다. 그러나 그 또래의 호기심에 끌려 놈은 그것을 한 번 툭 걷어차 보았다. 쌓인 눈이 그의 발등에 부딪히며 흩어졌다.

나타난 것은 양말도 없이 흰 고무신만을 신은 여자의 발이었다. 그것은 새벽의 눈빛 속에서 선명하게 굳어 있었다.

소년은 두세 걸음 뒤로 물러서다가 '

"와아!"

하고 소리치면서 온 길을 되돌아 재빨리 뛰기 시작했다.

아직 어둠이 걷히지 않은 거리에는 한참 간격으로 질주하는 차량만 있을 뿐 사람 하나 보이지 않았다.

소년의 신고를 접수한 경찰은 이 신원을 알 수 없는 여인의 시체를 일단 흔히 볼 수 있는 대수롭지 않은 변사체(變死體)로 보고, 간단하게 일건 서류를 작성했다. 그 가운데 신체상으로 나타난 것 중 중요한 것은 대강 다음과 같았다.

① 연령 25세 정도.
② 사망 시간 7시간 전(6시 50분 현재).
③ 음부(陰部)가 심히 헐어 있음.
④ 약물 중독으로 인한 사망으로 사료됨.

과장(課長) 옆에 다가서서 사건 서류를 넘겨다 본 오(吳) 형사는 남은 담배꽁초에 불을 붙여 물고 밖으로 나왔다. 시계를 보니 7시 40분이었다.

밤새 야근을 한 탓인지 그의 몸은 축 늘어진 모습이었다. 요즈음 들어서 그는 갑자기 자신의 육체에 대해서 부담을 느끼기 시작하고 있었다. 앉아 있을 때나 서 있을 때나 피로는 항상 그의 어깨를 무겁게 내리누르고 있었다.

그는 경찰서 뒤뜰로 천천히 걸어갔다. 뒤뜰에는 적어도 매일 한 구(一具) 정도의 변사체가 운반되어 오곤 했는데, 언제부터인지는 몰라도 그는 거기에 특별한 관심을 가지고 지켜보는 버릇이 있었다. 시체가 들어와 간단한 조사와 검시가 끝나면 이윽고 그것은 시(市) 관리의 시체실로 옮겨져 며칠 동안 주인을 기다리다가 연고자가 나타나지 않을 경우 곧장 화장터로 가든지 아니면 대학병원에 염가로 팔려 실험대 위에 오르게 된다는 것을 그는 잘 알고 있었다. 시체를 다루는 사람들의 솜씨는 언제나 익숙해 보였다. 그리고 그 표정들은 메마를 대로 메말라 감정이라곤 털끝만큼도 없는 것 같았다. 대개 이러한 일들은 아침 일찍 일어났고, 일이 끝나면 그들은 흡사 먼지를 털듯이 요란스럽게 해장국

집으로 달려가곤 했다.

시체는 가마니에 덮인 채 뒤뜰의 담 밑에 버려져 있었다. 가마니 끝으로 빠져나온 여자의 두 발을 보자 그는 그것들을 쓰다듬어 주고 싶은 충동을 느꼈다. 두 발은 누가 양말이며 신발을 벗겨 가 버렸는지 모두 맨발이었다. 여기 들어오는 시체들은 언제 보아도 이렇게 하나같이 맨발이었다. 아마 시체를 나르는 인부들의 장난 일 거라고 그는 생각했다.

눈이 아직 그치지 않고 내리고 있었기 때문에 가마니 위에는 벌써 많은 눈이 쌓여 있었다. 신문팔이 소년이 헐레벌떡 뛰어 들어 온 것은 두 시간쯤 전이었다. 그동안 검시의(檢屍醫)가 다녀 갔고, 몇몇 동료가 화장실에 들렀다가 한 번씩 뒤뜰을 거쳐 나오면서 시체 주위에 침을 뱉고, 아침부터 기분을 잡쳤다는 투로 이야기를 나누곤 했었다.

기름 바른 머리에 금빛 로이드안경을 끼고 바쁜 듯이 나타나는 검시의라는 작자는 종로 사창가에 산부인과 성병(性病) 전문의 병원을 차리고 있는데 어떤 연유로 그 자가 시체 한 구당 5천 원의 검시료를 받는 전문 검시의로 추천되었는지는 몰라도 벌써 오래 전부터 이 K경찰서에 출입하고 있었다. 창녀를 상대로 해서 막대한 돈을 벌고 경찰서 간부들과 두터운 친분을 맺고 있는 그 검시의를 오 형사는 매우 싫어했다.

결국 그런 의식을 가진 자들이 잘 먹고 잘 산다는 사실에 이르러서는 증오감마저 일곤 했다.

그는 가마니 끝을 들어 올리고 죽은 여자의 얼굴을 가만히 들여다보았다. 얼굴을 반쯤 덮은 숱이 많은 그녀의 머리칼은 죽은 사람 같지 않게 그 결이 곱고 부드러워 보였다. 핏기 하나 없이 하얗게 가라앉은 얼굴은 머리칼에 덮인 탓인지 인형처럼 단순하고 작은 모습이었다. 콧등과 뺨 위에 뿌려져 있는 몇 개의 주근깨가 불현듯 그에게 서글픈 친근감을 안겨 주었다. 온 얼굴에 흡사 해진 피부처럼 눌어붙은 값싼 화장기만 없었더라도 이러한 감정은 좀 덜했을 것이다. 화장은 눈 주위, 특히 눈두덩 위에 가장 많이 몰려 있어서 얼른 보기엔 진보랏빛의 부스럼 딱지 같았다. 그러나 자세히 보니 그것은 잘못된 눈 수술을 가리기 위하여 거기에 유난히 정성을 들인 것이었다. 그 두터운 화장기 밑에는 양쪽 모두 성형수술의 부작용이 가져온 상처가 그대로 굳어 있었다. 아마 소녀는 쌍꺼풀 수술을 했던 것 같았다. 그는 가마니를 더 젖혀 보았다. 소녀는 빨간 털 셔츠에 검정색 바지를 입고 있었다. 소녀의 몸은 얼굴에 비해서 전체적으로 큰 편이었으나 몹시 말라 있었다. 늙은이처럼 앙상한 손이 각을 이루면서 눈 속에 반쯤 파묻혀 있었다. 다른 한 쪽 손은 배 위에 놓여 있었는데 흰 눈 때문인지 다섯 개의 긴 손톱에 칠해진 매니큐어 빛이 유난히 빨갛게 돌아 보였다. 그것은 죽은 후에 칠해진 것처럼 매우 생경해 보였고, 한편으로는 죽은 자에게서 느낄 수 있는 최후의 감정, 끝없이 굴러 떨어져 버린 고독과 주검의 찌꺼기 같기도 했다.

그가 가마니를 막 덮었을 때 검은 가죽점퍼의 청년 하나가 그의 곁으로 다가왔다.

"뭘 그렇게 열심히 들여다보세요?"

청년은 기분 좋게 웃으면서 구두 끝으로 가마니를 휙 젖혔다. 청년은 서(署)에서 필요할 때마다 부르고 있는 카메라맨이었다.

변사체를 찍어 두는 것은 아주 중요한 일이었다.
"하, 요건 제법 예쁜데…… 자살입니까?"
"아직 몰라."
오 형사가 퉁명스럽게 대답하자 청년은 더 묻지 않고 카메라를 시체의 얼굴 위로 가까이 가져갔다. 그는 시체를 여러 각도에서 찍었다.
"오늘 오전 중으로 뽑아 줄 수 있겠어?"
"그렇게는 안 됩니다. 일이 밀려서요……."
청년은 머리를 흔들면서 말했다.
"엄살떨지 말고 빨리 좀 뽑도록 해, 급한 것이니까……. 열한 시에 내가 그쪽으로 가지."
뒤뜰을 돌아 나오면서 오 형사는 죽은 소녀와 친해져 보고 싶은 막연한 기분을 느꼈다. 오늘이 마침 비번(非番)이었기 때문에 그로서는 그녀의 신원을 조사해 볼 수 있는 시간도 좀 있었다. 수사과의 말단 형사로서 언제나 일선 수사에 임하고 있는 그에게는 종종 가슴을 치게 하는 살인 사건들이 걸려들 때가 있는데, 그런 경우 그는 사건 속에 깊이 파고 들어가서 들개처럼 그것을 갈가리 물어뜯어 놓는 버릇이 있었다. 그렇게 함으로써 그는 죽은 사람을 어느 누구보다도 충실히 이해하려 들었고, 그러는 동안 어느새 그와 피살자는 하나의 두터운 묵계 속에서 사건이 해결될 때까지 한 덩어리가 되어 움직이곤 했다.
오 형사는 경찰서를 나오는 길로 곧장 해장국집으로 갔다. 작년 봄에 아내를 잃은 그는 현재 잠자리와 먹는 것이 퍽 불안정했다. 때문에 그를 딱하게 여긴 주위 사람들이 재혼을 권하기도 했지만, 그는 아직 그럴 마음이 나지 않았다. 그런 생각만으로도 그는 죽은 아내에게 미안했던 것이다. 첫 아이를 낳다가 핏덩이와 함께 죽은 아내인 만큼 가엾고 불쌍한 생각은 좀처럼 가셔지지가 않았다. 그래서인지 방안에는 아직도 아내의 향기와 목소리가 진하게 남아 있었다.

그러나 저러나 35세의 사나이가 홀로 자취를 한다는 사실은, 그리고 그러한 상태가 언제까지 계속되어야 할지도 모른다는 사실은 정말 고적(孤寂)하고 불안한 일이 아닐 수 없었다.

해장국집에서 대강 식사를 마친 그는 경찰서로 돌아와 죽은 여자에 대한 서류를 다시 한 번 자세히 검토했다.

음부가 심히 헐어 있고 손톱에 짙은 매니큐어를 했다는 점, 그리고 약물 중독에 의한 사망이라는 사실 등이 그에게 수사 범위를 어느 정도 좁혀 주는 것 같았다. 전혀 엉뚱한 경우도 더러 있긴 하지만 대부분 그 차림만으로도 변사체의 신분은 밝혀지게 마련이다. 그는 그 여자를 술집 작부 쪽보다는 창녀 쪽으로 더 생각해보고 싶었다. 사창가에서 창녀의 시체가 발견되는 일이 종종 있었다. 그런데 그들의 사인(死因)이라는 것이 거의가 타살이 아니면 자살이었다. 창녀들이 자신의 신세와 성병에 견디다 못해 젊은 목숨을 끊어 버린다든가, 사창가의 기생충들, 이를테면 포주나 펨프(뚜쟁이), 또는 깡패들에게 얻어맞아 죽는 것 따위는 충분히 상상할 수 있는 일이었다.

그가 첫 번째로 찾아간 곳은 사창가 한복판에 자리 잡고 있는 그 산부인과와 성병 전문의 병원이었다.

금테 로이드안경의 그 검시의는 오 형사를 보자,

"어이구 웬일이십니까? 여길 다 오시구…….."
하고 호들갑을 떨면서 커피와 담배를 권했다.

그러나 그 안경 뒤에는 조그맣고 날카로운 눈초리가 이 불청객의 속셈이 무엇인가를 알아내려는 듯 부지런히 움직이고 있었다. 거기에는 바로 잘못 틈을 보였다가 의외로 많은 돈을 뜯길지도 모른다는, 그 구역질나는 경계 의식이 잔뜩 깔려 있었다. 그것을 보자 오 형사는 검시의를 만나러 온 것을 후회했다.

"다름이 아니라……."
입을 열면서 보니 검시의는 몸을 꼿꼿이 하고 있었다.
"수고스럽겠지만 검시를 다시 한 번 해 주셨으면 하고요."
"아니, 왜, 어떻게 됐습니까?"
검시의는 어리둥절한 표정이었다.

이 친구가 진정으로 그러는 건지 아니면 다른 속셈이 있어서 일부러 뚱딴지같은 수작을 거는 건지 얼른 갈피를 잡을 수가 없다는 투였다.

"어떻게 된 게 아니고…… 검시를 좀 자세히 해 주셨으면 하고요."

오 형사의 조용하고 분명한 말씨에 상대는 갑자기 정신이 든 듯이 자리를 고쳐 앉았다.

그리고 신경질적으로 안경을 벗어 가운 자락에 닦으며,
"어떻게 더 자세히 하라는 건가요? 뱃속에 들은 것까지 다 조사할 수야 없지 않습니까?"
하고 말했다.

"할 수 있다면 그런 것까지도 부탁드리고 싶은데요."

"하 참, 그 정도의 검시가 필요하다면 연구소(과학수사연구소)에 의뢰해 보시지 그래요."

"네, 그게 가장 무난하겠지요. 허지만 여기서 해 볼 수 있는 데까지는 해 봐야지요."

"저로서는 검시를 부탁받을 때마다 최선을 다하고 있습니다. 그 이상 더 어떻게 하라는 건지 이해가 잘 안되는데요. 잘 아시겠지만 시체를 한 번씩 만지고 나면 하루 종일 밥맛이 떨어집니다. 보기는 쉬운 것 같지만 그게 그렇게 간단한 것이 아닙니다. 돈이나 많이 받고 한다면 또 몰라도……."

더 이상 부탁해 본들 소용없는 일이었다. 거듭 오 형사는 난처함을 느꼈다. 그는 조금 생각해 보다가 별로 기대하지도 않으면서 물었다.

"무리한 부탁이라면 그만두겠습니다. 그런데 새벽에 오셨을 때 검시 결과에 대해서 혹시 기록에서 빼먹거나 묵살해 버린 점이 없었는지 한 번 생각해 주십시오."

"그런 건 없었습니다."

검시의는 살찐 턱을 손바닥으로 쓰다듬으면서 잘라 말했다.

"음독 같다고 했는데…… 무슨 약을 먹었나요?"

"세코날입니다. 그런데 그 시체로부터 뭐 이상한 거라도 발견했나요? 다른 땐 그렇지 않았는데 이번엔 유난히 관심을 보이시니……."

사나이는 비꼬는 투로 말끝을 흐렸다.

"……직업이 그런 거니까요. 혹시 타살된 흔적은 조금도 없었나요?"

"없었어요. 음독자살이라니까요. 신중히 생각해 보는 건 좋지만, 그 때문에 쓸데없이 헛수고를 한다면 우스운 일이죠."

오 형사는 뜨거워 오는 숨결을 삼키면서 또 물었다.

"그 여자에게 성병 같은 것은 없었나요?"

이 질문에 검시의는 똑바로 그를 바라보았다.

"그건 잘 모르겠습니다. 그런 건 정밀한 검사가 필요하니까요. 하지만 거기가 다 헐어 있을 정도였으니까 남자관계가 많았던 것 같아요. 그리고 보니까 성병이 있을 가능성도 있군요."

"혹시 과거에…… 그 죽은 여자를 본 적이 없나요?"

"제가요?"

검시의는 놀라서 큰소리로 물었다.

"네, 바로……."

"원, 무슨 말씀을 그렇게 하십니까…… 제가 어떻게 그런 여자를 알 수가 있겠는지 생각해 보십시오."

"아니 그런 게 아니라, 제 말은 이 병원에서 성병을 전문으로 치료하니까 혹시 환자로서 그 죽은 여자가 이곳을 찾아온 적이 없나 해서 그렇게 물어 본 것이지 다른 뜻은 없어요. 여기서 치료를 받은 적이 있는 여자라면 신분을 알아내기가 쉬우니까요. 그리고 이 근방에서 이 병원에 제일 손님들이 많이 찾아오니까, 그럴 가능성이 전혀 없다고는 할 수 없을 것 같아서요."

"보기와는 달라 단골손님들 외에는 별로 손님이 없습니다. 그래서 손님들의 얼굴은 모두 기억하고 있는데 도대체 그런 여자는 본 적이 없어요."

"그렇다면…… 잘 알겠는데…… 무슨 성형수술을 한 자국 같은 것은 없었읍니까?"

"있었습니다. 눈에 수술을 했더군요."

"왜 그런 것은 검시 기록에서 뺐죠?"

"별로 쓸데없는 것들이라 그랬습니다."

"아니죠. 그건 잘못 생각하신 건데요. 기록이란 건 자세할수록 도움이 되는 것이거든요. 앞으론 검시하실 때 이 점을 유의해 주셔야겠어요."

오 형사가 말을 끊고 일어서려고 하자 검시의는 재빨리 봉투 하나를 그의 호주머니에 쑤셔 넣었다.

"이러지 마세요. 정말 싫습니다."

그는 검시의의 손을 완강히 뿌리치면서 봉투를 내 놓았다.

어디를 가나 이렇게 돈이 든 봉투를 슬그머니 찔러 주는 것이 유행으로 되어 있었다. 그때마다 그는 경찰직을 그만두고 싶은 생각이 일곤 했다.

눈이 그쳤다가 오후에 들어서면서 다시 내리기 시작했다. 함박눈 때문인지 사람들은 갑자기 거리로 쏟아져 나온 듯이 보였다. 그들은 유쾌하게 웃으면서 거리를 휩쓸고 있었다.

점심으로 국수 한 그릇을 들고 난 오 형사는 종로 3가 일대에서 성형(成形)과 성병을 전문으로 하는 병원들을 찾아 하나하나 점검해 나갔다.

사진관에서 찾은 변사체의 사진은 모두 다섯 장이었는데, 제대로 선명하게 나온 것이 하나도 없었다. 더구나 얼굴을 정면으로 찍은 것이라 해도 시체가 눈을 감고 있기 때문에 사진만 가지고 신원을 찾는다는 것은 쉬울 것 같지가 않았다. 아닌 게 아니라 시체의 사진을 본 의사들은 터무니없는 짓 하지도 말라는 듯이 고개를 설설 내둘렀다. 장난기가 있는 어느 성병 전문의 의사는 이런 말까지 했다.

"우린 말입니다…… 환자들의 얼굴보다는 하복부에 더 관심을 가지고 있기 때문에…… 밑을 보면 누군지 알 수가 있어도 위에 붙은 얼굴을 보고는 좀처럼 기억을 못 해요. 미안합니다."

'망할 자식들 같으니라구.'
하고 중얼거렸다.

오 형사는 홧김에 그만둘까도 생각했지만 내친걸음을 되돌리기가 거북스러웠다.

종로 3가 일대에서 성형과 성병을 전문으로 하고 있는 병원들은 상당수 되었다. 그러나 모두 훑어보았지만 조그만 단서 하나 잡을 수가 없었다. 결국 기분만 잡치고 보니 그는 여간 허탈감이 드는 게 아니었다.

그는 양장점 앞을 지나다가 문득 걸음을 멈추고 진열장 유리에 비친 자신의 몰골을 멍하니 바라보았다.

진열장 안에 걸려 있는 몹시 비싸 보이는 여자용 밤색 털 오버 속에는 비쩍 마른 사내 하나가 눈송이를 허옇게 뒤집어 쓴 채 잔뜩 움츠리고 서 있었다. 턱 주위를 거무스레하게 감싸고 있는 수염과 앙상하게 튀어나온 광대뼈, 그리고 불안하게 치뜨고 있는 두 개의 큰 눈동자가 영락없이 사흘 굶은 실업자의 모습이었. 그러자 갑자기 피로가 몰려왔다. 눈이 아프고 팔다리가 저려 왔다. 밤새 야근을 하고 난 이튿날에는 언제나 하루 낮을 꼬박 잠으로 보내야만 겨우 피로가 풀리곤 하는데 그는 아직 낮잠을 한숨도 자지 못하고 있었다.

시계를 보니 벌써 3시가 지나 있었다. 저녁 출근까지는 이제 겨우 두 시간 정도가 남아 있을 뿐이므로 변두리에 위치한 집에까지 가서 낮잠을 잘 시간은 없었다. 그래서 그는 바로 본서(本署)로 향했다. 연말연시로 접어들면서 각종 범죄 사건이 우글거리고 있었기 때문에 경찰서 안은 흡사 장터처럼 붐비고 있었다. 모든 사람들이 눈에 핏발을 세운 채 고래고래 소리를 지르고 있었다. 오 형사는 그 검은 제복, 검은 점퍼, 검은 구두의 혼잡을 뚫고 재빨리 숙직실로 들어갔다.

텅 빈 방 안에는 낡은 담요 몇 장과 때 묻은 베개들이 여기저기 뒹굴고 있었다. 누가 갖다 놓은 것인지 맞은편 벽에는 새해 달력이 하나 걸려 있었다. 달력에 눈요기로 박아 놓은 수영복 차림의 아름다운 여배우 사진이 침침한 실내에 빛을 뿌리고 있었다. 오 형사는 여자의 육체를 생각하면서 달력을 바라보고 있다가 곧 잠이 들었다.

그는 얼굴을 찡그리고, 갑자기 담요를 걷어차고, 휙 돌아눕고, 한숨을 깊이 내쉬고, 허리를 꺾어 깊이 웅크리고, 마침내 소리를 지르기까지 하면서 잠을 자고 있었다.

"이봐, 이봐 무슨 잠을 그렇게 자는 거야?"

엉덩이를 걷어차이는 바람에 오 형사는 벌떡 몸을 일으켰다. 방안에는 불이 켜져 있었고, 창문은 어두웠다. 시계를 보니 여섯 시가 거의 다 되어 가고 있었다.

"자면서 헛소리를 하는 거 보니까 너도 죽을 때가 다 된 모양이구나."

살이 쪄서 헛배까지 나오기 시작한 동료 김 형사가 그를 내려다보며 웃고 있었다.

"내가 헛소리를?"

오 형사는 괜히 놀란 체하며 물었다.

"그래, 화장실에 가는데 여기서 괴상한 소리가 들려오지 않아. 여자가 애기 낳는 소리 같은 거 말이야. 그래서 들어와 보니까 네가 혼자서 고생하고 있지 않겠나."

"뭐라고 헛소리를 해?"

"잘 알아들을 수가 없었어. 뭐라더라…… 아, 살기 싫다, 그러던가…… 하하."

경찰이 되는 것이 소원이었고, 그래서 결국 그 뜻을 이루어 만족스러운 상태를 누리고 있는 것으로 보이는 김 형사는 이상할 정도로 몸을 흔들면서 웃었다.

"그만 웃고 담배나 하나 줘."

오 형사는 마른 침을 삼키면서 말했다. 숙면을 못한 탓인지 머리는 더욱 무겁기만 했다.

"이봐, 내가 살 테니까 저녁이나 먹으러 가지."

김 형사가 담배를 내주면서 말했다.

오 형사는 수사과에 들어가 출근부에 도장을 찍은 다음 김 형사를 따라 나섰다.

경찰서 정문을 나오기 전에 그는 잠깐 뒤뜰로 돌아가 보았다. 눈은 그쳐 있었지만 발목이 푹 빠질 정도로 쌓여 있었다.

여자의 시체는 아직 땅바닥에 버려져 있었다.

그것은 눈과 어둠속에 깊이 파묻힌 채 단단히 뭉쳐 있었기 때문에 아침에 보았을 때와는 달리 이젠 손이 닿을 수 없는 먼 곳으로 가 버린 느낌이었다.

그는 눈을 헤치고 여자의 발끝이라도 확인해 보고 싶었다.

"하, 이 친구, 재수 없게 그건 왜 쳐다보고 있는 거야?"

김 형사가 뒤에서 어깨를 잡아 제쳤기 때문에 그는 몸을 돌이켰다.

그들은 경찰서 뒤쪽에 있는 한식집으로 들어갔다.

그들은 경찰 동기생이었는데, 오 형사는 김 형사를 가까운 친구로 생각한 적이 없으면서도 곧잘 어울려 다녔다. 그것은 이를테면 일상생활의 잔 부스러기와도 같은 것이라고 할 수 있었다.

김 형사는 만족하게 웃으면서 돈 걱정은 하지 말고 충분히 먹으라고 했지만, 오 형사는 식사를 반쯤 하다가 그만두었다. 자신의 식욕이 언제나 이렇게 좋지 않기 때문에 그는 언젠가는 자신이 큰 병을 얻을 것이라고 생각하곤 했다.

"왜 안 먹나? 술이나 마실까?"

김 형사의 얼굴에는 일부러 우정을 과시하려는 노력이 엿보였다. 오 형사는 고개를 흔들었다.

"술 마실 돈 있으면 네 마누라한테나 갖다 줘."

"누가 몰라서 안 갖다 주나."

"그럼, 뭐야?"

"돈이 생길 때마다 제때 제때 상납하면 버릇만 나빠진단 말이야."

"하하, 그럴지도 모르겠군."

오 형사는 자신의 웃음이 허황하게 터지는 것을 그대로 내버려 두었다. 그것을 지켜보던 김 형사가 무안했던지 조금 얼굴을 붉히면서 말했다.

"사실은 오늘 돈이 좀 생겼거든. 또 얻어터질까 봐 너한텐 말하지 않으려고 했는데…… 사실 못 받을 돈도 아니었어."

오 형사는 웃음을 거두고 식어 빠진 국그릇을 젓가락으로 휘저었다.

그는 자기를 가까운 친구로 알고 부정(不正)에 대해서 그렇지 않다는 뜻으로 해명하려고 드는 동료 경찰관의 이야기를 듣고 싶지 않았다.

"백만 원 날치기를 해결해 주었어. 그것 때문에 사흘이나 뛰었는데 수고료 쯤……."

"그만해 둬."

"듣기 싫을 거야. 돈 좀 빌려 줄까?"

"괜찮아."

"넌 묘한 데가 있어. 이해를 못하겠거든, 알 것 같으면서도……."

김 형사가 초조하게 그를 바라보았지만 오 형사는 대꾸하지 않았다. 언젠가는 김 형사가 그를 건방진 놈이라고 생각한 나머지 신통치 않다고 판단할 것이고, 결국 그에게서 멀어질 거라는 것을 그는 잘 알고 있었다. 가급적이면 김 형사에게 그런 판단이 빨리 찾아들기를 그는 바라고 있었다. 비슷하게 생긴 얼굴들과 거듭 친교를 맺어 가며 산다는 것이 그에게는 가벼운 일이 아니었다. 그래서인지 전혀 낯선 사람들 사이에 있을 때가 오히려 안

정감이 더 했다.

"여자 생각 안 나?"

김 형사가 고깃덩어리를 입 속에 넣으며 물었다.

"뭐, 별루……."

"저보라구. 혼자 살면서 여자 생각이 안 난다니 이상해. 난…… 마누라가 있는데도 오입 안 하곤 못 배기는데……."

"넌 정력이 왕성하니까."

"흐흐, 젊을 때 많이 해야지. 그런데…… 너 아까 왜 거기 가서 그걸 봤지?"

"뭐 말이야?"

오 형사는 기분이 언짢아지면서 물었다.

"죽은 여자 말이야."

"아, 그건……궁금해서 가 본 거지."

"궁금하다니?"

김 형사의 눈이 번쩍했다. 그것을 보자 오 형사는 자신이 아침부터 한 사건에 빠져 있었음을 깨달았다.

"사람이 죽었으니까…… 궁금한 거지."

"죽었으면 그것으로 끝난 거지, 궁금하긴 젠장."

김 형사는 다시 고깃덩어리를 하나 입 속에 집어넣었다.

"참, 이 사진인데…… 본 적 있나?"

오 형사는 호주머니에서 죽은 여자의 사진을 꺼내어 김 형사에게 보였다.

김 형사는 사진을 한 장 한 장 자세히 훑어보고 나서 고개를 흔들었다.

"모르겠는 걸. 왜, 무슨 냄새라도 맡았나? 지시 사항인가? 타살이야?"

김 형사는 턱을 내밀면서 한꺼번에 물어 왔다.

"아니, 아무것도 아니야. 지시받은 것도 아니고…… 검시의의 보고로는 타살도 아닌 것 같아. 그렇지만 아직 모르지. 단정은 금물이니까."

"거 어쩌자고 시키지도 않은 일을 억지로 만들어 가지고 그러는 거야?"

"이유는 없어. 물론 그대로 내버려 두면 시체야 규정대로 처리되겠지. 하지만 그렇게 되면 너무 억울해."

"뭐가 억울해?"

"그렇게 연고자도 없이 죽어 간 사람들 말이야."

"이런 제길…… 죽는 사람이 어디 한둘인가. 그렇게 따지다간 한정이 없어. 살인 사건도 처리 못해서 밀리는 판에 그런 데까지 일일이 신경을 쓰다간 모두 미치고들 말 거야."

"하긴 그래. 모른 체해 버리면 사실 모든 게 별것 아니지. 그렇지만 가끔 가다 무시하기 힘든 것들이 있어. 오늘 들어온 여자 시체가 그래. 할 말이 많은 여자였던 것 같아."

오 형사는 자신의 말이 허황하게 들리는 것을 느꼈다. 아닌 게 아니라 그의 말이 끝나자마자 김 형사는 숨 가쁘게 웃어 제쳤다. 그는 한참 후에 헐떡거리면서 말했다.

"역시 넌 다른 데가 있어. 너 같은 친구가 경찰관이 되었다는 게 이상한 일이야. 내 생각엔 넌 학교 선생이나 하면 좋을 거야."

"나도 그렇게 생각하고 있어."

그들은 약속이나 한 듯이 입을 다물고 식당 밖으로 나왔다.
 소방차가 사이렌을 울리면서 미아리 쪽으로 달려가고 있었다. 그들은 함께 그것을 바라보다가 동시에 서로 마주보았다. 오 형사가 사진을 다시 내밀면서 먼저 입을 열었다.
 "부탁이 있어. 담당 구역이니까 창녀들 중에 이런 여자가 있었는지 알아봐 줘. 일부러 시간을 낼 필요는 없고……."
 "그 여자가 창녀 출신이라는 건 어떻게 알아?"
 김 형사가 의아한 시선을 던져 왔다. 쇼윈도의 불빛을 받은 탓인지 그의 얼굴은 좀 상기되어 있었다.
 "창녀 출신이라고 단정하는 게 아니고, 검시 보고서를 보니까 그럴 가능성이 많아서 그러는 거야. 거기가 헐 정도로 남자관계가 많았던 여자니까 하는 말이야."
 "부탁하는 거니까 알아보긴 하겠지만 기대하지는 마. 신경 쓸 일도 아닌데 자꾸 그러면 몸에 해롭다구."
 돌아서 가는 김 형사의 뒷모습을 그는 쓸쓸한 시선으로 바라보았다. 길게 이어진 담뱃재가 입술 끝에서 꺾어지면서 그의 턱 밑으로 부서져 내렸다. 어둠과 빛 사이로 문득문득 출몰하는 행인들의 얼굴이 하나같이 모두 질려 있는 것처럼 보였다. 오 형사는 그들과 부딪힐 것이 두려워서 한쪽 벽에 붙어 서서 경찰서 쪽으로 조심스럽게 걸어갔다.
 이튿날은 김 형사로부터 아무런 소식도 없었다. 오 형사 자신도 그것을 크게 기대한 바는 아니었기 때문에 별로 신경을 쓰지 않았다. 그는 무거운 기분으로나마 어제 있었던 일로부터 관심을 돌릴 수가 있었다. 사실 그는 일이 엄청나게 많았기 때문에 김 형사의 말대로 상관의 지시도 받은 바 없이 변사체의 신원 따위나 조사하고 다닐 만큼 그렇게 한가한 입장이 못 되었다.

오후 늦게 그가 창문으로 넘겨다보니 뒤뜰의 그 여자 시체는 이미 치워지고 없었고, 대신 그 자리에는 남자로 보이는 형체가 큰 시체 하나가 새로 놓여 있었다.

3일째 되는 날, 그러니까 수요일 아침, 오 형사는 커피를 한 잔 마시기 위하여 본서 서원들이 단골로 출입하고 있는 부근 다방에 나갔다. 갑자기 밀어닥친 한파(寒波)로 눈이 얼어붙는 바람에 길이 아주 미끄러웠다. 다방 안으로 막 들어서자 마침 레지 하나를 붙잡고 노닥거리고 있던 김 형사가 이쪽으로 손을 번쩍 쳐 들어 보였다.

그가 다가가서 앉자 김 형사는,

"왜 면도도 하지 않고 그 꼴이야."

하고 말했다.

"만사가 귀찮다. 아가씨, 커피나 한 잔 가져와."

오 형사는 스커트 밑으로 드러난 레지의 허벅지를 황홀한 듯이 바라보았다.

"네 눈초리를 보니까 꼭 굶주린 늑대 같다, 야."

"정말 요즘은 괴롭다."

오 형사는 엉덩이를 흔들면서 주방 쪽으로 가고 있는 레지를 다시 멀거니 바라보았다.

"새 장가를 가면 되지 않아?"

"싫어."

"왜?"

김 형사가 허리를 앞으로 굽혀 왔다.

"그것도 아무나 하는 게 아니야. 자신이 있어야 돼. 난 말이야, 자신도 없고……."

그의 말에 김 형사는 실내가 떠나가도록 웃었다.

오 형사는 커피를 마시면서 자기의 말이 사실 엉터리는 아닐 거라고 생각했다.

"거, 부탁한 거 말이야……."

김 형사는 웃다가 흐르는 콧물을 손수건으로 닦으며 말했다.

"알아 봤어?"

오 형사는 번쩍 정신이 들었다.

"알아봤는데 신통치가 않아. 단성사 골목으로 쑥 들어가다 보면 군고구마 장사를 하는 늙은이가 하나 있는데……."

"늙은이라니 무슨 말투가 그래."

"아, 그런가. 그 노인한테 사진을 보였더니 아는 체를 하는데 정확한 말은 피하더군. 바빠서 더 이상 못 알아 봤는데 거기 가서 다시 한 번 물어 봐."

"수고 많았어. 찻값은 내가 내지."

오 형사는 김 형사가 내주는 사진을 받아 들고 벌떡 일어섰다.

"아니, 이 양반이 돌았나? 벌써 가는 거야?"

김 형사가 앉은 채로 눈이 휘둥그레져서 그를 바라보았다.

다방을 나온 오 형사는 곧장 단성사 쪽으로 걸어갔다.

종로 일대를 몇 년 동안 돌아다닌 그였지만 종3의 사창가만은 언제나 그에게 미지의 영역으로 남아 있었다. 그는 그곳 출입을 꺼려했고, 그래서 그 지역이 그의 담당 구역으로 배정될 때면 가능한 한 변경 신청을 내곤 했었다.

아직 미혼이었던 몇 년 전, 그러니까 그가 경찰관이 된 직후 그는 종3의 사창가를 지나다가 남자로 태어나서 처음으로 여자 관계를 맺은 적이 있었다. 창녀가 우악스럽게 움켜쥐고 끌어당기는 바람에 방안에까지 멍청하게 끌려 들어간 그는 당당하게 체위(體位)를 갖춘 그녀가 손수 그를 끌어내려 배 위에 태울 때까지도 부끄럽고 죄스럽고 무서울 뿐이었다. 눈 깜짝할 사이에 일을 치르고 밖으로 헐레벌떡 뛰어나온 그에게 남은 것이라고는 소름 끼치는 구토와 허탈뿐이었다. 그는 창녀의 얼굴을 기억할 수가 없었다. 그 대신 그의 머리에는 머리 가죽이 드러나 보일 만큼 숱이 적은 머리칼과 나병 환자처럼 거칠고 반점이 있는 피부, 그리고 검게 썩은 늪 속으로 돌연 그의 남근을 집어삼키던 보랏빛의 혓바닥만이 생생한 모습으로 남아 있었다. 그뿐이 아니었다. 그는 그 일로 즉시 임질에 걸려 몇 달 동안이나 병원 출입을 해야 했고, 그로 인한 고통은 치료 후에도 오랫동안 그를 괴롭혀 주었다. 무엇보다도 치료 기간 동안 지출된 그 많은 비용이 모두 빚을 얻어 쓴 것이었으므로 그것을 갚느라고 그는 그의 박봉을 꼬박꼬박 털어 넣어야 했던 것이다. 이유라고 친다면 좀 어설프겠지만 이런 과오로 해서 사창가에 대한 그의 감상은 지긋지긋하다는 것 외에는 달리 할 말이 없었다. 그러니 그가 그 일대를 꺼려한 것은 당연했다.

오 형사는 어깨에 힘을 주고 골목으로 들어섰다.

폭 4미터 정도의 골목에는 입구부터 각종 장사꾼들이 판을 벌여 놓고 있어서 몹시 비좁아 보였고 생존의 구차함이 그대로 드러나 있었다. 골목은 직선으로 뻗으면서 도중에 왼쪽으로 여러 갈래씩 뻗어 나가고 있었다. 전주 주변마다 누우런 오줌이 얼어붙어 있는 것을 보고 오 형사는 그 자유스러움에 참가하여 한 번쯤 실컷 소변을 보고 싶었다.

아침인데도 여자 하나가 그의 팔을 끌었다.

"놀다 가세요."

하고 창녀는 말했다.

껍질처럼 붙어 있는 흰 화장기와 피곤에 절은 두 눈빛이 핏빛 입술과 함께 그의 앞길을 완강하게 가로막고 있었다. 그는 갑자기 으스스 추위를 느끼면서 얼떨결에 여자를 밀어 버렸다. 여자는 힘없이 벽에 부딪히면서 쓰러질 듯 하다가 가까스로 몸을 가누면서 그를 노려보았다.

"야, 이 개새끼야."

여자는 숨을 가다듬은 다음 다시 소리를 질렀다.

"똥이나 퍼 먹어라."

오 형사는 뒤돌아보지 않고 그대로 걸어갔다. 왠지 창녀의 욕지거리가 허망하게 들릴 뿐 불쾌하지가 않았다. 그로서는 자신이 경찰관 냄새를 피우지 않는다는 것이 기분 좋게 여겨졌다. 사실 감추려고 하는데도 냄새가 난다는 것은 부끄러운 일이었다.

김 형사의 말대로 골목 중간쯤에 머리가 하얗게 센 노인이 고구마를 굽고 있었다. 노인은 몹시 추운지 어깨를 잔뜩 웅크린 채 두 팔로 불이 들어 있는 드럼통을 껴안고 있었다. 좀체 움직이기 싫은 듯이 그렇게 고정되어 있는 노인의 모습을 보자 어쩐지 그는 선뜻 다가서기가 민망스러웠다.

　인기척을 느끼고 노인이 고개를 들었다. 그리고 엇갈린 시선이 표정 없이 그를 바라보았다. 노인은 둥근 눈의 사팔뜨기였다. 그 위에 유난히 깊이 파인 두 개의 주름이 이마를 가로지르고 있었다.

　"고구마 하나 먹을까요?"

　오 형사의 말에 노인은 묵묵히 드럼통 뚜껑을 열었다. 오 형사는 그 속에서 주먹만 한 것을 집어내어 껍질을 벗겼다.

　아직 아침 식사를 하지 않은 그는 오랜만에 그것을 맛있게 먹을 수가 있었다. 마침 나이 어린 창녀 하나가 맞은편에서 그의 먹는 모습을 물끄러미 바라보고 있었다. 하나 줄까 하고 생각하다가 그는 그대로 묵살해 버리고 두 번째 고구마를 입 속에 처넣었다. 그리고 다섯 개를 더 골라 낸 그는 노인에게 그것을 모두 봉투에 넣어 달라고 부탁했다. 노인은 잠깐 주춤하다가 역시 묵묵히 손을 움직였다. 크고 억세 보이는 노인의 턱은 좀체로 움직일 것 같지가 않았다.

　봉투를 받아 든 오 형사는 노인에게 사진을 내밀었다.

　"이런 여자 모르십니까?"

　다섯 장을 모두 유심히 보고 난 노인은 초조하게 그를 바라보았다. 그러나 시선은 엉뚱한 방향으로 빗나가고 있었다.

　"이런 여자 보신 적 있습니까?"

　그의 다그쳐 묻는 말에 노인은 여전히 대답이 없이 눈만 굴리고 있었다. 크고 두터운 입술이 움찔거리는 것을 오 형사는 안타깝게 지켜보았다.

노인은 생각해 보는 듯 하다가 이윽고 고개를 끄덕거렸다. 그 때 킥킥하고 웃는 소리가 들려 왔다. 오 형사는 담벼락에 기대어 서 있는 어린 창녀를 쏘아보았다.

"벙어리예요."

창녀는 킥킥거리며 말했다. 그 말을 듣자 오 형사는 얼굴이 화끈 달아오름을 느꼈다. 동시에 그에게 한 마디의 언질도 주지 않았던 김 형사의 처사가 고약스럽게 생각되었다.

그가 맥이 빠져 돌아서려고 하자 노인이 갑자기 그의 팔을 낚아채면서 어린 창녀를 손으로 가리켰다. 오 형사는 노인이 무슨 말을 하려고 하는지를 알 수 있을 것 같았다. 그는 곧 창녀에게,

"너 몇 살이니?"

하고 물었다.

소녀는 대답 대신 입술을 삐죽 내밀었다. 사람들이 그들 남녀를 힐끗힐끗 쳐다보며 지나가는 바람에 오 형사는 창피한 생각마저 들었다.

"제 방 따뜻해요. 놀다 가세요."

어린 창녀가 그의 팔짱을 끼며 말했다. 몹시 추운지 솜털이 귀 뿌리와 뺨에서 가늘게 떨고 있었다.

그는 그녀를 뿌리쳤다.

"까불지 마. 나 경찰이야. 너 이 여자 알지?"

그는 어린 창녀에게 사진을 내밀었다. 그녀는 금방 겁먹은 시선으로 그를 찬찬히 바라보다가 머뭇거리며 사진을 받아 들었다. 그리고 깜짝 놀랐다.

"아, 이 여자, 죽었네요?"

창녀의 두 눈이 크게 확대되는 것을 오 형사는 가만히 지켜보았다.

"이 여자 정말 죽었어요?"

어린 창녀가 질린 목소리로 물었다.

"그래 죽었어. 잘 아는 사이야?"

"잘 몰라요."

"그러지 말고 아는 대로 말해 봐. 자, 이거 먹으면서 잘 생각해 봐."

그는 소녀에게 고구마 봉지를 안겨 주며 부탁했다.

"싫어요."

어린 소녀는 그것을 뿌리치면서 그를 흘겼다. 어느새 소녀의 큰 눈에는 눈물이 번지고 있었다.

오 형사는 숨을 죽이고 기다렸다. 소녀가 마음을 가라앉힌 다음 스스로 말해 줄 때까지 그로서는 별다른 수가 없었다. 그렇지만 사람들이 눈치를 채고 모여든다면 정말 난처해질지도 모르는 일이었다. 다행히 그녀가 입을 열어 주었다. 그녀는 몹시 어려운 것을 말하는 것처럼 감정을 누르면서 띄엄띄엄 소리를 내었다.

"그 여자 잘 몰라요. 잘 모르지만…… 몇 번 본 적이 있어요."

"어디서?"

"이 골목에서요. 부산에 있다가 이쪽으로 온 지 얼마 안 되나 봐요. 전 잘 몰라요. 말한 적도 없어요. 그렇지만…… 저 할아버지하고는 친했어요. 그 여자는…… 저기서 고구마를 잘 사 먹었어요. 그리고…… 이 골목에서 제일 예뻤어요."

오 형사는 다시 고구마 봉지를 소녀에게 안겨 보았다. 그녀는 이번만은 그것을 뿌리치지 않고 받았다.
"그 여자도 손님을 받았니?"
"네, 단골손님이 금방 많아졌어요."
"이름 아니?"
"몰라요."
"그 여자를 마지막으로 본 건 언제니?"
"며칠 전에 본 적이 있어요."
"그 뒤로는 못 보고?"
"네, 못 봤어요. 도망쳤다는 말만 들었는데…… 죽은 줄은 몰랐어요."
"도망쳤다고?"
"네, 도망쳤대요. 어떤 남자하고……."
오 형사는 노인이 일어서서 이쪽을 응시하는 것을 곁눈으로 의식할 수가 있었다.
"그 남자는 누구야?"
의외의 인물이 여자의 죽음에 관련되어 있을지도 모른다는 생각이 그를 바짝 긴장시켰다.
"제가 어떻게 알아요?"
"그 여자가 살던 집은 어디야?"
"그건……."
소녀는 거북스러운 듯이 고구마 봉지를 내려다보았다.
"제가 말했다고 아무한테도 말하지 마세요, 네?"
"그럼, 말할 리가 있나."
소녀는 안심한 듯이 턱으로 방향을 잡아 보이면서 가만가만 말했다. 그녀가 가리킨 곳은 전봇대 옆의 쓰레기통, 그 맞은편 집이었다.

"아저씨, 저 잘 봐 주세요."

그녀는 기대에 찬 시선으로 그를 바라보았다.

"그럼, 물론이지. 자, 수고해."

그는 소녀의 어깨를 두드려 준 다음 여전히 그를 향하고 있는 노인에게 목례를 했다. 그러나 노인의 시선은 역시 엉뚱한 쪽으로 향하고 있었다.

오 형사는 쓰레기통 쪽으로 걸어가면서 자신이 사건의 핵심 속으로 들어서고 있는 것을 느꼈다. 죽은 여자의 신원과 생전의 소재를 알아냈다는 것은 사건을 거의 해결했다는 것이나 다름없었다. 쓰레기통 맞은편 집 앞에도 창녀가 하나 서 있었다.

"싸게 해 드릴께 놀다 가세요."

입이 큰 여자는 애원조로 말했다. 어서 한 푼이라도 벌지 않으면 굶어 죽을 것 같은 매우 걱정스러운 얼굴이었다. 그리고 그녀는 좀처럼 팔리지 않을 만큼 나이가 들어 보였다.

오 형사는 창녀를 따라 집 안으로 들어갔다. 밖에서 보기에는 육중한 한식 가옥이었지만 내부는 전혀 딴판으로 꾸며져 있었다. 마당을 중심으로 조그만 방들이 밀착되어 있었는데 모두가 시멘트 블록으로 급조된 것들이어서 그런지 그에게는 동물의 우리 같은 느낌이 들었다. 인기척이 나자 방문이 일제히 열리면서 여자들의 얼굴이 나타났다. 그녀들은 새로 들어온 먹이를 물끄러미 바라보다가 별로 흥미도 없다는 듯이 도로 문을 닫았.

늙은 창녀의 우리 안에서는 폐부를 찌르는 것 같은 고약한 냄새가 났다. 때문에 그는 호흡에 곤란을 느끼면서 갑자기 밀려든 어둠 속을 두리번거렸다.

여자는 붉은 전등을 켠 다음, 아직 주춤거리고 서 있는 그를 방 가운데로 끌어당겼다.

"왜 그렇게 서 있으세요? 딴 애를 불러 줄까요?"

여자는 서글픔을 감추면서 낮고 조심스러운 목소리로 물어 왔다.

"아니, 천만에, 그럴 필요는 없어요. 좀 쉬었다 갈 거니까."

그는 여자가 이끄는 대로 방 아랫목에 천천히 몸을 꺾고 앉았다. 맞은편 벽 위에는 거대한 유방을 가진 서양 여자의 나체 사진이 하나 붙어 있었는데 그것을 본 그는 처량하게도 그만 성욕을 느끼고 말았다.

"저어기…… 화대 좀 주시겠어요?"

여자는 미안한 듯이 두 손을 비비며 말했다.

"얼마요?"

"생각해서 주세요."

"생각해서라니…… 난 돈을 가진 게 얼마 없어요. 이거면 돼 나요?"

그는 들은 바가 있어서 5백 원권 한 장을 내보였다. 여자는 매우 감사해 하며 그것을 받아 들고 밖으로 나갔다. 아마 포주에게 즉시 신고하러 가는 모양이었다.

그녀가 돌아오자 그는 물었다.

"당신은 그 돈에서 얼마 먹는 거요?"

"2백 원 먹어요."

"그러면 주인이 3백 원이나 떼먹나?"

"네…… 할 수 없어요."

"죽일 놈들이군."

그는 화가 나는 것을 어금니로 짓눌렀다. 손을 대야 할 악(惡)들은 실로 많았다. 시간이 흐를수록 그것들은 흡사 전염병처럼 무서운 기세로 퍼져 나가고 있었다. 정말 여자의 말처럼 할 수 없는 일인지도 모른다.

"옷 벗으세요."

여자는 어느새 슈미즈 차림이었다. 붉은 조명 때문인지 앙상하게 튀어나온 목뼈와 팔다리가 음울한 빛을 던져 주고 있었다. 메마른 허벅지와 그것을 감싸고 있는 낡고 해진 옷자락을 보자 그는 비참한 생각마저 들었다.

"난 이대로가 좋으니까 옷 입어요."

그는 손을 내저으며 말했다.

"네?"

여자는 어리둥절한 표정으로 그를 바라보았다.

"옷 벗지 않아도 좋다구요."

"제가 싫으면 딴 여자를……."

"아니, 그런 게 아니라……."

그가 난처한 얼굴을 하자 여자는 아무래도 모르겠다는 듯이 그대로 엉거주춤 앉아 있었다.

"옛날에 손님 같은 분이 한 사람 있긴 했어요. 화대만 내고…… 놀지도 않고 가곤 했지요. 가끔씩 오곤 했는데 손님처럼 젊지는 않았어요. 지금은 늙어서 죽었을 거예요."

"여기에 들어온 지 얼마나 됐지요?"

"한…… 5, 6년 되나 봐요?"

"지금 나이가 몇이에요?"

"그런 건 왜 묻지요?"

여자의 반문에 그는 잠시 말이 막혔다.

"남자들은 그런 거 묻기를 좋아하데요. 저 몇 살로 보여요?"

"잘 모르겠는데."

"마흔 하나예요. 늙었지요?"

오 형사는 대답 대신 맞은편 벽 위의 사진을 바라보았다. 마흔 한 살의 창부라면 아마 아무런 희망도 남아 있지 않을 것이다.

그가 입을 다물고 있자 여자는 그의 눈치를 살피면서 아주 느린 솜씨로 옷을 입기 시작했다.

"전 죽고 싶어요. 어떻게 하면 편하게 죽을 수 있을까요?"

"치마를 뒤집어쓰고 한강에 뛰어드시오."

"그건 너무 추워요. 따뜻하게, 잠자는 것처럼 죽는 방법 말이에요."

여자는 빠르게 말했다. 그가 얼른 보니 그녀의 얼굴이 온통 주름으로 덮이는 것 같았다.

"글쎄, 그건…… 차차 생각해 봅시다. 하나 물어 볼 게 있는데 여기…… 얼굴이 예쁘고 좀 마른 아가씨가 하나 있죠?"

"얼굴 예쁜 애가 한둘인가요. 이름이 뭐예요?"

여자의 시선이 팽팽해지는 것을 그는 의식했다.

"글쎄, 이름은 잊어 먹었는데…… 얼굴이 길고 갸름한 편이죠. 머리숱이 많고, 그렇지, 부산에서 올라온 지 얼마 안 된다고 하던데."

"춘이 말이군요."

여자는 갑자기 떨어지는 목소리로 힘없이 말했다.

"네, 바로…… 그 애 말입니다. 지금 있을까요?"

그는 되도록 긴장감을 보이지 않으려고 애를 썼다.

"춘이 단골손님이군요."

여자는 입술 한쪽을 일그러뜨리면서 기묘하게 소리도 없이 웃었다.

"단골은 아니고…… 며칠 전에 한 번 만난 적이 있죠."

"담배 가지신 거 있어요?"

창부의 요구에 그는 얼른 담배를 꺼내 주었다. 그녀는 벽에 기대어 앉으면서 집어삼킬 듯이 담배를 빨았다. 담배 연기가 붉은 조명을 가리면서 천장 쪽으로 뿌옇게 퍼져 올라갔다. 여자는 그렇게 몇 번 연기를 뿜고 나서야 다시 입을 열었다.

"춘이 생각이 나서 왔나요?"

"그렇다고 볼 수 있지요."

"그 애 찾는 손님들이 많아요. 하지만…… 손님은 너무 늦게 왔어요. 그 앤 지금 여기 없어요."

"저런, 아주 가 버렸나요?"

그는 좀 큰소리로 물었다.

"네, 아마 다시는 오지 않을 거예요. 그 애한테 반했군요."

"없다니까 더 보고 싶은데요. 이런 데 있기에는 참 아까운 아가씨던데……."

"그래요. 참 좋은 아이였어요. 예쁘기도 했지요. 여기 온 지

두 달이 채 못 됐지만 그 애 좋아하는 사람들이 많은 것만 보아도 알 수가 있어요."

"혹시 어디로 갔는지 모르나요?"

여자가 흥미를 잃고 입을 다물어 버릴까 봐 그는 주의해서 물었다.

"그 애에 대해서는 아무도 몰라요. 저하곤 누구보다도 친했었는데도 한 마디 말도 없이 가 버렸으니까요. 생각하면 야속하기도 해요."

"그렇겠군요. 혹시…… 다시 올지도 모르잖아요?"

"짐까지 그대로 둔 채 맨몸으로 나갔으니까 그럴지도 모르지요. 하지만 제 생각엔 다시 올 것 같지 않아요. 그까짓 거 몇 푼이나 나간다고 그것 때문에 다시 돌아오겠어요?"

"주인이 펄펄 뛰겠군요."

"흥, 그럴 것도 없지요. 그렇게 착취해 먹으니 누군들 도망가지 않겠어요."

"춘이도 도망친 건가요?"

"그럼은요. 여기 있으면 하루하루 빚이 쌓여 가니까 도망치지 않고는 절대로 빠져나갈 수가 없어요."

"함부로 도망치다간 혼나겠군요."

"너무 목소리가 커요."

여자는 문틈으로 밖을 내다보고 나서 고개를 갸우뚱했다.

"이런 말을 하는 게 아닌데…… 제가 쓸데없는 말을 하는 것 같네요. 아마 손님이 좋아졌나 보지요."

여자는 쑥스럽게 웃었다. 그것을 보자 그도 따라 웃었다.

"여긴 깡패들이 꽉 쥐고 있어서 섣불리 도망치다가 붙들리면 맞아 죽어요. 불로 지지고 그래요. 춘이라고 맞아 죽지 말라는 법은 없지요. 이 골목 여자들이 어떻게 죽어 가는 줄 아세요? 맞아 죽거나 병들어 죽어요."

"경찰에선 가만있나요?"

"경찰 말이에요? 참 손님 순진하시네요. 깡패들이 경찰과 짜고 노는데 어떻게 경찰을 믿을 수가 있어요. 제발 돈이나 뜯어 가지 않았으면 좋겠어요."

여자는 담배를 다시 하나 피워 물었다.

"춘이가 죽었다면 큰일이군요."

"아직 아무런 말도 들리지 않는 걸 보니까 그렇지는 않은 모양이에요. 어떤 남자하고 도망쳤다니까…… 어쩌면 별일 없을지도 몰라요."

"남자라니, 누구 말입니까?"

"저도 잘 몰라요. 주인한테 그렇게 듣기만 했으니까요. 어쩌면 거짓말인지도 모르지요."

"술 한 잔 하겠어요? 제가 살 테니……."

"싫어요. 몇 년 전만 해도 곧잘 술을 마셨는데…… 이젠 몸도 좋지 않고 해서 못 마셔요."

"안됐군요. 이런 데 있을수록 몸이 건강해야 할 텐데……."

오 형사는 부끄러운 마음으로 말했다.

"춘이년이 저를 많이 걱정해 줬어요. 사실은 자기가 더 불쌍한 몸인데도 말이에요. 그 앤 고아예요. 다섯 살 때부터 혼자 자랐다니까 오죽 했겠어요."

"아, 그랬군요. 어쩌다가 그렇게 불행하게 태어났지요?"

그는 가슴이 젖어 드는 것을 느끼며 물었다. 여자는 초점 없이 허공을 응시하다가 다시 말을 이었다.

"그 애는 저한테 와서 잘 울곤 했어요. 그러다 보면 어느새 저도 함께 울곤 했지요. 그 애 말을 들으면…… 고향이 평안북도 의주인데 두 살 때 엄마가 돌아가셨대요. 그리고 다섯 살 때 아버지와 오빠, 자기, 이렇게 셋이서 남하(南下)했대요. 오빠와는 아홉 살 차이라고 하던가…… 그런데 글쎄 도중에 가족을 잃어버렸다지 뭐예요."

"춘이 혼자서요?"

"그렇지요. 그 뒤로 영영 가족을 만나지 못하고 혼자서 고생고생하면서 살아온 것이지요. 열두 살 때까지는 이곳저곳 고아원을 찾아다니다가 그 뒤로는 식모살이, 껌팔이 같은 궂은 일로 겨우 입에 풀칠이나 하면서 살아온 모양이에요. 하지만 이런 애들이 막판에 빠지는 길이란 뻔 하지 않아요. 자기 몸이나 파는 게 고작이죠."

"그럼, 어딘가에 가족들이 살고 있겠군요."

"그럴 거예요. 아버지와 오빠가…… 죽지 않았으면 어디선가 살아 있겠지요."

"혹시 그 가족들 이름을 알고 있습니까?"

"왜요? 찾아 주려구요?"

그녀는 비웃듯이 물었다.

"혹시 모르지 않습니까. 그런 건 혼자 속에 품고 있는 것보다는 여러 사람들에게 알리는 것이 좋을 겁니다."

"춘이한테 듣긴 들었는데 잊어 먹었어요."

"춘이란 이름은 진짠가요?"

"이런 데 있는 여자 치고 진짜 이름 쓰는 사람 봤어요?"

"하긴 그렇겠군요."

"손님은 남의 이야기 듣기를 퍽 좋아하는군요."

"아직 철이 덜 들어서 그러나 봅니다. 앞으로 종종 놀러 와도 되겠지요?"

그의 말에 여자는 놀란 듯이 몸을 움찔하다가 이내 웃음을 터뜨렸다. 그녀로서는 오랜만에 털어 내는 것처럼 웃음은 한동안 계속되었다.

"나 같은 사람한테 와서 무슨 재미를 보려고…… 오늘처럼 또 춘이 이야기만 하려고요? 손님은 이상한 사람이야."

여자는 웃으며 말했다.

"아무래도 좋습니다. 이야기를 나눌 사람이 있다는 것은……."

"그렇다고 공짜는 아니에요."

여자는 그것을 확인하려는 듯이 눈을 크게 떴다.

"물론, 물론이지요. 세상에 공짜가 어디 있나요. 여기 전화 있지요?"

"아무한테나 전화번호를 가르쳐 주지는 않는데……."

그녀는 오 형사의 눈을 가만히 응시하다가 큰일을 결심한 듯이 전화번호를 가르쳐 주었다.

"전화로 저를 찾을 때는…… 진이 엄마 바꿔 달라고 하세요."

하고 일러 주기까지 했다.

그 말에 오 형사는 그녀가 자식까지 데리고 있는 몸일지도 모른다고 생각했지만 남의 신상에 대해서 더 이상 묻고 싶지가 않았다.

도처에 병균처럼 침투해 있는 불쌍한 사람들의 숨 가쁜 이야기들을 들을 때마다 그는 이 세상의 뿌리처럼 되어 버린 가난과 고통에 대해서 일종의 불가사의한 힘을 느끼지 않을 수 없었다.

검시의의 진단에 따른다면 춘이가 타살되었다고 보기는 어려웠다. 그러나 자살이라고 하더라도 거기에는 어떤 자에 의한 압력 내지는 피치 못할 직접적인 원인이 개재해 있을 가능성이 많아졌다고 볼 수 있었다. 적어도 이러한 생각은 그가 어제 사창가의 진이 엄마를 만나보고 났을 때 더욱 구체화되었다고 할 수 있었다.

그는 춘이와 함께 도망쳤다는 사내에 대해서 의문을 품었다. 그 자가 춘이의 죽음과 관계가 있을지도 모른다는 생각은 일선 수사관으로서의 그의 입장에서 볼 때는 거의 당연한 것이었다. 따라서 그는 늦기 전에 그 자에 대해서 알아볼 필요를 느꼈다.

시간에 틈이 좀 난 것은 오후 늦게였다. 그는 바로 어제의 그 창가(娼家)로 전화를 걸어 포주를 찾았다.

포주는 세 사람의 손을 거쳐서야 겨우 전화를 받았는데, 예상했던 것과는 달리 상대는 남자였다. 오 형사는 다시 사창가로 들어가기가 싫었으므로 포주에게 경찰서로 와 주도록 부탁했다. 그러자 포주는 무슨 일 때문에 그러느냐고 반문하면서 몸이 불편하다는 것을 강조했다. 그래서 화가 난 오 형사는 그에게 욕설을 퍼부었다.
 반시간쯤 뒤에 포주는 잔뜩 찌푸린 얼굴로 나타났다. 그는 땅딸막한 키에 살이 몹시 찐 사내였는데 머리까지 훌렁 벗겨져 첫인상부터가 흉물스러워 보였다.
 그는 서에 들어서자마자 여러 사람들과 인사를 나누었는데 더러 악수까지 하는 것으로 보아 경찰과는 꽤 관계가 깊은 모양이었다.
 오 형사는, 여자들에게 매음을 시켜 그것으로 치부(致富)까지 하고 있는 자가 이렇게 버젓이 건재할 수 있다는 사실에 더욱 기분이 상했다. 그는 사내를 데리고 2층의 취조실로 올라갔다.
 실내는 몹시 추웠다. 피의자에게 위축감을 주기 위해서인지 아니면 경찰 자체의 권위 의식 내지는 속성 때문인지 한겨울에도 취조실에만은 불을 피우지 않았다.
 포주는 실내 중앙에 놓여 있는 나무 의자 위에 앉자 가볍게 주위를 둘러보았다. 오 형사는 그가 이런 곳에는 이미 익숙해져 있다는 듯이 행동하려 들고 있음을 알 수가 있었다.
 "다른 것은 묻지 않겠어. 그 대신 내가 지금부터 묻는 말만은……."
 "도대체 무슨 일 때문에 그럽니까?"
 포주가 몸을 일으키려고 했다.
 "가만 앉아 있어
 그는 신경질적으로 큰 소리를 질렀다. 포주는 그보다 훨씬 나이가 많은 것 같았다. 그러나 오 형사는 매음업을 하는 자에게는 조금도 존대어를 쓰고 싶지가 않았다. 마음 같아서는 오히려 몇 대 갈겨 주고 싶었다.

"당신 집에 춘이라는 여자가 있었지?"

오 형사는 선 채로 포주를 내려다보며 물었다. 포주는 책상 위에 모아 잡고 있던 두 손을 밑으로 재빨리 끌어내렸다.

"그렇지 않아도 그 애를 찾고 있는 중입니다."

"찾고 있다니, 어떻게 된 건데?"

"그년이 도망쳤습니다. 빚이 십만 원이나 있는데 갚지도 않고……."

"그년이라니…… 당신이 그 여자를 그렇게 부를 권리라도 있어?"

오 형사는 포주를 날카롭게 쏘아보았다.

"그렇지만 빚도 안 갚고 도망쳤으니까 도둑년 아닙니까."

"이 치가 정신이 있나. 그럼, 여자를 가둬 놓고 등쳐먹는 놈은 뭐야? 그런 놈은 도둑놈이 아니고 신사인가?"

오 형사가 이렇게 윽박지르자 포주는 책상 위로 시선을 떨어뜨렸다. 그러나 두고 보자는 듯이 이를 악물고 있었다.

"도둑놈이 따로 있는 게 아니야. 연약한 여자들 피나 빨아먹는 기생충 같은 놈들이야말로 진짜 도둑이야."

그는 냉수를 퍼마시는 듯 한 기분으로 말을 쏟아 낸 다음 창가로 걸어갔다. 낡은 마룻장이 그의 발밑에서 삐걱거렸다.

가로수의 앙상한 가지들이 비바람에 흔들리고 있었다. 길 건너 벽 위에 붙은 지 얼마 안 되는 벽보가 길게 찢어져 펄럭거리고 있었는데, 마침 안경 낀 청년 하나가 그 곁을 지나치면서 그것을 홱 낚아채 가는 것이 보였다. 오 형사는 그 벽보 내용을 며칠 전에

읽은 적이 있었다. 그것은 서울시장(市長) 명의로 발표된 것으로서 종로 3가 일대의 모든 사창가는 일체의 불법적인 매음 행위를 중지하고 1개월 이내에 완전 철수하라는, 매우 강력한 내용의 공고문이었다.

오 형사가 돌아서서 사내를 바라보았다. 포주는 턱을 괸 채 담배를 피우고 있었다.

"춘이가 도망쳤다고 어떻게 단정할 수가 있어?"

사내는 그를 흘끗 보고 나서 말했다.

"그건 분명해요."

"그렇다면 춘이가 죽으려고 도망친 건가?"

오 형사는 사내 쪽으로 다가가 책상 위에 사진을 내던졌다. 사진을 들여다 본 포주는 움찔하고 놀라는 기색이었다.

"이게 춘이 사진입니까?"

"그래, 잘 보라구. 춘이 시체니까."

"도대체 어떻게 된 겁니까?"

사내는 숨을 크게 들이쉬면서 말했다.

"몰라서 묻는 거야?"

"제가 어떻게 압니까?"

"시치미 떼지 마!"

오 형사는 소리를 질렀다.

"전 아무것도 모릅니다."

사내는 갑자기 위축되면서 완강히 말했다.

"당신이 춘이를 데리고 있었으니까 누구보다도 그 애를 잘 알고 있어. 쉽게 이야기하는 게 서로를 위해서 좋으니까 바른 대로 말해. 춘이는 어떻게 해서 죽었지?"

"그럼…… 제가 춘이를 죽였다는 말입니까?"

"그랬을지도 모르지. 사람이란 알 수 없는 거니까."

"생사람 잡지 마십시오!"

포주는 벌떡 일어서면서 외쳤다. 두 손이 부들부들 떨리고 있었고 눈은 크게 치떠 있었다. 이마에 나타난 핏줄이 금방이라도 터질 것 같았다. 오 형사는 사내의 가슴을 밀어제쳤다.

"이 새끼가 어디서 큰소리야? 앉지 못해?"

"억울합니다. 어떻게 알고 그러시는 줄은 모르지만……."

"그러니까 내가 묻는 말에 대답하라고 그러지 않아. 어떻게 해서 춘이가 죽었는지 말이야."

"전 정말 모릅니다. 춘이는 갑자기 없어졌으니까요."

"그 때가 언제야?"

"지난 일요일 밤이었습니다."

"도망쳤다면서?"

"네, 그러니까 그날 밤 춘이가 손님을 한 사람 받았었는데 바로 그 남자하고 도망쳤습니다."

"도망치는 걸 봤나?"

"보지는 않았지만, 그 손님이 나간 뒤에 바로 없어졌으니까 함께 도망친 게 분명합니다."

"그런 엉터리 같은 말이 어디 있어. 도대체 함께 도망쳤다는 걸 뭘로 증명해?"

오 형사는 책상 주위를 빙빙 돌았다. 그는 빨리 핵심으로 들어가고 싶었다.

"증명할 수가 있습니다. 춘이는 그놈한테서 화대를 받지 않았거든요."

"왜 받지 않았어?"

"아마 그놈한테 단단히 반했던 모양입니다. 그날 밤 그놈이 나간 뒤에 제 방에서 춘이를 기다렸는데 오지 않더란 말입니다."

"왜 춘이를 기다렸지?"

"그건…… 손님한테서 화대를 받으면 누구든지 제 방으로 와서 방세를 내도록 되어 있기 때문에……."

"알겠어. 자세히 말해 봐."

"그래서…… 춘이 방으로 가 봤지요. 그랬더니 막 울고 있더 군요. 방세를 내라고 했더니 뭐, 그놈한테 외상으로 줬기 때문에 돈이 없다나요. 화가 나서 몇 대 때릴려다가 그만 뒀지요. 세상에 외상으로 몸을 주는 법이 어디 있습니까. 아무튼 외상으로 몸을 줄 정도였으니까 그놈한테 반해도 여간 반했던 게 아닌 것 같습니다."

"춘이는 왜 울고 있었나?"

"그건…… 잘 모르겠습니다. 아마…… 그놈을 사랑하게 되었지만 결국 이룰 수 없는 사랑이니까, 그렇게 울지 않았나 생각합니다만……."

포주의 이마는 진땀으로 번들거리고 있었다. 불기 하나 없는 실내에서 땀을 흘리고 있는 것을 보면 그 자는 꽤나 놀라고 있는 것 같았다. 오 형사는 두 손을 마주 비비다가 바지 주머니에 쑤셔 넣었다.

"당신 정말 춘이를 때리지 않았나?"

"때리지는 않았습니다. 울고 있는 그 애한테 손을 댈 수가 있어야죠."

"춘이는 큰 소리로 울었나?"

"그 애는 원래가 조용한 애가 돼 놔서 별로 소리를 내는 일이 없어요. 아주 서럽게 울긴 했지만, 소리를 내지 않으려고 기를 쓰더군요."

"춘이가 외상으로 몸을 주었다고 해서 그 남자한테 반했다고 할 수 있을까? 더구나 함께 도망쳤다는 건 말도 안 돼."

"잘 모르시니까 그러시는데…… 창녀들은 웬만한 사이가 아니곤 절대로 외상 거래를 하지 않습니다."

"춘이가 없어진 건 바로 그 뒤였나?"

"네, 제가 그 애 방에서 나온 뒤 얼마 안 있다가 없어졌어요. 틀림없이 그놈을 만나러 나갔을 겁니다. 아마 둘이서 만날 약속을 미리 해 놓고, 그놈이 먼저 나가 춘이를 기다리고 있었을 겁니다. 틀림없이……."

"그 남자를 봤나?"

"처음 춘이가 데리고 들어올 때 얼핏 보긴 했습니다."

"어떻게 생겼던가?"

"키가 크구…… 미남으로 보였습니다."

"나이는?"

"한…… 서른 두셋 되었을까요. 확실히 보지는 못했지만……."

"그 전에도 그 남자를 본 적이 있나?"

"처음 본 것 같습니다."

"그렇다면 그 사람이 단골인지 어쩐지 모르겠군."

"네, 거기까지는……."

포주는 손바닥으로 이마를 문질렀다.

"전에도 춘이가 외상 거래를 한 적이 있나?"

"없었습니다."

오 형사는 혼란을 느꼈다. 사실 알고 보면 간단한 사건이라 할지라도 수사 단계에서는 이처럼 혼란을 느끼는 일이 많았다. 포주의 말을 그대로 전부 믿는다는 것도 우스웠다.

"그러니까 당신 생각은 그 남자가 춘이를 데리고 나가서 죽였다, 이건가?"

"아니, 그렇게 말한 건 아닙니다. 춘이가 어떻게 죽었는지는 잘 모릅니다. 그렇지만…… 누구보다도 그놈이 제일 의심스럽습니다."

"직접 보지 않은 이상 누구를 의심한다는 건 금물이야. 당신 혹시 전과 없나?"

오 형사의 질문에 포주는 어깨를 웅크리며 대답하지 않았다.

"전과가 없을 리가 있나. 조사해 보면 다 알 수 있겠지. 그건 그렇고…… 춘이는 자기 짐을 가지고 나갔나?"

"짐이래야 뭐가 있어야죠."

"가지고 나갔느냐 말이야?"

"그건…… 그대로 있습니다."

"당신도 낫살이나 먹은 사람이 다른 직업을 생각해 봐야지 그런 더러운 일에만 빠져 있으면 되겠어."

"그렇잖아도 종 3도 폐지되고 하니까 그만둘까 합니다."

사내는 얼굴을 찌푸리며 참회하는 빛을 보였다. 오 형사는 그 얼굴에 붙어 있는 가면을 벗겨 버리고 싶었다.

"지금 당신 집에 가서 춘이 소지품을 조사해 봐야겠어. 아직 처분하지 않고 그대로 있겠지?"

"네, 그대로 있습니다."

오 형사는 앞장서서 취조실을 나갔다. 추운 데 오래 있었기 때문에 그는 뱃살이 오그라드는 것 같았다.

춘이의 소지품은 낡은 비닐 백 하나뿐 빈약하기 짝이 없었다. 그 속에는 입을 만한 옷가지도 없었고, 그녀를 말해 줄 만한 물건도 하나 없었다.

오 형사는 흔적도 없이, 마치 이슬처럼 스러져 버린 한 창녀의 영혼을 가슴에 품은 채 불안한 밤을 보냈다. 밤새 여러 가지 꿈을 꾸었는데 그 중에 가로등도 없는 어둡고 추운 거리에서 거지가 되어 오들오들 떨고 있는 자신의 모습이 가장 인상적이었다. 몹시 추워 한밤중에 눈을 뜬 그는 연탄불이 꺼진 것을 알고는 갑자기 외로움을 느꼈었는데, 아침이 되어도 그 기분은 사라지지가 않았다.

열 시가 다 되어 가고 있었지만 그는 출근할 생각을 하지 않고 있었다. 그 전에도 그는 아무 이유 없이 결근하는 일이 종종 있곤 했다.

그는 드러누운 채 한참 조간신문을 읽다가 배가 고파서 일어났다. 밥통에는 어제 해 놓은 밥이 한 그릇쯤 있었는데, 그는 그것을 그대로 먹을 것인가, 아니면 버릴 것인가 하는 문제로 망설이다가 아까운 생각이 들어 그걸 먹기로 했다. 주인집 연탄불을 얻어 뜨거운 물을 끓이고 겨우 식사를 끝마친 것은 열두시가 지나서였다.

밖은 어제처럼 흐려 있었는데, 추위가 조금 가신 것이 곧 눈이 올 것 같았다.

오 형사는 검정색 코트를 걸치고 시내로 나갔다. 그는 출근하는 것을 아예 단념하고 우선 다방부터 들러 커피를 마셨다.

춘이의 소지품 중에서 그가 가져온 것은 다섯 장의 명함이었다. 그것은 춘이를 찾은 손님들 중 솔직하거나 아니면 바보 같은 자식이 남기고 간 것들이라고 볼 수 있었다. 이들 중에 춘이의 죽음과 관계가 있는 자가 있다면 매우 다행한 일이겠지만 그렇지 않을 경우 그는 춘이에 대해서 더 이상 추적해 보는 것을 단념해 버릴 수밖에 별도리가 없을 것 같았다.

다섯 장의 명함을 검토하던 그는 슬그머니 웃음이 나왔다. 그만큼, 명함에 박혀 있는 그들의 직업은 모두가 가지각색이었다.

그는 우선 접촉하기 쉬운 사람부터 만나 보기로 했다.

그가 명함을 가지고 제일 먼저 찾아간 곳은 어느 수도사업소(水道事業所)였다. 그 과장이란 자는 사십대의 사내였는데 오 형사가 신분을 밝히면서 용건을 말하자 무조건 그를 다방으로 데리고 가서는 돈부터 집어 주었다.

"여편네가 임신을 하는 바람에…… 조심하겠습니다."

사내는 얼굴을 붉히면서 말했다.

"종 3에 마지막으로 갔을 때가 언젭니까?"

"한…… 한 달쯤 됐습니다."

오 형사는 뇌물이라고 집어 준 돈을 돌려주었다. 수도사업소 직원은 사창가 출입 단속에 걸린 줄 알고 거의 울상이 되어 그에게 매달렸다.

"잘 봐 주십시오."

"그런 데 있는 여자들한테 명함을 주면 안 돼요."

오 형사는 탁자 위에 그 자의 명함을 던져 놓고 일어섰다.

그가 두 번째로 찾아간 사람은 이마가 오십대의 식당 주인이었는데, 명함에는 사장(社長) 아무개라고 되어 있었다. 그 사장 역시 수도 사업소 직원처럼 돈을 내밀고 잘 봐 달라고 부탁했다.

포주의 말대로 키가 크고 미남인 청년은 세 번째, 네 번째에도 나타나지 않았다. 세 번째는 구청 직원으로 작은 키에 안경을 낀, 역시 중년의 사내였다. 네 번째 사내는 은행원이었는데, 동료 직원의 말에 의하면 죽은 지가 열흘이 넘었다고 했다.

"친구 되시는가요?"

하고 그 직원은 이쪽 신분을 알아 볼 생각도 하지 않고 물었다.

"네, 그저……."

"그런데 아직까지 모르고 계셨던가요?"

"네, 어디 좀 다녀오느라고……."

"바로 요 앞에서, 점심을 먹고 오다가 자동차 사고로 그렇게 되었죠. 똑똑한 친구였는데……."

오 형사는 은행 직원과 헤어질 때 일부러 슬픈 표정을 지어 보였다.

이젠 집으로 돌아가서 잠이나 자고 싶었다. 정말 극도로 피로했기 때문에 그는 다섯 번째 사나이까지 찾아볼 마음이 조금도 나지 않았다. 더구나 명함을 보니 그 사나이의 소재는 인천이었다. 길목에 서서 잠시 머뭇거리던 오 형사는 머리를 설설 흔들고 곧장 집으로 달려갔다. 그리고 그대로 쓰러져 잠이 들었다. 한밤중에 배가 고파 눈을 뜨긴 했지만 몇 번 몸을 뒤챈 다음 그는 다시 잠들어 버렸다.

토요일은 아침부터 바람이 불었다. 찌푸린 하늘에서는 조금씩 눈발까지 날리고 있었다.

아홉 시쯤 출근한 오 형사는 직속 계장의 핏발선 눈초리와 부딪혔다. 알고 보니 어제 오후에 대규모 마약 사건이 터진 모양이었다.

결국, 하는 수 없는 일이라고 생각하면서 그는 마약 냄새를 쫓아 몇몇 호텔을 돌아다녔다. 그런데 그 바쁜 중에서도 어제 내팽개쳐 버린 그 일이 줄곧 마음에 걸려 왔다. 저녁 무렵이 되자 그는 자신이 그 일을 포기할 수 없음을 명확히 깨달았다. 겨우 틈을 낸 그는 서둘러 역으로 나가 막 출발하는 열차에 뛰어올랐다.

인천에 내렸을 때는 이미 어두워져 있었다. 바닷가라 그런지 눈보라가 거세어지고 있었다. 그는 택시를 타고 바로 하역장으로 찾아갔다. 명함에 따르면 다섯 번째의 사나이는 어느 운수창고주식회사 인천지점 관리부장이라는 자였다. 그러나 알고 보니 그자는 하역 인부들을 감독하는 십장(什長)이었다.

"백인탄(白仁灘) 씨요? 아, 십장님 말씀이군요. 저어기 불빛 보이죠? 그 집에 가서 물어 보세요. 거기서 술을 마시고 있을 겁니다."

창고 옆에서 모닥불을 쬐고 있던 인부들 중의 하나가 십장이 있는 곳을 가리키며 말했다.

부두에는 선박들이 험한 날씨에 대비해서인지 일제히 닻을 내리고 있었다. 파도 소리는 높아지고 있었고, 소금기를 실은 바닷바람은 차고 날카로웠다. 조금 벗어나자 거기로부터는 배도 없었고 건물도 보이지 않았다. 이윽고 어슴푸레한 시야 속으로 개펄을 막은 긴 둑이 나타났는데, 바로 그 곁에 판자로 지은 술집이 하나 서 있었다.

오 형사는 술집 안으로 들어섰다. 아직 전기를 끌어들이지 못했는지 여기저기 남포등을 켜 놓은 실내는 어둠침침했다. 확 끼쳐 오는 술 냄새에 그는 약간 현기증을 느끼면서 주위를 휘둘러 보았다. 서너 평쯤 되는 흙바닥 위에는 판자와 각목으로 어설프게 짜 놓은 탁자와 의자가 몇 개 놓여 있었고, 모두 부두 노동자로 보이는 사람들이 거기에 띄엄띄엄 앉아 술을 마시고 있었다. 그들의 말소리는 분명하지 않으면서도 크고 우렁우렁했다.

오 형사는 주모에게 십장이 누구냐고 물었다. 주모는 그를 쳐다보지도 않은 채 턱으로 한쪽 구석을 가리켰다. 오 형사는 세 명의 청년이 앉아 있는 구석 자리로 다가갔다. 그리고 첫눈에 십장이란 자를 알아볼 수가 있었다. 포주가 말한 대로 십장은 몸집이 큰 미남이었다.

"무슨 일이십니까?"

청년은 오 형사가 제시한 신분증을 흘끗 바라보면서 물었다. 술기운 탓인지 가슴을 벌리는 것이 매우 자신만만한 투였다.

"물어 볼 게 있어서 그러는데, 잠깐 이야기 좀 합시다."

오 형사는 사내들의 시선이 차가움을 느꼈다.

"여기서 물어 보면 안 됩니까?"

하고 청년은 물었다.

"네, 좋습니다."

오 형사는 자리에 앉자마자 십장의 명함을 꺼내 놓으면서,

"지난 일요일 밤에 종 3에 갔었지요?"

하고 큰소리로 물었다.

의외의 공격에 상대는 얼굴을 확 붉혔다. 그는 사태가 심상치 않음을 느꼈던지 동석하고 있던 친구들을 모두 밖으로 내쫓았다. 그리고는 하나도 감출 것도 없다는 듯이,

"네, 종 3에 갔었습니다. 그런데요?"

하고 반문했다.

"어떻게 서울까지 원정을 가게 됐지요?"

"네, 사실은 친구한테 돈 좀 빌리러 갔다가……."

"돈은 빌렸습니까?"

"못 빌렸습니다."

"그 길로 종 3에 간 건가요?"

"네, 전 아직 총각입니다."

"거기 가서 누굴 만나 무얼 했는지 자세히 이야기해 보시오."

"왜…… 무슨 일 때문에 그럽니까?"

부둣가에서 굴러먹는 사나이답게 백인탄은 좀 버티어 볼 모양이었다.

"차차 이야기할 테니까 우선 그것부터 말해 봐!"

오 형사는 날카롭게 쏘아붙였다. 청년은 풀이 꺾이며 한참 동

안 침묵을 지켰다. 오 형사는 술과 안주를 더 시킨 다음,
 "자, 술도 마시면서 천천히, 마음 놓고 말해 봐요."
하고 말했다.

 〈 백인탄의 진술 〉
 술에 얼큰히 취한 십장은 남근이 불끈 솟구치는 것을 느끼면서 종로를 걷고 있었다. 그는 여자가 그리워 견딜 수가 없을 지경이었다. 최근의 그의 가장 심각한 고민은 성욕을 어떻게 처리하는가 하는 문제였다. 정 견딜 수 없을 때 그는 사창가로 달려가는 수밖에 없었지만, 그것도 적잖은 돈이 들기 때문에 마음대로 갈 수가 없었다. 사실 정력이 왕성한 노총각으로서 끓어오르는 열기를 그대로 눌러 버린다는 것은 너무도 고통스러운 일이었다. 그런데 한편으로 생각하면 자기 자신의 감정을 다스릴 수 없다는 데 대해서 화가 나기도 했다. 그러면서도 결국 그는 종 3으로 기어들었다. 아무튼 오늘 밤엔 무슨 수단을 써서라도 여자를 하나 사야 한다. 여자는 살찐 것보다는 약간 마른 듯 한 게 품기에 좋다. 약간 마른 듯한 여자다. 그러나 현재 그의 수중에는 여자를 살 만한 돈이 없었다.
 그는 달려드는 여자들을 밀어제치며 계속 앞으로 나아갔다. 창녀들의 얼굴은 하나같이 살벌하고 처참해 보였다. 창녀들이 모두 남성의 육체를 그리워하고 있다면 얼마나 좋을까. 그는 넥타이를 움켜잡는 창녀의 따귀를 철썩 하고 갈겼다.
 "야, 이 개새끼야, 점잔빼지 마!"
 여자는 울화통이 터지는지 욕설을 퍼부었다. 그는 술기운이

머리끝으로 몰리는 것을 느꼈다.

그의 발걸음이 멈춘 것은 그가 백발의 어느 군고구마 장수 앞에 이르렀을 때였다. 노인 옆에는 검정 바지에 빨간 털 셔츠를 받쳐 입은 창녀 같기도 하고 아닌 것 같기도 한 처녀가 하나 서 있었는데, 멍한 표정으로 느릿느릿 군고구마를 먹고 있는 모습이 행인들에게는 전혀 관심이 없는 것 같았다. 그런데도 불빛에 드러난 그녀의 선명한 윤곽은 유난히 돋보이는 데가 있었다. 그러나 저러나 밤의 종3 골목에 나와 있는 여자라면 일단 창녀라고 단정해도 좋을 것이다. 그는 노인 앞으로 다가가서 군고구마를 하나 집어 들고 껍질을 벗겼다. 도중에 그는 그것을 땅바닥 위로 떨어뜨렸는데, 그것을 가만히 지켜보던 처녀가 킥킥 하고 웃었다.

"야, 왜 웃어?"

그는 여자를 노려보았다. 그래도 그녀는 여전히 킥킥거렸다.

"하하, 이 짜아식 봐라."

그가 처녀의 팔을 낚아채면서 보니 노인은 두 눈을 디룩디룩 굴리고 있었다.

"야, 너 손님 안 받아?"

"놀다 가실려구요?"

그녀의 목소리는 낮고 부드러웠다.

"그래, 임마."

"주무시고 갈 거예요?"

"아니야, 놀다가 갈 거야."

그는 처녀의 허리에 팔을 감았다. 그녀의 허리는 가늘고 유연했다. 팔에 힘을 주자 여자의 전신이 허물어지듯 안겨 왔다. 입 속에서 부드럽게 흘러넘치는 팥죽 같은 여자구나. 그는 기쁨이 치솟는 것을 느꼈다.

"야, 빨리빨리 안내해."

"어머, 눈이 와요."

그녀는 머리를 뒤로 젖히면서 팔을 휘저었다. 어느새 밤하늘로부터 눈송이가 반짝거리면서 떨어지고 있었다.

그녀가 안내한 방은 훈훈했다. 난로 위에서는 물주전자가 김을 내뿜으면서 한창 끓고 있었다.

"야, 나 돈이 없는데 어떡하지?"

인탄은 아랫목에 풀썩 주저앉으면서 말했다.

"안 돼요. 돈이 없으면 안 돼요."

창녀는 완강하게 말했다.

"안 되긴, 임마. 내일 돈 갖다 줄 테니까 외상으로 하면 되지 않아."

"그래도 안 돼요. 돈 안 받고 하면 주인아저씨한테 혼나요."

"이런 병신 새끼, 난 그런 돈 떼먹을 사람이 아니란 말이야."

"그래도 안 돼요. 외상은 안 돼요. 종 3이 곧 철거되기 때문에……."

붉은 전등 빛을 받고 서 있는 그녀의 모습에는 꿈같은 데가 있었다. 이런 애를 만져 보지 못하고 쫓겨날 것을 생각하니 그는 초조했다.

"이런 빌어먹을 년, 이거 맡아 둬."

그는 최후 수단으로 손목시계를 풀었다. 그것은 초침이 따로 붙어 있고 누렇게 변색까지 된 아주 낡은 것이지만 그에게는 대단히 중요한 의미를 지닌 시계였다.

"이거 얼마짜리예요?"

그녀는 시계를 들고 자세히 살펴보다가 물었다. 그는 벌컥 화를 냈다.

"이 병신아, 그건 돈으로 따질 시계가 아니야. 그거 없으면 난 죽는 거야."

"이게 뭐가 그렇게 중요해요? 이런 건 누가 사 가지도 않을 텐데……"

"이 병신아, 무식한 소리 작작해! 그건 내 생명하고도 안 바꾸는 시계야!"

그의 말에 여자는 씨익 하고 웃었다.

"그렇게도 하고 싶으세요?"

"그래, 죽을 지경이다."

"제가 좋으세요?"

인탄은 와락 그녀를 껴안았다.

"좋고말고. 널 그대로 두고는 절대 갈 수 없어. 네가 좋아서 미치겠다."

"시계 찾으러 꼭 오셔야 해요?"

"그럼, 그럼. 네 돈 내가 떼어먹을 줄 아니."

그의 취기는 한층 고조되어 갔다. 그는 옷을 벗자 그녀에게 달려들었다.

"아이, 이 술 냄새…… 꼭 짐승 같네."

그녀는 몇 번 몸을 빼다가 그가 하는 대로 내버려 두었다.

그녀의 육체는 조금씩 열려 나갔다. 그녀는 긴 팔과 다리를 허우적거리다가 아기를 품듯이 그를 껴안았다. 겉보기와는 달리 그녀에게는 힘과 열정이 있었고, 육체는 마른 듯하면서도 완숙된 풍만감을 느끼게 했다. 그는 완전히 기막힌 표정으로 그녀를 내려다보다가는 다시 달려들곤 했다. 숨이 가빠지고 그것이 더 참을 수 없게 되었을 때, 그녀는 높고 날카롭게 소리를 질렀다. 그러고는 길게 신음 소리를 끌면서 몸을 늘어뜨렸다.

"야아, 너 굉장하구나, 굉장해."

그가 헐떡거리면서 땀을 닦자 창녀는 얼굴을 붉혔다. 그들은 나란히 누워서 한참 동안 천장을 응시했다.

"그렇게 힘드세요?"

하고 그녀는 나직이 물었다.

"그래. 힘들어 죽갔다. 이 계집아이야."

그는 창녀의 머리를 가만히 쓰다듬어 주었다. 숱이 많은 머리칼은 그 결이 곱고 부드러웠다.

"이북이 고향이세요?"

"그래. 너 눈치 빠르구나."

"사투리를 쓰시기에 알았어요. 결혼하셨지요?"

그녀는 궁금한 듯이 눈을 크게 뜨고 물었다.

"아니, 아직 못 했어. 결혼한 것처럼 보여?"

"그런 것 같기도 하고⋯⋯ 잘 모르겠어요. 왜 아직까지 결혼도 안 하셨어요?"

"애인이 없어서."

"아이, 거짓말 말아요. 이렇게 미남이면서 애인이 왜 없어요."

창녀는 그의 매끄럽게 생긴 코를 어루만졌다.

"넌 있니?"

"저도 없어요."

"그것 봐라. 잘생겼다고 해서 애인이 있는 것이 아니야, 이 바보야. 남을 사랑한다는 것이 그렇게 쉬운 줄 아니."

"그게 그렇게 어려운가요. 전 돈 버는 것이 이 세상에서 제일 어렵던데요."

"그럴지도 모르지. 넌 노동자니까."

"뭐라고요?"

"아니, 아무것도 아니야. 돈 벌어서 너 뭐할래?"

창녀는 잠깐 머뭇거리다가 결심한 투로 말했다.

"시집갈래요."

그는 천장 바로 밑에 달려 있는 조그만 창문을 바라보았다. 그리고 어둠이 더욱 층층이 쌓여 가고 있음을 느꼈다. 그는 웃었다.

"하하, 이년…… 못된 송아지 엉덩이에 뿔난다고, 그래도 시집은 가고 싶은 모양이구나."

"저라고 시집 못 가란 법 있나요?"

"하긴 그래. 너도 언젠가는 시집가야겠지. 지금 몇 살이니?"

"스물셋이에요."

"더 돼 보이는데……."

"고생을 많이 해서 그래요. 선생님은 몇이세요?"

"서른 하고도 둘이다."

"참, 이북 어디가 고향이에요?"

"이북 어디냐고?"

그는 다시 창문을 바라보았다. 생각하고 싶지도 않은 문제가 가슴을 파고들어 왔다.

"의주다. 압록강 끝에 있는 평안북도 의주가……."

"의주 어디에요?"

하고 창녀가 그의 손을 움켜쥐었다.

"이거 왜 이래? 또 하고 싶어서 그러니?"

그의 말에 그녀는 손을 풀면서 그를 빤히 쳐다보았다.

"의주군 의주면 의주리가 내 고향이야. 거긴 강 건너가 바로 만주 벌판이야. 겨울이면 강이 두껍게 얼기 때문에 썰매를 타고 국경을 넘나들지. 어떻게나 추운지 오줌을 누면 거기에 고드름이 다 언다구, 하하."

그러나 그녀는 웃지 않았다. 그녀는 이불을 턱 밑으로 끌어당기며 돌아누웠다.

"내 말 재미없는 모양이구나."

그는 창녀의 유방을 주무르기 시작했다.

"아니에요. 재미있어요. 월남은 언제 하셨어요?"

"나한테 묻지만 말구 너두 좀 말해 봐. 난 네 이름도 모른다구."

"그냥 춘이라고 불러요."

"춘이, 춘이…… 거 이름 참 좋은데…… 허지만 이런 데 있는 여자가 진짜 이름을 댈 리가 있나. 고향은 어디야?"

"저, 전라도예요."

"전라도라. 그런데 사투리를 토옹 안 쓰네."

"네, 어릴 때 나왔기 때문에……."

"꺼억, 나는 말이야……꺼억……."

그가 꺼억 하고 길게 트림을 하자 술 냄새가 확 풍겼다.

"야, 소주 한 병만 사 올래?"

"아이, 그렇게 취하셨는데……."

"아니야, 난 취하려면 아직 멀었어. 이런 자리에서 벌거벗구 술 마시는 것도 괜찮지. 야, 소주 한 병 사 오라구. 돈 없다구 너 날 괄시하니? 술 살 돈은 있어."

그는 벌거벗은 몸으로 벌떡 일어섰다.

그러자 그녀가 그를 가로막았다.

"아이, 저한테 돈 있으니까 앉아 계세요."

그녀는 옷을 입고 급히 밖으로 나갔다.

한참 후 그녀는 술과 함께 과자며 과일 같은 것들을 잔뜩 사 들고 들어왔다.

"야, 이거 미안한데."

"드세요."

그는 비스듬히 누운 채로 그녀가 깎아 주는 사과를 받아먹었다. 그리고 술을 마실 때는 대단히 기분이 좋고 만족스런 표정이었다.

"제가 묻는 말에는 대답을 잘 안 하시네요."

그녀는 조그만 목소리로 말했다.

"그래? 무슨 말을 물었는데? 아무 거나 다 물어 봐, 척척 대답해 줄 테니까."

그는 벌건 얼굴로 씨근덕거리며 말했다.

"제가 아까 언제 남하했느냐고 묻지 않았어요?"

"아, 그렇지. 그러니까 1951년인가…… 1·4 후퇴 때 남하했지. 사실 그 때 이야기를 하자면…… 이야기가 길어진다. 파란곡절이 많았지. 우리 집안은 그때 없어진 거나 다름없었어."

청년은 잠시 어두운 얼굴로 천장을 응시했다. 그녀는 사내 옆에 바싹 다가앉으며 치마폭으로 그의 손을 가만히 감싸주었다.

"우리 집안은 대대로 농사를 지어 왔는데, 아버지 대(代)에 와서 좀 차질이 생겼어. 우리 아버지라는 사람이 가만히 앉아서 농사만 짓는 데 만족하지를 않은 거지. 아버지는 자주 여기저기 돌아다니면서 장사에도 손을 뻗쳤는데, 그 중에는 국경을 넘나들면서 아편 장사를 한 것도 끼어 있지. 그렇다고 우리 아버지를 나쁜 사람이라고 생각하지는 마. 그 당시 국경 가까이 사는 사람들은 거의가 아편에 손을 대고 있었다니까 그렇게 대수로운 건 못 돼. 좌우간 아버지는 그런 식으로 돌아다니면서 낯선 사람들과 어울리는 것을 좋아했어. 아버지가 1·4 후퇴 때 우리들을 데리고 남하한 것도 순전히 이러한 방랑벽 때문이었지. 남쪽에 대한 강한 호기심, 남쪽에서의 새로운 희망…… 그러니까 아버지는 이민 가는 기분으로 남하했던 거야."

"누구누구 월남했어요?"

그녀의 목소리는 팽팽하게 긴장되어 있었다. 그는 술 한 잔을 단숨에 집어삼켰다.

"햐아, 이거 이야기가 길어지는데, 누가 누가 월남했느냐 하면 아버지하고 나하고 내 누이동생, 이렇게 셋이었지."

"엄마는요?"

"엄마? 그 여자는 버얼써 죽은 뒤였어. 내 누이동생을 낳고 그 이듬해엔가 승천했으니까. 오래된 이야기지. 살아 있을 때는 별로 몰랐는데…… 몇 년 지나서 어머니 사진을 보니까 상당히 미인이었어. 아버지가 재혼하지 않고 동짓달 긴긴 밤을 홀로 지낸 이유를 알 만하지. 자, 너도 한 잔 해."

그가 웃으면서 술잔을 내밀자 춘이는 세차게 머리를 흔들었다. 흩어진 머리채 속에 얼굴을 묻은 채 그녀는 더 이상 묻지 않았다. 어떻게 보면 그녀의 몸은 조금씩 떨리고 있는 것 같기도 했다. 그러나 온몸이 늘어지고 눈꺼풀이 잔뜩 무거워진 그로서는 이제 한숨 푹 자고 싶을 뿐 그녀에게는 관심이 가지 않았다.

"흐응, 이제 내 이야기가 재미없는 모양이구나. 빨리 나가 달라 이거지…… 그래에, 이년아, 나간다, 나가."

그는 몸을 일으키려다가 푹 고꾸라졌다. 그래도 그녀는 앉은 자세를 흩뜨리지 않았다.

"야, 이 간나 새끼야, 내 이야기는 이제부터가 재미있다고, 넌 아무것도 몰라. 너 같은 똥치가 알게 뭐야."

청년은 주먹으로 그녀의 뒤통수를 한 대 쥐어박은 다음 술병을 입 속에 거꾸로 박아 넣었다.

"남하하다가 말이야…… 우리 세 식구는 뿔뿔이 헤어진 거야. 헤어졌다는 여기에 재미가 있는 거야, 흐흐. 어떻게 헤어졌는지 알아? 삼팔선을 넘어 서울에 들어왔을 땐데…… 그만 아버지가 검문에 걸린 거야. 헌병 나리가 하시는 말씀이 잠깐 가자는 거야. 아버지는 완전히 당황했지. 하지만 아버지는 별일 없을 거라고 하면서 우리한테 기다리고 있으라고 말했어. 그러면서 필요할 거라고 하면서…… 자기가 차고 있던 그 고물 시계를 나한테 주고는…… 간 거야. 자꾸 우리 쪽을 돌아보면서 가더군. 그때 우리가 기다리고 있던 곳은 길가에 있는 어느 빈 벽돌집 앞이었는데, 그 집은 반쯤 허물어져서 집 안이 훤히 들여다보였어. 이때 내가 잘못을 저지른 거지. 아주 큰 실수였어. 난 아무래도 마음이 안 놓여서 누이동생을 그 집 마루에 앉혀 놓고…… 아버지를 찾아 나섰어. 얼마 후에 아버지가 어느 초등학교에 수용되어 있는 것을 알았어.

거기엔 아버지 말고도 많은 사람들이 수용되어 있었는데, 입초 헌병이 하시는 말씀이 모두 징용에 나가야 한다는 거야. 나는…… 사정을 했지. 이북에서 오는 길이니 한 번만 봐 달라, 그게 어려우면 잠깐 면회라도 허락해 달라고. 허지만…… 나 같은 꼬마는 통하지가 않았어. 한창 후퇴할 때라 모두가 살기등등해 있었지. 반시간쯤 후에 하는 수 없이 되돌아왔는데…… 이번엔 거기 꼼짝 말고 앉아 있으라고 한 여동생이 온데간데없이 사라진 거야.

난 반미치광이가 되어 날뛰었지만, 홍수같이 밀려가는 인파 속에서 도저히 찾을 수가 없었어. 그 앤 아마 날 찾느라고 나섰겠지만 다섯 살짜리 애가 어디가 어딘 줄 분간이나 했겠어. 벌써 20년이 가까와 오지만 아직까지 아버지도 누이동생도 만나지를 못했어. 여기저기 수소문을 해 봤지만 감감소식이야. 내 생각엔 영영…… 못 만날 것 같아. 아버지는 징용에 나가서 행방불명이 되어 버렸는데, 아마…… 돌아가셨을 거야. 지금 살아 있다면…… 쉰아홉…… 한창 나이시지. 아버지는 몰라도 누이동생은 살아 있을 거야. 좋은 양부모(養父母)를 만나서 제대로 학교에 다닌다면 지금 대학 4학년쯤 되었겠지. 막상 만난다 해도 서로 얼굴을 못 알아볼 거야. 처음 몇 년간은 누이 생각에 미칠 것 같더니…… 세월이 흐르니까 그것도 만성이 되더군. 어디서 뭘 하고 있는지…….”

 힘들게 말을 마친 그는 한참 동안 꼼짝도 없이 엎드려 있었다. 넓은 어깨 위로 흐르는 땀이 불빛을 받아 번들거리고 있었다. 주전자의 물 끓는 소리만이 유난스레 방안을 가득 채우고 있었다. 그는 결국 혼자 남아 부두 노동자로밖에 전락할 수 없었던 자신의 신세가 새삼 가슴을 파고드는 것을 느꼈다.

 “선생님 성함은 어떻게 되는가요?”
하고 그녀는 기어들듯이 아주 가느다란 목소리로 물었다.

 “아하, 내가 아직 말 안 했던가. 내 이름은 백인탄이야. 이름이 아주 좋대.”

 그는 일부러 아주 큰소리로 말했다.

 그녀는 일어서서 문 쪽을 바라보고 있었다. 절대 허물어지지 않을 듯이 버티고 서 있는 모습이 지금까지와는 달리 완강하고 고집스러워 보였다.

 “어서 가 보세요.”

 갑자기 그녀는 냉정하게 쏘아붙였다. 인탄은 한 대 얻어맞은 기분이었다.

 그녀를 다시 가까이할 수 없다는 것을 느낀 그는 벌떡 일어서서 옷을 입기 시작했다. 다리가 몇 번 휘청거렸다.

 “빌어먹을, 쓸데없는 이야기만 지껄였군. 오늘 실례 많았다.

다시 말하자면…… 그 시계는 중요한 거니까 잘 간직해 둬. 내일 아니면 모레 돈을 가지고 올 테니까."

그러자 그녀가 시계를 내밀었다.

"괜찮아요. 가져가세요."

인탄은 눈이 휘둥그레져서 그녀를 바라보았다. 그 시선을 춘이는 피했다.

"정말 가져가도 되겠어?"

그녀는 말없이 고개를 끄덕거렸다.

"음, 감사하군. 내, 돈은 떼먹지 않을 테니까 염려 마. 이자까지 두둑이 쳐서 갖다 주지. 앞으로 우리 잘 사귀어 보자구."

그는 신뢰를 보이기 위하여 그녀에게 그 잘난 명함까지 한 장 내주었다. 그로서는 정말 재수 좋은 날이 아닐 수 없었다. 그것을 외상으로 했을 뿐만 아니라 담보까지 잡히지 않아도 되었으니 얼마나 다행한 일인가. 더구나 이 계집애는 나한테 단단히 반한 모양이다. 아마 내 남근의 위력에 녹아 버린 모양이지. 그는 가슴이 잔뜩 부풀어 오른 채 귀중한 시계를 팔목에 단단히 비끌어 매었다. 그런 다음 대단히 취한 체하면서 비틀비틀 밖으로 나갔다.

대문을 벗어나서 몇 발자국 걷다가 뒤돌아보니 춘이가 문설주에 기대어 서 있는 것이 보였다. 시선이 마주치자 춘이는 얼굴을 획 돌려 버렸는데, 순간적인 일이었지만 그는 그녀가 울고 있다는 것을 알 수가 있었다.

"저년이 나한테…… 반해도 단단히 반한 모양이구나."

그는 씁쓰레한 기분을 털어 버리기라도 할 듯이 침을 탁 뱉은 다음 걸음을 빨리했다. 눈은 아까보다 더 거세게 덩이가 되어 떨어지고 있었다.

"춘이한테 돈은 갚았소?"
"아직 못 갚았습니다. 내일 서울 올라가는 길에 갖다 줄 참입니다."
청년은 춘이에게 아직 외상값을 갚지 못한 것을 변명할 기색인 것 같았다.
오 형사는 술 한 잔을 단숨에 비웠다. 그 잔에 그는 다시 자작 술을 따랐다.
"춘이는 죽었소."
"네?"
"멀리 갔단 말이오."
"정말입니까?"
"정말이오."
오 형사가 시체를 찍은 사진을 내보이자 청년의 얼굴이 뻣뻣이 굳어졌다.
"이런!"
거센 바닷바람에 판잣집은 통째로 들썩거리고 있었다. 실내에는 손님으로는 그들 두 사람만이 남아 있었다. 주모는 구석 자리에 앉아 꾸벅꾸벅 졸고 있다가는 바람 소리에 놀라 눈을 뜨곤 했다.
"타살입니까?"
하고 백인탄은 물었다.
지금까지와는 달리 상당히 겁먹은 얼굴이었다.

"그렇다고 볼 수 있지요."

"범인은 잡혔습니까? 도대체 누가 죽였습니까?"

그는 확실히 공포를 느끼고 있었다. 그것은 그 자신이 범인으로 몰리고 있는 것이 아닌가 하는, 그런 공포인 것 같았다.

"우리 모두가 범인이오. 당신도 춘이를 죽였고 나도 춘이를 죽였소."

"네? 뭐라구요? 제가 춘이를 죽였다고요? 하하하, 생사람 잡지 마십시오. 무슨 말씀을 그렇게, 허허허허."

청년은 기묘하게 웃음을 흘리면서 안주도 없이 술을 벌컥벌컥 들이켰다.

"그 쌍놈의 계집애, 어쩐지 그날도 질질 우는 게 이상하더라니, 난 나한테 반해서 그러는 줄 알았지. 처녀 귀신은……."

"개 같은 자식!"

오 형사는 벌떡 일어서면서 청년의 얼굴을 후려쳤다. 탁자와 함께 뒤로 쿵 하고 떨어진 청년은 코피를 쏟으면서 그를 멍하니 바라보았다.

오 형사는 놀라 어쩔 줄 모르는 주모에게 술값을 치르고 밖으로 나갔다. 밖은 한 걸음 앞을 분간할 수 없을 정도로 어두웠다. 어둠은 대지와 하늘을 온통 집어 삼킨 채 끝없이 퍼져 있었다. 소용돌이치는 눈보라 속을 바다 쪽으로 주춤거리며 걸어갔다. 그리고 개펄을 막기 위하여 만들어 놓은 둑 위에 웅크리고 앉았다.

지난 일요일 밤, 백인탄이 일을 치르고 떠나가 버린 뒤 춘이는 울면서 밖으로 뛰쳐나갔으리라. 양말도 신지 않은 맨발로 고무신을 끌면서…… 그렇지. 약방으로 갔겠지. 그녀는 이 약방, 저

약방으로 돌아다니면서 수면제를 사 모은 다음 아마 그것을 하나 하나 삼키면서 눈 오는 밤거리를 헤매었으리라. 밤이 깊어 감에 따라 정신이 흐려지고 몸이 얼어 버린 그녀는 마침내 길 위에 쓰러져, 누구에게도 말할 수 없는 그 비밀을 자기의 몸과 함께 눈 속에 묻어 버렸으리라. 그것이 그녀가 취할 수 있었던 마지막 예의(禮儀)였겠지. 오 형사는 춘이의 주검이 하얗게, 아주 하얗게 변해가고 있는 것을 보는 듯 했다. 이제 남은 것은 종 3의 진이 엄마나 포주로부터 춘이의 성이 백가(白哥)라는 것을 확인하는 일이었다.

그렇지만 모든 것이 밝혀진 지금 그런 어리석은 짓을 할 필요가 있을까.

그는 방파제를 두드리는 성난 바다의 물결이 썩어 가는 이 대지를 깨끗이 쓸어 가 버리기를 실로 간절히 기원하면서, 그녀를 죽인 조국을 증오했다.

(1974년 6월)

낫

그 자살 시체는 아무 유서도 남기지 않은 채, 다만 오른손에 이미 녹이 슬기 시작한 낫 하나만을 꽉 움켜쥐고 있었다.

젊은이는 오늘도 낫을 간다.

쓰윽 쓰윽 쓱싹, 쓰윽 쓰윽 쓱싹,

낫은 닳고 닳아 서리가 앉은 듯 뽀얗게 빛을 띤다. 젊은이는 낫을 손가락 끝으로 쓰다듬어 본다. 한낮의 강렬한 태양빛을 받자 낫날은 눈부시게 빛난다. 젊은이는 어지러운 듯 두 눈을 한 번 깊이 감았다가 뜨며 몸을 일으킨다. 키가 크고 뼈마디가 굵은 건장한 체격이다. 물 묻은 낫을 때에 전 옷자락에 닦더니 벽기둥에 콱 박아 놓는다. 그리고 한참 동안 그것을 쏘아본다.

20년 동안 젊은이는 이렇게 매일 낫을 갈아 왔다.

그는 마을 사람들과는 거의 접촉을 피한 채 산 밑 외딴집에서 혼자 살고 있었다.

오후 한시 반, 하행 열차가 도착했다. 서울발 여수행 열차가.

열차는 잠깐 정차했다가 다시 출발했다. 햇빛이 강했기 때문에 열차가 산모퉁이를 오른쪽으로 돌아갈 때 차창이 모두 하얗게 빛났다.

열차에서 내린 몇 사람이 거의 한 무리가 되어 개찰구로 몰려왔다.

그들이 나간 뒤를 이어 제일 마지막으로 안경을 낀 오십대의 사내 하나가 느릿느릿 다가왔다 표를 받던 젊은 직원은 사무실 안으로 들어가려다 말고 잔뜩 찡그린 눈으로 사내를 바라보았다. 그는 자기를 뜨거운 햇볕 속에 붙잡아 두고 있는 이 사내가 몹시 못마땅했다. 빌어먹을, 더워 죽겠는데 빨리빨리 오지 않고. 그는 속으로 투덜거리면서 사내가 내 주는 차표를 거칠게 받아 채다가 움찔하고 놀랐다.

직원이 당황한 표정으로 모자를 벗는 사이 사내는 이미 개찰구를 어슬렁어슬렁 빠져나가고 있었다. 직원은 양복저고리를 한 손에 벗어 들고 다른 한 손에 낡은 손가방을 든 채, 지친 듯 후줄그레한 모습으로 걸어가고 있는 사내를 한참 동안 응시했다.

"왜 그래?"

그 옆을 지나던 동료 직원이 걸음을 멈추고 물었다.

"아니야, 아무것도 아니야. 옛날 은사(恩師) 같아서……."

"옛날 은사라니?"

"초등학교 때 담임선생 같아."

"원 기억력도 좋군. 가서 직접 물어 보지 그래."

"에이 관두지. 날씨도 더운데……."

키가 작은 그 직원은 사무실 쪽으로 걸어가면서도 연방 역 광장 쪽을 바라다보곤 했다. 오십대의 사내는 출발하는 버스에 막 오르고 있었다.

"많이 늙으셨군. 옛날에는 안경을 끼시지 않았는데…… 내가 반장이라 나를 무척 귀여워해 주셨지."

"담임선생이 틀림없어?"

"그런 것 같아. 그때도 어깨가 약간 꾸부정했거든. 그것도 그거고…… 저 양반한테는 기가 막힌 이야기가 있어. 결국 그거 때문에 여길 떠나셨는데, 무슨 일로 다시 오셨는지……."

"무슨 이야기야?"

"벌써 20년쯤 된 이야긴데, 아무튼 기가 막힌 이야기야. 비극도 그런 비극이 없어. 나중에 틈나면 이야기해 주지."

그들은 사무실 안으로 들어갔다.

오랜 가뭄으로 대지는 불타고 있었다. 더구나 올 여름은 유난히 더워 사람들은 하루 종일 무더위에 시달리면서 헐떡거리고 있었다.

이런 날씨에, 장날인지 승객이 가득 들어 찾기 때문에 버스 안은 거의 견딜 수 없을 정도로 무더웠다. 더구나 길이 포장되어 있지 않았기 때문에 버스는 계속해서 덜커덩거렸고, 그 바람에 균형이 잡히지 않은 촌사람들의 몸이 마치 짐짝처럼 흔들거렸다.

사내는 오랜 여행으로 지친데다가 턱에까지 치밀어 오르는 무더위를 더 이상 참을 수가 없었기 때문에 도중에서 버스를 내려 쉬엄쉬엄 걸어가기로 했다. 직접 머리에 와 부딪히는 태양의 역기는 버스 속에서 느끼는 것보다 한결 신선한 데가 있었다.

그는 놀란 눈으로 주위를 휘둘러보면서 천천히 걸음을 옮겨갔다. 숱이 거의 빠진 머리와, 광대뼈가 튀어나오고 턱이 길게 빠진 강파르게 마른 얼굴, 거기다가 도수 높은 안경까지 끼고 있었기 때문에 그의 모습은 매우 괴이하게 보였다. 그와 함께 거기에는 고달픈 인생을 살아 온 사람에게서 흔히 느낄 수 있는 그 삭막

하고도 불안스러운 기미가 담겨 있었다.

그는 가끔씩 가는 목 줄기를 울리면서 기침을 하곤 했다. 그리고 기침 끝에는 가래침을 한 입씩 뱉어 내곤 했다. 그러면서도 그의 움푹 패인 두 눈은 부지런히 들판 여기저기를 훑어보고 있었다.

들판의 곡식들은 가뭄으로 누렇게 타 죽어 가고 있었으므로 마치 가을 추수 때가 다가온 것만 같았다. 들을 병풍처럼 둘러싸고 있는 지리산 역시 푸르고 성성한 모습을 잃은 채 붉은 흙을 여기저기 드러내고 있었다. 들에서 일하고 있는 사람들이 거의 없는 것으로 보아, 아마 농부들은 어떻게 해 봐야겠다는 생각을 아예 포기해 버린 것 같았다.

메뚜기 떼가 마침 바람에 날리는 티끌처럼 이쪽저쪽으로 우르르 날아다니고 있었다. 메뚜기 떼는 얼굴에도 부딪혀 왔기 때문에 그럴 때마다 사내는 벗어 든 저고리로 앞을 휘젓곤 했다.

"그 때도 이랬는데……."
하고 사내는 중얼거렸다.

그가 생각하고 있는 그 해 여름 역시 금년처럼 지독한 가뭄이었고, 이렇게 메뚜기 떼가 많았었다. 가뭄이 극심하게 들면 메뚜기 떼가 많이 나타나는 모양이라고 그는 생각했다.

습기 하나 없는 공기와 더위로 가슴이 짓눌린 그는 마침 곁에 나무 그늘이 있었기 때문에 그 속으로 들어가 쉬기로 했다. 때가 낀 와이셔츠는 이미 땀이 후줄근하게 배어들어 그를 초라하게 만들어 주고 있었다. 그는 낡고 퇴색한 넥타이를 느슨하게 풀어 내린 다음, 손수건으로 얼굴과 목덜미에 흘러내리고 있는 땀을 닦

앉다.

　이윽고 그는 가방을 뒤적거리더니, 그 안에서 사탕을 한 알 꺼내어 냉큼 입 속에 집어넣고 우물우물 씹기 시작했다. 한참 후 느티나무 둥치에 기대 있던 그의 몸은 한 쪽으로 비스듬히 기울어졌다. 그의 입은 두 개째의 사탕을 씹고 있었지만, 눈은 이미 졸음에 겨워 무겁게 내리덮여 있었다. 사탕가루가 뒤섞인 침이 한쪽 입가로 길게 흘러내리고 있는 것도 모른 채 그는 차차 깊이 졸음에 빠져 들어갔다.

　읍 쪽에서 달려오던 검은 색 지프 한 대가 느티나무 앞에 이르러 갑자기 요란스럽게 경적을 울리면서 지나갔다. 그 바람에 사내는 눈을 떴다. 그가 정신을 차렸을 때, 지프는 이미 뿌연 흙먼지를 일으키면서 멀리 사라지고 있었다.

　"망할 자식들 같으니라구."

　그는 투덜거리면서 먼지가 가라앉기를 기다렸다가, 그늘 밖으로 나가 다시 걸어가기 시작했다.

　얼마 후 다리가 나타나자 그는 물을 마시고 세수를 좀 해야겠다는 생각에서 걸음을 재촉했다. 그러나 이 지방에서 가장 크고 물이 풍부했던 그 내에는 가뭄 탓으로 물이 한 방울도 없었다. 바짝 마른 내 바닥에는 반들반들 닳아진 자갈들만이 햇빛을 받아 하얗게 빛나고 있었다. 그는 적이 실망을 느끼면서 콘크리트로 된 다리를 건너갔다. 옛날에 이곳의 다리는 거의 해마다 새로 만들어지는 나무다리였었다. 장마철이 되어 비가 조금이라도 많이 올 양이면 나무다리는 금방 냇물에 휩쓸려 떠내려가곤 했고 그러면 다시 마을 사람들이 동원되어 며칠 동안의 힘겨운 작업 끝에

새 다리가 놓이는 것이었다. 다리가 이 모양이었으므로 각종 선거전이 벌어질 때면 입후보자들은 으레 선거 공약으로써 이곳에 크고 튼튼한 콘크리트 다리를 건설해 주겠다고 말하곤 했다. 그러나 그가 이 고장을 떠날 때까지 그와 같은 약속을 지킨 사람은 아무도 없었다.

콘크리트 다리는 아직 때가 끼지 않고 깨끗한 것으로 보아, 만들어진 지 얼마 되지 않은 것 같았다. 다리를 조금 걸어가자 지서(支署)가 나타났다. 지서는 옛날처럼 높은 돌담에 둘러싸여 있었다. 그 돌담은 지리산 일대에서 공비가 출몰하던 시절에 그들의 침입을 막기 위하여 세워진 것이었다.

사내가 지서 앞을 막 지나치자 그때까지 인기척이 없던 지서 안에서 전투복 차림의 경찰관이 하나 나타났다. 키가 큰 경찰관은 사내의 뒷모습을 찬찬히 바라보다가,

"여보!"

하고 불렀다.

사내는 귀찮으면서도 불안해하는 낯빛으로 경찰관 앞으로 다가왔다. 경찰관은 아래위로 훑어보고 나서 조심해야 할 상대가 아니라고 느꼈는지 꽤 퉁명스러운 말투로 말했다.

"어디서 오는 겁니까?"

"서울에서 오는 겁니다."

사내는 피곤에 젖은 음성으로 느릿하게 말했다.

"신분증 좀 봅시다."

"신분증이 없는데요. 얼마 전에 잃어버려서 아직 미처······."

사내는 허리를 굽히면서 비굴하게 웃었다.

"지금이 어느 때라고 신분증도 안 가지고 다니는 거요?"
"죄송합니다."
"이리 들어와요."
경찰관은 사내를 데리고 지서 안으로 들어갔다. 지서 안에는 또 한 사람의 경찰관이 있었는데, 그는 지서 주임이라고 쓰인 푯말이 놓여 있는 책상 앞에 비스듬히 앉아 끄덕끄덕 졸고 있었다. 가슴까지 풀어헤친 것으로 보아 뚱뚱한 몸이 더위를 이기다 못해 지쳐 버린 모양이었다. 그는 인기척에 눈을 떴다가 다시 감아 버렸다.

"직업이 뭐요?"
"그저…… 놀고 있습니다."
"여긴 무슨 일로 왔어요."
"몸이 아파 휴양 겸 해서 왔습니다."
사내는 쿨럭쿨럭 기침을 했다. 경찰관은 얼굴을 찌푸렸다.
"절에 가는 길이오?"
"네, 그렇습니다."
"그 가방 좀 봅시다."
경찰은 사내의 낡은 손가방을 열어 보았다. 가방 안에는 세면 도구와 갈아입을 와이셔츠 한 벌, 그리고 어제 저녁에 샀을 석간 신문 두 개와 손바닥만 한 성경책이 한 권 들어 있었다. 경찰은 사내의 더없이 간단한 여행 짐에 적이 흥미를 잃은 것 같았다. 그는 사내에게 가방을 내주면서 앞으로 여행할 때에는 반드시 신분증을 가지고 다닐 것, 그리고 젊은 사람이라면 가만두지 않겠지만 나이 많은 사람이라 그대로 봐준다는 것 등을 이야기하고 나서 가도 좋다고 말했다.
"감사합니다."
사내는 허리를 굽혀 정중하게 인사를 한 다음 지서를 빠져나왔다. 밖으로 나온 그는 몹시 긴장했던 탓인지 한동안 그 자리에 서서 격렬하게 기침을 했다. 그리고 뱉어낸 가래침 속에 피가 섞인 것을 보자 저주스러운 듯이 그것을 발로 비벼 댔다.
전국 어디를 가나 전투복 차림의 젊은 사나이들이 불쑥불쑥 나타나곤 했다. 그때마다 그는 공연히 가슴이 두근거렸고, 언젠가는 다시 또 그 무서운 피의 전쟁이 황토를 휩쓸어 버릴 것만 같다는 생각이 들곤 했다. 새삼스럽게 그는 죽고 싶구나, 하고 생각했다.
뒤에 대밭이 있는 초등학교는 언덕 위에 서 있었기 때문에 멀리서 보아도 잘 보였다. 한 시간 남짓해서 겨우 목적지에 가까이 온 그는 마지막 힘을 내어 학교로 올라가는 비탈길을 급히 걸어 갔다. 그는 갑자기 생기를 찾은 듯했다.
이쪽에서 올라가는 비탈길은 언덕 위의 학교 앞을 중심으로 맞은편 언덕 밑에 있는 마을과 통해 있었다. 사내는 기둥만이 서 있는 학교 정문 앞에서 한동안 숨을 가다듬으며 망연히 서 있었다. 학교는 옛날의 목조 건물 그대로였고 이젠 썩을 대로 썩어서 검은 빛을 띠고 있었다. 겨울이면 바람을 막아 주던 학교 뒤의 그 울창하던 대밭도 모두 죽어 쓸쓸하기 짝이 없었다. 방학 때라 아이들은 하나도 보이지 않았고 어디선가 풍금 소리만이 조용히 들려 왔다.
그는 학교 운동장 안으로 들어서서 머뭇거리다가 건물이 있는 쪽으로 느릿느릿 걸어갔다. 건물 앞에는 한 그루의 굵은 플라타너스 나무가 서 있었는데, 그 밑에 두 사람이 앉아 있는 것이 보였다. 가까이 다가가면서 보니 그들은 젊은이들이었고, 말하는 것으로 보아 이 학교의 교사들인 것 같았다.

"한…… 십만 원쯤 집어 주면 광주에서도 제일 좋은 데로 빠질 수 있을 거야."

"십만 원이라도 싸지. 그런 데 가서 과외만 잘 맡아도 한 달에 십만 원 수입은 될 텐데……."

"옛날 같지가 않아. 그렇지만 이런 데 파묻혀 있는 것보다야 훨씬 낫지."

"낫고말고. 젠장, 미치고 환장하겠구먼."

사내가 워낙 조용히 다가 서 있었기 때문에 그들은 뒤늦게야 그를 발견하고 쑥스러운 듯 얼른 입을 다물었다. 사내가 그들을 지나쳐 건물 뒤쪽으로 가려고 하자 그들 중의 하나가 앉은 채로 물었다.

"어디 가십니까?"

"물 좀 마시려고 그럽니다."

"여기 우물은 말라서 물이 안 나온 지 오래됩니다. 저기, 마을에 내려가서 길어다 먹는 형편입니다."

사내는 하는 수 없이 발길을 돌렸다. 다시 시작된 교사들의 대화가 그의 등을 타고 들려 왔다.

"교장도 보라고. 일 년 만에 잽싸게 발령받아 나가잖아."

"후임은 누구야?"

"몰라. 결정된 모양인데, 방학이 끝나야 오겠지. 누군지는 몰라도…….”

　사내는 마을 쪽으로 내려갔다. 도중에 그는 어느 노인을 만나 그에게 궁금한 것을 물어 보았다. 사내의 말을 한참 듣고 나서야 노인은 아는 체를 했다.
　“아, 그 벙어리 노인네 말이군. 어찌, 친척 되시오?”
　“네. 친척은 아니지만…… 생전에 좀 아는 사이였습니다.”
　“으흠, 그래요. 그 노인 부부의 묘가 어디 있는고 하니, 그렇지…… 큰길로 쭈욱 내려가다가 마을을 벗어날 때쯤 해서 냉골을 찾으시오. 냉골에 가문 외딴집이 한 채 있는데 그 집이 바로 그 아들 집이오.”
　“아들이 여기 살고 있습니까?”
　“살다마다요. 그런 효자도 없지. 자기 부모 산소 옆에다 집을 짓고 사시사철 산소를 돌보고 있으니, 요즘 세상에 그런 효자가 어디 있겠소. 철도 들기 전에 부모를 잃은 것이 어느새 커 가지고…….”
　“누가 키웠습니까?”
　사내의 목소리는 힘없이 가라앉고 있었다. 노인은 찬찬히 사내를 응시하면서 말했다.
　“불쌍하니까 이 집 저 집에서 데려다 키웠지. 그러니 고생이 오죽 심했겠소. 철이 들면서부터는 머슴살이만 하면서 저렇게 큰 거지요. 아무튼, 아들이라도 저렇게 컸으니 다행이야. 그건 그렇고, 선생은 전에 어디선가 많이 뵌 것 같은데…… 혹시…….”
　“잘못 보셨겠지요. 그럼, 실례하겠습니다.”
　사내는 황망히 노인에게 인사한 다음 정신없이 비탈길을 내려갔다.

낮 동안 불타오르던 태양은 서산마루에 걸리면서 갑자기 붉은 빛을 띠기 시작했다. 그와 함께 대지로부터 열기가 솟으면서 초저녁의 무더위가 닥쳐왔다.

젊은이는 언덕 위에 나뭇짐을 받쳐 놓고 멀리 자기 집 일대를 바라보았다. 이윽고 그의 시선은 한 곳에 못 박히듯 머물렀다. 그는 땀에 젖은 얼굴을 수건으로 훔쳐 낸 다음 다시 그곳을 바라보았다.

이상한 일이, 지난 20년 동안에 한 번도 있어 본 적이 없는 일이 그의 부모의 산소에서 일어나고 있었다. 누군지는 몰라도 한 사내가 부모의 묘 앞에 엎드려 차례로 절을 올리고 있었던 것이다. 젊은이는 아무리 생각해도 그가 누군지를 알 수가 없었다. 그도 그럴 것이, 그가 알기로는 그의 주위에는 일가친척이나 혹은 과거에 그의 집안과 가까이 지냈던 사람이 하나도 없었다. 따라서 묘 앞에 저렇게 엎드려 공손히 절을 할 사람이 있을 리 없었다.

거의 어리둥절한 기분으로 그는 언덕을 내려가기 시작했다. 죽은 나뭇가지를 잔뜩 진 지게 짐은 여느 사람이 지기에는 매우 무거울 것 같았지만, 허우대가 큰 데다 한창 기운이 좋은 그는 거의 달리다시피 그것을 지고 내려갔다.

젊은이가 그의 부모의 산소 앞에 이르렀을 때, 안경을 낀 그 초라한 사내는 한 쪽 잔디밭에 앉아 담배를 피우고 있었다.

젊은이가 지게를 내려놓고 그 쪽으로 다가가자 사내는 담배를 집어 던지며 당황히 일어섰다.

"아드님 되시는가요?"

사내의 목소리는 떨리고 있었다. 청년은 때와 땀에 전 자신의 옷차림을 부끄러워하면서 그렇다고 대답했다. 그가 의아해 하는 것을 눈치 챈 사내는 다시 입을 열었다.

"난 부모님한테 백번 절해도 좋을 사람이오. 이유는 나중에 차차 이야기하기로 하고…… 자, 우리 술이나 한 잔 합시다."

사내는 결심한 듯 가벼운 움직임을 보였다. 그가 묘 앞에 차려져 있는 소주병과 오징어 다리 그리고 과일 따위를 거두어 오는 동안 젊은이는 그 자리에 우두커니 서 있었다. 땀에 젖은 러닝 셔츠위로 드러나 보이는 완강한 가슴과, 베잠방이 밑으로 쑥 빠져 나온 길고 튼튼한 두 다리는 그가 얼마나 고집스러운 저항과 굳센 의지를 가지고 있는 청년인가를 말해 주고 있었다. 그러나 투명하게 빛나는 그의 두 눈은 지금 당황스러움을 느끼고 있는 것 같았다. 그는 사내를 관찰하면서, 자신의 의지와는 관계없이 사내 곁에 주저앉았다.

"변변히 준비를 못해서…… 자, 한 잔씩 듭시다."

젊은이는 사내가 따라 주는 술을 마신 다음 그 잔을 사내에게 돌렸다.

날씨가 더운데다 공복이었기 때문에 그들의 얼굴은 금방 주기가 올라 붉어졌다.

젊은이는 줄곧 입을 다물고 있는 반면, 사내는 주기 때문인지 좀 대담해진 음성으로 묻지도 않은 말을 쏟아 놓고 있었다. 그것은 하나의 고백이나 다름없는 것이었다.

"잘 알겠지만, 그 당시로 볼 때 부모님의 죽음은 그럴 수밖에 없었던 거요. 내 말 알아듣겠소? 그럴 수밖에 없었단 말이오. 내 아버님만 해도 비참하게 돌아간 분이니까 피자 일반이란 말이오, 그렇다고 이제 옛날 일이 다 되었는데, 이제 와서 다시 자손들끼리 원수를 질 필요는 없는 거 아니오. 내가 아니었다 해도…… 당신 부모님은 어차피 죽을 수밖에 없었소. 단지 나한테 죄가 있다면, 내가 먼저 손을 썼다는 것뿐이지. 그래서……."

사내는 기침 때문에 잠시 말을 끊었다. 젊은이는 사내의 절망적인 표정을 똑바로 응시하고 있었다. 그의 투명한 두 눈은 아까와는 달리 어떤 감정도 나타내지 않고 있었다.

"……오랫동안, 이날 이때까지 나는 그 일에 대해서 참회하는 마음으로 살아온 거요. 그러다가 죽을 때도 됐고 해서, 여기 와서 고인들의 묘소나 찾아보고 작은 성의지만 비석이나 하나 세워드리려고 찾아온 거요. 내가 용서받을 수 있다면 마음 놓고 여생을 여기서 보낼 참이오. 젊은이는 내 말이 무슨 말인지 모르겠지. 있다가 내 자세한 걸 얘기해 드리지. 젊은이는 지금 혼자 사시오?"

"네. 그렇습니다."

젊은이는 무감동한 목소리로 대답했다. 술잔을 다 비운 그들은 자리를 치운 다음 그 곁에 있는 초가집으로 들어갔다.

그 집은 울타리도 없는 단칸방의 조그마한 오막살이였다.

집으로 들어선 그들은 이상하게도, 마치 오랫동안 서로 한 집에 살아온 사람들처럼 자연스럽게 행동했다. 사내는 옷을 벗고 세수를 한 다음 방으로 들어가 벽에 잠깐 기대 앉아 있더니, 이내 쓰러져 잠이 들었다. 그 동안 청년은 나뭇짐을 내리고, 마당을 쓸고, 그 외에 눈에 걸리는 것을 대강 치웠다. 그런 다음 부엌에 들어가 저녁밥을 짓기 시작했다.

사내가 눈을 뜬 것은 어둠이 완전히 내렸을 때였다. 젊은이는 일어나 앉은 사내 앞에 밥상을 밀어 주었다. 사내가 같이 먹자고 하자 그는,

"먹었습니다."

하고 간단히, 그리고 무뚝뚝하게 말했다.

그 집은 마을과는 동떨어진 곳에 있었으므로 전기도 들어오지 않았다. 그 때문에 조그만 호롱불만이 방안을 침침하게 비춰 주고 있을 뿐이었다.

꺼끌꺼끌한 보리밥과 된장국이 식사의 전부였지만, 사내는 시장하던 판이라, 그것을 모두 맛있게 먹어 치웠다. 그리고 아까 초저녁에 꺼냈던 이야기를 다시 하기 시작했다. 젊은이는 역시 입을 다문 채 듣기만 했다.

사내의 이야기가 끝나고 그들이 자리에 누운 것은 밤이 깊어서였다.

사내가 코를 골면서 완전히 잠들었을 때, 젊은이는 자리에서 일어나 밖으로 나왔다. 밖에는 달빛이 밝았다. 그는 뒤꼍으로 돌아가 기둥에 박아 놓은 낫을 빼 들었다. 그리고 조용한 걸음걸이로 다시 방으로 들어왔다.

코를 골면서 자고 있던 사내는 문이 열리는 순간 숨을 헉 들이켰다. 그는 몽롱한 의식으로나마 자신에게 위험이 닥친 것을 깨달았다. 동시에 그는 자리에서 일어나야 한다고 생각했지만, 웬일인지 귀찮고 피곤하다는 느낌만이 들 뿐 몸을 움직이고 싶지

가 않았다. 결핵으로 이미 한 쪽 가슴을 먹혀 버린 그는 언제나 죽을 준비가 되어 있었고, 그래서 자신에 대한 미련 따위는 하나도 갖고 있지 않았다. 그가 돌아누우면서 보니 젊은이는 방 가운데 우두커니 서 있었다.

　피비린내 나는 살인 현장이 발견된 것은 이튿날 아침이었다. 젊은이에게 품앗이 일을 부탁하려고 왔던 마을 사람 하나가 집 앞에서 아무리 그를 불러도 대답이 없어 방문을 벌컥 열었다가 이 현장을 보게 된 것이다. 방안에는 젊은이 대신 웬 사내 하나가 피투성이가 된 채 숨져 있었다.
　보고를 받은 본서에서 형사들이 몰려오자 살인 현장을 관할하고 있는 이곳 지서는 갑자기 장터처럼 되어 버렸다. 특히 언제나 낮잠을 즐기는 버릇이 있는 뚱뚱한 지서 주임은 땀을 뻘뻘 흘리며 거의 정신을 잃고 있었다. 경찰 생활 10년 만에 겨우 지난 봄 주임 자리를 얻어 이곳으로 부임해 온 그는 자신의 불운에 매우 낙담했다. 그러나 한편으로 이 사건을 해결했을 때의 자신의 위치를 생각하자, 이래서는 안 되겠다는 마음과 함께 갑자기 정신이 번쩍 드는 것을 느꼈다. 그래서 그는 세 명의 부하들을 몰래 불러 놓고, 이번 사건의 해결을 본서의 형사들에게 빼앗겨서는 안 된다고 역설했다. 주임의 이런 말이 효과가 있었는지 서원들은 마음을 합해 이 사건에 매달리기 시작했다.
　먼저 전투복 차림의 키 큰 서원의 진술에 따라 사내가 서울에서 내려왔다는 것이 밝혀졌다. 그 서원은 자신의 불심 검문이 소홀했던 것을 후회했지만, 이미 지나가 버린 일이었다. 사내가 어제 과연 역에서 내렸는가를 확인하기 위하여 경찰관 한 명이 역으로 조사를 나간 것은 매우 현명한 일이었다.

그 동안 주임은 마을을 샅샅이 뒤지면서 피살자를 목격한 사람들을 찾으려고 애를 썼다. 그 결과 어느 노인으로부터 피살자가 묘지를 찾고 있었다는 것, 그리고 가게 주인으로부터는 그가 소주 한 병과 안주거리를 사 가지고 갔다는 것을 알게 되었다. 얼마 후 주임은 피살 현장 곁에 있는 두 개의 묘지 근처에서 빈 술병을 하나 발견할 수가 있었다. 서울에서 온 사내가 술을 사 들고 묘지를 찾았다가 묘 임자인 젊은 청년한테 살해당했다. 이러한 하나의 연관성이 주임의 머리를 꽉 채웠다.

그렇다면 이 두 개의 묘지는 어떻게 해서 여기에 이렇게 있게 된 것인가? 주임이 의문에 싸여 있을 때 역으로 나갔던 서원이 키가 작은 역 직원 하나를 데리고 허둥지둥 현장으로 달려왔다.

"옛날 제 초등학교 담임선생님이었습니다. 바로 저 언덕 위에 있는 학교에 다녔습니다."

역원은 방 쪽을 두려운 눈으로 살피면서 말했다. 역원을 통해서 피살자가 20년 전에 이곳 초등학교에 근무했다는 것, 어떤 사정으로 이 고장을 갑자기 떠났다는 것, 그리고 그의 대강의 연령과 이름이 밝혀졌다. 특히 역원이 들려준, 그의 담임선생을 이 고장에서 떠나게 했던 그 어떤 사정은 주임을 놀라게 해 주고도 남는 그런 이야기였다.

"20년 전에 여기 지리산 일대에는 공비들의 준동이 심했습니다. 그래서 밤만 되면 쌍방 간에 싸움이 치열했는데, 이쪽은 아직 토벌군이 오지 않은 때라 마을 사람들이 자치대를 조직해서 공비들과 싸웠지요. 그 때 선생님의 부친 되는 분이 들판에 나갔다가 공비 하나를 잡았습니다. 싸움 끝에 그 공비를 그 자리에서 죽였지요. 이것을 알게 된 공비들은 어느 날 밤에 마을에 쳐들어와서는 그 어른을 붙잡아 갔습니다. 결과는 물어 보나 마나지요. 무서운 보복이었습니다. 공비들은 나무에 그 어른을 비끄러매서는…… 껍질을 벗겨 죽였습니다. 날이 밝아 산에 가 보니까 그렇게 죽어 있었습니다. 그때부터 선생님은 제정신이 아니었습니다. 부친을 그렇게 잃었으니 당연한 이야기죠. 그런데…… 마을과는 좀 떨어진, 바로 저쪽 산 밑입니다. 저기에 벙어리 노인 부부가 아들 하나를 데리고 살았습니다. 부부라고 하지만 부인되는 사람은 아주 젊고 잘 생긴 여자였습니다. 노인은 늙었지만 힘이 장사였지요. 어떻게 해서 그들이 거기서 살게 되었는지는 잘 모르겠습니다. 그런데 아무튼 바로 산 밑에 살고 있었기 때문에 공비들이 그 집에 자주 드나들면서 먹을 것을 곧잘 얻어 가곤 했습니다. 공비들이 배가 고파 하면 자진해서 밥덩이를 만들어 주기도 하고 그랬나 봅니다. 지서에서는 그곳을 철수해서 마을로 들어오라고 했지만, 고집이 센 그 노인은 그 말을 듣지 않았습니다. 그러다가 공비들에게 먹을 것을 주곤 하는 사실이 발각되었지요. 그렇지 않아도 껍질을 벗겨 죽인 사건에 흥분하고 있던 마을 사람들은 그 노인 부부를 끌어내어 학교 운동장으로 데리고 갔습니다. 사람들은 죽창, 낫, 곡괭이 같은 것을 들고 금방이라도 그들을 때려죽일 기세였습니다. 저는 그때 어렸지만 친구들과 함께 그때의 광경을 처음부터 빼놓지 않고 구경했습니다. 마을 사람들이 미처 손을 대기 전에 제 담임선생님이 앞으로 나섰습니다. 선생님은 아버지의 원수를 갚겠다고 하면서 낫으로 노인 부부를 쳐 죽였습니다. 피가 피를 부른 거지요. 그런 일이 있고 나서 선생님은 가족들을 데리고 이곳을 떠났습니다. 무슨 마음으로 여기서 살 수가 있겠습니까. 저주스런 마음에 그 사람들을 그렇게 죽였지만, 마음은 아팠겠지요."

"선생은 본래 이 고장 출신이었습니까?"

"아니지요. 사변으로 어떻게 하다가 이곳까지 피난 해온 모양입니다."

주임은 그날 저녁 서울로 비상 전화를 걸었다. 그리고 지서의 전화벨이 요란스럽게 울린 것은 한밤중이었다. 서울에서부터 온 그 비상 전화는 피살자의 신원을 보다 정확히 알려주고 있었다. 교육 기관을 통해서 밝혀진 바에 의하면, 피살자는 지난달에 서울로부터 이곳 초등학교로 전임 발령을 받은 사람이었다. 그러니까 그는 방학이 끝나는 대로 이곳 초등학교의 교장으로 새로 부임하도록 되어 있었다.

이튿날 오후 늦게 서울로부터 젊은 부인이 한 사람 내려왔다. 부인은 서울 시경으로부터 연락을 받고 내려왔다고 하면서 자기는 피살자의 딸이라고 말했다. 지서 뒤꼍에 썩은 냄새를 풍기며 가마니에 덮여 있는 시체를 확인하고 난 그녀는 한참을 울고 난 끝에 이렇게 말했다.

"제가 시집가자 아버님은 혼자 사시게 되었어요. 몸이 편찮으셔서 학교도 그만둘 생각이셨는데, 갑자기 시골로 내려가게 되었다고 말씀하셨어요. 여생을 시골에서 아이들이나 가르치면서 편안히 보내겠다고 하시기에 말리지를 않았어요. 방학이 끝난 다음에 내려 가셔도 되지 않느냐고 했더니 먼저 내려가서 해결할 일이 있다고 하시더군요. 그래서 짐은 나중에 제가 부쳐드리기로 하고 먼저 내러 가신 건데……."

여자는 땀과 눈물로 범벅이 된 얼굴을 두 손으로 감싸 쥐면서 다시 울음을 터뜨렸다.

그로부터 사흘 뒤에 이 마을로부터 십 리쯤 떨어진 곳에 있는 저수지에 시체가 하나 떠올랐는데, 확인된 결과 그것은 교장을 살해하고 도주한 젊은이임이 밝혀졌다. 그 자살 시체는 아무 유서도 남기지 않은 채, 다만 오른손에 이미 녹이 슬기 시작한 낫 하나만을 꽉 움켜쥐고 있었다.

(1974년 7월)

사형집행(死刑執行)

　사형수는 총소리에 움찔하더니, 여전히 경련을 계속했다. 그의 몸 어디에도 피가 나지 않는 것으로 보아 총알은 모두 엉뚱한 곳으로 빗나가 버린 것 같았다. 그러나 병사들은 이미 자포자기 상태에 들어갔는지 별로 놀라거나 두려워하는 기색도 없이 그 자리에 우두커니 서 있었다.

불을 켠 헌병 지프를 따라, 붉은 십자(十字) 마크를 단 한 대의 야전 병원 차가 눈 쌓인 길을 느릿느릿 굴러가고 있었다. 눈에 미끄러지지 않도록 바퀴에는 쇠줄이 감겨 있었기 때문에 차는 계속 철커덕철커덕 하고 소리를 냈다.
　눈이 내린 탓인지 길 위에는 거의 사람이 보이지 않았다. 길은 포장이 되지 않아 울퉁불퉁했고, 도로변에는 앙상한 가로수들이 듬성듬성 서 있었다.
　지프 위에는 운전병 외에 네 명의 장교들이 타고 있었다. 운전석 옆자리에는 지휘 임무를 맡고 있는 헌병 대위가 앉아 있었고, 뒷자리에는 중위 계급을 단 검찰관(檢察官)과, 역시 같은 계급의 군의관(軍醫官)과 군목(軍牧)이 서로 비집고 앉아 있었다.
　지프는 처음 출발할 때부터 웬일인지 대위의 명령으로 덮개를 떼어 버렸기 때문에, 찬바람을 정면으로 받아야 했다.
　"저 양반은 춥지도 않은가 보지요?"
하고 군의관이 군목에게 낮게 중얼거렸다.
　눈을 감고 있던 군목은 그대로 눈을 감은 상태에서 얼굴을 찌푸렸다.
　"세상에 이거 무슨 고생이람."

군의관이 작은 목소리로 다시 투덜대자 검찰관이 동조한다는 듯이 고개를 끄덕 거렸다.

"할 수 있습니까…… 모든 게 다 그런 거죠."

"추운 게 그렇게 좋으면 자기 혼자서나 좋아할 노릇이지, 왜 남한테까지 이렇게 고생을 시키는 거야."

군의관은 새파랗게 얼어붙은 입술을 비틀면서 대위를 노려 보았다. 뒤에 앉아 있는 세 명의 장교들은 정말 추워서 못 견디겠다는 듯이 어깨를 잔뜩 움츠린 채 발을 구르고 있었다.

그러나 앞자리에 앉아 있는 대위는 전혀 추워하는 기색도 없이 당당하게 버티고 있었다. 머리끝이 희끗희끗한 것으로 보아 뒷자리의 젊은 장교들과는 상당히 나이 차가 있어 보였지만 그는 크고 완강하게 생긴 어깨를 쭉 편 채 부동자세로 정면을 바라보고 있었다. 뒷자리에서 볼 때, 그의 그러한 모습은 마치 즐기는 것 같기도 했다. 이러한 것이 뒤의 세 중위들로 하여금 불쾌감을 갖게 했고, 그들 사이에 일종의 동류의식 같은 것을 불러일으키게 했다.

서로 부대가 다른 그들은 오늘 아침 갑자기 명령을 받고, 출발 직전인 점심때에야 겨우 모여, 서로 눈인사를 했기 때문에 서로 이름도 몰랐고, 또 알려고도 하지 않았었다. 그러나 지금은 사정이 달라져, 서로 몹시 추워하고 있고, 대위에 대해 똑같이 불만을 느끼고 있다는 사실로 하여, 그들은 어느새 일체감에 젖어 들고 있었다.

"이런 일…… 해 보셨나요?"

군의관이 검찰관을 바라보며 물었다. 차가 튀는 바람에 그의 목소리는 흔들렸다.

"아니오. 처음입니다."

"저도 처음입니다."

하고 군목이 끼어들며 대답했다.

"괜찮을까요?"

군의관이 다시 검찰에게 물었다.

"뭐 말입니까?"

"이일 말입니다."

"괜찮겠지요. 우린 명령에 따르는 거니까."

그러자 군목이 고개를 흔들었다.

"괜찮을 리가 있나요. 일생 동안 기억에 남겠지요."

이 말에는 아무도 대꾸하지 않았다.

눈이 올 듯 하더니 마침내 눈송이가 하나둘씩 흩날리기 시작하고 있었다. 어제까지 눈이 오다가 그치더니, 이제 다시 또 내릴 모양이었다.

뒷자리의 장교들은 더욱 자라처럼 몸을 움츠렸다. 그들은 더 이상 말하려 들지 않았고, 모든 것이 귀찮다는 듯이 꼼짝도 하지 않았다.

멀리서 포성이 쿵쿵하고 울려왔다. 전선은 교착 상태에 빠진 지 오래였고, 머지않아 휴전이 될 것이라는 소문이 유력하게 나돌고 있었다. 젊은 장교들은 똑같이, 정말 지긋지긋한 전쟁이라고 생각했다.

두 대의 차는 조그만 초가 마을들을 지나고, 얼어붙은 개울 위의 다리를 건너, 계속 철커덕거리면서 굴러갔다.

차가 어느 야산 모퉁이 길을 오른쪽으로 돌자 들판이 나타났고, 맞은편 산 위에서 갑자기 눈발이 쏟아져 내려왔다. 눈은 순식간에 들판을 뒤덮으면서 시야를 뿌옇게 가리기 시작했다. 눈발은 어느새 바람을 타고 공중에서 소용돌이치고 있었다.

대위가 운전병의 어깨를 툭 치면서 앞을 가리키자, 지프는 잠깐 멈추는 듯 하다가 아까보다는 오히려 더 빠른 속도로 달려갔다. 그 바람에 야전병원 차의 운전병은 지프를 따르기 위해 핸들을 잡은 손에 힘을 주면서 액셀러레이터를 세차게 밟았다.

야전병원 차 안에 있던 병사들은 차가 갑자기 속력을 내자 넘어지지 않으려고 두 다리를 버티면서 운전병 쪽을 흘겨보았다.

야전병원 차 안은 운전석 쪽과 뒤쪽에 있는 두 개의 조그만 창문을 제외하고는 완전히 밀폐되어 있었기 때문에 상당히 어두웠다. 따라서 병사들이 사형수와 함께 처음 이 차에 올랐을 때는 거의 서로의 얼굴마저도 알아볼 수가 없었다. 그러나 어둠에 익숙해진 지금은 상대방의 표정 정도는 읽을 수가 있었다.

헌병 완장을 차고 있는 병사 1·2·3·4·5는 통로를 사이에 두고 사형수와 마주 앉아 있었다. 그들은 누가 시킨 것도 아니고, 또 꼭 그렇게 하고 있을 필요도 없었는데도 모두가 총신을 움켜쥔 채 부동자세로 앉아 있었다. 모든 움직임을 얼어붙게 만들 만큼 날씨가 추운 탓도 있었지만, 무엇보다도 그들 앞에 앉아 있는 사형수의 모습이 그들을 그렇게 꼼짝 못하게 만들었다고 할 수 있었다.

사형수는 두 손을 앞으로 한 채 수갑을 차고 있었고, 거기다가 신체마저 밧줄로 꽁꽁 묶여 있었기 때문에 차가 흔들릴 때마다 넘어지지 않으려고 자꾸만 엉덩이를 뒤로 밀어붙이곤 했다.
그의 얼굴은 수염투성이인데다가 무섭도록 바짝 메말라 있었고, 퀭하게 뚫린 두 눈은 열기를 담은 채 끊임없이 번득이고 있었다.
이러한 그의 모습이 병사들에게 긴장감을 안겨 주었고, 그래서 그들은 표 나지 않게 불안한 눈으로 사형수를 살피곤 했다.
통로에는 집행이 끝난 뒤 사형수의 시체를 담을 관(官)이 놓여 있었는데, 채 마르지도 않은 송판으로 갑자기 만든 탓인지 송진 냄새가 물씬 풍겨 왔다.
마침 차가 자갈길에 들어섰는지 아까보다 더욱 더 흔들거리자 그때까지 가만히 놓여 있던 관이 덜커덩거리기 시작했다. 덜커덩 덜커덩 덜커덩 그것은 마치 살아 움직이는 것만 같았다. 그리고 그 소리는 바퀴에 감긴 쇠줄의 철커덕거리는 소리와 어우러지면서 기묘한 화음을 이루어 나갔다.
철커덕 철커덕 철커덕 철커덕
덜커덩 덜커덩 덜커덩 덜커덩
그렇지 않아도 잔뜩 긴장해 있던 병사들은 이러한 소리에 전율까지 느끼면서, 두려운 시선으로 관을 뚫어질 듯이 응시하다가 그들과 눈이 마주치자 급히 시선을 거두어 버렸다.
사형수는 가끔씩 격렬하게 기침을 했다. 그것이 또한 병사들을 불안하게 했다. 그들은 그 소리를 듣지 않으려고 했지만, 그것은 귀를 후빌 듯이 파고 들어오곤 했다. 기침을 하고 나면 사형수는 이빨을 마주치면서 후들후들 몸을 떨었다. 그는 여름용의 낡은 군복만을 입고 있었기 때문에 이 혹독한 추위에 대해서 몸을 떠는 수밖에 달리 도리가 없었다. 더구나, 계급장도 붙어 있지 않는 그의 군복은 몸에 비해 유난히 작았기 때문에 손목과 정강이가 훤히 드러나 있었다. 수갑을 차고 있는 그의 두 손은 커 보였다. 그것이 마디가 굵게 잡히고 거친 것으로 보아, 그는 군대에 들어오기 전까지 노동일을 해 온 사람인 것 같았다. 두 발 역시 큰데다가 동상에 걸렸는지 퉁퉁 부어 있어서, 소다빵처럼 검정 고무신 위로 미어져 나와 있었다.

사형수의 이러한 모습은 병사들에게 한편으로 기이한 서글픔을 안겨 주었다.

병사 3은 이 질식할 것 같은 분위기에서 벗어나려는 듯 갑자기 담배를 꺼내 물고 성냥을 드윽 그었다. 그러자 그때까지 가만히 있던 다는 병사들도 부스럭거리면서 담배를 꺼내 물었다. 이윽고 병사 3의 담뱃불이 병사 4를 거쳐 병사 5에게 갔고, 그것을 되돌려 받은 병사 3은 그것을 다시 병사 2와 병사 1에게 건네주었다. 마침내 긴 한숨과 함께 다섯 개의 담뱃불이 어둠 속에서 빨갛게 타오르기 시작했다.

병사 5는 담배에 불이 붙은 것을 확인하자 용기를 내어 사형수 곁으로 건너갔다. 그리고는 사형수의 입에 담배를 가까이 가져다 대면서,

"피우시겠습니까?"

하고 물었다.

사형수는 놀란 눈으로 병사 5를 바라보더니, 고개를 완강히 내저었다. 그의 태도가 너무도 확고했기 때문에 병사 5는 더 이상 권하지 못한 채 제자리로 돌아와 앉았다.

병사 5의 행동을 지켜보던 병사 1은 눈을 흘기면서 메스껍다는 듯이 침을 칵 내뱉었다. 그리고는,

"짜아식이…… 가만 앉아 있지 못하고 혼자 지랄이야."
하고 중얼거렸다.

병사 5는 타들어 가는 담배를 멀거니 내려다보다가, 갑자기 몸을 꼿꼿이 세우면서 떨리는 손으로 담배를 입으로 가져갔다. 그것은 절망적인 움직임이었다. 그는 기독교 신자가 된 이래 처음으로 담배를 피우는 것이었다.

"저 사람, 몇 살이나 먹었어?"

병사 2가 턱으로 사형수를 가리키면서 병사 1에게 속삭이는 소리로 물었다.

"몰라."

병사 1은 간단히 대답했다. 병사 2는 다시 물었다.

"서른은 넘었겠지?"

"서른이 뭐야. 모르면 몰라도…… 마흔 가까이 됐을 거야."

"야아, 노병이군."

"노병이지."

병사들은 모두가 스물다섯도 못된 젊은 청년들이었다. 그 때문에 늙은 사형수가 더욱 더 멀게만 느껴졌다.

"무슨 죄로 사형을 받게 된 거야?"

병사 2는 사형수를 줄곧 살피면서 다시 물었다.

"세 번 탈영에다가 사람을 죽였어. 누굴 죽인 줄 알아?"

병사 2는 눈알을 굴리면서 병사 1을 잠자코 쳐다보기만 했다. 병사 1은 헛기침을 하고 나서 다시 말했다.

"마지막 탈영을 했을 때 헌병들이 잡으러 갔는데…… 헌병 한 사람을 도끼로 찍어 죽였어. 전시에 탈영만 해도 사형감인데 헌병까지 죽였으니…… 정상 참작이구 뭐구 있겠어. 너도 탈영병 잡으러 갈 때 조심해."

"세 번 탈영에다…… 도끼로…… 어마어마하군."

병사 2는 고개를 설레설레 흔들었다. 그러나 그는 아무래도 미심쩍은 데가 있는 것 같았다.

"저 사람 좀 이상한 사람 아니야?"

"내가 보기에도 그런 것 같아. 제정신이 아닌 것 같아. 그렇지만…… 이상하다는 걸 자로 잴 수는 없으니까 할 수 없는 일이지. 죄는 몇 조 몇 항, 몇 미터, 몇 센티하고 자로 잴 수 있으니까…… 간단하고 정확하게 판단이 서지."

병사 1은 담배꽁초를 바닥에 버린 다음 그것을 자꾸만 구둣발로 밟았다.

"가족이 있겠지?"

"마누라는 폭격에 맞아 죽고, 어린 딸이 하나 있는 모양인데…… 지금은 고아원에 있나 봐. 그 딸이 보고 싶어서 자꾸 탈영을 했나봐."

"농사꾼이었나?"

"머슴살이만 한 모양이야."

형사들은 갑자기 입을 다물고 관을 내려다보았다. 차가 흔들림에 따라 사형수 쪽으로 약간 기울어진 체 굴러가고 있었고, 그래서 관이 자꾸만 그 쪽으로 밀려가자 사형수가 슬그머니 그것을 발로 밀어내고 있었다.

관이 덜커덩 거리면서 천천히 병사들 쪽으로 밀려와, 그들의 군화 끝에 닿았다. 병사들은 한참 동안 그것을 지켜보다가 이윽고 서로 약속이나 한 듯이 관을 도로 사형수 쪽으로 조금씩 밀어냈다. 이렇게 해서, 관은 사형수와 병사들 사이를 밀려갔다 밀려왔다 하기 시작했다. 그런데 이상한 것은 그들이 서로 부딪치지 않도록 몹시 신경을 쓰고 있었다.

차는 계속 심하게 흔들거렸다. 야전병원 차 운전병은 지프를 따르려고 줄곧 속력을 내었지만, 좀처럼 거리가 좁혀지지를 않았다. 쏟아지는 눈발 때문에 시야는 뿌옇게 흐려 있었고, 길은 갈수록 험하기만 했다. 성질이 급한 운전병은 화가 난 끝에, 차가 모퉁이 길을 돌 때 속력을 줄이지 않은 채 그대로 핸들을 휙 꺾었다. 그때 소달구지 한 대가 맞은편에서 불쑥 나타났다. 놀란 운전병은 급정거할 사이도 없이 핸들을 다시 급히 꺾었다.

차는 가까스로 충돌을 피할 수가 있었다. 그러나 그 바람에 한길이 넘는 길 아래쪽 논바닥 위로 처박히고 말았다. 쿵 하는 소리와 함께 차는 벌렁 뒤집혔다가 옆으로 쓰러졌고, 차 안에 있던 병사들은 사형수 쪽으로 밀리면서 비명을 질렀다.

그런 줄도 모르고 지프는 앞으로 달려갔다. 소달구지를 몰고 오던 노인은 허둥지둥 논으로 내려가 서로 빠져 나오려고 발버둥치고 있는 병사들을 하나씩 끌어냈다.

지프가 되돌아온 것은 한참 후였다. 대위가 차에서 내리자 병사 1이 달려가 보고했다.

"부상병은 하나도 없습니다. 사형수만 다친 모양입니다."

대위는 논바닥에 처박힌 야전병원 차를 물끄러미 내려다보다가 운전병과 달구지 주인이 싸우고 있는 쪽으로 다가갔다. 싸움이라야 운전병 혼자서만 일방적으로 소리를 지를 뿐, 노인은 어쩔 줄 모른 채 그냥 서 있기만 했다.

"차 소리가 나면 비켜야지, 그렇게 갑자기 나타나는 법이 어디 있소? 내 말 안 들려요?"

"나는 차 소리도 못 듣고…… 천천히 왔습니다. 그런데 갑자기 차가 달려들었지요. 정말입니다."

"이런. 환장하겠네. 젊은 사람 같으면 그만, 가만 안 두겠는데……."

운전병은 거칠게 숨을 내쉬며 몸을 떨었다. 그는 자신의 잘못을 조금이라도 변명할 수 있는 틈을 찾으려고 노력했지만, 노인은 겸손하면서도 고지식하게 자기의 무죄를 주장했다.

대위가 그들 사이로 끼어든 것은 이때였다. 대위는 권총을 빼 들더니, 그것을 거꾸로 쥐었다. 그리고는 잠자코 그 손잡이로 노인의 얼굴을 후려 갈겼다.

노인의 이마에서는 금방 피가 흘러 내렸다. 피는 노인의 주름진 얼굴을 타고 옷깃으로 떨어져 내렸다.

"잘못했습니다…… 죽을죄를 졌습니다……."

노인은 상처를 손으로 누르면서 대위 앞에 고개를 숙였다.

"가! 가라구! 안 가면 쏴 죽일 테니까 가라고!"

대위의 목소리는 잔뜩 쉬어 있어서, 마치 쥐어짜는 듯이 들려왔다. 더구나 노인을 쏘아보는 그의 두 눈은 심한 사시(斜視)였기 때문에, 보는 사람으로 하여금 소름이 돋게 했다.

노인은 대위에게 깊이 머리를 숙여 인사한 다음 황망히 달구지를 몰고 떠나갔다. 어찌나 급히 몰았던지 달구지 위에 실려 있는 나뭇짐이 더러 흐트러지기도 하고 땅 위로 굴러 떨어지기도 했다. 그러나 노인은 그런 것도 모른 채, 다만 대위의 마음이 변하여 다시 자기를 불러 세울까 보아 연방 겁먹은 시선으로 뒤를 돌아다보면서 눈 속으로 멀어져 갔다.

인근 마을에서 모여든 구경꾼들이 잽싸게 땅에 떨어진 나무를 줍느라고 잠시 법석거렸다.

"이리 와."

대위는 소달구지가 멀리 사라지자 야전병원 차 운전병을 자기 앞으로 가까이 오게 했다. 그리고 운전병이 다가오자 주먹으로 그의 얼굴을 후려 갈겼다. 운전병은 힘없이 푹 쓰러졌다.

"이 개 같은 자식아, 일어서. 이 개 같은 자식아, 차를 저렇게 부숴 놓고 어떻게 할 테야?"

벌떡 일어선 운전병은 눈두덩이가 퍼렇게 부어 있었다. 대위는 운전병을 다시 때렸다. 운전병은 쓰러졌다가 또 일어섰다.

이렇게 주먹질을 하고 난 대위는 의외로 평온한 표정을 지으면서, 주위에 둘러서서 구경하고 있는 마을 사람들을 훑어보았다. 그리고 그중 젊은 청년 하나를 턱으로 가리키면서, 그에게 물었다.

"이봐, 이 마을에 전화 없나?"

입을 벌린 채 멍하니 서 있던 청년은 놀란 목소리로 대답했다.

"어, 없습니다."

마을은 야산 밑에 자리 잡고 있었는데, 모두 해야 삼십여 호쯤 되어 보이는 한촌(寒村)이었다.

대위는 잠깐 생각해 보는 듯 하다가 곧 야전병원 차 운전병에게 이렇게 지시했다.

"여기선 전화를 할 수 없으니까, 네가 직접 저 지프를 몰고 본부로 가. 즉시 가라고. 가서 앰뷸런스 한 대하고 크레인 차를 빨리 보내라고 해. 너 혼자 먼저 오지 말고 같이 오란 말이야. 빨리, 빨리 가. 우물쭈물하지 말고 빨리 가라고."

대위의 명령을 받은 야전병원 차 운전병은 지프를 몰고 즉시 출발했다. 대위는 주름이 많은 얼굴을 더욱 우그러뜨린 채, 멀어져 가는 지프를 바라보다가 논 위로 뛰어내렸다.

사형수의 맥을 짚어 보고 있던 군의관이 몸을 일으키면서 대위에게 말했다.

"목을 많이 다쳤습니다."

"죽었나?"

"아직 죽지는 않았습니다. 목이 부러진 것 같기도 한데, 확실한 건 모르겠습니다. 아무튼 중태라 즉시 후송하지 않으면 위험합니다."

사형수는 눈을 뒤집어쓴 채 논바닥 위에 누워 있었다. 흰자위가 덮인 두 눈은 멍하니 허공을 응시하고 있었고, 반쯤 벌어진 입에서는 헐떡거리는 숨소리가 불규칙적으로 흘러나오고 있었다. 그러나 모두가 사형수를 바라만 보고 있을 뿐 특별히 손을 쓰려고 하는 사람은 없었다.

"그대로 내버려 둬."

마침내 대위가 단안을 내렸다.

"그대로 두면 죽습니다."

군의관이 자기의 의무라는 듯이, 그러나 풀어진 목소리로 말했다.

"이봐, 이놈은 어차피 죽을 놈이야. 사형수란 말이야. 알겠어?"

"그렇지만……."

"그렇지만 뭐야? 이놈을 치료시켜서 완쾌시킨 다음에 사형 집행을 하자 이 말인가? 그게 신사적일지 모르지만…… 그럴 필요는 없어. 사형 집행을 하는데 신사적인 게 따로 있고 비신사적인 게 따로 있나? 솔직하라고. 결국 이렇게 죽으나 저렇게 죽으나 마찬가지야. 더구나 지금은 전쟁 중이야. 그런 일 때문에 시간을 허비할 수는 없어. 알아듣겠어? 내 말 알아듣겠어?"

같은 장교였지만 대위는 상대방에게 존대어를 쓰기는커녕 오히려 어린애 취급을 해 버렸다.

많은 풍상을 겪은 듯 깊이 주름이 잡히고 거칠어 보이는 그의 얼굴과, 그것을 떠받치고 있는 완강한 체구에는 사람을 위압하는 데가 있었다. 더구나 느릿하면서도 쥐어짜는 듯이 흘러나오는 쉬어빠진 목소리, 그리고 초점이 빗나가는 그 구슬을 박아 놓은 것 같은 눈동자에는 감정 따위는 전혀 보이지 않았다. 따라서 섬뜩함을 느낀 젊은 장교들은 더 이상 대꾸를 하지 못하고 침묵했다.

그때 병사 4와 병사 5가 차 속에서 관을 끌어내어 논바닥에다 팽개쳤다. 관은 한쪽이 부서져 있었다. 그것을 본 대위는

"그것을 고쳐 놔."

하고 말했다.

병사 4는 관을 덮을 때 사용하기 위하여 가져온 망치로 관을 두드리기 시작했다.

쾅! 쾅! 쾅!

관을 고치는 소리는 음울하게 허공으로 울려 퍼졌다.

대위는 문득 생각난 듯이, 길 위에 서 있는 아까의 그 마을 청년을 올려다보면서 물었다.

"어이, 이봐. 여기 술집 없나?"

"네, 있습니다. 저기…… 제일 앞에 있는 집이 술집인데, 장날 때만 손님이 있고…… 지, 지금은 별로 없습니다."

청년은 힘겹게 대답하고 나서 마을 앞에 조금 외따로 떨어져 있는 초가를 손으로 가리켰다. 그 집은 아마 주로 장날에 오가는 사람들을 상대로 장사를 하는 술집인 것 같았다.

"색시도 있나?"

"네, 아주 예쁜……."

청년은 말끝을 흐리면서 비굴하게 웃었다. 그 바람에 다른 구경꾼들도 따라 웃었다. 그러나 그들의 웃음은 모두 웃음을 도로 집어삼키는, 쑥스럽고 억지로 지어내는 듯 한 그런 웃음이었다.

대위는 논을 가로질러 마을 쪽으로 천천히 걸어갔다. 그가 걸음을 옮길 때마다 오른쪽 허리에 느슨하게 걸려 있는 권총이 묵직한 중량감을 보이면서 덜렁거렸다. 이윽고 대위는 마을 어귀에 자리 잡고 있는 술집 속으로 사라졌다.

그러자 그때까지 가위눌리듯 가만히 서 있던 젊은 장교들 사이에서 두런거리는 소리가 일어났다.

"저 사람도 피가 통하나?"

군의관이 술집 쪽을 쏘아 보면서 어이없다는 듯이 말했다. 검찰관은 모자를 벗어 들고 눈을 털었다.

"이런 시대엔 저런 사람이 어울리는 법입니다."

"도대체 이거 어디…… 숨을 쉴 수가 있나. 더러운 날이군."

군의관은 투덜거리다가, 저쪽 야전병원 차 옆에 누워서 부들부들 떨고 있는 사형수의 얼굴을 잔뜩 찡그리면서 바라보았다. 그리고 화난 목소리로 검찰관에게 물었다.

"어떻게 되는 겁니까? 사형수가 집행 전에 부상을 당하면, 법적으로 어떻게 처리합니까?"

검찰관이 난처한 표정을 지어 보였다.

"그야…… 법적으로는 부상을 치료한 다음에 집행을 하도록 되어 있지요. 그렇지만…… 세상이 어디 법으로만 됩니까?"

"집행 임무를 맡은 사람이 그런 말을 하면 어떻게 합니까?"

"명색이 집행관이지. 모든 지휘는 대위가 하고 있지 않습니까?"

"집행관은 뭐고 지휘관은 또 뭔가…… 알쏭달쏭하군. 그러니까 모른 체하겠다. 이 말입니까?"

"그렇게 자꾸 따지지 마시오. 대위가 알아서 할 거니까 가만히 놔둡시다. 난…… 춥고 배가 고파서 만사가 귀찮소."

"귀찮긴 나도 마찬가지요."

검찰관과 군의관은 담배를 나누어 피웠다. 그들 곁에서 군목은 아까부터 사형수 쪽을 흘끔흘끔 바라보면서, 자기의 야전 점퍼를 벗어 부들부들 떨고 있는 사형수를 덮어 줄까 말까 하고 생각하고 있었다. 그러나 그는 아무래도 점퍼를 벗어 줄 경우 자기가 이 혹독한 추위를 견딜 수 있을 것 같지가 않았다. 그는 유난히도 추위를 무서워했다.

"내가 법이랍시고 몇 년 공부했지만……."

검찰관은 침을 탁 뱉고 나서 말을 이었다.

"그것처럼 매력 없는 학문도 없는 것 같습니다. 더 없이 비정하고 철저히 인간을 무시하는 것이 법입니다. 그래서 요샌…… 그것에 매달리고 싶지도 않고, 오히려 저항을 느껴요. 지금까지 해 온 걸 집어 치울 수도 없고 해서 틈틈이 공부는 하고 있지만, 뭐라고 할까…… 법을 무시하기 위해서 법을 공부한다고나 할까, 그런 심정이에요. 그러다 보니까, 누가 높은 사람이 의법 처단한다고 엄포를 놓으면 웃음부터 나와요."

"그럼 아까 내가 법을 따지고 들었을 때 속으로 웃었겠군요?"

군의관은 심각하게 물었다 검찰관은 고개를 흔들었다.

"무슨 말씀을…… 그건 성질이 다르지요. 아까 나한테 따지신 것은 사형수에 대한 동정…… 좀 더 얌전하게 말한다면, 바로 자연법적 정신이 그 바탕에 깔려 있는 게 아니겠습니까. 어떻게 생각하실지 모르지만 나는 그렇게 해석하고 싶습니다. 자연법적 정신…… 미안합니다. 건방지게 이런 말을 해서…… 그건 바로 평등, 인간에 대한 사랑이 아니겠습니까. 그런데 오늘날 실정법(實定法)을 보면 자연법적 정신이라고는 손톱만큼도 없어요. 그걸 상실한 지 벌써 오래되지요. 그저 쓰면 뱉고 달면 삼키는 식으로 자기 구미에 맞게 척척 옭아매는 것이 오늘날 우리 법치 국가의 법이란 말입니다. 이건 좀 심한 말인지 모르겠지만, 미천한 대

중이 배가 고픈 나머지 범죄를 저지를 수밖에 없게끔 사회 환경을 악화시켜 놓습니다. 그리고 죄를 지으면 즉시 그 사람을 체포해서 그 사람에게 책임을 묻습니다. 제제를 가하는 거지요. 이것이 오늘날 법입니다. 혐오할 수밖에 없지요. 그렇지만 결국 우리는 별 수 없어요."

"그러니까…… 대위의 명령이 나의 자연법보다 위력이 있다 이 말입니까?"

"그렇지요."

"더럽군."

"더럽지요."

그들은 똑같이 하늘을 바라보았다. 눈은 굵은 함박눈이 되어 쏟아지고 있었다. 바람이 불면 그것은 공중에서 세차게 맴을 돌다가는 갑자기 한쪽으로 쓸려 내리곤 했다.

"나도 의학을 좀 공부했지만, 구역질나는 일이 한두 가지가 아닙니다. 병도 돈 있는 사람에겐 약하고 돈 없는 사람에겐 강합니다. 간사한 놈이지요. 이제 앞으로 두고 보십시오. 소위 병원이란 건 부자들의 문화센터처럼 되어 갈 겁니다. 5분간 고혈압에 대한 주의 설명을 듣고 나서 반년쯤 침대에 누워 오랜지 주스만 마시는, 그런 문화센터 말입니다. 처음엔 그런 작자들을 대할 때마다 증오심이 솟아나지요. 그렇지만 그것도 잠깐이고, 나중에는 증오 대신 비굴한 웃음을 웃게 되지요. 무서운 사실은 바로 이 겁니다. 우리가 아첨하게 된다는……."

"교회도 마찬가집니다."

하고 군목이 말했다. 그는 약간 상기된 얼굴이었다.

"사방에 집 없는 피난민들이 득실거리는데, 복구한답시고 고래등 같은 교회만 짓고 있거든요."

"교회도 별 수 있나요."

"정말 도둑놈들입니다."

군의관의 말에 군목은 맞장구를 쳤다. 검찰관은 또 침을 뱉고 나서 말했다.

"이런 상태에서 휴전이 되어 복구가 진행된다면, 너무 어수룩해서 도둑도 많이 늘어날 겁니다. 끝까지 밀고 가서 끝장을 본 다음에야 복구고 재건이고 해야지, 그렇지 않으면 빈껍데기만 들어설 겁니다."

"난…… 전쟁에는 질렸습니다. 어쨌든지 간에 휴전이든 뭐든 빨리 끝났으면 좋겠어요."

군의관은 머리를 내저었다.

"누구나 전쟁에는 질리기 마련이죠. 그렇지만 다음의 건설을 위해 철저히 파괴되기를 기다려야죠. 기다려야 합니다."

"난 모르겠소."

장교들과 병사들은 함박눈을 맞으면서 우두커니 서 있었다. 그들은 얼굴만 빼놓고는 모두가 허옇게 눈을 뒤집어쓰고 있었다. 눈썹에도 눈이 붙어 있었기 때문에 그들은 하나같이 노인처럼 보였다.

"이거 추워서 어디 견딜 수 있나."

"빨리 와야 할 텐데…… 이러다간 교통이 끊기겠는데요."

군의관과 검찰관은 천천히 발을 구르기 시작했다. 다른 사람들도 발을 움직이기 시작했다. 무엇보다도 발이 시려워서 견디기가 어려웠다.

"이봐, 그 대위…… 너희 중대장인가?"

군의관이 병사 1을 가리키면서 물었다.

"네, 중대장입니다. 온 지 한 일주일 정도 되었습니다."

"그으래……? 그럼 잘 모르겠구나. 나이는 몇 살쯤 되었대?"

"마흔쯤 된 모양이에요."

병사 1은 어깨를 잔뜩 치켜 올렸다.

"상당한 노병이구나. 왜 그렇게 늙었대?"

"모르지요. 일제 때부터 헌병으로 있었다니까……."

"뭐어. 일제 때부터?"

"네, 만주 주둔 관동군 헌병 오장(伍長)이었답니다."

"아아, 알아볼 만한 사나이로군. 저 지독한 관동군 헌병 오장이었다니…… 알 만해. 알 만해. 그러니까 그때부터 헌병으로 쭈욱 올라와서 결국 대위가 된 거군."

"그렇지요. 틈만 나면 일제 때 이야기를 하는데…… 특히 군도(軍刀)로 사람의 목을 치던 이야기를 할 때는 신이 나서 떠들지요."

병사 1의 말에 군의관은 입을 다물어 버렸다. 다른 병사들도 대위에 대해서 더 이상 알려고 하지 않았다. 그들은 안다는 것이 두려웠던 것이다.

"저 사람, 저렇게 눈 맞히지 말고 차 속에 옮겨 놔."

한참 후에 검찰관이 사형수를 턱으로 가리키면서 병사들에게 말했다.

사형수는 눈에 덮여 형체만이 허옇게 드러나 있었다. 아직 죽지 않았는지 몸을 꿈틀거리고 있었다. 병사 1과 병사 2는 눈을 털어 낸 다음 사형수를 쓰러진 야전병원 차 속에 밀어넣었다.

"어때요? 저러다간 곧 죽지 않겠습니까?"

"곧 죽을 것 같기도 하지만…… 글쎄, 사람 목숨이란 신비스러운 데가 있으니까. 혹시 모르지요. 의외로 오래 갈지……."

군의관은 검찰관을 바라보지 않은 채 말했다.

장교들과 사병들은 오래도록 침묵했다. 구경꾼들도 모두 사라졌기 때문에 그들만이 거기에 서 있었다. 한 시간이 지났지만 지프는 아직 돌아오지 않고 있었다.

"망할…… 벌써 세시야."

침묵을 깬 것은 군의관이었다. 그는 피우던 담배를 내팽개친 다음 화가 난 말투로 말했다.

"갑시다. 누구는 염병할 혼자서 술만 마시고…… 우리도 밥을 먹든 술을 먹든 가 봅시다. 이거 원, 춥고 배고파서 살 수가 있나. 우선 몸부터 녹여야겠어."

군의관이 앞장서서 걸어가자, 검찰관과 군목이 어쩔 수 없다는 듯이 그 뒤를 따라갔다.

마을 앞에 이르자 군의관은 대위와 동석할 것이 싫어서 다른 술집을 찾았다. 그러나 그 마을에는 술집이 하나뿐이었다. 할 수 없이 그들은 대위가 들어간 그 술집으로 들어갔다.

아궁이 속에 불을 넣고 있던 늙은 주모가 별로 반가워하는 기색도 없이 그들을 맞았다.

그들은 부엌에 딸린, 하나뿐인 방안으로 들어서다 말고 멈칫했다. 그도 그럴 것이 방문 앞에는 앳되게 생긴 처녀 하나가 쭈그리고 앉아서 옷고름으로 눈물을 찍어 내고 있었고, 아랫목에는 대위가 네 활개를 쭉 편 채 요란스럽게 코를 골고 있었던 것이다. 술상은 방 가운데 그대로 놓여 있었다.

　대위는 술을 많이 마셨는지 얼굴이 붉다 못해 검푸르죽죽했다. 세 장교는 잠시 어리벙벙한 눈으로 대위의 자는 모습을 바라보다가 제각기 자리를 잡고 앉았다.

　그들은 대위를 깨우고 싶지 않았지만, 대위는 인기척을 느꼈던지 곧 몸을 일으켰다. 그리고 그들을 보자,

　"어, 왔군. 차는 아직 안 왔나?"

하고 물었다.

　그들이 대답하지 않자 그는 시계를 들여다본 다음 잘 알아들을 수 없는 욕지거리를 혼자 퍼부었다.

　"너희들 술 마시러 왔지? 좋아, 좀 마셔 두는 게 좋아. 이봐, 할멈, 술 좀 더 가져오고 안주 하나 더 끓여. 이분들은 나하고는 종자가 다른 귀한 도련님들이니까 잘 모시라구. 그리고 넌 거기서 훌쩍거리지 말고 이리로 와. 내 옆으로 와서 앉아."

　대위의 혀 꼬부라진 말에 처녀는 두려운 눈으로 그를 바라보다가 조심스럽게 일어서서 그의 곁으로 다가가 앉았다. 눈물에 젖은 속눈썹이 눈을 깜박일 때마다 두 눈에 그늘을 드리우곤 했다. 화장기가 별로 없는 얼굴은 숱이 많은 긴 머리칼에 싸여 창백해 보였고, 분홍 저고리에 반쯤 가려진 목은 뽀얗게 유백색을 띠우고 있었다. 얼핏 보기에도, 술집에 나온 지 얼마 안 된, 그런 여자 같았다.

　"아파서 혼났지?"

대위가 허리에 팔을 감으면서 묻자 처녀는 고개를 푹 숙였다.

"요게…… 이제 열아홉 살이라는데, 웬만한 과부 못지않게 엉덩이에 살이 올랐더라고. 젖도 크고 털도 제법 기름지고 말이야. 그걸 묵혀 둘 수가 없어서 내가 개시를 했더니, 이 녀석이 울고불고 야단 아닌가. 내 사나이다움에 좀 아팠던 모양이야. 그렇지만 나 같은 사람에게 처녀를 바쳤다는 건…… 어느 모로 보나 다행한 일이야. 다른 놈들 같으면 도망칠 생각부터 하겠지만, 나는 뺑소니를 친다거나 책임을 회피한다거나 하는 짓은 하지 않아. 알겠어? 나 같은 사람을 기둥서방으로 둔다는 것은 아주 든든하고 좋은 일이야."

대위는 호주머니에서 돈 뭉치를 꺼내더니 처녀의 품속으로 그것을 쑤셔 넣었다. 처녀는 몸을 도사리면서 조금씩 흐느껴 울었다. 이러한 모습을 지켜보던 젊은 장교들은 술이 들어오자 얼른 그것을 마시기 시작했다. 그것은 밀주(密酒)인지, 진하고 향기로웠다.

"나는 한 번으로 끝내는 사람이 아니야. 또 올 테니까…… 목욕이나 잘 해 두고 있어."

대위는 만족한 듯이 처녀의 등을 두드렸다. 그리고는 술을 벌컥벌컥 마셨다.

술에 취한 그는 사팔눈이 더욱 이상하게 꼬여 갔고, 말이 좀 많아졌다.

"난 일제 시에 관동군 헌병으로 있었어. 관동군 헌병이라면…… 너희들도 어느 정도란 건 잘 알겠지. 그때 나는 군도를 잘 썼지. 특히 그걸로 사람 목을 치는 데는 아주 일급이었으니까. 일

본 장교들도 내 앞에서는 맥을 못 췄어. 이봐, 그런 눈으로 나를 쳐다보지들 마. 내가 짐승처럼 보이나?"

대위는 사팔눈을 치뜨고 젊은 장교들을 바라보았다. 그러나 젊은 장교들은 아무도 대꾸하려 들지 않았다. 그들은 치미는 열기를 억누르면서 대위의 시선을 슬슬 피했다.

"술이나 마셔 두라구. 자, 마셔. 마셔. 목을 칠 때의 기분이 어떤 줄 아나? 특히 여자의 흰 목을 칠 때 말이야? 모를 테지. 그것 말이야…… 이를테면 여자와 열심히 흘레를 할 때…… 그 마지막 순간에 느끼는 기분, 바로 그런 거지. 칼이 목에 닿을 때 찌르르 하고 전기가 오지. 그건 한두 번 해 본 사람은 도저히 느끼지 못해. 그땐 사형 집행을 할 때 대부분 군도로 목을 쳤는데…… 그렇다고 함부로 닭 잡듯이 치는 게 아니지. 제일 목을 잘 치는 건 완전히 뎅겅 자르는 게 아니라. 목이 약간 붙어 있게 치는 거야. 그러니까 머리가 대롱대롱 달려 있게 말이야. 그 다음 두 번째로 잘 치는 건…… 단칼에 뎅겅 잘라 내는 거야. 제일 못 치는 건…… 칼이 빗나가서 머리가 떨어질 때까지 여러 번 치는 경우야. 그리고 집행이 끝나면 바로 구덩이에 묻어 버리는데…… 사형 집행은 역시 그런 식으로 하는 것이 깨끗하고 통쾌하지. 요새 사형은 이거 원 시시해서…… 그리고 말이야. 이건 내가 항상 느끼고 주장하는 바인데, 역시 그 때가 좋은 것 같아. 특히 일본의 대동아 공영권이란 거…… 난 거기에 적극 동감이야. 아시아는 아시아인들끼리 서로 뭉쳐야 한다는 것. 그거 얼마나 타당한 소리야. 여러 나라가 이렇게 조그맣게 쪼개져 있으면 언제나 대국한테 먹히기 마련이란 말이야. 그러니까 아시아인은 아시아인끼리 서로 뭉쳐서 대국을 만들어야 해. 민족, 민족 하지만…… 뭐 하나 똑똑하게 해 놓은 거 있어? 있느냔 말이야? 밤낮 훌쩍거리기만 하고…… 차라리 일본과 합해 버렸으면 좋을 걸 그랬어. 그래서 함께 대륙으로 진출하는 거야. 황진(黃塵)을 뚫고 달려서…… 황하(黃河)에서 몸을 씻고…… 안 그래? 안 그러냔 말이야? 난 이제 싫어. 이 조그만 땅덩이 속에 갇혀 같은 족속끼리 싸우고…… 빌어먹을…… 개 같은 놈들…… 대륙으로…… 대동아를 위해…….”

막판에 가서 세 젊은 장교들은 대위의 말을 거의 듣지 않고 있었다. 그들은 고개를 숙인 채 술들만 마셨다. 한창 얼었던 몸이 따듯한 방에 있게 되자 금방 풀어지기 시작했고, 거기다가 술이 들어가자 스름스름 졸음이 밀려왔다.

한편, 장교들이 이렇게 술을 마시고 있을 때, 병사들은 논바닥 위에서 서성거리며 욕지거리를 퍼붓고 있었다. 그들은 장교들 때문에 그때까지 억눌려 있던 감정을 터뜨리면서 그들만이 눈밭에 버려져 있다는 사실에 대해 함께 화를 내고 있었다.

"즈네들만 사람인가? 우리는 입도 없고 코도 없나? 점심까지 굶기고 이게 뭐야?"

"염병할…… 원자탄이나 쾅 터져라."

"난 한 달만 참으면 장가를 간다. 그때가지만 어떻게 참으면…… 다른 건 관심 없어. 죽을 쑤든 밥을 쑤든 상관없어."

"전쟁만 끝나면 난 외국으로 나간다. 나가서 돌아오지 않을 테야. 외국 여자하고 결혼해서…… 자식새끼 열만 낳고…… 여기를 완전히 잊는 거야. 잊는 게 좋아."

"빌어 묵을…… 이거 얼어붙어서 어디 오줌이나 나오나. 이놈을 몇 달 동안 처박아 뒀더니, 이젠 녹이 슬어 못 쓰게 됐어. 빌어먹을……."

"이 새끼는 가다가 또 처박았나. 도망을 쳤나. 영 함흥차사니 말이야……."

그들은 한동안 투덜거리면서 발을 동동거리고 있다가 결국 서로 얼마씩 추렴해서 술을 사다 마시기로 합의를 보았다.

"술을 마시면 몸이 좀 풀릴 거야. 자, 빨리빨리 돈 내."

병사 1은 돈을 거둬 들고 마을 쪽으로 재빨리 뛰어갔다. 그리고 곧 마을 가게에서 독한 술 세 병과 안주 감으로 오징어다리를 사 들고 헐떡거리며 돌아왔다.

병사들은 환호성을 지르며 병째로 술을 입에 틀어박았다. 병사 5도 하느님을 비웃으면서, 권하는 술을 넙죽넙죽 받아 마셨다. 사실 모두가 술에 절어 들 만큼 그렇게 술꾼들은 아니었다. 그러나 그들은 세상에서 가장 괴롭고 잔혹한 일을 수행하러 가는 길이었고, 춥고 배고픈 데다 세상으로부터 소외되어 있다는 느낌이 뼛속까지 사무쳐 있었고, 그리고 무엇보다도 지금 그들이 당하고 있는 상황이 견딜 수 없도록 무겁게 그들은 내리 누르고 있었기 때문에, 저주스러운 나머지 이러한 것들을 뿌리치고 거기서 빠져나오기 위해, 앞뒤를 가리지 않고 독한 술을 마시기 시작한 것이다.

술이 들어가자 그들의 입담과 움직임은 더욱 험해지고 거칠어졌다. 다음에 무슨 사태가 벌어지든 그따위 일에는 상관할 것도 없고 염려할 것도 없다는 식으로 그들은 떠들어댔다. 그러한 그들에게, 멀리서 쿵! 쿵! 울려오는 대포 소리는 치열한 전투를 생각게 하기보다는 오히려 그들의 기분을 북돋아 주는 하나의 거대한 배음처럼 생각되었다.

시간은 4시가 가까워 가고 있었다. 그러나 지프는 아직도 돌아오지 않고 있었다.

지프가 돌아오지 않고 있는데 대해 병사들은 별로 걱정하지도 않았고, 나중에는 숫제 거기에 대해 생각조차 하지 않았다. 그러나 술집에 있는 장교들 쪽에서는 차차 초조한 빛이 나타나고 있었다.

대위는 거듭 마신 술에 많이 취했으면서도 자꾸만 시계를 들여다보았다. 그리고는 4시가 되자 벌떡 몸을 일으켰다. 휘청거리는 몸을 겨우 가누고 선 그는 이렇게 말했다.

"안 되겠어. 이러다가는 날도 저물고 길마저 끊기겠어. 약식(略式)으로, 이 근방에서 간단히 집행해 버리지. 약식으로 말이야. 비상수단을 쓰는 수밖에 없어. 자, 다들 일어서."

방 안에서 반수면 상태 속에 놓여 있던 젊은 장교들은 대위의 말에 눈을 번쩍 떴다. 그들은 냉수를 뒤집어 쓴 듯 등골이 오싹했다. 천천히 일어선 검찰관이 단단히 벼르고 있었다는 투로 입을 열었다.

"안 됩니다. 그건…… 위법입니다. 우선 사형수가 부상당해 있는 데다…… 그걸 치료하지 않고, 더구나 약식으로 집행한다는 건 안 됩니다. 위법입니다."

"뭐, 뭐라고? 야, 너 검찰관이라고 한 마디 하는 거냐? 뭐, 위법이라고? 이봐, 똑똑히 들어 둬. 넌 집행관이지만 나는 집행을 지휘하는 지휘관이야. 지휘 임무를 맡고 있단 말이야. 그리고 저

애들은 내 부하들이야. 내 명령만 듣도록 되어 있어. 알겠어? 그리고 지금, 어느 땐 줄 알아? 전쟁 때라구. 이런 일 때문에 또 하루를 잡칠 수는 없단 말이야. 그런 눈으로 나를 쳐다보지 마. 나를 화나게 하지 말라구. 법이 무슨 말라비틀어진 법이야."

대위는 눈을 부릅뜨고 검찰관을 노려보았다. 그는 두 손을 허리에 대고 있었는데, 특히 오른쪽 손은 권총 위에 얹혀 있었기 때문에 방안의 분위기를 사뭇 험악하게 만들어 놓고 있었다.

키가 작은 검찰관은 대위의 코 밑에서 창백하게 질린 채 더 이상 말을 꺼내지 못했다.

"잔말 말고 따라 와. 말 안 듣는 자식들은 그냥 쏴 죽여 버릴 테니까."

대위는 내뱉듯이 말하고 나서 휘청거리며 밖으로 나갔다. 그 뒤를 젊은 장교들이 어깨를 웅크린 채 따라갔다.

대위가 나타나자, 떠들고 있던 병사들이 아까처럼 입을 다물어 버렸다. 그들은 숨을 죽인 채 대위를 바라보았다. 이러한 날에 허락도 없이 술을 마셨다는 것이 하나의 두려운 사실로서 그들 자신들에게 받아들여지기 시작한 것이다. 그러나 대위는 병사들의 붉게 달아오른 얼굴을 거들떠보지도 않았다. 그는 차 속을 들여다 본 다음,

"아직 죽지 않았군. 이 근방에서 집행을 할 테니까 모두 준비해 가지고 나를 따라와."

하고 병사들에게 지시했다.

병사들은 놀란 눈으로 서로를 멍하니 쳐다보다가, 대위가 야산 쪽으로 걸어가는 것을 보고 나서야 허둥지둥 준비를 갖추기

시작했다.

　이윽고 대위를 선두로 어깨를 웅크린 세 장교들과, 사형수를 둘러업고 앞뒤에서 관을 든 병사들의 그 이상하고도 이상한 행렬이 야산 쪽을 향하여 서서히 움직여 나갔다.

　눈은 여전히 내리고 있었고, 땅 위에는 이미 많은 눈이 쌓여 있었기 때문에 일행은 걷기에 여간 불편하지가 않았다. 특히 사형수를 업고 관을 든 병사들의 경우, 자꾸 눈밭에 나둥그러지곤 했다.

　대위는 야산 마루를 넘자, 몇 그루 키 큰 소나무가 둘러서 있는 빈터로 다가갔다. 빈터 중앙에는 무덤자리로 보이는 구덩이가 입을 벌리고 있었고, 그 앞에는 한쪽이 부서져 나간 낡은 비석이 하나 세워져 있었다.

　대위는 주위를 휘둘러보고 나서, 뒤이어 나타난 병사들에게 사형수를 비석에 비끄러매도록 지시했다.

　병사들은 수갑을 풀어 사형수의 손을 뒤로 돌린 다음 다시 수갑을 채웠다. 그리고 비석에 기대 세워 놓고 밧줄로 비석과 함께 그의 몸을 묶었다. 이어서 눈을 가리고 왼쪽 가슴에 내모진 검은색 헝겊을 부착시키는 작업이 재빨리 진행되었다.

　병사들이 이렇게 집행 준비를 하고 있을 때, 사형수는 머리를 떨어뜨린 채 조금도 저항의 기미를 보이지 않았다. 이미 죽어 가고 있는, 그래서 거의 의식을 잃고 있는 그는, 지금 무슨 일이 행해지고 있는지를 전혀 모르고 있는 것 같았다.

　그는 다만 걷잡을 수 없이 전신을 부들부들 떨고 있는 것으로서, 그 자신이 아직 살아 있다는 것을 보여 주고 있을 뿐이었다.

"이십보 전방, 횡렬!"

대위가 명령하자 병사 1·2·3·4·5는 사형수 앞에 한 줄로 늘어섰다. 바람이 그들의 머리 위로 윙 소리를 내면서 눈가루를 뿌리고 지나갔다가 다시 몰려왔다.

"자, 빨리……."

대위는 한 쪽에 멍하니 서 있는 검찰관에게 턱을 치켜 보였다. 검찰관은 대위를 힐끗 쳐다보고 나서 사형수 앞으로 조심스럽게 걸어갔다. 걸어가면서 그는 품속에서 서류를 꺼내 들었다. 그리고 사형수 앞에 이르자 서류를 펴 들고 사형수의 얼굴이 사진과 맞는지 확인해 보았다. 그 일 때문에 그는 사형수의 얼굴을 일단 쳐들었다가 놓아야 했다.

"이름 황용수(黃龍洙)…… 맞는가?"

검찰관의 목소리는 힘없이 늘어져 있었다. 사형수는 그 소리를 들었는지 못 들었는지 아무 반응도 보이지 않았다. 검찰관이 다시 물으려고 하자 대위가 뒤에서 소리쳤다.

"그런 건 생략해. 알아듣지도 못하는 걸 말해서 뭘 할 거야. 간단히 해."

감찰관은 더욱 어깨를 웅크린 채 잠시 침묵을 지켰다. 그리고 나서 갑자기 생기 있는 목소리로, 아주 빠르게 집행 명령서를 읽어 내려갔다.

"이름 황용수, 직무 수행 중인 자에 대한 상해 치사 및 군무 이탈로 군 형법 제 60조의 4항과 제 30조에 의거 확정된 사형 판결을 금일 국방 장관의 명에 따라 집행한다! 단기 4286년 1월 7일, 육군 고등 군법회의 검찰관 중위 배태식(裵泰植)!"

무거운 침묵이 뒤를 이었다. 검찰관은 시계를 보고 서류에 시간을 적은 다음 마지막으로 날인을 했다. 그리고 자신의 움직임을 음미하듯이 조용히 뒤로 물러나왔다.

다음은 군목 차례였다. 그는 사형수 앞에 이르자 두 손을 모으고 한참 동안 기도를 올렸다. 그리고 대위가 빨리 끝내라고 소리치자 그제서야 얼른 성호를 긋고 제자리로 돌아왔다.

대위는 마침내 기다렸다는 듯이 병사들에게 첫 번째 명령을 내렸다. 부동자세로 서 있던 병사 1 · 2 · 3 · 4 · 5는 총에 실탄 한 발씩을 재 넣었다. 그리고 다시 대위의 명령에 따라 총을 들었다. 다섯 개의 총이 나란히 수평을 이루면서 사형수 쪽으로 겨누어졌다.

대위의 짧고 긴박한 듯 한 외침에 병사들은 갑자기 덜미를 잡힌 듯이 목을 움츠리면서 오른쪽 어깨에 힘을 주었다.

세상에서 가장 무겁고 견디기 어려운 침묵이 잠시 흘러갔다. 바람 소리와, 전선에서 쿵쿵 둘려 오는 대포 소리 외에는 주위는 죽은 듯이 고요했다. 병사들은 이 숨막힐 듯 한 적막 속으로 깊이 가라 앉으면서, 가늠쇠를 통하여 사형수의 가슴에 붙어 있는 검은 표적을 응시하고 있었다. 그러나 갑자기 술을 마신 데다 너무 오랫동안 추위에 얼어 있었던 끝이라 그들의 눈과 손은 조준을 정확히 잡아내지를 못하고 있었다. 표적을 응시하면 할수록 눈은 자꾸만 흐려져 갔고, 총신을 움켜쥐고 있는 손은 감각을 잃은 채 아래위로 경련을 일으켰다. 그리하여, 그들이 거의 조준을 포기했을 때, 대위의 마지막 명령이 한밤의 유성처럼 길게 불빛을 그으면서 그들의 머리 속을 관통해 갔다.

"쏴!"

병사들은 그 명령을 확인하려는 듯 잠시 기다렸다. 그리고 곧이어, 시야가 맑게 개이는 것을 느끼면서, 사형수의 뒤로, 눈발 속에 뿌옇게 묻혀 버린 그 보이지 않는 영원의 세계를 향하여 제각기 그들의 사랑스러운 일발을 쏘았다.

거의 동시에 다섯 발의 총성은 요란스럽게 주위를 울린 다음, 메아리가 되어 공허하게 하늘로 울려 퍼져 나갔다.

사형수는 총소리에 움찔하더니, 여전히 경련을 계속했다. 그의 몸 어디에도 피가 나지 않는 것으로 보아 총알은 모두 엉뚱한 곳으로 빗나가 버린 것 같았다. 그러나 병사들은 이미 자포자기 상태에 들어갔는지 별로 놀라거나 두려워하는 기색도 없이 그 자리에 우두커니 서 있었다.

대위는 병사들을 잠깐 노려보다가 사형수 쪽으로 곧장 걸어갔다. 취기 때문에 다리가 약간 휘청거렸지만, 그의 걸음걸이에는 확고한 결의 같은 것이 엿보였다.

사형수 앞에 다가선 대위는 사형수의 꺾인 목을 잠깐 내려다보았다. 사형수에 대한 그의 감정은 그것이 처음이자 마지막이었다. 그는 발작적으로 권총을 빼 들더니, 그것을 사형수의 관자놀이에다 갖다 대었다. 그리고는 조금도 지체하지 않고, 아주 당연한 일을 당연히 해치운다는 듯이 방아쇠를 당겼다.

총소리는 아주 짧게 주위를 흔든 다음 금방 사라졌다.

사형수는 고개를 쳐들면서 풀쩍 뛰었다가 다리를 폭 꺾으면서 몸을 앞으로 깊이 숙였다. 그 바람에 그의 몸에 붙어 있던 눈가루가 우수수 떨어졌다.

앞으로 숙여진 사형수의 머리에서는 금방 검붉은 핏물이 주르르 흘러내렸다. 그리고 그것은 하얀 눈에 닿자 더욱 붉은 빛을 띠면서 원형으로 넓게 퍼져 나갔다.

대위는 담배를 피워 물면서 군의관에게 눈짓을 했다. 군의관은 머뭇거리다가 사형수에게 다가가 손목을 잡고 맥을 짚어 보았다. 그리고는 잠자코 그 자리를 물러섰다. 그 다음의 일은 재빨리 진행되었다. 먼저 병사들은 사형수의 시체를 거두어 관 속에 집어넣고 못질을 했다.

쾅! 쾅! 쾅! 하고 관을 때리는 소리는 맑은 물소리처럼 깨끗하게 주위를 울렸다. 사형수의 몸에서 흐르는 피가 관의 밑바닥을 타고 밖으로 스며 나오기 시작했다.

이미 날은 어둑어둑해지고 있었다. 그 어둠을 안고 다시 또 그 이상하고도 이상한 행렬이 야산 밑으로 서서히 움직이기 시작했다. 시체가 들어 있는 관을 앞뒤에서 든 병사들만이 무거운 나머지 끙끙거릴 뿐, 아무도 말하는 사람이 없었고, 모두가 묵묵히 앞으로 밀려 나갔다. 그들이 차도에 닿았을 때 주위는 이미 어둠의 장막이 짙게 내려 덮여 있었다.

차도에는 지프가 돌아와 있었다. 야전병원 차도 새로 한 대와 있었고, 크레인 차는 이미 논바닥에 처박힌 차를 끌어올리느라고 엔진 소리를 요란스럽게 울리고 있었다.

출발 준비를 이미 끝낸 차들은 불을 켠 채 시동을 걸어 놓고 있었다.

불빛은 어둠을 뚫고 멀리 길게 뻗어 있었다. 불빛 사이로는 눈발이 바람을 타고 소용돌이치고 있는 것이 보였는데, 불빛 때문인지, 그것은 마치 하늘에서 내리고 있는 축복 같았다.

"차가 모두 후송을 나가고 없어서, 기다리느라고 이렇게 늦었습니다."

야전병원 차 운전병은 기어들어 가는 목소리로 대위에게 보고했다. 그러나 대위는 그 말을 들으려고 하지도 않았다.

그는 병사들이 관을 야전병원 차에 싣기를 기다렸다가 이렇게 말했다.

"너희들은 오늘 술을 마셨을 뿐만 아니라…… 내 명령을 듣지 않았어. 그것은 다른 것도 아니고…… 바로 사형집행 명령이었는데…… 그것을 듣지 않았어. 거기에 대해서는 군법대로 처리하기로 하고, 오늘 밤은 우선 본부까지 뛰어가기로 한다. 밤이 새더라도 차 탈 생각은 하지 마. 낙오자는 용서하지 않는다. 질서 정연하게 구령을 붙이면서 뛰도록……."

말을 끝낸 대위는 젊은 장교들과 함께 지프에 올랐다.

이윽고 지프를 선두로, 야전병원 차와, 총을 앞에 받쳐 든 병사들의 행렬이 눈보라치는 어둠 속으로 천천히 미끄러져 들어갔다. 크레인 차는 아직 작업이 끝나지 않았기 때문에 그대로 뒤에 남아 있었다.

앞선 차들이 쇠줄을 철커덕거리면서 속력을 내자 마침내 병사들은 하나 둘, 하나 둘, 하고 구령을 붙이면서 뛰기 시작했다. 바람은 더욱 거세어지고 있었다. 살을 에는, 차고 매서운 북풍이 병사들의 얼굴을 정면으로 후려쳤다.

차가 속력을 더해 가자 철커덕거리는 쇠줄 소리와 함께 다시 덜커덩 덜커덩 하고 관 소리도 울려 나오기 시작했다. 시체가 들어 있는 탓인지 관 소리는 처음보다 더 크고 둔중했다.
철커덕 철커덕 철커덕 철커덕,
덜커덩 덜커덩 덜커덩 덜커덩,
하나 둘, 하나 둘, 하나 둘,
처음 병사들의 구령 소리는 제법 힘차게 들려왔지만, 차와의 간격이 점점 벌어지고 시간이 흐름에 따라 그것은 거의 울음소리가 되어 희미하게 잦아들어 갔다.
가끔씩 마주쳐 지나가는 차량이 불빛 속에 드러난 병사들의 모습은 허옇게 눈을 뒤집어쓴 바람에 거의 제 모습을 알아볼 수 없었고, 얼굴은 금방이라도 울음을 터뜨릴 듯 잔뜩 일그러져 있었다.
그러나 병사들은 마치 자석에 끌리듯이 아무 저항도 없이, 묵묵히 허덕거리며, 멀리 사라져 버린 차를 따라 어둠 속으로 어둠 속으로 끝없이 달려갔다.
멀리서 쿵! 쿵! 하고 대포 소리가 울려오고 있는 것으로 보아, 전투는 밤에도 치열하게 계속되고 있는 것 같았다.

1974년 9월

습지식물(濕地植物)

    소녀가 자살을 한 것인지 아니면 서울에 가기 싫어 차에서 뛰어내리다가 변을 당한 것인지, 그것은 알 수 없는 일이었다. 그것은 아무래도 좋았다. 문제는 소녀가 습지에서 탈출하지도 못한 채 무참히 죽어 갔다는 사실에 있었다. 하긴, 이 대지 전부가 습기로 썩어 가고 있는데, 소녀가 도망간들 어디로 가겠는가.

<부친 사망, 급래(急來)>.

고향의 형님으로부터 전보가 온 것은 지난밤 늦게였다. 사망 원인은 정확히 알 수 없지만 대충 짐작이 갔다. 아버지는 중풍이 걸려 오래 누워 있었으니까, 아마 그래서 돌아가셨을 것이다. 나도 아내도 아버지가 돌아가셨다는 데 대해서 울음을 터뜨릴 만큼 그렇게 서러워하지는 않았다. 밤중에 일어나 전보를 받고 멍하니 앉아 있다가 우리는 새벽녘에 다시 잠이 들었다. 그리고 습관에 따라 나는 출근 시간에 맞춰 일어나면서 길게 하품까지 했다.

내가 세수를 하고 아침 식사를 하는 동안 아내는 말없이 여행에 필요한 준비를 하기 시작했다. 그녀는 임신을 하고 있었기 때문에 몸의 움직임이 꽤 느렸다. 거기다가 손놀림마저 서툴렀다. 학교 때 그림을 그리던 그 가늘고, 흰 손은 결혼 1년 동안에도 아직 생활화되어 있지 못했다.

"복잡하게 하지 말고 간단히 꾸려요. 돈 이십만 원만 준비하구."

라고 나는 말했다.

아내는 긴 머리카락을 쓸어 올리면서 맑은 눈으로 나를 쳐다보았다. 그 눈은 20만 원이나 필요한가요, 하고 묻고 있었다. 어럽게 가계를 꾸려 나가는 아내로서는 그 돈은 확실히 큰 액수였을 것이다. 비록 시아버지 장례식에 쓸 돈이라 하더라도 절약할 수 있는 한 절약하고 싶은 것이 아내의 마음일 것이다.

내가 사법고시에 합격한 다음 연수원을 거쳐 검사로 발령을 받았을 때, 아내는 나에게 점심 도시락을 싸 주면서 이렇게 말했었다. 가난해도 좋으니 깨끗하게 살아요. 이 현명한 말을 거부할 아무런 이유도 없었기 때문에 나는 월급만으로 살아가는 공무원이 되려고 노력했었다. 그러다 보니 생활은 자연 한 푼이라도 절약해야만 꾸려 나갈 수가 있게 되었고, 결국은 아버지 장례식에 쓸 비용까지도 신경이 쓰이게 된 것이다.

그러나 드러내 놓고 따질 일이 못되었으므로 아내는 내가 요구하는 대로 순순히 돈을 내주었다. 내 가방을 챙기고 나자 그녀는 자기 짐도 꾸리기 시작했다. 나는 망설이다가,

"당신은 여기 있어. 나 혼자 다녀 올 테니까."

라고 말했다.

아내는 완전히 당황한 표정으로 나를 바라보았다. 그녀가 뭐라고 말을 꺼내기 전에 나는 다시 말했다.

"몸도 불편한데 당신은 여기 있는 게 좋아. 가 봐야 괜히 소란스럽기만 할 거고……."

"그래도 남들 눈이 있는데……."

"괜찮아. 나 혼자 가도 충분해. 내가 잘 말할 테니까 염려 마."

사실 따지고 보면 이런 말을 한다는 것 자체가 우스운 노릇이었다. 그러나 우리는 이런 말을 하는 데 익숙해져 있었다.

말이 나왔으니 말이지, 아버지의 장례식에 아내와 함께 참석

한다면 얼마나 좋겠는가. 그러나 농촌 생활을 한 번도 해 보지 못한 아내가 거친 동서(同壻)들과 시누이들 틈에 끼어서 어색하게 곡(哭)을 하고, 그 서투른 솜씨로 이 사람 저 사람 눈치를 보면서 허덕허덕 일하는 것을 본다는 것은 나로서는 아주 싫은 노릇이었다. 우선 나의 아내는 이런 일을 하기에는 너무 어렸다. 더구나 그녀는 몸까지 불편했다.

검찰청에 들러 사정을 말하고 떠나는 게 옳은 순서였지만 그러기가 싫어 나는 부장 검사에게 직접 전화를 걸었다.

"저런…… 안 됐소. 몇 시 차로 내려갈 거요?"

바로 옆집에서 통화하는 것처럼 부장의 목소리는 왕왕 붕붕거렸다. 그는 거듭해서 몇 시 차로 떠날 거냐고 물었다.

청(廳)에서 일하는 사환 아이가 역으로 헐떡거리며 나타나 종이봉투를 내밀었을 때에야 나는 부장이 왜 그렇게 발차 시각을 굳이 캐물었는가를 알게 되었다. 사환 아이가 건네준 것은 직원들이 거둬 모은 조위금(弔慰金)이었다. 왠지 부끄럽고 미안해서, 나는 그것을 움켜쥐고 한참 동안 대합실 구석에 서 있었다.

날씨는 아침부터 잔뜩 흐려 있었기 때문에. 탕 속 같은 무더위가 슬금슬금 가슴을 압박해 왔다. 열차가 출발하자 곧 소나기가 내렸는데, 그래도 덥기는 마찬가지였다. 옆자리에 상당히 거칠어 보이는 몸집이 큰 해병대 장교가 앉아 있었기 때문에 나의 가는 몸은 거기에 압도당하는 듯 한 기분으로 하여 여간 불편하지가 않았다. 장교는 눈이 보이지 않도록 군모를 내려 쓰더니 이윽고 잠을 자기 시작했다. 그런데 점잖게 자는 것이 아니라 자꾸만 내 쪽으로 그 육중한 몸이 기울어져 왔다. 돼지 같은 자식. 나는 그의 잠이 깨지 않도록 신경을 쓰면서 그의 몸을 밀어 내려고 애를 썼고, 그것도 여의치 않아 결국은 화가 머리끝까지 치밀어 올랐다.

그래서 나는 연방 땀을 닦으면서 울화를 풀려고 계속 담배를 피워 댔다. 나중에는 담배를 너무 많이 피운 탓으로 머리가 아파 왔다. 결국 지쳐 버린 나는 장교의 몸에 밀리면서 잠이 들었던 모양이다.

눈을 떴을 때는 차가 거의 목적지에 가까워지고 있었다. 비는 많이 그쳐 있었지만 아직도 조금씩은 내리고 있었다. 아마 장마가 질 모양이었다. 장교는 몸을 똑바로 하고 앞을 바라보고 있었다. 돼지 같은 자식. 입속으로 욕을 하면서 나는 일어나서 짐을 챙겼다. 하품이 자꾸만 나왔다. 사람을 공연히 미워해서는 안 된다. 안 된다고 생각하는데 차가 역에 닿았다. 나는 허둥지둥 뛰어내렸다.

역에서 다시 30리 길을 택시로 달리는 동안 고향의 깊은 상처들이 가슴에 와 닿았다. 나무 없는 붉은 산, 오밀조밀한 논과 밭, 허기진 모습의 농부들, 낮은 초가지붕들, 울퉁불퉁한 자갈길, 이러한 것들이 나를 아프게 했다. 도시의 구조와 공간에 익숙해져 버린 나의 눈에 고향은 이제 낯설게 느껴지기만 했고, 고생스러웠던 내 과거의 잔영만을 생각하게 해줄 뿐이었다.

차가 내 모교인 농업학교 앞을 지나갈 때 나는 차창으로 고개를 빼고, 그 검게 퇴색한 목조 건물과 잡초에 덮인 넓은 운동장, 그리고 운동장 둘레로 하늘 높이 뻗어 올라간 포플러 나무들을 눈여겨 바라보았다. 방학이어서 그런지 운동장에는 아무도 보이지 않았다. 옛 선생님들 중 지금까지 남아 있는 사람은 아마 한두 사람뿐일 것이다. 그 밖에는 모두 모르는 얼굴들이겠지. 동창들은 대부분이 농사를 짓고 있을 것이다. 나는 눈을 깊이 감았다가 떴다.

동구 밖에서 차를 내려 조금 걸어가자 어느새 사람들이 몰려왔다. 친척들과 친지들, 그리고 여러 아는 사람들의 얼굴이 보였다. 조금 더 걸어가자 사람들이 자꾸만 많아졌다. 그들은 놀라울 정도의 환영을 보이면서 나를 위로했는데, 모두가 하나같이 호기심 어린 눈으로 나를 쳐다보고 있었다. 몹시 나이 들어 보이는 한 노인의 말을 듣고서야 나는 비로소 사람들이 이렇게 모여든 이유를 알았다. 그 노인은 앙상한 손으로 내 손을 움켜쥐더니,

"산 좋고 물 좋은 우리 마을에 왜 인물이 안 나오는가 했더니, 바로 자네를 기다리느라고 그랬어. 장해, 장하고말고. 옛날 같으문 장원급제였지. 가친은 눈을 감았어도 여한이 없을 걸세. 이리 훌륭한 아들을 두었는데 뭐……."
라고 말했다.

내가 고시에 합격한 다음 검사가 되었다는 사실이 그들을 그렇게 감동시킨 모양이었다. 나는 낮잠에서 깨어난 기분으로 어리벙벙해 있다가 조금씩 부끄러움을 느끼기 시작했다. 이른바 출세라는 것의 그 허황스럽고 사치스러운 세계를 나는 이미 잘 알고 있었다. 그러나 이 고지식한 사람들은 출세를 높이 받들고 축복해 주고 있는 것이다. 그들은 아마 영원히 그 허영과 위선의 세계를 모를 것이다. 나는 그들의 환대를 순수하게 받아들이려고 노력해 보았지만 마음대로 되지가 않았다.

집에 닿자 세 형과 형수들이 대문 앞에 나와 있었다. 안으로 들어서자 여자들이 울기 시작했다. 큰형이 세수를 하라고 일렀지만 나는 바로 아버지가 누워 있는 안방으로 들어갔다.

아버지는 흰 천에 덮여 윗목에 뉘여 있었다. 죽은 얼굴을 보기는 아주 싫었지만 형들이 보고 있었기 때문에 하는 수 없이 나는 천을 벗기고 아버지의 얼굴을 잠깐 들여다보았다. 움푹 들어간 두 눈과 위로 불쑥 튀어나온 광대뼈가 인상을 무섭게 만들어 주고 있었다. 벌어진 입 사이로는 듬성듬성 남아 있는 누런 이빨이 몇 개 보였다. 파리 한 마리가 날아와 입 속으로 들어가려고 했으므로 나는 얼른 아버지의 얼굴을 덮어 버렸다.

큰형이

"아이고오, 아이고오, 아이고오."

하고 곡을 하자 다른 두 형들도 '아이고오' 했다.

큰형은 유난히 슬퍼하는 것 같았다. 큰형이 지금까지 아버지를 모시고 있었으니까 남다른 슬픔이 있을 것은 당연했다. 나는 향불을 피운 다음 한참 가만히 고개를 숙이고 있다가 작은 목소리로 겨우 '어이, 어이' 하고 중얼거렸다.

처음에는 몰랐는데 이상한 냄새가 코끝으로 묻어 왔다. 시신(屍身)이 썩기 시작하는 냄새 같았지만 차마 형들에게 물어 볼 수는 없는 노릇이었다.

곧 밤이 왔다. 불을 환히 밝혀 놓고 모두가 밤샘들을 할 채비를 차렸다. 나도 급히 만들어 준 누런 상복을 입고 조객들을 맞았다. 큰형은 남을 도와 줄 정도로 그렇게 큰 부자는 아니었지만 일가친척이 많은데다가 동네 유지였기 때문에 많은 손님들이 찾아

왔다. 마당에는 비를 피하기 위해 천막을 쳐놓았지만 밀려드는 손님들을 다 받기에는 아무래도 비좁았다. 방마다 사람들이 가득 차고 뒤뜰 처마 밑과 광까지도 법석이었다. 아이들은 밤늦게까지 잠을 자지 않고 이리 뛰고 저리 뛰며 소리를 질러 댔다. 손님들 중에는 내 어릴 적 친구들을 비롯하여 많은 사람들이 나와 이야기를 나누려고 했기 때문에 나는 너무 피로해서 몸을 가누기조차 힘이 들었다.

그런데 밤이 이슥해서 농업학교 시절 은사가 찾아오는 바람에 나는 꼼짝없이 그를 마주 대하고 앉아 있어야 했다. 아마 쉰 살은 넘었을 것으로 생각되는데, 머리가 모두 빠지고 두꺼운 안경까지 끼고 있어서 얼른 알아보기가 어려웠다. 생활이 어려운지, 아니면 병 때문인지 몹시 깡마른 모습이었다.

"안 됐네. 하지만 칠순이면 살 만큼 사시다 가신 거니까 너무 상심 말게. 더구나 자네같이 훌륭한 아들을 두었는데, 편히 눈을 감으셨겠지."

그는 남들과 똑같은 말을 했다. 내가 지금도 농업학교에 근무하느냐고 묻자 그는 어색하게 웃었다.

"우리 같은 교원들이야 이리 가나 저리 가나 다 마찬가지 아닌가. 이제 자식들 커 가는 거나 보면서 평범하게 살아가면, 그것으로 족하지. 제자가 이렇게 잘된 걸 보면 나는 내 지난날이 결코 헛되지는 않았다는 생각이 들어. 아무튼 참 자랑스러운 일이야."

과거에 우리 집안과 전혀 면식이 없었던 그가 이렇게 불쑥 찾아온 것은 조객으로 서라기보다는 나를 만나 보기 위함인 것 같았다.

그는 수학 선생으로서, 내가 농업학교에 다닐 때만 해도 학생들 사이에 퍽 인기가 있었다. 특히 나는 그를 퍽 따랐고, 그 역시 수학 성적이 좋은 나를 매우 귀여워해 주었다. 졸업 후 대학 재학 중에 나는 그에게 편지를 몇 번 내었지만 그는 첫 번 한 번만 답장을 주었을 뿐 왠지 통 소식을 주지 않았다. 그래서 그 뒤로는 나도 편지를 하지 않게 되었다. 그에 대해서 내가 특별히 기억하고 있는 것이 하나 있는데. 남녀 공학인 학교에서 내가 연애 사건을 일으켜 퇴학 문제까지 대두되었을 때 그가 앞장서서 나를 두둔 해 준 사실이었다. 지금 생각하면 퍽 우스운 일이지만 그때는 그것이 매우 감사하게 생각되었었다. 아무튼 이런 일 저런 일들로 해서 나는 그를 은사로 받들었던 것인데, 그동안 상당한 세월이 흐르고 서로 연락이 없다 보니 거의 그를 잊게 되었던 것이다. 그래서 그런지는 몰라도 이렇게 십여 년 만에 그를 만났어도 별로 감동이 되기는커녕 나는 오히려 당황하기만 했다.

이렇게 불쑥 나를 찾아온 것을 보면 무슨 할 말이 있는 것 같았다. 그러나 수학 선생은 그런 말은 비치지도 않고 조객으로서의 예의를 다 갖춘 다음 돌아가려고 일어섰다. 대문 밖에 나섰을 때 그는 내 손을 잡고 흔들었다.

"상경하기 전에 한 번 만나세. 요샌 방학이라 집에 있으니까, 집으로 오게. 내 할 말도 있고 하니까 꼭 와 줘. 우리 집 모르나…… 저기 군청 옆에 함석집……."

"네. 알고 있습니다. 옛날 그 집이라면 알고 있습니다."

내가 우산을 주려고 하자 수학 선생은 완강히 거부했다. 이윽고 그는 비를 맞으며 어둠 속으로 사라졌다.

나는 밀려오는 피로를 더 이상 배겨 낼 수가 없어 사랑채로 들어갔다. 그 곳은 생전에 아버지가 쓰던 방이었다. 방안에는 어린 조카들이 가득 들어차 있었는데 모두 잠들어 있었다. 나는 방안을 한참 동안 휘둘러보면서 아버지의 체취를 맡다가 조카 하나를 밀어젖히고 자리에 누웠다.

곧 잠이 들었으면 하고 바랐지만 웬일인지 신경이 더욱 곤두서면서 머릿속이 맑아지기만 했다. 천장에 누런빛을 흘리고 있는 촉수 약한 전깃불이 매우 눈에 거슬렸다. 그러나 초상집에는 밤새도록 불을 밝혀 놓아야 하기 때문에 함부로 꺼 버릴 수도 없다. 엎드린 채 고개를 돌리다가 나는 옆에 누워 있는 조카와 눈이 마주쳤다. 놈은 큰형의 막내로 중학교에 다니고 있었다.

"너 왜 잠 안 자?"

"잠이 안 와요."

놈은 씩 웃다가 말았다. 나는 담배를 피워 물면서 엉뚱한 질문을 던졌다.

"할아버지가 돌아가셔서 기분이 어때?"

놈은 대답 대신 또 씩 웃으려다가 말았다.

"이 자식. 대답 안 해? 기분이 어떠냐 말이야."

내가 다그치자 놈은 머뭇거리면서 얼굴을 찌푸렸다.

"슬퍼요."

"슬퍼?"

"몰라요."

"에라이. 이 오라질 자식."

나는 놈의 이마를 쥐어박았다. 놈은 콧물을 훌쩍 들이켜면서 이번에는 킬킬거리며 웃었다.

"웃지 마."

나는 벽 쪽으로 돌아누웠다. 그리고 담배를 피웠다.

그런데 한숨과 함께 담배 연기를 길게 내뿜던 나는 이상한 것을 발견하고 눈을 크게 떴다. 가만 보니, 담배 연기는 전부 위로 올라가는 게 아니라 그 중의 일부가 약간 틈이 벌어진 비닐 장판 사이로 스스로 흘러내리고 있었다.

연기가 도로 나올 줄 알고 기다려 봤지만 한 번 들어간 연기는 다시 올라오지 않았다. 방바닥에 금이 가면 방안의 공기가 거꾸로 흘러내릴 수도 있을 것이다. 더구나 불이 잘 들지 않는 방이면 그럴 가능성이 더욱 많다. 따라서 그렇게 이상하게 생각될 것도 없는 일이었다.

그러나 잠이 안 오는데다가 퍽이나 심심했으므로 나는 비닐 장판을 들춰 보았다. 그리고 곧 그것을 놓았다가 다시 확인하려고 또 그것을 쳐들어 보았다. 분명히 벽 바로 밑에 주먹 하나가 들어갈 수 있는 구멍이 나 있었다. 연기는 바로 그 속으로 들어가고 있었다.

그것은 생각하기에 따라서는 대수롭지 않게 생각될 수도 있는 것이었다. 일테면 구들을 놓은 지가 너무 오래돼서 저절로 구멍이 생길 수도 있는 것이었다. 그러나 그것은 거칠게 흙이 뜯겨 나간 것으로 보아 일부러 파 놓은 구멍 같았다. 뿐만 아니라 흙 빛깔이 깨끗하게 살아 있고 냄새가 물씬 나는 것이 파 놓은 지가 얼마 안 된 것 같았다. 나는 고개를 돌려 조카를 툭 쳤다. 놈은 눈을 감고 있다가 번쩍 떴다.

"할아버지는 돌아가실 때까지 이 방에 계셨냐?"
"네. 그래요."
"옛날에는 종이 장판이었는데…… 이 비닐 장판은 언제 새로 깔았냐?"
나는 놈이 이상하게 생각할까 봐 조심스럽게 물었다.
"얼마 안됐어요. 한 달쯤."
"요새도 나무를 때냐?"
"아니오. 나무를 못하게 해서 지금은 연탄을 때요. 차라리 그게 편해요."
"요샌 더워서, 방에는 불을 안 넣겠지?"
"네. 방에는 불을 때지 않아요. 그렇지만 이 방에는 불을 넣어요."
"연탄불을?"
"네. 연탄불을 넣었어요."
"이렇게 날씨가 더운데도?"
"할아버지는 이상해요. 날씨가 더워도 할아버지는 항상 추워 했어요. 방바닥이 차면 잠을 못 주무셨어요."
"돌아가시던 날도 연탄불을 피웠냐?"
"그럼요. 피웠지요."
조카는 아주 자신에 넘치는 목소리로 말했다. 나는 하마터면, 이 방에서 연탄 냄새가 나지 않았느냐, 하고 물을 뻔했다.
나는 벽을 향해 다시 돌아누웠다. 눈을 감자 집터가 한없이 꺼져 가는 것 같은 기분이 느껴졌다.
집안에 누군가가 몇 년 동안 불치의 병으로 누워 있으면 확실히 불행하고 골치 아픈 일이 아닐 수 없다. 아마 모르면 몰라도 누구나 한 번쯤은 제발 환자가 빨리 죽어 줬으면 하고 바랄 것이다. 그러나 환자는 지긋지긋하게도 죽지 않는다.

　이럴 때 지친 나머지 살의를 품을 수도 있을 것이다. 그렇지만 살의가 살인에까지 이르는 데는 엄청난 거리가 있다. 이 거리를 피 한 방울 묻히지 않고 좁힐 수 있는 가장 무난한 방법은 무엇일까. 함정을 파 놓고 거기에 환자가 빠지게 만든다. 그리고 나서 그것은 어디까지나 환자의 잘못이지 자기는 그다지 관계없는 일이라고 자위해 버린다. 그러니까. 자기의 양심을 적당히 살려 놓는 것이다. 그래야만 살아가기에 편한 것이니까.

　큰형은 어느 정도 교육을 받은 사람이므로 자기의 입장을 논리적으로 두둔해 놓을 수가 있고, 또 그렇게 하고 싶을 것이다. 아버지의 죽음에 유난히 슬퍼해하는 듯 한 그의 모습이 생각났다. 그렇게 해 두면 자기의 마음이 좀 편하겠지. 중풍에 걸린 노인이 연탄가스를 맡으면, 그 결과는 물어 보나마나 뻔 한 것이다. 연탄가스 살인. 그것은 아무리 잘 봐 준다 해도 10년 이상의 체형은 불가피하다.

　나는 뛰는 가슴을 진정하려고 일부러 천천히 일어나 밖으로 나왔다. 그 동안 손님들은 많이 돌아가고 몇 사람만이 모깃불 옆에 둘러앉아 있었다.

　나는 주위를 휘둘러 본 다음 사랑방 아궁이 문을 얼른 열어 보았다. 아궁이 속은 연탄을 피울 수 있도록 만들어져 있었고, 그 가운데에 연탄재가 하나 남아 있었다.

　비가 그치지 않고 계속 내리고 있었다. 모깃불 옆에 앉아 있는 사람들은 비 때문에, 내일 나갈 상여(喪輿)를 걱정하고 있었다. 큰형은 어디로 갔는지 보이지가 않았다. 나는 뒤뜰로 돌아가 보았다.

누가 처마 밑에 쭈그리고 앉아 담배를 피우고 있다가 얼른 일어섰다. 큰형이었는데 왠지 당황한 눈치였다. 그는 담뱃불을 끄고 나서 나에게,

"좀 자 두지 그래."

라고 말했다.

"잤습니다."

나는 형과 나란히 서서 밤하늘을 바라보았다.

"내일도 비가 오면 어떻게 하죠?"

"글쎄, 문제이긴 한데…… 비가 와도 하는 수 없지. 그대로 나가는 수밖에……."

나는 망설이다가 결국

"사랑채에 구멍이 났던데…… 빨리 고쳐야 되겠더군요."

라고 말해 버리고 말았다.

"구멍이라니?"

큰형은 새파랗게 질린 얼굴로 나를 바라보았다.

"방바닥 말입니다. 방바닥에 구멍이……."

"그래서? 구들장이 내려앉았나?"

"아니던데요."

"그럼 쥐가 그랬나?"

그의 목소리는 떨려 나왔다. 나는 더 이상 형에게 말을 시키지 않았다.

장마가 본격적으로 계속될 모양이었다. 이튿날에도 비는 내렸고, 좀체 그칠 것 같지가 않았다. 다행히 오후에는 기세가 좀 누그러져 부슬비로 변했기 때문에 상여를 내가기로 했다.

비를 맞으며 나가는 상여라 그런지 좀 구슬픈 데가 있었다. 나는 눈시울이 뜨거워졌지만 눈물이 흘러내리지는 않았다. 상여가 마을 앞을 지날 때는 내내 몸을 굽히고 있어야 했으므로 나중에는 허리가 몹시 아팠다.

큰형은 유난히 소리를 내어 울었다. 관이 땅속으로 들어갈 때는 더욱 큰 소리로 울었다. 모든 일이 끝날 때까지 그와 나는 몇 번 눈이 마주쳤는데, 그때마다 그는 당황해 하며 시선을 피하곤 했다. 그의 그러한 모습이 나를 갑자기 아프게 해서, 돌아오는 길에 나는 혼자 뒤로 쳐져서 걸었다.

저녁에 나는 술 한 병을 사 들고 수학 선생을 찾아갔다. 내가 막 그 집 앞에 이르러 사람을 부르려고 했을 때, 아이들 울음소리 사이로 여인의 앙칼진 목소리가 들려 왔다.

"흥, 낫살이나 먹었으면 나이 값을 해요! 딸 같은 애를⋯⋯ 그래. 어쩌자고 또 건드려요. 젊은 이 여편네 불쌍하지도 않아요? 내가 미쳤제. 어쩌자고 애들이 주렁주렁 달린 저런 늙은 남정네하고 살게 됐는지⋯⋯ 아이구, 내 팔자야. 아이구, 내 팔자야⋯⋯."

여인의 목소리에 이어 분명히 수학 선생의 목소리가 들려왔다. 그러나 그의 말은 저항을 잃어, 무슨 소리인지 거의 알아들을 수가 없었다. 여인의 목소리가 다시 터져 나왔다. 그녀의 목소리는 사납고 팽팽했다.

"이렇게는 못 살겠응께 빨리 결정을 해요. 나하고 살라문 저년을 내보내고. 그렇지 않으문 내가 나가겠소. 내가 나간다고! 이렇게는 못살아…… 정말 이렇게 못살아. 너 이년! 애비, 에미도 없는 거 데려다 밥 주고 옷 주고 하니까, 그래 대가리에 피도 안 마른 것이 벌써부터 서방질이여. 나가. 썩 나가아!"
 쿵쾅거리는 소리가 나더니, 또 다른 여자의 비명 소리가 들려왔다.
 나는 누가 볼까 보아 얼른 그 곳을 떠났다.

 수학 선생이 나를 찾아온 것은 내가 막 잠을 자려고 할 때였다. 그는 안으로 들어오지 않고 대문 밖에서 사람을 시켜 나를 불렀다.
 그는 어둠 속에서 우두커니 서 있다가 내가 다가서자,
 "미안하네. 이렇게 밤늦게……."
라고 말했다.
 "원, 별말씀을…… 안으로 들어가시죠."
 "아니야, 여기가 좋아. 비도 마침 그쳐서 시원한데……."
 그는 집 안으로 들어가는 것을 한사코 사양했다. 그래서 우리는 개울가로 나갔다. 개울물이 불어, 물 흐르는 소리가 요란스러웠다. 수학 선생은 나에게 무슨 할 말이 있는 것 같았지만, 좀처럼 입을 열려고 하지를 않았다. 그가 용건을 이야기한 것은 우리가 돌 위에 자리를 잡고 앉았을 때였다.
 "언제 서울 갈 건가?"
 "내일 올라가겠습니다."

"왜 그렇게 빨리…… 좀 쉬다 가지."

"일이 잔뜩 밀려서 바로 가야겠습니다."

"하긴 바쁘겠지. 내일 몇 시 차로 갈 건가?"

"특급으로 가겠습니다. 그게 밤에 있다지요?"

"그렇지. 특급은 밤에 하나뿐이지. 그런데 내 하나 자네한테 부탁이 있는데……."

"말씀하십시오. 제가 할 수 있으면 해 보겠습니다."

이마 소송 관계의 사건 부탁이겠지, 하고 나는 생각했다. 수학 선생은 담배를 꺼내어 나에게 준 다음 불까지 붙여 주었다. 그는 마지막 말을 꺼내기 전에 몇 번 킁킁 하고 콧김을 내뿜었다.

"다름이 아니라, 우리 집에 재작년부터 데려다 기른 계집애가 하나 있는데…… 이 애를 서울 어디에다가 취직을 시켰으면 하고 말이야. 나이는 지금 열여덟 살이라 웬만한 일은 다할 수 있지. 밥하고 빨래하는 것이야 말할 것 없고……."

"부모가 없습니까?"

나는 침을 꿀꺽 삼키면서 물었다.

"없어. 일찍이 부모를 여의고 여기저기 의탁해서 살아왔는데, 어쩌다가 우리 집에까지 오게 됐어. 애는 똑똑하고 인물도 잘 생겼어. 내가 계속 데리고 있었으면 좋겠는데, 우리 집도 식구가 많아서 입에 풀칠하기도 어려워서, 원……."

나는 얼른 대답할 수가 없었다. 내가 망설이고 있자 수학 선생이 초조한 듯이 다시 입을 열었다.

"식모살이 같으면 얼마든지 자리가 있지 않나?"

나는 좀 어이가 없어 하면서 고개를 끄덕거렸다.

"그렇지요. 식모살이 같으면 자리가 많지요."

문득 떠오른 것이 우리 집에 식모를 두는 일이었다. 임신한 아내의 몸이 점점 불편해질 것이므로 어차피 얼마 동안만이라도 식모가 필요할 것이었다.

"자네한테 이런 부탁해서 안 됐네만, 이번 올라가는 길에 데려가서 밥벌이만 할 수 있는 곳이면 아무 데라도 넣어 주게. 내 은혜는 잊지 않겠네."

"원. 별말씀을…… 은혜랄 거야 뭐 있습니까. 그런 거야 해 볼 수 있겠지요."

뚜렷한 대책도 없이 나는 그의 부탁을 받아들이고 말았다. 이미 그 소녀의 처지가 어떻게 돼 있는지를 짐작하고 있는 나로서는 이 일에 대해서 수학 선생에게 더 이상 캐묻고 싶지 않았다. 그 소녀가 희생자라는 것은 물어 볼 필요도 없는 일이었다. 나는 자신도 알 수 없는 분노가 서서히 가슴 속에서 일기 시작했다.

수학 선생은 내일 차 시간에 맞추어 역에 나오기로 하고 집으로 돌아갔다. 안 됩니다. 저는 그런 일을 맡지 못하겠습니다. 그의 등을 향하여 나는 이렇게 외치고 싶었지만, 내 성격으로 보아 어림도 없는 일이었다.

한밤중에 비 오는 소리에 눈을 떴다가 나는 다시 잠이 들었다. 이튿날 자리에서 일어났을 때는 거의 점심때가 가까워 있었다. 비는 여전히 내리고 있었다.

세수를 한 다음 큰형과 겸상을 받는데, 그는 갑자기 흐느껴 울었다. 나는 그가 울음을 그치기를 기다렸다. 쉰 살이 다 된 그는 나이에 비해 퍽 늙어 보였다. 눈물을 훔치면서 나를 바라보는 눈이 몹시 초조해 보였고, 말할 수 없는 그 무엇인가를 절절이 호소하는 것 같았다. 그러나 큰형은 종내 말을 꺼내지 않았다.

나도 입을 열지 않고 묵묵히 식사만 했다. 그를 위로하고 싶은 마음은 없었다. 그렇다고 그를 질책하고 싶지도 않았다. 나는 다만 어서 빨리 저녁이 다가와 이곳을 떠나고 싶을 뿐이었다.

점심 식사 후 나는 둘째 형과 셋째 형 집을 다니면서 놀다가, 셋째 형 집에서 저녁을 먹었다. 그런 다음 큰형 집에 가서 가방을 챙겨 들고 곧장 역으로 나갔다.

큰형은 멀리까지 따라 나오면서 나를 전송했는데. 헤어질 때 그의 호소하는 듯한, 애절한 시선이 나로 하여금 자꾸만 뒤를 돌아보게 했다.

날이 어두워지면서 비가 세차게 쏟아졌다. 택시가 없어 버스를 타고 가느라고 차 시간이 임박해서야 겨우 역에 닿을 수가 있었다.

"안 오는 줄 알았지."

대합실로 들어서자마자 수학 선생이 불쑥 다가서면서 내 손을 잡았다. 비가 많이 와서 그런지 차를 기다리는 사람은 몇 명 안 되었다.

수학 선생은 대합실 구석에 앉아 있는 소녀를 눈짓으로 불렀다. 소녀는 두려움에 찬 눈으로 나를 바라보면서 가까이 다가왔다. 그 눈이 크고 맑았기 때문에 나는 범죄에 가담하는 공범자처럼 죄의식을 느꼈다. 아름답게 생긴 얼굴이었지만 워낙 못 먹은 탓인지 낯빛이 누렇게 떠 있었다. 머리를 뒤로 잡아매고 있었으므로 길게 드러난 목이 더욱 가늘어 보였다. 누구한테 얻어 입은 것 같은, 헐렁해 보이는 낡은 초록색 원피스 속에서 새처럼 가냘픈 몸매가 수줍게 떨고 있는 것을 나는 느낄 수가 있었다. 보따리를 안고 있는 소녀의 두 손은 너무 노동일을 많이 한 탓으로 사내애들처럼 크고 거칠어 보였다.

"앞으로 너를 도와주실 선생님이야. 고등고시에 합격해서…… 지금은 검사로 계셔. 자 인사해."

수학 선생의 말이 끝나자 소녀는 마치 이 세상에서 가장 위대한 분에게 인사하듯이 나를 향해 깊이깊이 고개를 숙였다. 나는 화가 나고, 당황하고, 부끄러워서 도대체 무슨 말을 해야 할 지 몰랐다. 고개를 쳐드는 소녀의 두 눈에 눈물이 맺히는 것을 나는 차마 볼 수가 없었다. 소녀는 다시 고개를 떨어뜨렸고, 나 역시 밑을 내려다보다가 소녀가 신고 있는 흰 운동화에 시선이 머물렀다. 선생이 사 준 것이겠지. 마지막 선물로…….

마침내 열차가 들어왔다. 나를 따라 개찰구를 빠져 나온 소녀는 수학 선생을 돌아보면서 입을 벌렸다. 그러나 말은 나오지 않았고, 그 대신 두 줄기 눈물이 주르르 볼을 타고 흘러내렸다.

"잘 가게. 잘 부탁하네."

은사가 나에게 하는 인사말이었지만 나는 못 들은 체하고 차를 향해 급히 걸어갔다.

뇌성이 울리고, 소나기가 쏟아지기 시작했다. 아마 큰 홍수가 질 모양이었다. 열차가 산모퉁이를 돌아갈 때까지 소녀는 수학 선생이 서 있는 역 쪽을 끈질기게 바라보았다.

소녀가 바른 자세로 앉았을 때에야 나는 그녀가 임신하고 있는 것을 알았다. 만삭은 아니었지만 아랫배가 불러오는 것이 임신한 지 몇 달은 지난 것 같았다.
　나는 어지러워 오는 머리를 식히려고 눈을 감았다. 은사에게 속았다는 기분이 나를 강렬하게 엄습했다. 놀라운 일이었다.
　임신한 소녀를 데리고 아내 앞에 나타날 수는 없었다. 아무리 나와는 관계없는 일이라 할지라도 아내와 아무 상의도 없이 집에까지 남을 끌어들인다는 것은 너무나 일방적인 짓이었다. 그럴 수는 없었다. 생각할수록 곤혹스러운 일이었다.
　나는 소녀에게 먹을 것을 사 주려고 했지만, 소녀는 그때마다 완강히 거부했다. 보따리를 가슴에 꼭 껴안은 채 소녀는 앞을 가만히 응시하고 있었다. 말을 걸어도 소녀는 대답하지를 않았다. 가끔씩 그 큰 눈으로 나를 쳐다보곤 하는 것이 오직 두려움만을 느끼고 있는 듯 했다. 결국 나는 소녀에 대해서 모든 것을 포기하고 일단 잠을 자기로 했다.
　망막 위로 큰형과 수학 선생의 얼굴이 서로 겹치면서 어른거리기 시작했다. 처음엔 서로 다른 얼굴들이었는데, 조금 지나자 그것들은 뚜렷한 특징을 잃고 서로 비슷한 하나의 모습으로 변해 버렸다.
　그리고 그것은 다시 전혀 본 적이 없는 얼굴로 둔갑해 버렸다. 비가 내리는 습지에서 햇빛도 모른 채 한없이 느글느글하게 썩어 가는 얼굴, 그것은 바로 그런 얼굴이었다.
　반쯤 졸고 있었기 때문에 나는 소녀가 자리에서 일어나는 것을 느낄 수가 있었다. 벌써 서너 시간 앉아 있었으니 화장실에 다녀올 때도 되었겠지. 나는 그대로 눈을 감은 채 다시 잠에 빠져 들어갔다.

얼마 후 열차가 갑자기 급정거하는 충격에 나는 눈을 떴다. 소녀는 아직 돌아오지 않고 있었다.

"사람이 뛰어 내렸어!"

"누구, 누구야?"

"여자야!"

사람들의 말소리에 나는 소녀의 자리를 쳐다보았다. 보따리가 없었다. 화장실에까지 보따리를 가져갈 리는 없을 것이다.

나는 화다닥 일어나 가까운 화장실로 뛰어갔다. 문을 두드리려고 하자 안에서 노파 한 사람이 겨우 문을 열어젖히며 나왔다. 나는 빗속으로 뛰어나갔다.

열차 뒤에서 5백 미터쯤 떨어진 곳에 어느새 사람들이 몰려 있었다. 나는 허덕허덕 뛰어가 사람들을 헤치고 가운데로 몸을 들이밀었다.

"이 여자, 동행 없소. 동행?"

차장이 플래시를 비치며 소리를 질렀다.

내가 알아볼 수 있는 것은 초록빛 원피스와 한 짝밖에 신겨져 있지 않은 흰 운동화였다. 그 밖에는 모든 것이 핏물로 적셔져 있어서 알아보기가 힘들었다.

"당신, 이 여자 동행이오?"

차장이 플래시를 내 얼굴에 비치면서 물었다.

나는 대답하지 않고 소녀의 시체를 잠자코 들어 올렸다. 생전에 굶주렸던 소녀의 몸은 내 가방보다도 가벼웠다. 소녀가 자살을 한 것인지 아니면 서울에 가기 싫어 차에서 뛰어내리다가 변을 당한 것인지, 그것은 알 수 없는 일이었다. 그것은 아무래도 좋았다.

 문제는 소녀가 습지에서 탈출하지도 못한 채 무참히 죽어 갔다는 사실에 있었다.

 하긴, 이 대지 전부가 습기로 썩어 가고 있는데, 소녀가 도망간들 어디로 가겠는가.

 누군가가 뒤에서 내 등을 떼밀었다.

 "뭘 하고 있는 거야! 빨리 병원으로 옮겨야 하지 않아!"

 정신을 차린 나는 소녀를 품속에 껴안은 채 빗속으로 허둥지둥 뛰어갔다.

1975년 1월

김 교수님의 죽음

　김 교수님 가슴에서는 검붉은 피가 흘러나오고 있었다. 피스톨이 바닥에 떨어져 있었고, 왼손에는 내가 가져다 드린 안경테가 꽉 쥐어져 있었다. 그것을 보자 나는 견딜 수가 없었다. 나는 김 교수님을 부르면서 교수님 몸 위에 내 몸을 던졌다.

내가 김윤기(金允基) 교수님의 서양사(西洋史) 강의를 직접 듣게 된 것은 3학년 1학기가 시작되면서 부터였다. 영문과 학생인 나로서는 그분의 강의를 꼭 들어야 할 의무나 필요성은 없었지만, 그분의 명망에 이끌렸다고나 할까, 아무튼 일종의 호기심으로 수강 신청을 한 것이다.

내 또래의 계집애라면 누구나 다 그러겠지만, 나 역시 3학년이 되면서부터는 이성에 대한 강렬한 욕구로, 하루하루 살아가는 것이 온통 이성과 관계되는 것이기를 원했고, 그렇지 않으면 도대체 흥미가 없었다. 이성에 대한 욕구가 단순한 호기심으로 끝나든, 아니면 뜨거운 연정으로 발전하든 그런 것은 아무래도 좋았다. 내 생각은 거기까지 미치는 것을 거부했고, 다만 앞을 향해 내달리다가 그 누구의 가슴에라도 부딪쳐 버리고 싶은 파괴적인 폭발성만을 안고 있었다.

'제발 누가 나를 건드려라 건드리기만 하면…… 꽉 물어 버릴 테니까.' 나는 내 몸의 굴곡, 그 움직임 하나하나에 기묘한 스릴까지 느끼고 있었다. 머리가 희끗희끗한 노신사라 해도 내 눈에 멋지게 보이면 나는 가슴이 설레곤 했다.

이러한 나에게 김 교수님이 호기심의 대상으로 나타난 것은 당연한 일이었다. 김 교수님은 잘생긴 미남은 아니었다. 미남이 아닌 대신 멋진 분위기를 풍기는 그런 분이었다. 처음에는 별로 눈에 띄지 않았는데, 미국 여자를 부인으로 삼고 있으며 명 강의라는 말을 듣고는 눈여겨보게 되었고, 보면 볼수록 멋진 분이라는 생각이 들었다.

사십이 갓 넘은, 가장 잘 익은 지성적인 마스크— 이것이 내가 간직하고 있는 김 교수님의 인상이다.

김 교수님은 중키에 약간 마른 듯 한 몸매를 하고 있었다. 어깨는 조금 앞으로 구부정하고, 언제 보아도 걸음걸이가 헐렁헐렁해 보였다. 항상 조금 커 보이는 헐렁헐렁한 옷을 입고 다니시기 때문에 그렇게 보이는지는 모르지만.

무엇보다도 둥그스름하게 튀어나온 뒤통수가 보기 좋았다. 숱이 많은 머리칼이 한 쪽으로 몰리면서 넓은 이마를 항상 반쯤 덮고 있었는데, 그것을 신경질적으로 손으로 쓸어 올릴 때는 더할 수 없이 매력적이었다. 검은 테 안경 때문인지 교수님의 눈빛이 예민하면서도 투명해 보였다. 긴 턱에는 면도 자국이 시퍼렇게 나 있었다.

학교에 오실 때 보면 김 교수님은 다른 교수님들처럼 무거운 가방을 힘겹게 들고 오시는 것이 없었다. 언제나 한두 권 필요한 책만 가볍게 드신 채, 마치 산보하는 기분으로 나타나시곤 했다. 그렇다고 해서 그것이 불성실해 보인다거나 하지는 않았다. 오히려 어떤 자신과 여유 같은 것이 엿보였다.

김 교수님에 대해 내가 더욱 호기심을 느끼게 된 것은 이런 것들 말고도 또 하나 특별한 것이 있었다.

어느 날 나는 남학생과 함께 고궁에 놀러 간 적이 있었는데, 김 교수님이 벤치에 앉아 솜사탕을 먹고 계시지 않는가. 나는 그만 어안이 벙벙해서 한동안 김 교수님의 움직임을 관찰했는데, 그렇게 자유스럽고 태평스럽고, 그런 한 편으로 괴이하게 보일 수가 없었다. 내 남자 친구는

"대학 교수가 애들처럼 저게 뭐야."

하고 빈정댔지만, 나에게는 전혀 그렇게 보이지 않고 최고의 로맨티시스트로 보였다.

김 교수님은 동반자도 없는 것 같았다. 김 교수님이 이렇게 혼자서 시간을 즐기시는 것을 얼마 전에도 극장에서도 한 번 본 적이 있었다.

드디어 김 교수님의 강의를 직접 듣게 되면서부터 나는 완전히 그분에게 매혹당하고 말았다. 강의하시는 목소리는 조금 쉰 듯 하면서도 매우 부드러운 감촉을 느끼게 했다. 두 눈은 항상 창밖을 향하고 있었고, 왼손은 언제나 왼쪽 저고리나 바지 주머니 속에 들어가 있었다.

강의가 끝나면 지금까지 말한 자신의 강의 내용을 깡그리 비웃는 듯 씨익 하고 냉소를 지으면서 나가 버리시는데, 그 순간 반짝하고 보이는 덧니가 퍽이나 인상적이었다.

내가 이렇게 호감을 느끼고 있는데 반해 김 교수님은 나라는 여학생을 한 번도 눈여겨보신 적이 없었다. 다른 과 학생인데다 개인적으로 이야기를 나눌 기회가 없었을 뿐 아니라 교수님이 학생들과 사귀는 것을 별로 좋아하시는 것 같지가 않아 접근하기가 어려웠다. 아무리 교수님이라고는 하지만 나로서도 성숙한 여인

의 입장에서 자존심이라는 게 있었으므로 무턱대고 다가갈 수도 없었다.

그런데 의외로 자연스럽게 접근할 수 있는 기회가 찾아왔다.

1학기 강의가 두 달쯤 계속된 어느 날 우리 학생 대표들은 어떤 정치적 문제로 집회를 가지게 되었다. 학기 초부터 대학가는 정치적 문제로 해서 계속 소요가 일고 있었다. 그러나 학생들의 움직임은 언제나 좌절당하기만 했다. 생각 끝에 학생들은 무엇보다도 먼저 교수님들의 의사를 분명히 알아내어, 그것을 집단적인 성명서 형식으로 공개하면, 그것이야말로 강력한 촉진제로서 뒤숭숭한 대학가에 새로운 전기를 마련해 줄 것이라고 생각하게 되었다.

이를 위해 학생 대표들이 모인 것이고, 거기서 다시 실행위원으로 여섯 명이 뽑혔다. 나는 그 여섯 명 중에 포함된 유일한 여학생이었다. 여학생까지 끼일 필요가 있느냐 하는 말도 있었지만 내가 강하게 반발하고 나서자 남학생들은 머리를 긁적이면서 나를 넣어 주었다.

나라는 계집애는 겉으로 보기에는 단정하고 여성적인 미모를 갖춘 것처럼 보일지 모르지만, 사실은 그렇지가 않았다. 가슴속은 남학생 이상으로 모험심이 가득 차 있고, 개인 생활은 뒤죽박죽이다. 대학 1학년 때 캠핑을 갔다가 달빛이 하도 좋아 남학생이 요구하는 대로 달을 쳐다보면서 처녀성을 내던졌고(지금도 나는 달에게 내 처녀성을 바쳤다고 생각한다), 술과 담배를 야금야금 즐기는 편이다. 잠을 잘 때는 항상 벌거벗는 몸으로 잠을 자야 기분이 좋았고, 거울 앞에 서서 자신의 나체를 들여다보는 버릇이 있다.

　내 몸매는 A급이다. 허리로부터 히프로 이어지는 선은 탐스러울 정도로 곡선을 이루고 있고. 두 다리는 쭉 뻗어 내려 특히 미니스커트에 잘 어울린다. 다만 젖가슴이 좀 작은 게 흠이긴 하지만 머지않아 커질 것이라고 자신한다. 외과 의사인 아버지가 돈을 잘 벌어들이기 때문에, 돈 때문에 걱정하는 일은 없다.

　실행위원 여섯 명은 극렬파라고 할 수 있는 그런 인물들이었다. 우리는 교수님들의 서명을 받아 내기로 합의를 보았다. 우리가 기초한 성명서에 교수님들은 서명만 하면 되었다. 이것은 매우 극단적인 방법이고 어떤 면에서는 강제성을 띨 수도 있는 일이었지만, 우리는 그대로 밀고 나가기로 했다.

　우리는 즉시 성명서를 들고 교수님들을 찾아다니기 시작했다. 성명서를 본 교수님들은 모두가 놀라시는 것 같았다. 모두가 곤혹스러운 표정으로 머뭇거리시기만 했다.

　교수님들이 뒤에 파생될 여러 가지 문제들을 생각하시는 것은 당연한 일이었다. 그러나 우리 학생들은 단순했고, 교수님들이 빨리빨리 서명해 주시기만을 바랐다. 우물쭈물하는 교수님들은 비겁해 보이기까지 했다.

　"서명에 반대하시는 선생님들에 대해서는 학생들의 성토가 있을 겁니다. 거기에 대해서 저희들은 책임질 수가 없습니다."

　우리는 이렇게 강압적으로 말했다. 이 한 마디에 교수님들은 꼼짝을 못하시고 서명을 하셨다. 너무 지나친 문구에 대해서는 수정을 가하고 서명을 하시는 교수님도 있었다.

　서명을 받아 낼 때마다 우리는 통쾌했다. 나는 너무 흥미진진

한 나머지 눈물이 다 나올 지경이었다. 나는 마치 나 자신이 투사나 된 듯 한 기분이 들기도 했다.

김 교수님을 찾아갔을 때 나는 지나친 흥분으로 숨쉬기가 거북할 지경이었다. 김 교수님이야말로 선뜻 서명해 주시고 악수도 해 주시겠지, 하고 나는 생각했다. 그러나 나의 이러한 예상은 빗나가고 말았다.

김 교수님은 성명문을 읽어 보시더니,
"수고하는 군. 그렇지만 난 서명할 수 없어."
하고 말씀하셨다.

나는 한 대 얻어맞은 것 같은 기분을 느끼면서 입술을 깨물었다. 거친 남학생이 항의를 했다.
"왜 서명에 반대하십니까?"
"하기 싫어서야."
김 교수님의 대답은 간단했다.
"선생님 혼자서만 안전을 꾀하십니까?"
"그런 건 생각해 보지 않았어."
"그럼 왜 반대하십니까? 이유가 뭡니까?"
"싫어서야. 방법도 틀렸고……."
"다른 교수님들은 모두 서명하셨습니다. 다시 한 번 재고해 주십시오."
"재고해 볼 필요도 없어. 자네들이 마음대로 성명서를 작성해 가지고 와서 나보고 무턱대고 서명을 하라니, 그런 법이 어디 있나. 돌아들 가."

그러나 남학생은 끈질기게 눌어붙었다.

"서명을 받기 전에는 돌아가지 못하겠습니다. 저희는 선생님이 이해하시리라 믿고 이렇게 성명서를 작성해 가지고 온 겁니다. 누가 작성하든 내용은 비슷할 겁니다. 우리들의 방법이 나빴다면 이해해 주십시오. 그리고 지금은 그런 것을 따질 때가 아니라고 봅니다."

이에 덧붙여 그 남학생은 서명에 반대하는 교수님들에 대해서는 학생들의 성토가 있을 것이고, 그 결과에 대해서는 책임을 질 수가 없다고, 다른 교수님들에게 하던 말을 똑같이 되풀이 했다. 그러자 김 교수님은 자리에서 일어나서 한동안 창밖을 바라보셨는데, 얼굴에는 쓴 약을 마셨을 때의 그 씁쓸한 표정이 감돌고 있었다. 이윽고 김 교수님은 이렇게 말씀하셨다.

"넌 매우 건방진 놈이구나. 깡패처럼 강압적인 수단을 쓰다니 꽤 못난 놈이다. 돌아가. 말하기 싫다."

얼굴에 노여운 빛이라고는 조금도 없었지만 말씀은 이처럼 강경했다. 김 교수님은 우리들의 얼굴을 비로소 찬찬히 바라보셨다. 깊고 부드러운 그 시선이 나에게 머물었을 때, 나는 차마 마주 바라볼 수가 없었다. 가슴이 설레이면서 이상하게도 반발심이 일어났다. 순간 나는 자신도 모르게 고개를 돌려 버렸다.

조금 후 문이 열리는 소리가 나고, 내가 돌아보았을 때 김 교수님은 보이지 않았다. 우리가 나가지 않자 대신 자리를 떠나신 것이다.

남학생들은 자기들끼리 욕설을 퍼부었다. 자신들이 철저히 무시된 데 대해 모두가 화를 내고 있었다. 나는 화는 안 났지만 기대가 무너진 데 대한 실망과 묘한 반발심으로 김 교수님이 밉기만 했다. 이런 감정 때문인지 나는 남학생들과 함께 휩쓸려 들었고. 이것이 슬그머니 가라앉은 것이 아니가 크게 확대되어 문제가 좀 시끄러워졌으면 하고 바랐다. 일종의 파괴적인 본능이 고개를 쳐든 것이다.

교수님들로부터 서명을 받아 내는 데 이틀이 걸렸다. 모두가 서명을 하고, 김 교수님 혼자만 빠져 있었다.

마침내 우리는 김 교수님 처리 문제를 놓고 긴급회의를 열었다. 회의는 과격파 학생들에 의해 주도되기 마련이었다.

"어용이야. 그런 치는 내쫓아야 해."

"옳소!"

여기저기서 박수가 터져 나왔다. 나는 스릴을 느꼈고, 몸이 공중으로 붕 뜨는 것만 같았다.

그때 얌전해 보이는 남학생 대표 하나가 이의를 제기하고 나섰다.

"나는 이 문제를 이렇게 간단히 처리해서는 안 된다고 봐. 평생 학문 연구에 애쓰고 있는 교수를 제자들이 내쫓는다는 것은 그것을 당하는 교수의 입장에서는 생명이 끊어지는 것과 같다고 생각해. 그런 치욕을 견뎌 낼 교수는 없을 거야. 학생들한테 버림받은 교수가 어디를 갈 거야. 서명하고 안 하고는 자유 의사에 맡기는 게 좋겠어. 좀 더 신중히 생각해서……."

"닥쳐. 임마! 그런 썩어빠진 교수한테선 아무것도 배울 게 없어! 그런 교수는 우리 학교에 있을 필요가 없어! 배우고 싶으면 너 혼자 배워!"

우리들 사이에는 살벌한 분위기까지 감돌았다. 이의를 제기

했던 학생이 다시 일어서려고 하자 다른 학생들이 그를 끌어내어 밖으로 내동댕이쳐 버렸다. 그 학생은 코피를 흘리면서 우리들을 원망스럽게 쳐다보았다. 나는 그가 측은한 생각이 들기도 했지만, 이런 때일수록 동정은 금물이라고 생각하면서 자신을 냉정하게 눌러 버렸다.

나의 파괴 심리는 한층 고조되어 갔다. 나는 쾌감을 느끼면서 김 교수님을 내쫓는 데 대해 조금도 내 의사를 표하지 않았다. 어쩌면 나는 내가 좋아하는 김 교수님을 역경에 처하게 함으로써 그분에게 보다 쉽게 접근할 수 있는 기회, 이를 테면 동정을 보여 준다든가 하는 그런 기회를 노렸는지 모른다.

사람들은 자기가 좋아하는 사람이 자기보다 훌륭할 경우 그 사람을 자기 수준으로 끌어내려 그 사람과 손을 잡기를 바란다. 그래야만 마음이 편하고 직성이 풀리는 법입니다. 그러니까 나도 이런 심리에 사로잡혀 있었던 것인지 모른다. 다음날 학교 곳곳에는 김 교수님에 대한 벽보가 나붙었다.

〈어용 교수는 물러가라!〉

〈우리는 김윤기 교수의 강의를 거부한다!〉

〈김윤기 교수여, 자각하라! 물러나라!〉

벽보 내용은 이처럼 과격한 것들이었다. 직원들이 모두 동원되어 벽보를 찢었지만 그때마다 새 벽보가 나붙곤 했다.

그러나 김 교수님은 이런 것에 눈 하나 돌리시지 않고 계속 학교에 나오셨다. 공기는 일방적으로 흘렀기 때문에 김 교수님을 두둔하려는 학생은 없었다.

그렇게 인기 있던 그분의 강의에는 학생 하나 나타나지 않았다. 나도 물론 수강을 거부했다. 나도 고집이 있었으므로 한 번 주장한 것을 번복할 수 없었고, 그러기도 싫었다. 가는 데까지 가 보자. 나는 이렇게 생각했다. 텅 빈 강의실을 보고 김 교수님은 가슴이 아프셨을 것이다.

학교 당국에서는 문제가 자못 심각해지자 학생 대표들을 불러 타협을 모색하려고 들었다. 그러나 학생들은 들으려고도 하지 않았다.

학생들이 강경 일변도로 나갈 경우 그 해결 방법은 김 교수님에게 완전히 달려 있을 수밖에 없었다. 서명 거부를 철회하든가, 아니면 스스로 사표를 내고 물러나든가, 이 둘 중의 한 가지를 택할 수밖에 없었다.

집단행동은 언제나 극단적으로 치닫기 마련이었다.

수강하는 학생이 없어 강의는 못했지만, 김 교수님은 사표를 내시지 않고 계속 학교에 나오셨다. 그러자 학생들은 마침내 농성에 들어갔다. 한 학생이 머리에 띠를 두르고 단식에 들어가자 모두가 그 뒤를 따랐다. 나는 여자라 농성에 참가하지는 않았지만 농성 학생들을 위해 기꺼이 잔심부름을 했다.

정치적 문제로 시작되었던 것이 이제는 완전히 '김윤기 교수 타도' 라는 엉뚱한 방향으로 치닫고 있었다. 어떤 방향으로든 학생들은 감정을 폭발하고 싶어 했고, 그것이 김 교수님에게 온통 쏟아진 것이다.

농성 하루가 지났다. 학생들의 열기는 식지 않고 더욱 거세어지기만 했다.

아침부터 내리던 비가 오후가 되자 더욱 거세게 쏟아지기 시작했다. 김 교수님이 농성 장소에 나타나신 것은 오후 2시쯤 되어서였다. 총장님 이하 모든 교수님들이 김 교수님 뒤를 따라 들어오셨다.

　김 교수님은 여느 때처럼 부드러운 얼굴빛을 하고 계셨다. 표정이 조금도 흐트러지지 않고 담담했다. 농성 학생들은 모두 입을 다물고 김 교수님을 주시했다. 창가에 기대서 있던 나는 뛰는 가슴을 진정하느라고 창틀을 꽉 움켜쥐었다.

　김 교수님은 단 위에 올라서더니 학생들을 물끄러미 쳐다보셨다. 그리고 조금 웃으시는 것 같다가 표정을 바로 하셨다.

　"여러분이 원하는 대로 오늘 나는 총장님께 사표를 제출했습니다. 여러분들에게 올바른 길을 제시하지 못하고 이렇게 물러나게 된 것을 유감으로 생각합니다. 나는 교수라는 자리에 집착하지는 않습니다. 나 자신은 어떻게 되어도 상관하지 않습니다. 내가 원통하게 생각하는 것은 어떻게 해서 우리 학원이 이렇게 살벌하게 되었는가 하는 점입니다. 앞으로 여러분들이 지혜를 짜서 이 학원이 아무쪼록 조용하게 되도록 노력해 주시기를 진심으로 기원합니다. 여러분들에 대한 나의 사람은 조금도 변함이 없습니다. 마지막으로 나는 내가 왜 그 성명서에 서명을 하지 않았는지, 그 이유를 여러분들에게 밝히겠습니다. 첫째 나는 강제적인 방법에는 그 명분이 어떠하든 동의할 수가 없었습니다. 둘째, 나는 체질이라고나 할까요. 어쩐지 집단행동이 싫었습니다. 이것은 양심상의 문제와는 다른……."

　바로 그때 학생들 쪽에서 집어치우라는 고함이 터져 나왔다. 김 교수님이 그대로 서 있자 학생들은 우르르 달려가 그분을 끌어 내렸다. 김 교수님의 옷자락이 찢어지고, 안경까지 굴러 떨어졌다. 다른 교수님들이 말렸지만 학생들의 기세를 막을 수는 없었다.

김 교수님은 그대로 밖으로 끌려 나가셨다. 나는 창밖으로 김 교수님을 바라보았다. 입술이 마구 타들어 가고 금방이라도 눈물이 쏟아질 것만 같았다.

교수님들이 김 교수님을 에워싸고 뭐라고 위로의 말을 하는 것 같았지만, 김 교수님은 그분들의 손길을 뿌리치고 곧장 빗속으로 걸어 나가셨다.

캠퍼스를 걸어 나가시는 동안 김 교수님은 한 번도 뒤돌아보시지 않았다. 비를 고스란히 맞으시면서 여느 때처럼 헐렁헐렁 걸어가시는 그 모습을 보자 나는 비로소 우리의 행동이 너무 심했다는 것을 깨달았다. 다른 학생들도 모두가 창가에 서서 김 교수님을 바라보고 있었다. 그러나 그 누구도 김 교수님을 부르지는 않았다.

창가에서 물러선 나는 김 교수님이 떨어뜨린 안경을 발견했다. 안경알은 산산이 부서져 있었지만 테는 부러지지 않고 성한 채로 남아 있었다. 그것을 집어든 순간 내 눈에서는 눈물이 마구 쏟아졌다.

나는 다른 학생들 모르게 그 곳을 빠져나와 화장실로 달려갔다. 그리고 소리를 죽여 가며 한참 동안 울었다.

이튿날 오후 늦게 나는 김 교수님의 집 주소를 알아 내 가지고 곧바로 댁을 찾아갔다.

김 교수님 댁은 아파트였다. 초인종을 누르자 김 교수님이 직접 문을 열었다.

　김 교수님은 안경을 안 낀 탓인지 얼른 나를 못 알아보셨다. 좀 더 가까이 다가서서야 비로소 나를 알아보시고 고개를 끄덕거리셨다.

　"아. 학생……."

　매우 당황해 하시더니 갑자기 경계하는 표정이 되셨다. 나도 당황해 버렸다. 나는 현관에 선 채로 백 속에서 안경테를 꺼냈다.

　"이거 전해 드리려고 왔어요. 알만 맞추어 끼면 다시 사용할 수 있을 것 같아서……."

　"아, 감사해요."

　그제야 김 교수님은 경계를 푸시고 나를 집 안으로 들어가게 했다.

　소파에 앉자 김 교수님은 멋쩍게 주위를 둘러보시며

　"이거 너무 너저분해서……."

하고 중얼거렸다.

　내가 보기에도 집 안은 엉망진창이었다. 책, 밥그릇, 찻잔, 신문, 재떨이, 휴지 조각, 빗자루, 이런 것들이 아무렇게나 나뒹굴고 있었다. 나는 좀 어리둥절했다. 집 안에는 김 교수님 외에 아무도 없는 것 같았다. 혼자 계시는 걸까, 이상한데…….

　그러나 김 교수님을 바라보는 순간 이러한 의문들은 사라지고 나는 그 초췌한 모습에 그만 가슴이 뭉클해지고 말았다. 나는 무슨 말인가 해야 한다고 생각했다. 그러나 차마 말이 나오지가 않았다. 급기야 나는 먼저 눈물부터 보이고 말았다.

　"선생님, 용서해 주세요. 사실은 그, 그럴 마음이 아니었는데…….."

나는 말을 잇지 못한 채 격렬하게 울음을 터뜨렸다. 체면이고 자만심이고 모두 내팽개친 채 나는 어린 아이처럼 엉엉 울었다.

"괜찮아. 울긴…… 학생 때는 다 그런 거야…… 그게 학생다운 거지."

김 교수님은 내 곁으로 오셔서 내 어깨를 가만히 안아 주셨다. 나는 그 품이 그렇게 아늑할 수가 없었다. 그래서인지 나는 더욱 신나게 울어댔다.

한참 후 내가 울음을 그치자 김 교수님은 전축을 틀어 주셨다. 베토벤 심포니 No·5 〈운명〉.

음악이 조용히 흐르자 내 마음은 금방 차분하게 가라앉았다. 김 교수님은 차를 끓이시고, 방을 치우시느라고 왔다 갔다 하셨다. 나도 일어나 방을 치우는 것을 도와 드렸다.

어느새 밖에는 어둠이 내리고 있었다. 나는 김 교수님이 지어 주시는 저녁밥까지 얻어먹었다. 식사 끝에 나는 궁금한 것을 물었다.

"사모님은 어디 가셨어요?"

내 머리 속에는 금발의 미녀가 떠올랐다. 내 물음에 교수님은 씁쓸하게 웃으셨다.

"얼마 전에 떠났어."

"네에?"

"한국에서 살기 싫다고 가 버렸어. 나보고 미국에서 살자고 했지만 난 싫다고 했어. 난 여기가 좋거든."

김 교수님은 미국에 유학하고 있을 때 그 미국 여인을 만나신 모양이었다.

"아이들은 어떻게 하시고요?"

"다행히 우리 사이에는 아이가 없어. 정말 다행이지."

나는 그저 놀라기만 했다. 아, 그랬었구나. 그래서 이렇게 집안이 엉망진창이구나. 지금까지 그럼 혼자서 밥 짓고 빨래하시고, 어머니도 안 계신가 보지. 나는 김 교수님이 측은했다.

"가족 되시는 분은 아무도 안 계신가요?"

"없어. 재작년에 어머님이 돌아가시고…… 하필 나는 외아들이란 말이야. 이럴 때 여동생이나 하나 있었으면 좋을 텐데."

나는 가슴이 막혀서 한동안 창밖을 바라보기만 했다.

그때 김 교수님이 일어나셔서 판을 바꾸었다. 블루스 곡이 흘러나왔다.

교수님은 응접실 한 쪽에 놓여 있는 찬장을 열고 술병을 꺼내 오셨다. 위스키였다.

"얼음이 없어. 한 잔 들겠어?"

나는 교수님의 심정을 이해할 것 같아 술잔을 받아 들었다. 그러나 겨우 반잔쯤 마시고는 더 이상 마실 수가 없었다.

김 교수님은 주량이 센지 마구 술을 들이켰다.

"선생님. 그만 드세요."

내가 말렸지만 김 교수님은 듣지 않고 계속 술을 마셨다. 눈이 빨갛게 충혈 되는가 싶더니 김 교수님은 나을 일으켜 세우고 스텝을 밟았다. 나는 어느 정도 춤을 출 줄 알았으므로 함께 춤을 추었다.

한 곡이 끝나자 김 교수님은 술이 취하시는지 춤추는 것을 그만 두시고 소파에 털썩 주저앉으셨다. 그리고 나를 차갑게 바라보셨다.

"자, 이만 가 봐. 밤이 늦었어."

나는 차마 일어설 수가 없었다.

"선생님, 앞으로 어떻게 하실 계획이세요?"

가장 아픈 곳을 나는 찔렀다. 김 교수님은 고개를 설설 흔드셨다.

"계획은 무슨 계획…… 아무것도 없어."

교수님의 머리칼이 헝클어지고 얼굴은 수염 탓인지 더욱 비참해 보였다.

"선생님, 다시 학교에 돌아오세요. 제가 어떻게 노력해 보겠어요."

나는 어째서 이렇게 멍청했을까. 어떻게 해서 갑자기 이런 말이 튀어 나왔을까. 김 교수님은 이 말에 매우 모욕을 느끼셨음이 분명했다.

"뭐. 뭐라고? 다시 학교에 나오라고? 하하하…… 자, 빨리 가 봐! 가지 않으면 내쫓을 테다!"

김 교수님은 내 손을 잡아 일으켰다. 나는 일어서면서 와락 교수님의 품에 뛰어들었다. 그리고 다시 울음을 터뜨렸다.

김 교수님은 그러한 나를 뿌리치지 않고 가만히 안아 주셨다. 조금 후 나를 안은 교수님의 팔이 점점 힘차게 조여졌다. 김 교수님은 나와 헤어지는 것이 아쉬운 듯 나를 격렬하게 껴안았다.

"안경을 갖다 줘서 고맙다. 자, 이젠 가 봐. 훌륭한 학생이야. 내가 젊다면 프러포즈를 할 텐데……."

나는 울면서 밖으로 뛰쳐나왔다. 계단을 뛰어내릴 때 나는 몇 번이고 넘어질 뻔했다.

차도 쪽으로 걸어가면서도 나는 연방 김 교수님 방을 올려다 보곤 했다.

내가 버스를 막 타려고 했을 때, 총성이 들려왔다. 분명 아파트 쪽에서 들려온 총소리였다.

나는 반사적으로 아파트를 향해 마구 뛰어갔다.

내가 아파트 층계를 뛰어올라 갈 때 벌써 사람들이 몰려들고 있었다.

김 교수님 댁 문은 잠겨 있었다. 아무리 초인종을 누르고 문을 두드려도 반응이 없었다.

마침내 아파트 관리인이 문을 부셨다. 안으로 뛰어 들어간 나는 거기에 벌어져 있는 그 처참한 광경에 온몸을 전율했다.

김 교수님 가슴에서는 검붉은 피가 흘러나오고 있었다. 피스톨이 바닥에 떨어져 있었고, 왼손에는 내가 가져다 드린 안경테가 꽉 쥐어져 있었다. 그것을 보자 나는 견딜 수가 없었다. 나는 김 교수님을 부르면서 교수님 몸 위에 내 몸을 던졌다.

"사랑해요! 선생님 사랑했어요!"

나는 이렇게 부르짖었다.

1976년 6월

소년(少年)의 꿈

　소년은 형사가 되는 것이 꿈이었다. 그러나 결국 형사를 저주하면서 죽어 갔다. 소년은 마지막으로 무슨 꿈을 꾸면서 눈을 감았을까.
　그는 가슴이 찢기는 비통한 심정을 느끼면서 떨리는 손으로 소년의 몸에서 눈을 털어 냈다. 그런 다음 소년을 안고 일어섰다.

1

 그는 바지 주머니 속에 두 손을 찔러 넣은 채 뚜벅뚜벅 걸어 갔다. 낡은 가죽점퍼의 등이 구부러져 있는 것이 춥고 피로한 모습이었다. 그는 가끔씩 손을 들어 흘러내리는 머리칼을 쓸어 올리곤 했다.
 1월이라 날씨는 몹시 추웠다. 조금 전에 내리기 시작하던 눈송이가 차차 굵어지고 있었다.
 골목길을 거슬러 올라가던 그는 어느 판잣집 앞에 서 있는 소년을 보고 걸음을 멈추었다. 소년은 빨간 털모자를 쓰고 있었다.
 "야, 꼬마야 이 근방에 사람이 죽었다던데, 어디지?"
 "아저씨 형사예요?"
 소년의 눈이 초롱초롱하게 빛나고 있었다. 그는 소년의 직감력에 놀랐다.
 "내가 형사처럼 보이니?"
 "아네요."
 "그럼 왜 형사냐고 물었지?"
 "그냥 물어 본 거예요."
 "이 짜아식, 맹랑하구나."

그는 웃으며 손을 뻗자 소년은 뒤로 물러서면서 도망칠 자세를 취했다. 웃음이 없는 굳은 표정이었다. 열두서너 살쯤 되어 보이는 매우 영리하게 생긴 얼굴이었는데, 옷차림은 몹시 남루했다. 이런 사창가에 어린 소년이 서 있다는 것은 결코 유쾌한 일이 못되었다.

"이런 데 있지 말고 빨리 집으로 가거라. 여긴 아이들이 오는 데가 아니야."

"여기가 우리 집인데요."

소년은 판자문을 톡 걷어차 보였다. 판자문이 떨어져 나갈 듯이 삐걱거렸다.

"여기가 정말 너의 집이니?"

"정말이에요. 한번 들어와 보세요. 예쁜 색시도 있어요."

그는 멍하니 소년을 바라보았다. 조금 후에 그의 눈은 사납게 치켜 올라갔다.

"이놈의 자식, 또 그런 말하면 잡아 간다. 알았어?"

그가 눈을 부라리자 소년은 입을 삐쭉 내밀었다.

"형사 아저씨한테는 공짜예요."

"공짜도 싫다. 다시는 그런 말 하지 마. 다른 사람들한테도 그런 말 하지 마. 집에 들어가 공부나 해."

"공부는 해서 뭘 해요."

소년은 갑자기 호주머니 속에서 권총을 꺼내어 허공에다 대고 쏘아 댔다.

땅! 땅!

총소리가 요란스럽게 주위를 울렸다. 장난감 권총 소리였지만 그는 갑자기 당한 일이라 적잖게 놀랐다. 그리고 소년에게 놀림을 당한 기분이 되었다.

"사람은 공부를 해야 훌륭하게 될 수 있는 거야."

"누가 그걸 모르나요. 그렇지만 저는 싹이 노오래요. 학교도 안 다니는 걸요."

그는 더 할 말이 없어지고 말았다. 도덕적인 말을 한들 웃음거리밖에 되지 않을 것 같았다. 그는 소년의 뺨을 세게 갈겨 주고 싶은 것을 가까스로 참았다. 이놈이 이대로 자란다면 아마 모르면 몰라도 흉악범이 되겠지. 그러면 나는 이놈을 기계적으로 잡아넣는 거다. 나에게는 책임이 없는 것일까. 소년의 불행한 앞날을 보는 것만 같아 그는 기분이 울적해졌다. 이와 같은 소년들은 거리 어디에나 굴러다니고 있었다. 마치 쓰레기처럼.

"정말 넌 싹수가 노오랗구나. 그건 그렇고 어디서 사람이 죽었지?"

"저어기요. 쓰레기 더미가 있는 데요."

소년은 손으로 골목 위쪽을 가리켰다. 형사는 다시 걷다 말고 소년을 돌아보았다.

"너 이름이 뭐지?"

"그건 알아서 뭐하려고 그래요?"

소년은 완전히 반항적인 태도를 취했다. 그는 도로 돌아서서 비탈길을 올라갔다.

길은 꾸불꾸불 이어져 있었고, 여기저기에 연탄재 같은 것들이 널려 있어서 몹시 지저분했다.

판자문 사이로 빠져 나온 사내들이 고개를 숙인 채 급히 길을 내려가곤 했다.

　골목길 위에 조그만 공터가 하나 있었는데 이곳 주민들이 거기에다 쓰레기를 갖다 버리는 바람에 어느새 그 곳은 쓰레기터가 되어 있었다. 시체는 쓰레기 더미 속에 쑤셔 박혀 있었다. 청소부들이 쓰레기를 치우다 말고 시체 주위에 둘러서서 제각기 한 마디씩 하고 있었다.

　"저런 걸 보니까 돈푼깨나 있는 사람 같지."

　"제기랄, 사람은 죽으면 쓰레기야, 쓰레기……."

　"이런 줄도 모르고 처자식들은 밤새 눈이 빠지게 기다리고 있겠지."

　"남의 일 같지가 않아. 퉤."

　"자네도 술 좀 작작해. 그렇게 고주망태가 되어 얼어 죽으면 어떡하려고 그래."

　오병호(吳炳鎬)는 시계를 보았다. 열 시가 막 지나고 있었다.

　정복 차림의 경찰관이 청소부 한 사람과 이야기를 나누고 있었다. 병호가 다가가자 경찰관은 그에게 경례를 했다.

　"쓰레기를 치우다가 발견했답니다. 발견 시간은 아홉 시쯤이랍니다."

　"신원을 확인해 봤나요?"

　"아직 못했습니다. 이봐, 당신들 둘, 시체를 이리 끌어내!"

　경찰관이 명령하자 청소부들은 서로 얼굴을 쳐다볼 뿐 움직이려고 하지 않았다.

　"공짜로 해 달라는 게 아니야. 수고비는 준단 말이야."

　경찰관이 신경질적으로 말하자 그제서야 인부 두 명이 시체

앞으로 느릿느릿 다가갔다.

　시체는 하체만 밖으로 드러나 있었고 상체는 쓰레기 속에 깊이 처박혀 있었다. 청소부들은 발 하나씩을 움켜잡고 끌어당겼다. 그 바람에 양복저고리가 뒤집히고 안경이 벗겨졌다. 오 형사는 안경을 집어 들고 휴지로 그것을 깨끗이 닦았다. 안경알 하나가 깨져 있었다. 안경은 금테로 된 외제로 매우 비싼 것이었다. 감색 양복, 검정 구두, 밤색 혁대, 외제 양말, 외제 넥타이, 이런 것들을 병호는 자세히 관찰했다. 이렇게 고급으로 차린 것으로 보아 청소부들의 말처럼 돈푼깨나 있는 사람 같았다. 그러나 누가 빼어 가 버렸는지 손목시계도 없었고 호주머니 속에는 신원을 밝힐 만한 소지품 하나 들어 있지 않았다.

　강도 살인이라고 그는 생각했다. 그러나 시체를 아무리 살펴도 상처 같은 것은 보이지 않았다. 사십대의 살찐 얼굴은 입을 벌린 채 두 눈을 크게 부릅뜨고 있었다. 죽지 않으려고 몹시 몸부림친 것이 역력했다. 시체 위로 눈이 하얗게 쌓이고 있었다.

　구태여 이런 사창가까지 들어올 사람이 아닌데, 하고 그는 생각했다. 이런 데는 별로 돈이 없는 사람들이나 온다. 여유가 있는 사람들은 호텔에서 콜걸을 부르기 마련이다. 혹시 시체를 갖다 버린 게 아닐까.

　그가 이런 생각을 하고 있을 때 공의(公醫)가 왔다. 시체를 많이 다루어 본 사람답게 공의는 능숙한 솜씨로 검시를 했다.

　"약물 중독 같은 데요."

　공의가 허리를 펴면서 말했다.

　"무슨 약물입니까?"

"글쎄, 그건 잘 모르겠습니다. 병원에 가서 검사를 해 봐야겠습니다. 얼굴이 붓고 반점이 나타난 걸로 봐서 독물을 삼킨 것 같습니다. 혓바닥도 깨물었습니다."

"사망 시간은 언제쯤 됩니까?"

"어젯밤 12시 전후로 보는 게 적당할 것 같습니다."

이 친구 막연하게 지껄이고 있는데……, 병호는 담배를 피워 물고 하늘을 쳐다보았다. 눈은 어느새 함박눈이 되어 내리고 있었다. 그는 배가 고프다고 생각했다.

"김 순경이 병원에 좀 따라 갔다 오시오."

"네, 알겠습니다."

"돌아올 때 피살자의 양복과 구두를 벗겨 가지고 오시오."

"알겠습니다."

2

그가 D경찰서 수사과로 온 것은 한 달쯤 전이었다. 평소에 말이 없이 조용한 그는 이곳에 와서도 별로 친교를 맺지 못하고 거의 혼자 지내고 있었다. 대부분 가정을 가지고 있는 동료들은 집이라도 한 칸 장만하려고, 또는 살림을 늘리려고 맹렬하게 뛰고 있었지만, 홀몸인 그는 그런 욕심도 없이 그저 막연하게 하루하루를 지내고 있었다. 직업에 대해서도 몹시 싫증을 내고 있는 그는 벌써 오래 전부터 그만두려고 마음먹고 있었지만, 막상 실직자가 되어 어슬렁거릴 것을 생각하니 당장 그럴 수도 없었다.

"부탁합니다. 피살자의 신원을 알아야 하기 때문에 그렇습니다. 각 서에 들어오는 실종 신고 가운데 30대에서 50대 사이의 남자를 찾는 신고가 있으면 알려주십시오."

"피살자의 모습을 말해 보세요."

전화 목소리는 통명스러웠다.

"말씀드리겠습니다. 나이는 40대, 감색 양복 차림에 검정 구두, 혁대는 밤색, 넥타이는 검정색과 빨강색 사선(斜線)…… 그리고 금테 안경에 얼굴은 살찐 편…… 이상입니다."

전화를 끊고 난 그는 다방으로 나가 혼자서 천천히 커피를 마셨다.

신원이 밝혀지지 않으면 사건은 미궁에 빠진다. 신원을 밝히는 것이 수사의 첫 단계다. 시체 검시 결과 피살자는 일반 가정에서 흔히 사용하고 있는 쥐약에 의해서 독살된 것 같았다. 왜, 돈푼이나 있는 자가 사창가에서 독살되었을까. 세상에는 알 수 없는 일들이 많단 말이야.

그는 가방을 들고 거리로 나갔다. 가방 속에는 피살자의 안경, 양복, 구두 등이 들어 있었다. 우선 그는 구두 안에 붙어 있는 메이커 이름을 찾아 나섰다. 그 메이커는 명동 복판에 있는 이름 있는 곳이었으므로 곧장 찾을 수가 있었다.

그는 지배인을 만나 피살자의 구두를 꺼내 보였다.

"경찰에서 왔습니다. 이 구두를 사 간 사람을 찾으려고 하는

데……."

"아이구, 그건 불가능합니다. 하루에도 수십 켤레씩 구두가 나가고 있는데 일일이 어떻게 얼굴을 기억합니까."

지배인은 살찐 몸을 흔들며 웃었다.

"그렇지만 단골인 경우에는 알아볼 수 있지 않습니까."

"그야 그렇지요. 하지만 이름까지는 모르지요."

"한번 알아봐 주십시오."

"좋습니다. 야, 전부 이리 와 봐."

종업원들이 모두 모이자 지배인은 그들에게 그 구두를 내보였다.

"야, 너희들, 이 구두 사 간 사람 기억할 수 있어?"

종업원들은 구두를 한 번씩 들여다본 다음 고개를 흔들었다.

"모르겠는데요. 그걸 어떻게 기억해요."

"임마, 그러지 말고 한번 잘 생각해 봐."

지배인의 호들갑 떠는 소리를 뒤로 하고 그는 밖으로 나왔다. 이젠 안경점과 양복점을 방문할 차례였다. 그러나 안경에는 메이커 이름이 나와 있지 않았으므로 찾기가 막연했다. 그래서 그는 양복점부터 찾기로 했다.

전화번호를 뒤졌지만 <웨스턴>이란 양복점 이름은 나와 있지 않았다. 그는 아무 양복점에나 들어갔다.

"실례합니다."

"네, 어서 오십시오. 이리 앉으시죠."

주인으로 보이는 사내가 앉을 자리를 권하는 바람에 그는 민망했다.

"아, 아닙니다. 뭣 좀 물어보려고……."
주인의 안색이 변했다.
"뭘 물어 보시려구요?"
"저기 웨스턴이라는 양복점이 어디에 있는지……."
"몰라요. 그걸 어떻게 압니까."
"미안합니다."
"시내에만도 수백 개의 양복점이 있는데 우리라고 다 알 수 있나요. 하루에도 문 닫고 열고 하는 양복점이 여러 군덴데 알 수가 없지요."

병호는 이런 면박을 당하면서도 계속 이곳저곳 양복점을 들러 보았다. 그러나 <웨스턴>이라는 양복점을 알고 있는 사람은 아무도 없었다.

저녁때가 다 되어서야 그는 눈을 흠뻑 뒤집어쓴 채 본서로 돌아왔다. D서에 들어온 실종 신고를 알아 본 그는

"빌어먹을……."
하고 중얼거렸다.

"몇 개 접수된 게 있는데…… 그런 사람은 없는데요."
수화기를 통해서 감정이 없는 목소리가 들려왔다. 병호는 목이 마른 것을 느꼈다.

"수고스럽지만 접수된 것 중 남자들만 한번 말씀해 주시겠습니까."

"그런 사람이 없다니까요. 어린 아이가 세 명, 고등학생이 두 명, 재수생이 다섯 명, 그리고 노인이 한 명 있어요. 이게 오늘 들어온 신고라고요."

"미안합니다만 며칠 전 것부터 한번 훑어 봐 주시겠습니까."
"이거 바쁜데……."
"미안합니다."
"그러지 말고 직접 와서 한번 보세요. 그게 좋지 않겠어요."
"그럼, 그렇게 할까요."
그는 어물쩍하니 전화를 끊었다. 빌어먹을. 그는 다시 중얼거렸다.

시경에 가는 대신 그는 술집으로 가서 소주를 들이켰다. 술집에는 언제나 손님이 많다. 여자들도 더러 눈에 띤다. 혼자 온 사람은 그뿐인 것 같다. 그는 위축되는 것을 느끼면서 구석 자리에 앉아 도둑놈처럼 술을 마셨다.

2홉들이 소주를 두 병 비우고 난 그는 자기도 모르게 사창가로 발을 옮기고 있었다.

골목길 양편에 여자들이 띄엄띄엄 서 있었는데. 어둠 속에 서 있는 모습들이 꼭 유령 같았다. 남자 두 명이 그를 앞질러 먼저 골목길로 올라갔다. 그러자 길가에 서 있는 여자들이 꾸역꾸역 몰려들었다.

"놀다 가세요."
"총각, 놀다 가요."
"잘해 줄께 놀다 가요."
"이리 와 봐요."
"싸게 해 줄께요. 5백 원만 내요."
"야, 이 새끼야. 이리 와."
"야, 이 병신아. 이리 와 봐."

남자들은 달라붙는 여자들을 떼어 내느라고 기를 쓰고 있었다. 결국 그들은 중간쯤에서 끌려 들어갔다.

그는 주춤하다가 걸어갔다. 다리가 비틀거리고 있었다. 여자들이 양쪽에서 그를 끌어 당겼다.

"놔. 놓으라니까."

"아이, 놀다 가요."

그가 밀어젖히자 여자가 욕을 퍼부었다.

"씨팔 새끼, 밀기는 왜 미니? 여긴 구경하러 왔니? 개새끼!"

그는 모른 체하고 그대로 걸어갔다. 여자의 욕설이 하나도 기분 나쁘지가 않았다. 으레 그러려니 하고 생각했지 때문일까.

"아씨, 놀다 가세요."

어느 새 소년이 그의 앞을 가로막고 있었다. 아침에 본 그 소년이었다.

"음, 네놈이구나."

"아, 형사 아저씨!"

그제야 소년도 그를 알아본 모양이었다. 소년이 도망치기 전에 그가 먼저 소년의 팔을 움켜쥐었다.

"너, 이 자식. 이런 짓 하지 말라고 그랬지?"

"놔요!"

소년은 빠져 나가려고 몸을 뒤틀었다.

"이 자식, 혼나 봐라!"

그는 철썩 하고 소년의 뺨을 후려갈겼다. 뺨을 얻어맞은 소년은 얼어붙은 듯 가만있었다. 어둠 속에서 두 눈만이 유난히 반짝거리고 있었다.

어느새 여자들이 그들을 둘러싸고 있었다. 그가 형사라는 것을 알게 된 그녀들은 침묵을 지키고 있었다. 형사라는 것이 그녀들에게 얼마나 위력 있는 존재인가를 그는 새삼 알 수 있었다. 깡패처럼 보이는 청년들도 어느새 나타나 있었는데, 그들 역시 입을 다물고 있었다. 그러나 그들 모두가 적의를 가지고 그를 노려보고 있다는 것을 그는 느낄 수가 있었다.

"이 자식아, 놀다 가는 게 뭔 줄이나 알고 놀다 가라. 놀다 가라. 그러는 거냐."

그는 혀 꼬부라진 소리와 함께 소년의 얼굴을 다시 한 번 철썩 하고 때렸다. 철썩 하는 소리가 아까보다 더 요란스레 주위를 울렸다.

"또 이런 짓 할래. 안 할래?"

그가 위협조로 물었지만 소년은 입을 굳게 다물고 있었다. 몹시 고집스러운 데가 있는 소년이었다.

"너 대답 안 할래?"

그는 또 소년을 때렸다. 이상하게도 그는 자꾸만 소년을 때려 주고 있었다.

"이런 짓 할래. 안 할래?"

"……."

"이 자식 봐라. 대답 안 하겠다. 이 말이지. 좋아 너 같은 놈은 유치장에 집어넣고 혼을 내야 해."

그가 끌고 가려고 하자 소년은 비로소 버티기 시작했다. 소년은 뒤로 몸을 빼면서 끙끙 소리를 냈다.

"야, 똥개. 안 그런다고 그래."

옆에서 구경하던 깡패가 불쑥 한 마디 했다. 그러나 소년은 입을 열려고 하지 않았다.

병호는 소년의 별명이 똥개라는 것을 알자 웃음이 나왔다. 그러나 그의 얼굴은 금방 다시 굳어졌다.

"좋아 유치장에 안 가려면 너의 집에 가 보자. 도대체 너의 부모가 어떻게 생겼는지 한번 보자."

집에 가자고 하자 소년은 순순히 앞장서서 걸어갔다.

집안에는 좁은 통로를 사이에 두고 조그만 방들이 다닥다닥 붙어 있었다. 입구 쪽에 있는 방문이 열리며 사내의 얼굴이 나타났다.

머리가 벗겨지고 삐쩍 마른 중년 사내였다.

"당신이 주인이오?"

"네, 그렇습니다만……."

사내의 눈이 재빨리 움직였다. 처음 보는 방문객으로부터 대뜸 형사 냄새를 맡았는지 사내는 곧 비굴한 태도를 취했다.

"왜 어린애를 내보내서 유객 행위를 시키는 거요?"

"제가 말씀입니까? 그럴 리가 있나요. 전 그런 짓 시킨 적 없습니다."

"시치미 떼지 마시오. 당신, 이런 장사 하는 거 불법인 줄이나 아시오?"

"잘 알고 있습니다."

사내는 허리를 굽실굽실했다.

"불법이지만 봐 줄 수 있다 이겁니다. 그렇지만 어린애한테까지 이런 짓을 시키는 건 나빠요. 나빠. 자라나는 아이한테 이게 무슨 짓입니까? 이 아이가 커서 뭐가 되겠습니까?"

"죄송합니다. 사실은 저……."

"어떻게 자기 자식한테 이런 짓을 시킬 수 있단 말이오. 도무지 이해할 수가 없군요."

"그 애는 제 자식이 아닙니다."

"그럼 누구 자식이란 말입니까? 하긴 누구 자식이든 상관없어요. 어린애한테 유객 행위를 시킨다는 그 자체가 나쁘다 이겁니다."

"죄송합니다. 얘, 영화야!"

사내가 소리를 빽 지르자 안쪽에 있는 방문 하나가 빠끔히 열리면서 몹시 초췌해 보이는 창녀의 얼굴이 나타났다.

"너 이리 나와 봐."

창녀는 느릿느릿 다가왔다. 스무 살도 채 못 되어 보이는 어린 창녀였는데, 통치마 위로 배가 불룩 솟은 것이 임신 중인 것 같았다. 빨간 스웨터 위로 젖가슴이 부풀어 올라 있었다.

사내가 말했다.

"사실은 이 애 누나랍니다. 그런데 몸이 불편하니까 아마 동생을 내보내는 모양입니다. 앞으로는 그러지 못하게 주의를 주겠습니다."

사내는 일그러진 표정으로 창녀를 바라보았다.

"넌 몇 번이나 말해야 알아듣겠니? 어린 동생한테 그런 짓 시키지 말라고 내가 그렇게 말했는데도 또 내보냈니? 부탁인데 제발 너희들 나가 줘. 이젠 나도 지긋지긋하다. 아무리 한 고향이라고. 나 원……."

"올 겨울만 나게 해 주세요. 봄엔 나가겠어요."

창녀의 눈에 눈물이 고이는 것을 보자 병호는 술이 확 깨는 것을 느꼈다.

"이 애들은 부모가 없나요?"

하고 그는 물었다.

"부모가 없습니다. 홀어머니 밑에서 컸는데 그나마 죽자 서울로 올라온 모양입니다."

"이 애들과는 같은 고향입니까?"

"네, 이웃에서 살았지요. 서울에서 우연히 만나가지고……."

병호는 소년을 바라보았다. 소년은 누나의 손을 잡은 채 시무룩한 얼굴로 서 있었다. 시선이 부딪치자 소년은 겁먹은 얼굴이 되었다.

그는 소년의 머리를 쓰다듬어 주었다. 그리고,

"아까 때린 거 미안하다."

하고 말했다.

소년의 눈에 혼란이 일었다. 소년은 의아한 눈으로 형사를 쳐다보더니 이내 고개를 푹 숙여 버렸다.

"이 애들을 내쫓지 마시오."

그는 주인에게 단단히 일렀다. 사내는 당황한 표정을 지었다.

"이 애들을 내쫓으면 혼날 줄 아시오."

"그렇지만 저도 생활이 곤란해서……."

"당분간만 데리고 있으란 말이오."

그는 돈 만 원을 꺼내서 주인에게 주었다.

"알겠소?"

"아, 알겠습니다. 이거 죄송해서……."

3

거의 1주일이 지났다. 그러나 피살자의 신원이 밝혀지지 않고 있었다. 피살자를 찾는 실종 신고도 들어오지 않고 있었고, <웨스턴> 양복점도 찾을 수가 없었다.

시체는 가매장되었고, 그는 거의 포기하고 있었다.

밤이 되어 무교동 술집 골목을 지나던 그는 갑자기 걸음을 멈추었다. 그것은 조그만 스낵바였는데, <웨스턴>이라는 간판이 붙어 있었다.

어떤 연관성을 생각하면서 그는 문을 밀고 안으로 들어갔다. 침침한 조명등 아래서 사람들의 얼굴이 흐릿하게 떠올라 보였다.

그는 사람들 사이에 끼어 앉아 위스키를 한 잔 시켜 마셨다.

"혼자 오셨나 봐요?"

술을 따르고 난 여급이 웃으면서 물었다. 눈 화장이 유난히 짙은 여자였다.

"음, 혼자 왔지."

그도 웃었다.

"쓸쓸해 보이네요."

"저런. 난 그렇지 않은데……."

10분쯤 지나 여급은 다시 그에게 다가왔다. 그는 술 한 잔을 또 시켰다.

"여기서 일한 지 오래되나?"

"한 6개월쯤 돼요."

"웨스턴…… 이름이 좋은데."

"자주 오세요. 여긴 처음 오셨죠?"

"음, 처음이야. 앞으로 자주 오지. 가만 있자. 웨스턴이라는 이름 어디서 또 본 것 같은데?"

"그럴 거예요."

"그럴 거라니?"

여급은 고개를 앞으로 숙이면서 낮은 소리로 속삭였다.

"우리 사장님은 이거 말고도 사업을 많이 하고 있어요."

"돈이 많은가 보군."

"돈이 많아요. 자가용이 두 대나 되고 집도 어마어마해요."

"집에도 가 봤나?"

"아녜요. 지배인한테 들었어요."

"부럽군. 도대체 몇 살이나 된 사람이야?"

"나이는 얼마 안 먹었어요. 마흔도 채 못 되었어요."

"지금 여기 나와 있나?"

"아녜요. 가끔 나와요."

"도대체 무얼 해서 그렇게 돈을 잘 버나?"

"이것 말고도 다방도 두 개나 하고 있고 당구장, 빠찡고…… 그리고 양복점도 하나 있대요."

여급은 신이 나서 지껄였다.

"야, 굉장하군."

"굉장해요."

"그런데 모두 이름이 웨스턴인가?"

"그렇대요. 웨스턴 다방, 웨스턴 당구장, 웨스턴 바아, 웨스턴 양복점……."

여급은 재미있다는 듯 깔깔 웃으면서 새로 온 손님들 쪽으로 가 버렸다.

조금 후에 그는 위스키 한 잔을 또 청했다. 그리고 질문을 좁혀 나갔다.

"이봐, 그 웨스턴 양복점 괜찮나?"

"뭐가요?"

"이런 제길, 옷을 잘 뽑느냐 말이야."

"아이, 손님두…… 제가 그걸 어떻게 알아요."

"하긴 그렇겠군."

"왜요? 양복 맞추시려구요?"

"음, 하나 맞춰야겠는데 잘 아는 데가 없어. 잘 뽑는 데가 있으면 단골을 삼을까 하는데……."

여급의 눈이 반짝 빛났다. 그녀는 병호에게 바싹 다가서더니,

"그럼 웨스턴 양복점에서 맞추세요. 제가 소개해 드릴게요."

하고 말했다.

"잘 뽑아야 말이지. 비싸기만 하면 곤란해."

"잠깐 기다리세요. 제가 알아보고 올 테니까요."

여급은 구석진 데로 가더니 어떤 사내를 붙들고 한참 무엇인

가 속삭였다. 병호는 그쪽을 보지 않은 채 조금 남은 술을 비웠다. 여급은 생글거리며 돌아왔다.

"지배인한테 물어 봤더니 아주 그만이래요. 디자인도 멋있구요. 칼라도 다양하대요. 외제도 많대요. 그래서 외국 사람들이 많이 오나 봐요. 여기 전화번호 있어요."

그녀는 전화번호를 적은 메모지를 병호에게 내밀었다. 그는 그것을 받아 쥐고 일어났다.

"알았어. 한번 가보지."

"저기, 가시면요, 미스 김 소개로 왔다고 말씀해 주세요. 그래야 저도……."

"아, 알았어. 말하고말고."

그는 천천히 담배를 피워 물면서 그 곳을 나왔다.

4

이튿날 아침 열 시쯤에 그는 웨스턴 양복점을 찾아갔다. 그 양복점은 K호텔 안에 있었다.

문을 열자마자 들어온 점퍼 차림의 사내를 두 장발 청년이 의아한 듯 바라보았다.

"경찰서에서 왔습니다."

병호는 탁자 위에 가방을 올려놓고 그 안에서 피살자의 양복을 꺼냈다.

"이 양복 한번 봐 주십시오. 여기서 만든 양복인지 아닌지 확인해 주십시오."

키 큰 청년이 양복을 뒤집어 보더니,

"맞습니다. 여기서 만든 겁니다."

하고 말했다. 병호는 침을 꿀꺽 삼켰다.

"이 양복 맞춘 사람 알 수 있습니까? 여기 양복에는 이름이 안 박혀 있는데……."

"네, 부탁하는 분에 한해서만 이름을 박아 드리고 있습니다. 그런데 이 양복은 기억이 납니다. 한 달 전에 맞춘 건데…… 박 사장님이란 분이 맞추신 겁니다. 여기 단골이죠."

"그분이 어떻게 생겼는지 말씀해 주시겠습니까?"

"뚱뚱하고 안경을 끼었습니다."

"이렇게 생긴 안경입니까?"

병호는 피살자의 안경을 꺼내 보였다.

"네, 맞습니다. 이렇게 생긴 겁니다. 그런데 그분한테 무슨 일이 생겼습니까?"

"앞으로는 여기 못 올 겁니다."

"아니. 왜…… 그럼 혹시…….''

청년의 눈이 휘둥그레졌다. 병호는 고개를 끄덕였다.

"죽었습니다. 일주일 전에 죽었어요. 그건 그렇고…… 박 사장 주소를 좀 가르쳐 주시오."

"네, 찾기 쉽습니다. 바로 이 호텔 7층에 사무실이 있습니다.

동양물산(東洋物産)이라고 무슨 무역 회사인가 봐요."

"그럼 그 회사 사장이란 말이오?"

"네, 사장입니다."

"실례 많았습니다."

병호는 커피숍으로 가서 차 한 잔을 시켜 마셨다. 일단 이렇게 알게 되면 뜸을 들이는 것이 그의 버릇이었다. 그는 들락거리는 사람들을 쳐다보고, 말소리에 귀를 기울이고, 하품을 하면서 오랫동안 앉아 있었다. 그러면서도 그의 머릿속은 피살자에 대한 생각으로 꽉 차 있었다. 일류 호텔에 사무실을 두고 있는 무역 회사 사장이 왜 사창가에서 죽었을까? 아무리 생각해도 알 수가 없는데…… 무언가 뿌리 깊은 내막이 있는 게 아닐까.

앉아 있는 것이 지루해지자 그는 마침내 일어섰다.

엘리베이터를 타고 그는 7층으로 올라갔다.

그를 맞은 사람은 여비서였다. 몸매가 좋은 여비서가 앉은 채로 그를 빤히 쳐다보았다.

"어떻게 오셨습니까?"

"사장님을 좀 뵈려고 왔습니다."

"어디서 오셨는데요?"

"경찰에서 왔습니다."

그제서야 여비서는 몸을 일으켰다.

"지금 사장님은 안 계시는데요."

"어디 가셨나요?"

"출장 가셨어요."

"어디로 출장 가셨나요?"

"일본에 가셨는데요."

"언제쯤 돌아오실 예정입니까?"

"열흘 예정으로 가셨으니까 내일이나 모래쯤 오실 거예요. 무슨 일 때문에 그러시죠?"

"아, 뭐 좀 조사할 일이 있어서 그럽니다."

그는 사무실로 통하는 문을 열어 보았다. 댓 명쯤 되는 사원들이 책상 앞에 붙어 앉아 열심히 일들을 하고 있었다. 그는 문을 닫고 돌아섰다. 그리고 여비서에게 가방을 열어 보였다.

"이거…… 사장님 옷 맞습니까?"

"아니. 이거 어디서 나셨나요?"

여비서는 눈을 크게 뜨고 그를 바라보았다.

"묻는 대로 대답만 하시오. 이거 사장 옷 맞습니까?"

"네. 마, 맞아요. 사장님 거예요. 어떻게 된 거예요?"

여비서는 금방 울상이 되어 어쩔 줄을 몰라 했다.

"좀 조용히 하시오. 사실은…… 지난 1월 10일에 사장님은 죽었소."

"네에?"

"조용히 하라니까요. 다른 사람들이 알면 시끄러우니까 당분간 당신 혼자만 알고 있으시오."

여비서는 울음을 참느라고 무진 애를 쓰고 있었다. 눈물이 마구 흘러내리고 있었다.

"저, 정말 돌아가셨나요?"

"정말이오."

"어쩌다가 돌아가셨어요?"

"차차 알게 될 거요. 박 사장 댁을 좀 안내해 주겠소?"

여비서는 눈물을 훔치며 고개를 끄덕거렸다.

박윤기(朴允基) 사장의 집은 신흥 주택가에 자리 잡은 이층 양옥이었다. 요란스럽게 차려 입은 부인은 남편이 죽은 것을 알자 외마디 소리를 지르면서 기절하고 말았다.

한 시간쯤 후에 부인은 정신을 차리고 일어나 앉았다.

"일이 이렇게 된 이상 부인께서 냉정히 일을 처리하셔야겠습니다."

부인은 완강히 고개를 내저었다.

"그럴 리가 없어요! 일본에 출장 간 사람이 왜 서울에서 죽었어요. 그럴 리가 없어요! 그이는 죽을 리가 없어요."

"좋습니다. 그렇다면 확인을 좀 해 주십시오."

병호는 부인만을 데리고 피살자를 매장해 둔 곳으로 갔다. 차가 달리는 동안 그는 이것저것 생각나는 대로 물어 보았다.

"자녀분은 몇이나 되십니까?"

"자식은 없어요."

그녀는 연방 눈물을 닦고 있었다.

"그럼 단 두 식구뿐인가요?"

"네. 식모 하나하고 셋이에요."

"사장님께서 원망을 사실 일은 없었나요?"

"그런 일은 없었어요."

"일본 출장 가신다고 해 놓고 국내에 계시다가 변을 당했는데…… 혹시 짐작이 가시는 일이라도 없습니까?"

"별로 없어요."

"죄송한 말이지만…… 가정생활은 어땠습니까?"

"우리는 아기는 없었지만…… 화목했어요."

그들은 공동묘지 입구에서 인부 두 명을 데리고 올라갔다. 시체를 다시 본다는 것은 꺼림칙한 일이었다. 병호는 어깨를 움츠렸다.

인부들이 땅을 파헤치기 시작하자 부인은 정신없이 흐느껴 울었다. 이윽고 관이 나오고 뚜껑이 열리자 그녀는 그 위로 몸을 던졌다.

병호는 그녀가 울도록 가만히 내버려 두었다. 그는 담배를 피워 물면서 눈 오는 하늘을 쳐다보았다. 황량한 공동묘지 위로 눈이 하얗게 덮이고 있었다.

한참 후 부인이 울음을 그치고 그에게 다가왔다.

"확인하셨습니까?"

그는 작은 소리로 물었다. 그녀는 대답 대신 고개를 크게 끄덕거렸다. 그리고 다시 격렬하게 흐느껴 울었다. 마치 죽은 남편보다도 자신의 신세가 한탄스럽다는 듯.

5

사십대의 부부가 자식 없이 살아왔다. 그런데 돈은 많다. 여기서 어떤 문제가 발생할 법도 하다. 더구나 죽은 박윤기 씨는 머리끝에서 발끝까지 외제로 덮어 쓴 가장 문명적이고 즉물적인 위인이다. 그런 위인이 과연 자식도 없는 가정에 행복을 느끼면서 평탄한 생활을 해 왔을까. 아무래도 믿기지가 않는다. 속물근성에 돈까지 있으면 웬만한 사람이면 비정상적인 생활을 하게 마련이다. 방법과 정도의 차이는 있을망정 말이다. 여자와 술, 도박…… 이 중 하나일 가능성이 높다. 왜냐하면, 그에게는 아내가 자식을 낳지 못한다는 것이 크고 정당한 이유가 될 수 있기 때문이다.

몸매 좋은 여비서는 비교적 소상하게 박 사장의 집안 사정을 알고 있었다.

"박 사장 쪽에서 결함이 있었던 게 아닙니까?"

병호는 식은 찻잔을 들어 올리다 말고 물었다. 여비서는 완강하게 머리를 저었다.

"아니에요. 사모님께서 아기를 못 낳는 것이 분명해요. 사장님이 불평하신 적이 여러 번 있었어요."

여비서는 이제 사장의 죽음을 슬퍼하지 않고 있었다.

박 사장 부인은 일체 입을 다물고 있었다. 집안 사정을 알아 보려면 오히려 이웃들에게 물어 보는 것이 나을지 모른다. 좋지 못한 소문이란 으레 널리 퍼지는 법이니까.

여비서와 헤어진 그는 박 사장 집이 있는 동네로 갔다. 사건이 미궁에 빠질 공산이 클 것 같았다.

박 사장 집에서 얼마 떨어지지 않는 곳에 조그만 구멍가게가 하나 있었다. 입이 뾰족하게 튀어나온 젊은 부인이 아기에게 젖을 주고 있다가 그를 맞았다.

그는 난롯가에 앉아 호빵과 우유로 점심을 때웠다. 솜처럼 부드러운 눈이 내리는 것을 물끄러미 바라보고 있다가 그는,

"저기 파란 대문 집 주인이 죽었다면서요?"

하고 물었다.

"그렇다나 봐요."

젊은 아낙은 심드렁하게 대답하고 나서 입을 삐쭉 내밀었다.

"세상엔 돈이면 단 줄 아는 모양이지만 그렇지도 않나 봐요. 사장 집이라고 거들먹대더니 결국······."

아낙은 박 사장이 죽은 것이 당연하다는 투로 말했다.

"생전에 인심을 잃었나 보지요?"

"아유, 말도 말아요. 어쩌면 부부가 똑같이 그렇게······."

말하다 말고 아낙은 좀 놀란 듯이 병호를 바라보았다. 자기가 혹시 입을 헤프게 놀리지 않았나 하고 생각하는 눈치였다.

"저 집 찾아오셨나 보지요?"

"아, 아닙니다. 저는 이번 사건을 조사하고 있는 경찰관입니다. 그래서 동네 사람들의 이야기를 좀 들어 보려고 이렇게 찾아왔습니다."

"어머. 그렇군요."

여자는 새삼 그를 살펴보고 나서 입을 다물어 버렸다. 두려움 같은 것을 느낀 모양이었다. 병호는 담배를 피워 물면서 웃었다.

"아시는 것만이라도 좀 말씀해 주십시오. 하기 싫으시면 안 하셔도 좋습니다만······."

"제가 뭘 아는 게 있어야지요."

"그래도 이 동네에 사시니까…….."

"괜히 말 한 마디 잘못 했다가 무슨 일이나 당하면 어떡합니까."

여자는 그를 힐끗 쳐다보았다. 말할 것이야 있지만 선뜻 입을 열기가 망설여진다는 눈치였다. 병호는 다시 웃어 보였다.

"원, 아주머니도…… 들은 소문 이야기하는 건데 걱정할 게 뭐 있습니까."

"그래도 불난 집에 부채질 한다고……."

"범인을 잡기 위해서 그러는 거니까 염려하실 거 없습니다."

잠시 침묵이 흘렀다. 병호는 답답했다.

"저 집은 자식이 없나 보지요? 여자가 아기를 못 낳는가요?"

"그런가 봐요. 저기…… 꼭 비밀을 지키셔야 해요. 제가 말했다는 말은 하지 마세요."

"물론이지요."

아낙은 엽차 물을 한 모금 홀짝 마시고 나서 입을 삐쭉 내밀었다.

"자식이 없으니까 부부 사이가 좋을 리 있나요. 직접 보지는 않았지만 사이가 아주 나빴대요. 남자가 첩을 보고 있다는 소문도 있었고…… 그런데……."

그녀는 침을 꿀꺽 삼키고 나서 다시 엽차를 홀짝 마셨다.

"맥주 한 병하고 안주나 하나 주십시오."

여자는 기다렸다는 듯이 맥주병 마개를 땄다. 술을 권하자 처음에는 못 마신다고 빼더니 시원스럽게 한 잔을 들이켰다.

"……그런데…… 글쎄. 저 집에 처녀 하나가 식모로 들어갔는데…… 나중에 몇 달 지나서 보니까 그것이 입신을 했더라고요. 동네에 소문이 파다하게 퍼졌지요."

병호는 긴장했다.

"그 식모는 지금도 집에 있습니까?"

"없어요. 제 말 들어 보세요."

"식모는 몇 살쯤 됐나요?"

"아이, 제 말 들어 보시라니까요."

그녀는 병호가 내미는 두 번째 술잔을 사양하지 않고 받았다.

"나이는 한 열일곱 여덟 됐을까. 아주 곱상하게 생긴 시골 애였지요. 그런데 아마 그 죽은 집 주인이 애를 배게 한 모양이에요. 그것 때문에 부부가 매일 싸우고 하루도 조용할 날이 없었지요. 그런데 이상하게도 그 식모애를 내쫓지 않대요."

"첩으로 삼았나요?"

"아이, 그게 아니고……."

여자는 눈을 흘겼다. 오 형사는 맥주를 한 병 더 시켰다.

"……그게 아니고, 나중에 알고 보니까 이왕 아기를 밴 거 뗄 필요 없이 아기를 낳기로 한 모양이에요. 그러니까 자식이 없는 판에 식모가 낳은 아기를 기르고 식모는 쫓아 버리려고 한 모양이에요. 그렇지만 아무리 식모라고 그 말을 듣겠어요."

"그렇지요. 들을 리가 없지요."

병호는 맥주를 쭉 들이켰다. 눈이 내리는 것을 보면서 맥주를 마시는 기분이란 썩 상쾌한 것이었다.

"그래서 어떻게 됐습니까?"

"어떻게 되긴요…… 식모가 도망쳐 버렸지요."

"아이구, 저런! 어디로 도망쳤나요?"

"그걸 누가 아나요. 아무도 모르지요. 아무리 식모지만 좀 불쌍해요. 그 어린 것이……."

이것은 중요한 사실이었다. 역시 이곳에 온 것이 잘됐다는 생각이 들었다.

"그 식모는 어떻게 저 집에 들어가게 됐나요?"

"이 동네에 살고 있는 전라도 아줌마가 소개했지요. 그 애하고는 같은 고향 사람인데, 올데갈데없으니까 그 애를 소개해 줬나 봐요."

자던 아기가 깨어 울어대기 시작하자 아낙은 아기를 품에 안고 젖을 물렸다. 젖을 끄집어내는 폼이 조금도 부끄러워하는 기색이 없었다. 얼굴 모습과는 달리 보기 좋게 부풀어 오른 희고 탄력 있는 젖이었다.

시선이 마주치자 여자가 웃었다. 병호는 시선을 돌리면서 물었다.

"그 전라도 아줌마라는 여자 좀 만날 수 없을까요?"

"지금은 안돼요."

"왜요?"

비싼 맥주를 두 병이나 팔아 주었는데 거절할 셈인가. 한 병 더 팔아 줄까. 여자가 트림을 했다. 눈언저리가 불그레하게 달아올라 있었다.

"저어기. 시장에서 생선 장사 하고 있어서 집에는 없어요."

"시장으로 찾아가면 만날 수 있겠군요?"

"생선장수가 어디 한둘인가요. 그리고 시장 바닥에서 그런 말을 할 수 있나요."

그녀는 자기 혼자서만 병호를 상대하고 싶어 하는 눈치였다. 정보 제공을 다른 사람한테 넘기고 싶지 않다는 기색이다. 사람의 욕심이란 때로는 터무니없는 것에까지 기승을 부린다.

"그럼 만날 수 없겠군요?"

"정 만나시려면 밤늦게나 그 집으로 찾아가는 수밖에 없을 거예요."

병호는 턱을 쓰다듬었다. 까칠한 수염이 손바닥을 간지럽혔다. 긴 턱은 언제 만져도 삭막하다.

6

눈은 아까보다 더욱 많이 내리고 있었다. 솜뭉치 같은 눈이 뚝뚝 떨어지고 있었다. 그는 눈을 발로 툭툭 차면서 걸어갔다.

임신한 소녀는 무거워 오는 배를 안고 어디로 갔을까. 올 데 갈 데 없다는 그 소녀가 지금쯤 아마 절망적인 몸부림을 하고 있겠지. 자기를 임신시킨 사내가 죽은지도 모르고.

인간 사회처럼 약육강식의 논리가 철저히 적용되는 곳도 없다. 동물 세계는 그것이 원시적인 충동에 의한 단순한 것이지만 인간 사회는 그것이 교묘하고 비열하고 타산적이다. 맹수는 배가 고프기 때문에 약자를 잡아먹는다. 배가 부르면 맹수는 잠을 잔다. 그러나 인간은 그렇지가 않다. 아무리 배가 불러도 먹이를 더 많이 저장해 두기 위해 약자를 착취한다. 그 욕심은 무한한 것이어서 아무리 착취를 해도 만족을 느끼지 못한다. 섹스를 처리할 수 있는 아내가 있는데도 불구하고 어린 식모를 겁탈한 사내야말로 이런 인간들의 대표적인 예에 속한다. 그러한 사내의 살인범을 나는 체포해야 한다. 그의 죽음은 당연한 것인지도 모른다. 그러나 나는 그를 살해한 범인을 찾아야 하는 것이다. 아무리 마음에 내키지 않더라도 말이다.

그는 하늘을 올려다보았다. 눈이 얼굴에 부딪히자 간지럽게 느껴졌다. 이렇게 눈이 올 때면 끝없이 걷고 싶다. 옆에 사랑하는 여자라도 있으면 걷는 즐거움이 더욱 크겠지.

그는 다방에 들어가 추위를 녹였다. 변두리 다방이어서 그런지 실내에는 별로 손님이 없었다. 난롯가에 한동안 앉아 있자 졸음이 밀려왔다. 얼마 후에 그는 고개를 떨어뜨리면서 끄덕끄덕 졸기 시작했다.

선잠이었는데 꿈속에 잠깐 사창가에서 본 그 소년이 나타났다. 소년이 그를 보고 예쁜 색시 있어요. 하고 말한다. 그는 소년을 때려 주려다가 멈칫한다. 임신한 창녀가 판자문을 잡고 서서 그를 쳐다보고 있다. 소년의 누나다. 어린 창녀의 얼굴은 하얗다 못해 푸르딩딩한 빛을 띠고 있다. 배는 유난히 부풀어 있다. 놀다 가세요. 예쁜 색시 있어요. 소년이 그를 잡아끈다. 그를 바라보는 창녀의 눈이 점점 확대된다. 흡인력이 느껴지는 눈이다. 그 눈에 끌리듯이 그는 창녀 쪽으로 다가선다.

누가 흔드는 바람에 그는 눈을 떴다. 레지가 그를 거만하게 내려다보고 있었다.

"다방에서 잠자면 어떻게 해요."

그는 수치심을 느끼면서 바로 앉았다.

"피곤해서 눈 좀 붙였어."

"여기가 잠자는 덴 줄 아세요. 손님들 눈이 있잖아요."

레지가 큰 소리로 말하는 바람에 그는 기분이 상했다. 그러나 대꾸하지 않고 그대로 잠자코 있었다. 레지가 거친 손길로 찻잔을 걷어 가자 그는 일어서서 밖으로 나왔다.

꿈속에서 나타난 소년과 창녀의 모습이 머릿속에 선명하게 남아 있다. 그는 그동안 그들을 잊고 있었던 것을 깨닫고 사창가로 발길을 돌렸다.

소년의 누나인 그 어린 창녀는 누구의 씨를 배고 있는 걸까. 아마 누구의 씨인지도 모를 테지. 그러면 왜 수술을 하지 않고 그러고 있는 걸까. 아버지를 모르는 아기라도 낳고 싶어서 그럴까. 그럴 리야 없겠지. 그렇다면 수술비용이 없어서 그대로 있는 것일까. 그 여우 같은 포주가 수술비를 대 줄 리가 없겠지. 가장 좋은 방법을 그녀를 수술시킨 다음, 공장 같은데 취직시켜 주는 것이다. 뜻대로 될지 모르겠지만 한번 알아 봐야지.

사창가 골목은 언제 보아도 을씨년스럽다. 생활의 활기 같은 것은 조금도 보이지 않고 바닥이 고여서 썩어 가는 듯 한 냄새만 난다. 모든 것을 포기한 여자들의 절망적인 눈초리가 골목 안을 더욱 을씨년스럽게 만들어 주고 있다.

이제 그의 신분을 알고 있는 창녀들은 그를 경계의 눈초리로 바라보기만 할 뿐 붙들려고 하지 않는다. 범인은 어쩌면 이 골목 안에 있는지도 모른다고 그는 생각한다. 죽은 박 사장이 이 창녀들 중의 그 누군가와 관계가 있는 것이 아닐까. 이곳을 조사할 필요가 있다. 그러나 어디서부터 손을 대야 할지 그는 막연하기만 했다.

쌓인 눈이 얼어붙은 바람에 길은 미끄러웠다. 그는 어두워진 골목길을 천천히 올라갔다.

"안녕하세요?"

어둠 속에서 소년이 튀어나오면서 절을 꾸벅 했다.

"오, 잘 있었니?"

그는 소년의 어깨를 잡고 흔들었다.

"어디 가세요?"

"너한테 놀러 왔다."

"우리 누나하고 놀려구요?"

소년의 거침없는 물음에 그는 기가 질렸다.

이 자식을 어떻게 해야 이해시키나.

"너의 누나는 몸이 아프지 않니?"

"괜찮아요. 매일 손님 받고 있는데요, 뭐. 우리 누나하고 노세요. 우리 누나 예뻐요."

"그러면 안 돼. 너의 누나 그러다간 큰일 난다. 정말 큰일 나."

"괜찮대요. 누나가 스케이트 사 준다고 그랬어요. 이제 손님 다섯만 받으면 스케이트 살 수 있대요."

이런 멍청이 같은 놈. 그는 주먹을 불끈 쥐었다가 이내 도로 풀었다.

"하여간 누나한테 가 보자."

소년은 즐거운 듯이 판잣집 안으로 들어갔다.

중년 사내가 문틈으로 밖을 내다보다가 그와 시선이 마주치자 문을 열고 나왔다.

"아이구, 오셨습니까."

사내는 비굴하게 웃으면서 고개를 숙였다.

"별일 없지요?"

병호의 부드러운 물음에 사내는 적이 놀라는 눈치였다. 그는 이 기회에 형사를 잘 사귀어 놔야겠다고 생각했는지 더욱 굽실거렸다.

"덕분에 아무 별일 없습니다. 좀 쉬었다 가시죠. 마침 좋은 애가 하나 들어왔습니다. 헤헤……."

"아니, 그럴려고 온 게 아니라 이 애 누나를 좀 만나려고 온 겁니다."

병호는 얼굴을 찌푸리면서 소년을 따라 구석진 방으로 들어갔다. 그러한 그를 사내는 아무래도 이해하지 못하겠다는 듯이 의아한 눈으로 바라보았다. 이윽고 그 눈은 무엇을 찾으려는 듯 번득이기 시작했다.

어린 창녀는 눈을 크게 뜬 채 놀란 듯이 병호를 바라보고 있었다. 빨간 스웨터 위로 부풀어 오른 젖가슴이 흔들리고 있었고, 입은 반쯤 벌려져 있었다. 어깨까지 내려온 흑발과는 대조적으로 얼굴은 꿈에서 본 것처럼 창백했다. 그의 시선이 밑으로 구르자 그녀는 두 손을 맞잡으면서 배를 가렸다. 그 바람에 배는 더욱 두드러져 보였다.

"아씨 잘 놀다 가세요."

병호가 뭐라고 말할 사이도 없이 소년은 총알처럼 밖으로 뛰어 나갔다.

둘만 남게 되자 창녀는 그제야 그의 시선을 피했다. 병호는 방안을 둘러보았다.

두 사람이 겨우 누울 수 있는 좁은 방안에 때에 전 이불이 펴져 있었고, 한쪽 구석에는 조그만 비닐 트렁크가 하나 덩그러니 놓여 있었다. 짐이라곤 그 트렁크 하나뿐이었다. 그 트렁크 위에 화장품 서너 가지가 오밀조밀하게 놓여 있었다. 병호는 한동안 그 빈약한 화장품을 물끄러미 바라보고 있었다. 가슴이 뭉클 젖어 드는 것을 느끼는 순간 전깃불이 꺼졌다. 그리고 대신 붉은 불이 켜졌다. 너무 촉수가 약했기 때문에 잠시 그는 주위가 보이지 않았다.

주위에 눈이 익었을 때 창녀가 옷을 벗고 있는 것이 보였다. 그녀는 어느새 웃옷을 모두 벗고 치마를 막 풀어 내리고 있었다. 붉은 불빛 때문인지 그녀의 움직임 하나하나가 환상적으로 보였다. 브래지어와 팬티 차림이 되었을 때 여자가 몸을 조금 돌리면서 그를 바라보았다. 브래지어 위로 터질 듯이 부풀어 오른 젖가슴이 마른 몸내와 묘한 대조를 이루고 있었다. 삼각팬티 위로 불룩 솟아 나온 아랫배가 그녀의 모든 것을 흡수하고 있는 것 같았다. 그녀는 무슨 말을 할 듯하다가 가만히 미소했다.

그녀가 브래지어를 벗기기 위해서 앙상한 팔을 뒤로 꺾었을 때 병호는 고개를 흔들었다.

"그럴 필요 없어. 옷을 입어요."

창녀는 이해할 수 없다는 듯 머뭇거렸다.
"옷을 입으라니까!"
그는 좀 큰소리로 말했다. 창녀는 옷을 집어 들면서,
"제가 임신했기 때문에 그러시지요? 임신했어도 그건 할 수 있어요."
라고 말했다.
병호는 기가 막혀서 멍하니 그녀를 바라보았다. 그는 분노가 치미는 것을 꾹 참았다.
"이 바보야, 그래서 그런 게 아니야."
"그럼, 왜 그래요?"
목소리는 작으면서도 고집스러운 데가 있었다.
"그걸 하려고 온 게 아니야. 옷을 입고 빨리 앉아."
병호는 털썩 주저앉으면서 담배를 빼어 물었다.
모든 것이 암담하게만 느껴졌다.

7

"싫어요!"
창녀는 날카롭게 소리쳤다. 그 완강한 태도에 병호는 어리둥절할 정도였다.

"이런 병신 같은…… 아기를 낳아서 너 혼자 어떻게 하겠다는 거야. 아버지도 모르는 아기를 낳아서 도대체 어떻게 하겠다는 거야?"

이영화(李英和)는 고개를 숙이더니 훌쩍훌쩍 울기 시작했다. 울음을 참느라고 어깨가 격하게 들먹거리고 있었다.

"네 처지를 잘 생각해 봐. 넌 지금 열여덟 살이야. 열여덟 살짜리가 혼자서 아기를 낳아서 기르겠다는 거냐? 그러다간 넌 평생 불행하게 돼. 병원에 가서 수술만 하면 간단하게 끝날 수 있는데, 왜 고생을 사서 하는 거지? 수술비가 없으면 내가 대 줄 테니까 그건 염려 마. 수술하고 몸이 건강해지면 내가 취직도 시켜 주겠어. 잘 생각해 봐. 이런 사창굴에서 이런 짓 하다가는 넌 얼마 못 가 죽고 말아."

"차라리 죽고 싶어요."

"이런 빌어먹을……."

그는 창녀를 쥐어박고 싶었다. 갸름하고 앳되게 생긴 것과는 달리 그녀는 몹시 고집스러웠다.

"네 동생을 생각해 봐. 네 동생은 똑똑하고 영리한 것 같은데 학교도 못 가고 여기서 나쁜 것만 배우고 있지 않니. 이건 네 책임이야. 네가 하루빨리 이런 데를 빠져나가 취직을 해서 네 동생을 학교에도 보내고 너도 새 생활을 해야 되는 거야. 네가 그럴 마음만 있다면 내가 적극 도와주겠다."

"싫어요!"

그녀는 무릎 위에 두 손을 꼭 포개 쥐고 있었다.

"네가 말을 안 들으면 강제로 끌고 가겠다."

"안 돼요. 싫어요."

그녀는 뒤로 물러앉으면서 그를 사납게 쏘아보았다.

"그럼, 아기를 낳겠다는 거냐?"

창녀는 웅크린 채로 머리를 끄덕였다.

"도대체 남자가 누군 줄이나 알고 있니?"

"알아요."

병호는 놀림을 당하는 기분이었다.

"누구니? 너를 임신시킨 남자가 누구야?"

그녀는 대답하지 않았다. 대답할 것 같지가 않았다.

"가만있지 말고 대답해 봐. 남자가 누구야?"

"……."

"넌 하루에도 여러 명씩 남자들을 상대하는데 어떻게 아기 아버지를 알 수 있니? 설령 네가 알고 있다 해도 남자가 그것을 믿을까? 그 남자를 만나 봤어?"

"……."

"그 남자가 여기 오나?"

"……."

"너를 안 만나 주지? 그렇지?"

"……."

그는 가슴에 막힌 답답한 기분을 풀기 위해 한숨을 길게 내쉬었다. 어린 창녀는 절대 말할 수 없다는 듯 몸을 웅크린 채 철저하게 방어 태세를 갖추고 있었다. 도무지 입을 열 것 같지 않다. 남자의 정체만은 결코 안 밝힐 셈인 것 같다. 어떤 사내일까. 병호는 말머리를 돌렸다.

"넌 부모도 없니?"

그녀는 대답 대신 고개를 끄덕거렸다.

"모두 돌아가셨나?"

그녀는 여전히 끄덕거렸다.

"가 있을 만한 친척도 없나?"

그녀는 고개를 저었다. 병호는 더 이상 물어 볼 마음이 가시고 말았다. 그녀의 마음을 돌린다는 것도 현재로서는 불가능하다. 그렇다고 임신한 여자를 취직시킬 수도 없는 노릇이다. 이들 어린 남매를 이 사창굴에서 끌어내어 침식을 제공해 줄 수 있는 경제적인 능력도 나에게는 없다. 하긴 내가 무슨 인도주의자란 말인가.

"아무튼 잘 생각해 봐. 나는 너희 남매를 위해서 권하는 것이니까 잘 생각해 보도록 해. 다음에 또 올 테니까 마음이 변했으면 말해 줘."

창녀는 그가 나가는데도 내다보지도 않았다.

"또 오십시오. 이거 얼마 안 되지만."

주인 사내가 그의 소매를 붙잡으면서 봉투 하나를 내밀었다. 병호는 사내를 쏘아보면서 손을 뿌리쳤다. 사내는 사양하는 줄 알고 우격다짐으로 호주머니 속에 봉투를 찔러 넣었다.

"이러지 마세요. 난 이런 돈 필요 없으니까……."

"아따, 이 돈은 돈이 아닙니까."

사내의 입에서 술기운이 풍겨 왔다. 병호는 봉투를 도로 꺼내어 집어 던졌다.

"당신 이런 짓 하면 정말 재미없어. 딴 사람한테는 통할지 몰라도 나한테는 안 돼. 이런 걸 제일 싫어해.”

사내는 멋쩍은 얼굴로 그를 쳐다보다가 바닥에 떨어진 봉투를 집어 들었다.

“이럴 것까지 없지 않습니까.”

“있고 없고, 싫단 말이오.”

병호는 가슴이 부글부글 끓어 오른 것을 느꼈다. 어린 여자들의 피와 기름을 짜서 살아가는 이런 사내야말로 혐오스럽기 짝이 없었다. 미친 듯이 상대를 후려지고 싶은 충동을 그는 지그시 눌렀다.

“당신한테 뭐 한 가지 물어 볼 게 있는데……”

사내는 추락된 체모를 만회할 기회를 얻었다는 듯이 금방 눈웃음을 쳤다.

“좋습니다. 우선 추운데 이리 방으로 들어오셔서 한 잔 하시면서……”

“아니, 난 곧 가야 하니까 여기가 좋아요. 며칠 전에 일어난 살인 사건 잘 알지?”

“살인 사건이라니요?”

사내가 담배를 권해 오면서 정색을 하고 되물었다. 병호는 담배를 받아 피웠다.

“저기 쓰레기 더미에서 며칠 전 발견된 시체 말이오. 그거 몰라요?”

“아, 난 또 뭐라구요. 그거야 알지요. 저도 가서 그 시체를 봤습니다. 하필 왜 쓰레기 속에서 죽었지요? 그 사람 뭐하는 사람입니까?”

"그 사람 혹시 본 적이 없소? 이 근방에 볼 일이 있어서 왔다가 죽은 것 같은데……."

"제가 말씀입니까?"

사내는 이를 드러내면서 웃었다.

"처음 보는 사람이던데요. 그런 사람 본 적이 없어요. 그런데 그 사람 누가 죽인 건가요?"

"그래요. 누가 독살을 했어요."

"아직 범인을 못 잡았나요?"

사내의 눈이 치켜 올라갔다.

"아직 못 잡았어요. 한번 좀 알아봐 주시오."

"뭘 말입니까?"

"이 근방에서 누가 그 사람을 본 적이 없는가 알아봐 주시오. 당신이라면 이 근방에 있는 사람들은 다 통할 테니까."

"그거야 어렵지 않아요. 알아봐 드리겠습니다. 그거 참, 왜 하필 여기서 사람이 죽어 가지고……."

밖은 완전히 어두워져 있었다.

골목길을 중간쯤 내려갔을 때 소년이 뛰어왔다.

"아씨, 이제 가세요?"

"그래. 넌 춥지 않니?"

"괜찮아요."

소년은 장갑도 끼지 않은 맨손을 비벼대면서 웃었다.

"날 따라와. 장갑 하나 사 줄게."

"괜찮아요."

"이 자식, 사양할 줄도 다 아는구나. 잔말 말고 따라와."

"잡아가는 거 아니죠?"

"잡아가긴……."

그는 소년의 손을 잡고 골목을 내려갔다. 소년은 형사의 손을 잡고 간다는 것이 기쁜지 금방 생기 넘친 얼굴이 되었다. 불빛 아래 서 있는 창녀들이 신기한 듯이 그들을 바라보았다.

"넌 이름이 뭐니?"

"상수요. 이상수(李相洙)요. 아저씨는요?"

"난 병호다. 오병호……."

소년이 갑자기 낄낄거리며 웃었다.

"왜 웃니?"

"이름이 꼭 고기 이름 같아요. 생선 이름이요."

"요놈의 자식."

그는 소년의 머리에 군밤을 하나 먹였다.

8

뜨끈뜨끈한 단팥죽을 소년은 순식간에 먹어 치웠다. 그리고 빵을 노려보고 있었다.

"먹어. 너 다 먹어."

병호가 빵 그릇을 밀어 주자 소년은 재빨리 빵 하나를 집어 들고 먹기 시작했다. '이 자식, 몹시 굶주렸구나. 얼마든지 먹겠는데.' 그는 불현듯 자신의 어린 시절이 생각났다. 굶주렸던 기억밖에 나지 않았다. 아이들이 먹고 싶은 본능처럼 순수한 것이 있을까. 아이들은 꿈속에서도 먹는 것만 찾는다.

"넌 학교 어디까지 다녔니?"

상수는 손가락 세 개를 펴 보였다.

"학교 다니고 싶지 않니?"

상수는 머리를 저었다.

"정말 싫어?"

상수는 시선을 피하면서 빵을 입 속에 틀어넣었다.

"체할라, 물 마시면서 천천히 먹어라. 너는 나중에 커서 뭐가 될래?"

소년은 손가락으로 그를 가리켰다.

"그게 뭐야?"

"아저씨요. 아저씨 같이 형사가 될래요."

병호는 가슴이 쿵 울리는 것을 느꼈다. 그는 혹시 다른 사람들이 엿듣지나 않았나 해서 주위를 휘둘러보았다. 제과점 안에는 손님이 거의 없었다.

"왜 하필 형사가 되고 싶니?"

"형사가 제일 세니까요. 형사 앞에서는 왕초도 꼼짝 못하지 않아요."

소년의 말이 거침없이 튀어나왔기 때문에 당당하게 들릴 정도였다.

형사가 이 소년의 우상이란 말인가. 빌어먹을, 그는 한동안 말이 막혀 멍청하게 맞은편 벽을 바라보고 있었다.

"형사는 택시도 공짜로 타지요?"

"아니야. 돈을 내야 해."

"에이, 그렇지만 돈 안 내도 되지 않아요. 극장도 공짜로 들어가지요?"

"아니야."

"히이, 거짓말…… 기차도 공짜로 타지요? 비행기두요? 그렇지요?"

소년은 자기의 꿈을 확인하기라도 하려는 듯 눈을 반짝이며 물었다.

"아저씨, 권총 있지요? 어디다 차고 다녀요?"

병호는 빵을 더 시켰다. 소년은 계속 먹어 댔다. 그리고 거침없이 물어 왔다.

"형사는 사람 죽여도 괜찮지요?"

"안 돼."

"괜찮다고 그러던데요."

"누가?"

"어떤 형사가요. 아씨는 왜 내가 묻기만 하면 다 안 된다고 그래요."

"네 생각이 틀렸기 때문이야.

소년은 이해하지 못하겠다는 듯 고개를 갸우뚱했다.

"형사가 되려면 어렵지요?"

"어렵지 않아. 그렇지만 너는 형사보다 더 훌륭한 사람이 돼야 해."

"그래도 난 형사가 제일 좋아요. 내가 형사라면 하고 싶은 것 다할 텐데……."

"형사라고 뭐든지 다 할 수 있는 게 아니야. 그리고 사람이 공짜를 좋아하면 못 써!"

"형사보다 좋은 게 뭐예요?"

"글쎄……."

그는 얼른 대답하지 못하고 머뭇거렸다. 사실 그도 그것이 무엇인지 잘 모르고 있었다. 그러나 직업 중에 형사가 제일 나쁘다는 것만은 확신하고 있었다.

"많이 있지. 학교 선생이나 의사. 정치가…… 다 좋지."

"피이. 그런 게 뭐가 좋아요. 그런 사람도 형사가 잡아 갈 수 있지 않아요. 형사가 잡아 가면 꼼짝 못하지요."

"나쁜 짓 하는 사람만 잡아 가는 거야.

병호는 소년에게서 일말의 두려움 같은 것을 느끼지 않을 수 없었다. 그도 초등학교에 다닐 때 담임선생으로부터 장래에 뭐가 되겠느냐는 질문을 받은 적이 있었다. 아이들은 차례로 일어나서 장래 희망을 큰소리로 대답했다. 대통령, 장군, 정치가…… 아이들은 모두가 위대한 인물이 되기를 원하고 있었다. 그의 차례가 되었을 때 그는 한참동안 머뭇거리다가 작은 소리로

"소방관이 되고 싶습니다."

하고 대답했다.

그러자 모두가 어리둥절한 눈으로 그를 쳐다보았다. 그러나 그는 자신의 대답에 만족했다. 그때 왜 자신이 소방관이 되겠다

고 말했는지 그는 지금도 알 수가 없었다.

빵을 모두 처분하고 난 소년은 빨간 털장갑을 끼고 만족한 듯 그것을 들여다보았다. 소년이 기뻐하는 것을 보자 병호는 우울한 마음이 좀 가라앉았다. 그때 소년이 갑자기 엉뚱한 질문을 했다.

"아씨, 그 쓰레기터에서 죽은 사람 어떻게 됐어요."

소년은 웃고 있었다. 소년의 웃는 모습이 어쩐지 어른 같아 보였다.

"넌 그런 거 알 필요 없어."

"왜요? 제가 애니까 그런가요?"

병호는 생각이 달라졌다. 처음에는 소년에게 살인 사건에 관한 것을 물어 보고 싶지 않았지만 문득 생각이 달라진 것이다.

"너 혹시 그 죽은 사람 본 적 있니?"

"아니오."

소년은 머리를 세게 흔들었다.

"잘 생각해 봐. 한 번도 본 적이 없어?"

"없어요."

"쓰레기터에 가 보긴 가 봤지?"

"네, 가서 구경했지요."

소년은 히죽 웃더니 갑자기 얼굴이 굳어지면서 그를 힐끗 쳐다보았다.

"그 사람 왜 죽었어요?"

"누가 죽인 거야."

"어떻게 죽었어요?"

"그런 건 몰라도 돼. 너한테 뭐 하나 부탁해도 될까?"

"네, 부탁하세요. 뭐예요?"

자기가 인정받았다는 사실에 소년은 기운이 솟은 것 같았다. 병호는 소년에게 이런 걸 부탁해도 괜찮을까 하고 생각하다가 말했다.

"네 친구도 좋고 될수록 많은 사람이면 더욱 좋아. 그 죽은 사람을 전에 본 적이 있는가? 그걸 좀 알아봐 줘. 그리고 본 적이 있다고 하면 나중에 그 사람을 나한테 좀 알려줘. 알았지?"

"네, 알았어요. 그런 거야 누워서 떡먹기예요."

병호는 빵을 한 봉지 다시 사서 소년에게 안겨 주었다.

"이걸 누나한테 갖다 줘. 너 혼자 먹지 말고……."

"알았어요."

장갑을 사 줄 때도 빵을 사 줄 때도 소년은 감사하다는 말을 할 줄 몰랐다. 원래 그렇게 돼먹은 놈 같았다.

그들은 밖으로 나왔다. 병호는 시계를 보았다. 아홉 시가 거의 다 되어 가고 있었다. 그는 소년의 어깨를 툭 쳤다.

"참 한 가지 또 물어 볼 게 있다. 너의 누나 애인 있니?"

소년은 능글맞게 웃으면서 고개를 저었다.

"몰라요."

"누나가 잘 만나는 남자 몰라? 있을 텐데……."

"몰라요."

"그럼 누나는 누구 애기를 밴 거니?"

"누구 애기라니요? 누나가 배고 싶어서 밴 거지요."

병호는 따귀를 한 대 얻어맞은 기분이었다. 언제나 소년을 당해 낼 수 없다. 그가 멍하니 서 있는 것을 보자 소년을 또 능글맞게 웃었다. 놈은 모든 것을 알고 있는 것 같기도 하고 그렇지 않은 것 같기도 했다. 소년은 어둠 속으로 곧 사라져 버렸다.

그는 집으로 돌아가서 잠이나 자고 싶었다. 그러나 가야 할 데를 외면하고 돌아갈 수는 없었다. 생선 장사하는 전라도 아주머니는 지금쯤 집에 돌아와 있을 것이다. 그 여자를 만나 보면 박 사장에 관한 것을 좀 더 깊이 알 수 있을지도 모른다.

그는 손을 번쩍 들어 지나가는 택시를 불렀다.

9

생선 장사를 하기 때문인지는 몰라도 그 전라도 아주머니한 테서는 비린내가 나는 것 같았다. 그러나 그렇게 기분 나쁜 냄새는 아니었다.

병호로부터 찾아온 이유를 대강 듣고 나자 그녀는 때에 전 치마폭을 손으로 둘둘 말아 대면서 한숨을 길게 내쉬었다. 시장에서 고생을 많이 한 탓인지 사십대 부인치고는 꽤 나이가 들어 보였는데. 어디선가 본 듯한 인상이었다. 어디서 보았을까. 그러나 얼른 생각이 나지 않는다. 한참 만에 그녀는 마지못해 하며 입을 열었다.

"그 애하고는 같은 고향이지요. 서로 이웃에 살았는데, 우리는 오래 전에 서울로 올라왔고, 그 애는 그대로 시골에서 살았지요. 그 애 아버지는 옛날에 죽었고. 홀어머니 밑에서 남매가 자랐는데, 나중에 홀어머니마저 죽었어요. 나는 서울에서 소식을 듣고는 알았지요. 그 애 어머니하고 나하고는 언니 동생하면서 지냈기 때문에 죽었단 소식을 듣고는 밤새 울었어요. 그러다가 일 년인가 지나서 그 애한테서 편지가 왔어요. 서울 와서 식모살이를 하려고 하는데, 마땅한 자리 하나 있으면 소개해 달라는 거였지요. 하도 계속해서 편지가 오기에…… 그 죽은 박 사장네 집에 소개해 준 거지요. 엄마가 죽자 삼촌 집에 얹혀살았던 모양인데 괄시가 심했나 봐요. 몇 달 지나자 남동생까지 올라왔어요."

"그럼 오누이가 모두 박 사장 집에서 살았습니까?"

"그렇지요. 식모 방이 따로 있으니까 거기서 함께 잤겠지요."

"그래서 어떻게 됐습니까?"

"다 아시니까 하는 말인데. 그 애는 그때 벌써 죽은 박 사장 애기를 배고 있었어요. 박 사장하고 단둘이 있을 때 강제로 당한 모양이에요. 한 번 그러고 나니까 그 뒤로부터 자꾸만 요구해서 그럴 때마다 그 짓을 한 모양이에요. 그 어린 것을 글쎄 아무리 집주인이라고 그럴 수가 있나요."

"개새끼야. 개새끼."

아낙의 남편이 담배를 뻑뻑 빨아 대면서 욕설을 해댔다. 얼굴이 온통 수염으로 덮여 있는 사내였다. 그는 술기운으로 뻘게진 얼굴을 흔들면서 아내의 다음 말을 맡고 나섰다.

"내가 대신 이야기를 하리다. 죽은 놈은 죽은 놈이고…… 욕 먹을 짓을 했으면 욕을 먹어야 합니다."

"아니, 당신은 가만있어요."

아낙이 톡 쏘아대자 사내는 눈을 부라렸다.

"잠자코 있어. 그 박 사장 여편네가 애를 못 낳으니까 식모한테 애만 낳아 달라. 그러면 50만 원을 주겠다. 이렇게 꼬인 모양이에요. 그렇지만 아무리 돈에 환장했다고 어느 년이 자기 새끼를 내놓겠어요. 더군다나 돈 50만 원이 뭡니까. 빡만 원을 줘도 억울한 판인데…… 노랭이도 그런 노랭이는 없어요. 그 애가 하루는 우리 집에 와서 울며 털어놓기에 우리도 내막을 알았지요. 그렇지만 우리가 그 애 보호자도 아니고 어떻게 합니까. 박 사장 집에는 다시 안 들어가겠다고 하기에 하는 수 없이 우리 집에서 오누이가 이틀인가 숨어 있었는데, 하루 이틀도 아니고 보시다시피 우리도 단칸방에 세 들어 사는 형편에 어디 그 애들을 더 이상 데리고 있을 수 있습니까. 그래서 그 애를 살살 달랬지요. 가기 싫더라도 고향에 내려가 삼촌 밑에 있는 것이 낫지 않느냐 하고 말입니다."

"그래서 내려갔나요?"

"안 내려가고 별 수 있나요. 내려가기 전에 박 사장한테 찾아가서 위자료나 두둑이 받아 내라고 했지요. 안 주면 고소하라고 했어요. 그런데 그 바보 같은 것이 위자료도 안 받아 내고 고소도 안 하고 내려갔어요. 그런 바보 같은 것이 세상에 어디 있어. 위자료나 받아 내면 시집갈 밑천은 될 텐데……."

사내는 억울하다는 듯 입을 쪽 다셨다.

"애는 어떡하고 시집을 갑니까?"

"워언, 형사님두…… 애 같은 거야 병원에 가서 떼어버리면

될 거 아닙니까. 요새 처녀들 그런 일 보통 아닙니까."

"그 애 이름이 뭡니까?"

그는 사내의 입에서 다른 이름이 나오기를 바랐다. 그러나 사내는 그의 의중을 알고 있기라도 하는 듯,

"영화라고 하지요. 이영화(李英和)라고……"

하고 말했다.

병호는 다시 허둥지둥 담배를 피워 물었다. 입 속이 바싹 타 들어 가고 있었다.

"그 애 동생 이름은 뭐지요?"

"상수(相洙)라고 부르지요."

병호는 일어서서 나와 버리고 싶었다. 그리고 여기서 수사를 끝내고 싶었다. 그러나 마음과는 달리 그는 어느새 수사관의 본능으로 돌아가 있었다.

"이영화의 고향은 어딥니까?"

"전남 곡성(谷城)입니다. 그런데 통 소식이 없어요. 벌써 내려간 지 두어 달이 돼 가는데 편지 하나 없어요. 우리가 저한테 쌀쌀맞게 군것도 없는데, 잘 내려갔으면 잘 내려갔다고 편지라도 해야 할 거 아닙니까."

"차타고 내려가는 걸 직접 보셨나요?"

"저는 못 봤습니다. 마침 제 처남 되는 사람이 들렀기에 가는 길에 그 애들을 서울역까지 데려다 주라고 부탁했지요. 그 애들은 서울 지리를 통 몰랐으니까요. 이봐. 당신 오래비한테서 무슨 연락 없었어?"

사내는 아내의 어깨를 툭 쳤다. 졸고 있던 아낙이 남편을 흘

졌다.

"이 이가 왜 사람을 툭툭 치고 야단이야?"

"당신 오래비 소식 모르느냐 말이야?"

"몰라요······."

아낙은 숭늉 그릇을 집어 들더니 꿀꺽꿀꺽 물을 마셨다.

"워낙 도깨비 같은 사람이라 몇 달에 한 번씩 들리지요. 그날은 우연히 여길 들렀기에 부탁했지요."

"그분 주소를 모르십니까?"

"모릅니다. 뭘 하고 먹고 사는지 우리한테는 통 말을 하지 않으니까······."

"그분 이름을 좀 가르쳐 주시겠습니까?"

"김기팔(金基八)이라고 합니다. 그런데 참 이렇게 오신 걸 보니까 혹시 영화가 이번 사건에 무슨 관계라도 있나요"

"아니오. 없습니다. 박 사장과 생전에 관계있던 사람들은 모두 만나보고 있는 중입니다. 실례 많았습니다."

전라도 아주머니의 집을 나온 그는 차도 타지 않고 밤길을 터벅터벅 걸어갔다. 도중에 그는 구멍가게에서 소주 한 병과 땅콩을 산 다음 술을 마시면서 걸어갔다. 몸에 술이 들어가자 추위가 좀 가시는 것 같았다. 비로소 그는 생각이 났다. 어디서 본 듯한 전라도 아주머니의 얼굴, 그것은 영화가 들어 있는 사창굴 포주의 얼굴과 비슷했다. 길게 째진 조그만 눈과 튀어나온 광대뼈, 쏙 빠진 하관이 서로 닮은 데가 많았다. 그 사내가 바로 김기팔이다. 어린 오누이를 서울역에 데려다 주는 대신 사창굴에 데려다가 매음 행위를 시킨 것이다. 영화의 배가 눈에 띄게 불러 오고 이용가

치가 없어지자 이젠 내쫓으려 하고 있다.

그건 그렇다 하고, 과연 영화가 박 사장을 죽였을까. 박 사장을 사창굴로 불러들인 다음 독살한다는 것은 과히 어려운 일이 아니다. 연약한 여자로서도 충분히 할 수 있는 일이다. 그렇다면 죽인 다음 시체는 어떻게 쓰레기터에까지 갖다 버렸을까. 남자의 도움이 필요했겠지. 김기팔이 도와줬을까. 도대체 영화는 왜 박 사장을 죽였을까. 하긴 찢어 죽이고 싶도록 박 사장이 미웠겠지. 자기를 강간하고 임신시킨 남자가 아기까지 빼앗아 가려고 하니 미울 수밖에 없었겠지. 그러나 그렇다고는 하지만 열여덟 살짜리 어린 여자가 그런 잔인한 짓을 할 수 있을까. 그렇게 어리고 순진해 보이는 여자가 살인을 할 수 있을까. 그녀가 범인일 가능성은 가장 많지만, 그러나 도무지 범인으로 믿어지지가 않는다. 이것은 육감이다. 그렇지만 아무튼 그녀를 연행해서 심문하지 않을 수 없다.

'제가 죽였어요. 어쩔 수 없었어요. 제가 살인범이에요. 벌은 달게 받겠어요.' 만일 그녀가 이렇게 고백해 버린다면 어떡하나? 그녀의 가는 손목에 내가 수갑을 채워야 한단 말인가. 소년은 어떤 얼굴을 할까.

'제 꿈은 형사가 되는 거예요. 그래서 제 누나를 잡아간 당신 손목에 수갑을 채우는 거예요.' 소년의 말이 들려오는 것만 같아 그는 술병을 입 속에 쑤셔 박았다.

10

 밤새 그는 이 문제를 생각해 보았다. 생각할수록 영화가 범인이라는 심증은 굳어만 갔다. 그러나 그녀를 연행해서 심문하고 싶은 마음은 조금도 일지 않았다. 심문하면 십중팔구 자백할 것이고, 곧 구속될 것이다. 임신한 18세 소녀를 구속하는 것이다. 살인범으로 말이다.
 정말 천만 뜻밖이었다. 도저히 살인할 것 같지 않은 사람이 살인한 경우를 그는 여러 번 보아 왔었다. 그때마다 사람의 마음은 정말 알 수 없는 것이라는 생각이 들곤 했었다.
 아침 늦게까지 그는 이불 속에서 뒤척거렸다. 아직 단안을 못 내린 채 그는 환자처럼 멀거니 천장을 바라보다가는 한 숨을 푹 푹 내쉬곤 했다. 묵살해 버릴까. 사건을 미궁으로 처리해 버리는 거다. 그렇다고 양심에 거리낄 것은 없다. 죽은 박 사장에게 미안하게 생각될 것도 없다. 그는 그렇게 죽을 수밖에 없는 위인이었으니까.
 문제는, 그렇게 되면 내가 법을 위반하는 것이다. 경찰 월급을 타 먹으면서 직무를 유기하는 것이 된다. 사건을 묵살하려면 차라리 경찰직을 그만둬라. 그렇지도 못하면서 인정을 베푼다는 것은 지나친 모순이 아닌가. 수사는 끝까지 냉정하게 진행해야 한다. 동정 따위는 금물이다. 범인이 동정할 만한 상대라면 재판 과정에서 참작할 일이다. 이영화 양, 만일 내가 너를 체포하게 되면 나를 용서해 주기 바란다. 어쩔 수 없는 일이 아닌가.

그는 담배를 뻑뻑 피우다가 슬그머니 일어났다. 식사할 마음도 나지 않아 그는 세수만을 한 채 밖으로 나왔다.

날씨는 더욱 추워지고 있었다. 그는 다방에 들어가 한동안 다시 생각해 보다가 결심한 듯 몸을 일으켰다. 사실을 밝혀 보는 거다. 그녀를 체포하고 안 하고는 나중에 결정할 수도 있는 일이 아닌가.

다방을 나온 그는 사창굴로 향했다.

골목길을 올라갈 때 그는 저절로 고개가 숙여졌다. 오누이를 대할 생각을 하니 발길이 잘 떨어지지가 않았다. 김기팔의 집 앞에 이르자 그는 머뭇거리다가 그대로 지나쳐 갔다. 여느 때 같으면 보일 소년이 보이지 않았다.

쓰레기터에는 언제나 처럼 쓰레기가 잔뜩 쌓여 있었다. 그는 망설이다가 골목을 돌아서 내려왔다. 그리고 다시 김기팔의 집 앞에 이르러 어금니를 깨물면서 안으로 들어섰다. 김기팔이 세수를 하고 있다가 놀란 눈으로 그를 쳐다보았다.

"어서 오십시오. 어쩐 일이십니까?"

"영화 양을 좀 만나러 왔습니다."

그가 안으로 들어가려고 하자 사내가 급히 말했다.

"그 애는 없습니다."

병호는 휙 돌아섰다. 사내는 그의 시선을 피하면서 비굴하게 웃었다.

"어디 갔나요?"

"글쎄, 어젯밤에 오 형사님이 돌아가신 뒤에 갑자기 짐을 싸

들고 나가겠다고 하기에…….."

"뭐라고요?"

그는 자기도 모르게 목소리을 높였다. 알 수 없는 노여움이 치밀어 놀라 견디기가 어려웠다. 그는 영화의 방으로 달려가 문을 열어 젖혔다. 화장을 짙게 한 늙은 창녀가 담배를 꼬나문 채 그를 지그시 바라보았다.

"들어오세요."

하고 그녀가 말했다.

병호는 사내에게 달려들어 그의 멱살을 움켜쥐었다.

"아니, 이 이거 왜 이러십니까? 이거 놓으세요! 아무리 형사라고 사람을 이렇게 함부로 학대할 수가 있습니까?"

병호는 사내를 벽에다 밀어붙였다.

"뭐, 학대한다고? 좋아. 당신 같은 사람은 얼마든지 학대해도 좋아! 알았어?"

기팔의 부인이 달려들어 울부짖는 바람에 병호는 그를 데리고 그 집을 나와 부근 다방으로 들어갔다. 기팔은 생각보다는 거칠게 나왔다.

"그때 돈 만 원 받은 거 돌려 드리겠습니다."

그는 돈을 세더니 탁자 위에 탁 놓았다. 병호는 이자를 걷어차 버릴까 하다가 그대로 꾹 참았다.

"기어코 가겠다고 하는데 난들 어떻게 합니까. 그렇다고 강제로 잡아 둘 수도 없는 거 아닙니까."

"이용할 대로 이용해 먹은 다음 이제 쓸모가 없으니까 내쫓은 거 아니야?"

"생사람 잡지 마십시오. 이용해 먹다니, 무얼 이용해 먹었다는 겁니까? 같은 고향이라 올데갈데없는 애를 먹여 주고 입혀 줬는데 그게 잘못이라는 말입니까?"

병호는 상대를 뚫어지게 쏘아보았다.

"꼭 그렇게 거짓말을 하겠소? 그 애는 임신한 몸으로 손님을 받았어. 왜 그랬지? 당신이 시킨 거니까 그런 짓을 한 거야. 누가 모를 줄 알아?"

"그건 잘못 생각한 겁니다. 놀고먹기가 미안해서 그 애가 자진해서 손님을 받은 겁니다. 전 그 애한테 손님을 받으라고 한 적이 없습니다."

"그렇다면 서울역에 데려다 주라고 부탁한 애들을 왜 여기로 끌고 왔지?"

"네? 그거 무슨 말씀입니까?"

기팔의 눈이 자지러질 듯 확대되었다. 병호는 담배를 피워 물면서 쓰디쓰게 웃었다.

"몰라서 묻는 거요? 내 입으로 말해야 알겠소?"

"도대체 무슨 말씀을……?"

"김기팔 씨, 어젯밤에 나는 당신 여동생 집을 다녀왔어요. 당신한테서 소식이 없다고 그럽디다. 이제 내 말 알아듣겠소?"

기팔의 얼굴이 하얗게 질리는 것 같았다.

"그, 그건……."

"그건 뭡니까?"

"사실은 영화가 고향에 가기 싫다고 해서 이리로 데리고 온 겁니다. 그렇다고 언제까지 공짜 밥을 먹일 수는 없고…… 그래서 할 수 없이……."

기팔은 기가 죽어서 병호의 눈치를 살피기 시작했다.

"이젠 배가 불러 오니까 쓸모가 없어졌겠지. 그래서 내쫓은 거지요? 왜 갑자기 내쫓았지요?"

"내쫓은 게 아닙니다. 가겠다고 하기에 내보낸 겁니다. 정말입니다."

"그렇다면 영화는 왜 갑자기 떠났을까? 고향에 가 봐야 반겨 줄 사람도 없을 텐데……."

"어느 집에 식모로 들어갔는지도 모르지요."

기팔의 눈이 희끗 빛났다.

"임신한 애를 누가 식모로 쓰겠소. 더구나 동생까지 딸린 애를……."

병호는 식은 찻잔을 가만히 들여다보다가 얼굴을 번쩍 쳐들었다.

"당신 바른 대로 말하시오. 박 사장 알고 있죠?"

"박 사장이라니요."

"정말 모르겠소?"

"모르겠는데요."

병호는 김기팔이 어디까지 거짓말을 하고 있는지 알 수가 없었다.

"며칠 전에 쓰레기터에서 발견된 그 시체는 박윤기라는 사람으로 무역회사 사장이오. 그런데 그 박 사장 집에서 영화가 식모살이를 했었소. 당신도 동생을 통해서 박 사장 이야기는 들었을 텐데."

"네에? 저는 금시초문입니다. 영화가 어느 사장 집에서 식모살이를 했다는 건 들은 적이 있지요. 그렇지만 어느 집인지 제가 어떻게 알겠습니까? 알 필요도 없는 거 아닙니까?"

"그 사람이 이 동네에서 죽은 걸 보면 영화를 만나러 온 게 틀림없어요. 영화를 만나러 왔다가 죽었단 말이오. 틀림없이 당신도 보았을 텐데……."

"저는 한 번도 그 사람을 보지 못했습니다."

"영화는 박 사장 아기를 배었소."

"그렇습니까? 그렇다면…… 영화가 그 박 사장이라는 사람을 죽였나요?"

"모르겠소. 아직 알 수가 없어요."

"아무리…… 영화가 그럴 리가 있겠습니까."

기팔은 그녀를 두둔하는 체했다.

"영화가 어디로 갔는지 모르나요?"

"모릅니다. 어디로 간다고 말을 안 했으니까요. 혹시 체포될 게 두려워 미리 도망친 게 아닐까요?"

"그랬을지도 모르지요. 꼬마도 물론 데려갔겠지요."

"그럼요. 그 애들은 항상 붙어 다니니까요. 그놈은 보통 애가 아닙니다. 어린 것이 어른들보다 머리 쓰는 것이 낫습니다."

병호는 사내를 가만히 지켜보다가 영화의 고향 주소를 물어본 다음 천천히 몸을 일으켰다.

11

밤 11시 30분, 그는 급행열차에 올랐다. 영화를 뒤쫓아야 하느냐, 그대로 주저앉아 있어야 하느냐 하는 문제로 고심하다가 그는 특급마저 놓치고 가까스로 급행열차에 오른 것이다.

두 사람이 앉으면 적당할 자리에 겨우 엉덩이를 밀어붙이고 끼어 앉자 옆자리의 사내가 눈을 흘겼다. 호남선 열차는 언제나 만원이고, 잘못 느리게 행동하다가는 자리도 못 잡고 꼬박 서서 갈 수밖에 없다.

여행은 지루하고 피로했다. 눈꺼풀은 무겁게 내려 덮이는데도 막상 자려고 하면 잠이 오지 않았다.

날이 뿌옇게 밝아 오면서 눈이 내리다가 다시 하늘로 솟구치는 것 같았다. 그는 끝없이 이어지는 산과 들을, 그리고 그 위로 내리는 눈발을 멍하니 바라보고 있었다. 눈 내리는 겨울 날, 나는 임신한 처녀를 체포하러 가는 것이다.

이것은 서로가 불행한 일이다. 얼마나 불행한 일인가. 그녀를 정말 서울로 데리고 올 수 있을지 없을지는 그 자신 사실 의문이었다.

여덟시가 조금 지나서 열차는 곡성역에 닿았다. 눈송이는 더욱 굵어져 있었다. 이렇게 내리다가는 교통이 두절될지도 모른다고 그는 생각했다.

그는 역 앞에 있는 식당으로 들어가 해장국을 한 그릇 시켜 먹었다. 공복을 채우자 졸음이 밀려 왔다. 따뜻한 아랫목에 누워 한잠 늘어지게 자고 싶었다. 그러나 빨리 서두를 필요가 있었다. 만일 영화가 고향에 내려오지 않았다면 다시 상경해야 한다.

이곳에서 영화를 만나지 못하면 그는 수사를 포기해 버릴 생각이었다. 지구의 끝까지 따라가서 그녀를 체포할 생각은 추호도 없었다.

식사를 하고 난 그는 버스를 탔다. 버스는 자갈이 깔린 울퉁불퉁한 길 위를 느릿느릿 굴러 갔다.

읍에서 지리를 알아보니 30리는 더 들어가야 한다는 것이었다. 지름길로 질러서 가면 30리쯤 되지만, 그 대신 차가 다니지 못하기 때문에 걸어가야 한다고 했다.

"차로 가시려면 택시를 대절하셔야 될 겁니다. 버스가 다니지 않기 때문에……."

경찰서 앞에 서 있는 입초 순경의 말이었다.

병호는 한참 동안 길 위에 서 있었지만 택시가 보이지 않았다. 눈은 계속 내리고 있었다. 이러다가는 걸어가야 할지도 모른다고 생각했을 때 폐차나 다름없는 낡은 택시 한 대가 덜컹거리며 다가왔다.

택시가 읍거리를 벗어나 들판 가운데를 굴러 갈 때 갈가마귀 떼가 눈발을 헤치고 멀리 날아가고 있는 것이 보였다. 바람에 흔들리는 앙상한 가로수와 눈에 덮인 들판을 그는 멍하니 바라보았다. 열시가 거의 다 되어서야 그는 영화의 삼촌집 앞에 섰다. 그 집은 낡은 초가집으로 마을에서 멀리 떨어진 야산 밑에 자리 잡고 있었다. 지붕이 군데군데 내려앉아 있고 벽이 헐어 있는 것이 얼른 보기에 사람이 살지 않는 폐가 같았다. 사립문은 활짝 열려 있었고 마당에는 쓰레기가 지저분하게 흩어져 있었다.
 집 안에서는 인기척이 없었다. 방문 밑에 남자 고무신이 한 켤레 놓여 있는 것을 보고 그는 마당 안으로 들어섰다. 그리고,
 "계십니까?"
하고 조심스럽게 물었다. 그러나 방 안에서는 아무런 기척도 들리지 않았다.
 "실례합니다. 계십니까?"
 그는 조금 큰 소리로 주인을 불렀다. 그래도 대답이 없자 그는 방 앞으로 다가서서 문을 두드렸다.
 "실례합니다. 계십니까?"
 문을 거칠게 두드리자 그제야 안에서 기침 소리가 들렸다.
 "누구여?"
 남자의 퉁명스러운 목소리와 함께 문이 덜컹 하고 열렸다. 벌겋게 달아 오른 중년 사내의 살찐 얼굴이 밖으로 불쑥 나왔다. 사내는 술에 취해 잠들어 있었는지 하품을 길게 하면서 충혈된 눈으로 이쪽을 멀거니 바라보았다. 아침부터 술에 취해 있는 것으로 보아 제대로 살림을 사는 사람 같지가 않았다.
 "누굴 찾아왔소?"
 "저, 혹시 여기가 이영화 양 삼촌 되시는 분의……."
 "예, 그렇습니다. 제가 바로 삼촌 되는 사람올시다. 그런데 왜 그러슈?"
 사내는 비스듬히 기울고 있던 상체를 바로하고 병호를 아래위로 훑어보았다. 병호는 머리를 숙이며 될수록 부드러운 목소리

로 입을 열었다.

"다름이 아니라 영화 양을 좀 만나러 왔습니다."

"영화를요?"

"네, 그렇습니다."

사내는 기침을 칵 하고 뱉더니 잠자코 담배를 피워 물었다. 담배를 한 모금 기분 좋게 빨고 나서야 그는,

"왜 영화를 만나려고 하슈?"

하고 물었다.

"좀 만날 일이 있어서 그럽니다."

"선생 혹시 서울에서 오지 않았소?"

"네, 서울에서 내려오는 길입니다."

사내는 알겠다는 듯 고개를 끄덕이고 나서 불쑥 말했다.

"당신이 바로 애 아버지구먼."

"네? 무슨 말씀인지……"

병호는 어리둥절했다.

"영화란 년이 시집도 안 간 것이 애를 배가지고 내려왔던데…… 당신이 바로 그 임자 아니오."

병호는 머리에 쌓이는 눈을 신경질적으로 털어 냈다. 그리고 사내를 똑바로 쳐다보았다.

"잘못 생각하셨습니다. 저는 경찰관입니다."

이번에는 사내가 놀란 표정을 지었다. 그는 갑자기 표정을 바꾸면서 굽실거리기 시작했다.

"아이구. 이거 몰라 뵈었습니다. 이런 누추한 데를 다 오시구…… 추운데 이리 올라오시지요."

"아니, 괜찮습니다."
사내는 엉거주춤 일어서더니 밖으로 나왔다.
"우리 영화가 무슨 사고라도 저질렀습니까?"
"아닙니다. 무얼 좀 긴히 물어 볼 게 있어서 만나려고 하는 겁니다."
"서울에서 여기까지 내려오신 걸 보니까 아주 중요한 일인가 보지요?"
"그렇다고 볼 수 있습니다. 영화 양은 어디 갔습니까."
"그것 참. 한 발 늦으셨습니다."
병호는 사내를 힘껏 밀어 버리고 싶었다. 사내는 때에 절은 솜저고리 소매 속으로 손을 찔러 넣으면서 어깨를 움츠렸다.
"아까 아침에 떠났습니다."
병호는 묵묵히 눈에 덮인 마당을 내려다보았다. 이렇게 눈이 오는데 임신한 몸을 이끌고 그녀는 어디로 갔을까. 그녀가 미운 생각은 조금도 들지 않았다. 그보다도 그녀가 걱정이 되었다. 도망칠 바에야 차라리 손이 닿지 않을 먼 곳으로 도망쳐라.
"워낙 고집이 세어서 도무지 말을 듣지 않습니다. 조카라면 그래도 삼촌 말을 들어야 할 텐데 어떻게 된 애가 반대로만 나가요. 애들이 불쌍해서 데리고 있으려고 했는데, 무슨 바람이 불었는지 서울로 올라가더니 애비 없는 자식을 배어 가지고 내려오지 않았습니까. 나 원, 동네가 창피해서 얼굴을 들고 다닐 수가 없습니다."
"어디로 갔습니까?"
"글쎄 말입니다. 어제 저녁때 서울에서 전보가 왔는데……

그걸 보더니 갑자기 떠났지요. 아마 내 생각에 그 놈팽이한테서 온 전보인 것 같아요. 갔으면 서울로 갔겠지요."

병호의 눈이 빛났다.

"놈팽이라니요?"

"그…… 애기 아버지 되는 놈 말입니다. 그놈이 아니면 누가 전보를 보냈겠습니까?"

"그 전보 내용을 보셨습니까?"

"봤지요. 빨리 만나자는 내용이었지요."

누가 보낸 전보일까. 만나자는 사람은 누구일까.

"전보를 보낸 사람의 이름을 아십니까?"

"모르겠는데요. 전보에 적힌 이름을 보긴 봤는데 잊어 먹었어요."

사내는 고개를 갸우뚱했다.

"성(姓)만이라도 기억이 안 나십니까?"

"박 뭐라고 했는데……."

"박윤기라는 이름 아닙니까?"

"마, 맞습니다. 이제 생각납니다. 박윤기…… 그래요…… 박윤기가 맞습니다."

죽은 박윤기 사장이 어제 이영화에게 전보를 보낸 것이다. 그 전보를 받고 영화는 허둥지둥 이곳을 떠났다. 누가 박 사장의 이름으로 전보를 보냈을까.

"영화는 동생도 데려갔습니까?"

"네, 그놈은 제 누나만 따라다니는 놈이라……."

12

　택시를 대기시켜 둔 것이 다행이었다. 그렇지 않았다면 눈길을 꼬박 걸어야 했을 것이다.
　읍에 도착했을 때 이미 눈은 정강이까지 차오르고 있었다. 그는 너무 피곤했으므로 다방으로 들어가 차를 마셨다.
　"벌써 두 시간이 지났는데도 아직 열차가 안 들어왔대."
　"남쪽에는 여기보다 눈이 더 많이 내린 모양이야."
　난롯가에 모여 앉은 사내들이 큰소리로 이야기하는 것이 그의 귀에까지 들려 왔다. 피로를 좀 풀어 보려던 그는 도로 밖으로 나왔다.
　"막차요! 막차!"
　버스 차장의 외치는 소리가 들려왔다. 병호는 그 쪽으로 뛰어갔다.
　"어디로 가지?"
　"역이오. 눈 때문에 오늘은 일찍 차가 끊깁니다. 막차요! 막차!"
　차 속은 발 디딜 틈도 없이 사람들로 꽉 들어차 있었다. 반시간을 더 기다린 뒤에야 버스는 겨우 출발했다.
　눈은 앞을 분간할 수 없을 정도로 몰아치고 있었다. 눈보라 속을 버스는 달리는 게 아니라 기어갔다.
　그로서는 꼭 어떻게 하자는 생각은 없었다. 열차가 불통이라면 아무 데서고 주저앉을 수밖에 없었다.

역 대합실 쪽에서 몇 사람이 걸어오고 있었다. 그는 한 사람을 붙잡고 물었다.

"차가 안 다닙니까?"

"눈이 많이 와서 불통이랍니다."

청년은 그를 쳐다보지도 않은 채 말했다.

대합실에는 몇 사람이 오지도 않을 열차를 기다리며 서성거리고 있었다. 주위를 둘러보던 그의 시선이 구석에서 딱 멎어 버렸다.

그는 뛰는 가슴을 진정하면서 한동안 멍하니 그쪽을 바라보고 있었다. 영화 남매는 발이 묶여 오도 가도 못한 채 대합실에서 주저앉아 있는 모양이었다. 그들은 목도리로 얼굴을 감싼 채 오돌오돌 떨고 있었다. 추위 때문에 떠는지 공포 때문에 떠는지 알 수가 없었다.

그가 가까이 다가서자 소년이 몸을 일으켰다. 소년은 스케이트를 어깨에 걸치면서 그를 바라보았다. 그 눈이 잔뜩 공포를 띠고 있었다. 그가 뭐라고 말하기도 전에 소년은 개찰구로 빠져 나가 철로 쪽으로 도망쳤다. 그 바람에 소녀도 덩달아 뛰어 일어났다. 그러나 몸이 무거운 그녀는 이미 모든 것을 포기한 것 같았다. 그녀는 눈물이 글썽한 눈으로 그를 쳐다보다가,

"상수야, 가지 마!. 상수야, 가지마!"

하고 소리쳤다.

소년은 도망치다 말고 철로 위에 버티고 서서 이쪽을 바라보고 있었다. 눈발 속에 묻힌 소년의 모습은 빨간 털모자만 아니었

다면 어른 같아 보였을 것이다. 그는 왜 소년이 도망쳤는지 알 수가 없었다.

"이리 와. 괜찮아."

그는 소년을 향해 손짓을 했다. 그러자 소년은 무슨 생각을 했는지 끼고 있던 장갑을 벗어 이쪽으로 집어 던졌다. 그리고 소리를 질렀다.

"싫어요! 형사면 최곤 줄 알아?"

병호는 한 대 심하게 얻어맞은 기분이었다. 그는 할 말을 잃고 소년을 멍청하게 쳐다보기만 했다. 한참 만에 그는 소녀를 돌아보며,

"가서 데려와."
하고 말했다.

그의 부드러우면서도 조용한 말씨가 오히려 그녀에게는 위압적으로 들린 것 같았다. 그녀는 호소하는 눈길로 그를 바라보다가 말없이 철로 쪽으로 걸어갔다.

철로 위에서 오누이는 실랑이를 벌였다. 누이가 손을 잡아끌자 소년은 가지 않으려고 떼를 썼다.

"싫어! 이거 놔! 안 간단 말이야!"

마침내 소녀가 울기 시작했다. 그녀는 소년의 손을 잡은 채 흐느껴 울었다. 그러자 소년의 반항이 그쳤다. 소년은 뻣뻣이 서서 누나를 바라보았다.

병호는 더 이상 볼 수가 없어 그쪽으로 천천히 다가갔다. 도중에 소년이 벗어 던진 장갑을 집어 들고 그는 눈을 털었다. 그것은 그가 소년에게 사 주었던 빨간 털장갑이었다. 그것을 보자 그

는 심히 부끄러운 생각이 들었다.

소년은 결심을 했는지 그가 가까이 다가서도 도망치려고 하지 않았다. 그는 웃으면서 소년에게 장갑을 내밀었다.

"손 시려운데 이걸 끼어. 왜 도망쳤지?"

소년은 말없이 장갑을 받아 들더니 거기에 손을 집어넣으면서 갑자기 울음을 터뜨렸다. 그는 당황해서 소년의 어깨를 두드렸다.

"남자가 울면 되나. 자 울지 마. 우리 추운데 저기 식당에 가서 점심이나 먹자."

그가 잡아끌자 소년은 울면서 따라왔다.

대합실에 남아 있던 몇 사람이 호기심에 찬 눈초리로 그들을 바라보았다. 병호는 매표구에 얼굴을 들이밀고 열차 편을 알아보았다.

"오늘은 불통입니다. 이대로 눈이 내린다면 내일도 낙관할 수 없습니다."

젊은 역원이 딱딱한 표준어 발음으로 말했다.

병호는 오누이를 데리고 대합실을 나왔다. 오누이를 어떻게 해야 할지 그 자신도 초조하기만 했다.

식당으로 들어가 식사를 시켰지만 그들 오누이는 먹으려고 하지를 않았다. 그들은 몹시 배고파하는 눈치들이었지만 한사코 밥상을 외면했다. 빨리 어떤 결정을 내려 주기를 기다리고 있는 것 같았다.

병호도 역시 식사를 들 수가 없었다. 그는 담배를 한 대 다 피울 때까지 창밖만 바라보고 있었다. 눈은 도무지 그칠 것 같지가 않았다.

"어딜 가려고 그랬지?"

그는 소녀에게 겨우 이렇게 물었다. 소녀는 고개를 숙이면서 대답하지 않았다.

"눈 때문에 오늘은 아무데도 갈 수 없어. 내일도 못 갈지 몰라. 그런 몸으로 눈을 맞고 돌아다니면 위험해."

그는 다시 담배를 피워 물었다. 무슨 말이라도 자꾸만 지껄이고 싶었다.

"서울로 다시 올라갈 생각이었나?"

소녀는 고개를 끄덕거렸다. 창백한 뺨 위로 한 줄기 눈물이 흘러내리고 있었다.

"서울에서 누굴 만나기로 했나?"

"……."

"김 씨 집에 다시 찾아갈 생각이었나?"

"자꾸 묻지 말아요! 우리 누나는 아무 죄도 없어요!"

소년이 이쪽을 쏘아보면서 날카롭게 외쳤다. 소년은 누나에게 위험이 닥치면 목숨을 내놓고라도 그녀를 보호하려고 할 것 같았다.

"누나를 괴롭히려고 그러는 게 아니야. 이해해 줘."

"그럼 왜 왔어요?"

"뭣 좀 알아볼 게 있어서 온 거야."

"우리는 아무것도 몰라요."

소년이 잡아뗄 듯이 말했다.

"모르면 할 수 없지."

그는 조금 기다렸다가 다시 입을 열었다.

"앞으로 어떡할 생각이지?"

소녀에게 물은 말이었지만 그녀는 아무 대꾸도 하지 않았다. 그 대신 소년이 맡고 나섰다.

"어떡하긴 뭘 어떡해요?"

"막연히 이렇게 떠나오면 어떡하려고 그래? 잠은 어디서 자고 먹을 것은 누가 주지? 얼어 죽으면 어떡하려고 그래?"

"상관하지 말아요."

소년은 잔뜩 볼멘소리로 말했다.

13

천장에 매달린 전등이 희미한 빛을 뿌리고 있었다. 방안은 따뜻했다.

오 형사는 벽에 기대앉아 담배를 줄곧 피우고 있었다. 그는 너무 답답해서 고함이라도 지르고 싶은 심정이었다.

두 어린 오누이는 붙어 앉은 채 움직이지를 않았다. 소녀는 방바닥을 내려다보고 있었고, 소년은 오 형사를 쳐다보고 있었다. 오 형사를 보고 있는 소년의 눈에는 적의가 가득 차 있었다.

저녁식사를 하고 난 뒤 여관에 방을 정한 것은 두 시간쯤 전이었다. 그때부터 그들은 말없이 방안에 앉아 있기만 했다.

너무 조용했으므로 밖에서 눈이 내리는 소리까지 들려오고 있었다. 밤새에 눈이 그친다 해도 눈이 녹을 때까지는 움직이지 못할 것이다.

그는 오누이를 쏘아보았다. 시선이 부딪치자 소년은 얼른 눈을 돌렸다. 이렇게 처리하기 곤란한 상대는 처음이었다. 범인을 체포하면 조서와 함께 검찰에 송치해 버리면 되는 것이다. 거기에는 냉혹한 사무 처리만이 있을 뿐 인정 따위는 존재하지 않는다. 그런데 오누이에 대해서만은 그렇게 할 수가 없었다.

"그렇게 앉아 있지 말고 이리 와서 자. 염려할 거 없어."

병호는 참다못해 말했다. 그러나 오누이는 움직일 기색을 보이지 않았다.

"이리 와서 자라니까!"

그는 조금 언성을 높였다.

"싫어요!"

소년이 완강한 기세로 말했다.

"그럼 밤새 거기 앉아 있을 셈이냐?"

"보내 줘요."

"눈 때문에 아무 데도 갈 수 없어. 나갔다간 얼어 죽어."

"얼어 죽어도 좋아요. 누나는 죄가 없어요."

그는 갑자기 소년이 얄미운 생각이 들었다. 어떻게 처리할 줄 몰라 당혹에 빠져 있던 그의 마음은 한 곳으로 기울어지기 시작했다.

"죄가 있고 없고는 조사해 보면 알 수 있어."

"우리 누나를 데리고 갈려구요?"

"죄가 있으면 데려가야지!"

"누나는 죄가 없어요!"

소년이 큰 소리로 외쳤다. 병호는 손을 흔들었다.

"너는 가만있어. 누나하고 말할 테니까."

창녀가 고개를 들고 그를 바라보았다. 공포와 비애가 뒤섞인 눈이었다.

"박윤기 사장을 알고 있지?"

그녀는 흠칫 놀라면서 몸을 한 번 떨었다. 그러나 이내 머리를 완강히 저었다.

"쓰레기터에서 발견된 그 시체는 박윤기 사장이라는 사람이야. 그래도 몰라? 솔직히 말해 주면 나도 너를 도와주겠지만 그렇지 않으면 용서하지 않을 거야. 자 말해 봐."

"우리 누나는 몰라요! 아무것도 몰라요!"

"넌 가만있어. 임마."

그는 소년을 노려보았다. 창녀가 소년의 손을 가만히 잡아 주고 있었다. 그러나 그녀의 입은 고집스럽게 다물어져 있었다. 병호는 다시 답배를 피워 물었다.

"좋아. 말하지 않으면 내가 말하지. 박 사장 집에서 식모살이 하지 않았나?"

영화는 아까보다 더욱 놀라는 것 같았다.

"상수, 너도 그 집에서 누나하고 함께 있었지?"

오누이는 똑같이 질린 눈으로 병호를 바라보았다. 그들은 형사가 그 사실을 알고 있다는 것이 아무래도 믿기지 않는다는 눈치였다.

"말해 봐. 생선 장사하는 전라도 아주머니한테 모두 들었어. 그래도 대답 안 하겠니?"

"누나는 죄가 없어요."

소년이 절망적인 목소리로 말했다. 그는 한사코 누나의 결백만을 주장하고 있었다.

"누나가 죄가 있고 없고 그걸 묻는 게 아니야. 그 집에서 식모살이를 했느냐 말이야?"

"했어요."

소녀는 조그맣게 말하고 나서 흐느끼기 시작했다. 오 형사는 울음소리가 듣기 싫었다.

"지금 임신한 아기는 박 사장 아기지?"

소녀의 흐느낌은 더욱 거세어지고 있었다. 그 바람에 소년도 덩달아 울기 시작했다. 병호는 자신의 마음이 돌처럼 굳어지는 것을 느꼈다. 그는 사정없이 질문을 던졌다.

"말해 봐. 박 사장 아기지?"

"……."

소녀는 대답대신 고개를 끄덕거렸다.

"박 사장이 아기를 낳으면 달라고 했나? 박 사장은 말하기 거북하니까 사장 부인이 그런 말을 했겠지?"

"네……."

"뭐라고 하면서 그런 요구를 했어?"

"말을 안 들으면…… 감옥에 집어넣겠다고……."

"그리고?"

"아기를 낳아 주고…… 다시 찾아오지 않는다면…… 50만 원을 주겠다고 했어요. 그…… 그 집에는 자식이 없어요."

그녀는 울음을 참느라고 도중에 자꾸만 말을 끊었다.

"그래서 어떻게 했지?"

"도망쳤어요."

"……."

"왜, 왜 도망쳤어?"

"아, 아기를 주기 싫었어요. 제 아기를 어떻게 남한테…… 아무리 돈을 많이 줘도 싫어요."

"그건 영화 혼자만의 아기가 아니잖아? 박 사장도 아기를 가질 권리가 있지 않을까?"

"그렇지만…… 아기하고 해어지는 건 싫어요. 저 혼자서도 아기를 기를 수 있어요!"

그녀는 울음을 그치고 단호하게 말했다. 병호는 그녀의 강한 모성애에 충격을 느끼고 한동안 말을 잊고 있었다.

"박 사장 집에서 도망친 다음 어디로 갔지?"

"생선 장사 아줌마네 집에 갔어요."

"그 다음에는?"

"고향에 내려가려고 했는데, 그 아줌마 오빠가 취직시켜 준다고 해서……."

"그래서 사창가에 있게 되었나?"

그녀는 부끄러운지 머리를 숙였다.

"그놈은 악질 포주야. 같은 고향 처녀를 그런 데 끌어들이다니 나쁜 놈이야. 그건 그렇고…… 그런데 어떻게 해서 박 사장이 그 곳을 알았지? 영화가 연락을 취했나?"

"아니에요."

그녀는 머리를 흔들었다.

"그럼 어떻게 해서 박 사장이 그 곳에 나타났지?"

"……."

"포주 집에서 박 사장을 만났지?"

"……."

그녀는 갑자기 결심한 듯 입을 다물고 있었다.

"말하지 않는다고 모를 줄 알아? 네가 박 사장을 그 곳으로 오게 했지?"

"……."

"쓸데없는 고집 피우지 마. 박 사장이 50만 원을 줄 테니까 아이를 낳아 달라고 또 요구했겠지. 말을 안 들으니까 박 사장이 때렸나? 말해 봐."

그녀는 다시 흐느끼면서 머리를 흔들었다. 병호는 화가 났다.

"끝까지 거짓말을 하는군. 박 사장이 미워서 쥐약을 먹인 거지? 그렇지?"

그녀는 눈을 크게 뜬 채 그를 바라보다가 다시 머리를 흔들었다. 헝클어진 머리칼이 얼굴을 반쯤 가리고 있었다. 그때 소년이 엉엉 울면서 말했다.

"제가 죽였어요. 누나는 아무 죄도 없어요! 제, 제가…… 죽였어요! 제가 쥐약을 먹였어요!"

병호는 가슴이 철렁 내려앉았다. 설마 그럴 수가 있을까. 그가 소년을 쏘아보자 영화가 부르짖었다.

"아니야! 넌 아니야! 제가 죽였어요! 상수는 거짓말하고 있는 거예요! 제가 그 사람을 죽였어요!"

"아니야! 누나는 아니야! 제가 죽였어요! 아저씨한테 물어보세요!"

오누이는 서로 자기가 범인이라고 주장하고 있었다. 절망적인 몸부림이었지만 거기에는 자기를 희생시키려는 강한 의지가 깃들어 있었다. 그는 목이 메어오는 것을 느끼면서 겨우 물었다.

"아저씨라니, 그 포주 말이냐?"

"네, 그 사람한테 물어 보면 알아요. 제가 죽였어요! 저를 잡아 가세요!"

"넌 가만있어! 아무것도 모르면서 왜 그래?"

누나는 남동생의 입을 손으로 틀어막으면서 격렬하게 울부짖었다.

오 형사는 그들이 제각기 자기가 범인이라고 주장하는 이유를 차례대로 들어 보았다. 그리고 그 두 개의 이야기를 종합해서 대충 다음과 같은 사건 스토리를 맞춰 볼 수가 있었다.

14

이영화로부터 이야기를 듣고 난 포주 김기팔은 펄쩍 뛰었다.

"넌 그야말로 바보 멍텅구리로구나. 그래, 그런 놈을 가만둬? 그놈은 사장이야. 사장이 돈 50만 원을 내놓고 아기를 낳아 달라니 말이 되는 소리야? 그놈은 경찰에 연락하면 강간죄로 당장 처넣을 수가 있어. 50만 원이 아니라 500만 원이라도 받아 낼 수 있으니까 나한테 맡겨 둬. 그놈한테는 내가 네 삼촌이라고 말할 테니까. 너도 그렇게 말해. 알았어?"

영화는 두려웠지만 잠자코 수긍하는 빛을 보였다. 올데갈데없는 그들 오누이를 받아 준 김기팔 씨가 그녀는 고맙기만 했다. 그래서 그의 뜻을 거역하고 싶지가 않았던 것이다. 만일 기분을 상하게 해서 쫓겨나기라도 한다면 정말 큰 일이었다.

김 씨가 요구하는 대로 그녀는 박 사장 집 전화번호를 알려주었다. 그로부터 이틀이 지나 박 사장이 사창굴로 그녀를 찾아왔다. 그녀를 본 박 사장은 몹시 놀라면서 고개를 들지 못했다.

"자, 두 눈으로 똑똑히 봤지요? 이 어린 것을 임신시키다니, 이런 천인공노할 짓이 어디 있습니까? 이 애는 부모가 없어요. 그래서 삼촌인 내가 법적으로 보호자가 될 수밖에 없어요. 그래서 하는 말인데, 나는 당신 같은 사람은 콩밥을 먹어야 한다고 생각해요. 자, 갑시다. 경찰에 갑시다. 강간죄로 당신을 집어넣어야겠어. 영화, 너도 같이 가자!"

김기팔은 기세를 올리면서 말했다. 박 사장은 파랗게 질리면서 기팔의 옷자락을 잡았다.

"제 잘못은 인정합니다. 죽을죄를 지었으니 용서하십시오. 용서만 해 주신다면 충분히 위자료는 드리겠습니다."

"뭐라고? 돈푼이나 있다고 돈이면 단 줄 아슈? 어림없는 수

작 마! 나가자구! 일어서지 않으면 경찰을 부를 테야!"

완전히 주눅이 든 박 사장은 기팔에게 싹싹 빌었다. 영화는 차마 보기가 민망해서 얼굴을 돌려 버렸다. 박 사장의 얼을 빼놓고 난 기팔은 기세를 조금 늦추었다.

"당신 말이오, 사장이라는 사람이 너무 쩨쩨해. 사내답지 못하단 말이오. 나도 남자기 때문에 이런 실수는 있을 수 있다고 생각해요. 그렇지만 50만 원이 뭐요? 아기까지 빼앗아 가겠다면서 그래 50만 원만 내놓겠다는 거요? 생각해 보세요. 이 애를 이렇게 만들어 놓았으면 당신이 책임지고 장래를 보장해 줘야 할 거 아니오? 시집갈 밑천이라도 주고 나서 아기를 낳아 달라고 하든지 할 것이지 50만 원이 뭐요? 창피하지도 않소?"

"미, 미안합니다."

"미안하다고 해서 해결될 것도 아니고 딱 잘라 말하시오. 나도 이 문제로 오래 골치를 썩이고 싶지는 않으니까."

박 사장은 이마에 번진 땀을 닦고 나서 한숨을 내쉬었다.

"제가 백만 원을 드리겠습니다. 그 대신 아기는 제가 키우겠습니다."

"이 양반이 보자 보자 하니까 갈수록 가관이군. 돈 백만 원 가지고는 아파트 전세도 못 들어. 관 둬! 당신하고는 이야기가 안 되겠어."

김 씨는 일어나서 획 밖으로 나가 버렸다. 그 뒤를 박 사장이 허겁지겁 따라갔다.

영화는 그들이 돌아오기를 기다렸지만 한 시간이 지나도 그들은 나타나지 않았다. 거의 두 시간이 지나서야 김 씨 혼자서 돌아왔다.

"그 자식이 말을 잘 안 들어 먹어. 그렇지만 잘 될 거야. 이런 일은 갑자기 되는 게 아니니까 좀 기다려 봐."

김 씨는 불쾌한 듯 얼굴을 찌푸리고 있었다. 영화는 김 씨에게 한 가지만은 분명히 말해 두어야 한다고 생각했다.

"저기 아저씨……."

"뭐야?"

"저기, 돈 아무리 많이 줘도 전 싫어요."

"뭐가 싫어?"

"아기는 줄 수 없어요. 제가 기를 거예요."

김 씨의 가는 두 눈이 치켜 올라갔다.

"이런 바보 같은 년. 산통 깰려고 지랄을 하는구나! 아기는 시집가서 또 낳으면 될 거 아니야? 넌 엉덩이가 커서 아기도 잘 낳을 텐데……."

"안 돼요."

그녀는 단단히 결심한 투로 말했다. 김 씨는 그녀를 지그시 바라보다가 갑자기 표정을 부드럽게 했다.

"알았다. 정 그렇다면 할 수 없지. 그렇지만 그놈한테서 돈은 받아 내야 해. 우선 돈을 받아 내는 게 문제야. 그놈이 묻거들랑 아기는 낳아서 주겠다고 그래. 그러고 나서 돈을 받아 낸 다음 멀리 시골로 가 버리면 되는 거야. 하나도 죄 될 게 없어. 죄는 그놈이 졌으니까 너는 걱정할 거 하나도 없어."

"그렇지만 아저씨……."

그녀는 울상이 되어 김 씨를 쳐다보았다. 김 씨는 그녀의 어깨를 부드럽게 쓰다듬어 주었다.

"내가 잘 처리해 줄 테니까 나한테 모두 맡겨 둬. 내가 할 지랄이 없어서 이런 일 하고 있는 줄 아니? 보기에 네가 하도 딱하고 불쌍해서 널 도와주려고 그러는 거니까 아무 염려 말고 마음 푹 놓아."

그녀는 불안했지만 김 씨를 믿기로 마음먹었다. 김 씨는 그녀에게 며칠 손님을 받지 말고 푹 쉬라고 친절을 베풀기까지 했다.

한 주일이 지났다. 그동안 영화는 박 사장의 소식을 듣지 못하고 있었다. 한 번 나타난 뒤로 박 사장은 보이지 않았다. 그녀는 궁금했지만 묻지는 않았다. 김기팔도 웬일인지 거기에 대해서는 더 이상 말하지 않았다.

그러던 어느 날, 그러니까 한 주일쯤 지난 날 밤에 박 사장이 갑자기 나타났다. 그는 술에 취해 있었고, 김 씨를 보자 손을 잡고 흔들었다.

"이봐. 김 선생, 나 취했어. 잘 좀 부탁해. 나 오늘 밤 여기서 영화하고 하룻밤 자야겠어. 김 선생, 그래도 괜찮죠? 2백만 원이나 줬는데 하룻밤쯤이야 공짜로 잘 수 있겠지."

당황해 하는 김 씨를 밀치고 박 사장은 영화의 방으로 밀고 들어왔다. 영화는 박 사장의 말이 무슨 말인지 잘 이해할 수가 없었지만, 어렴풋이 이해는 갔다.

"박 사장, 왜 이러는 거요? 여기서 이러지 말고 나갑시다."

기팔이 잡아끌었지만 뚱뚱한 박 사장은 버티고 앉아 고집을 피웠다.

"너무 이러지 마슈. 내가 아무리 죄를 지었다고 너무 괄시하지 마시오. 내 애기를 밴 영화를 내가 하룻밤 안고 자는 게 그렇게도 싫소? 싫으면 싫다고 말하시오."

"하아, 그런 게 아니라 여기서 이러면 안 된다고 내가 말하지 않았소."

그전에 비해 기팔은 훨씬 누그러져 있었고. 왠지 불안한 기색이었다.

"흥, 안 되긴 뭐가 안 돼. 난 여기서 오늘 밤 자고 갈 거요. 그리고 참 할 말이 있소. 이리 앉아 보시오."

박 사장은 코트까지 벗어 붙이면서 김 씨를 끌었다. 김 씨는 하는 수 없다는 듯 엉거주춤 주저앉았다.

"다름이 아니고 영화를 이런 데 두어서는 안 될 것 같아서 내가 따로 방을 하나 얻어 뒀으니까…… 그렇게 알고, 내일 영화는 내가 데리고 가겠소. 이기를 낳을 때까지 몸조리를 잘 해야지 이런 데 있다가는 유산할지도 모르지 않소."

"그건 안돼요. 영화는 내가 데리고 있어야지 당신은 자격이 없어요. 방을 하나 얻어서 숫제 첩살림을 시키겠다는 거 아니오? 그건 안 돼요."

"안 되긴 뭐가 안 돼요? 2백만 원이냐 줬는데…… 아기 낳을 때까지 몸조리를 시키겠다는데 나쁠 게 뭐가 있어요. 참. 김 선생, 영화한테 돈은 전해 줬겠지요? 영화한테서 직접 영수증을 받아야겠군. 나중에 말썽이 나면 곤란하니까 합의서를 받아야지. 김 선생은 보증을 서 주시오. 딸이든 아들이든 낳기만 하면 내가 가져가는 거고…… 또 하나, 강간죄로 나를 고소하지 않는다는 거…… 그것도 써 주시오."

영화는 하얗게 질린 얼굴로 김 씨와 박 사장을 쳐다보았다. 김 씨는 완전히 당황해 버린 얼굴로 머뭇거리기만 했다. 영화는 자리를 고쳐 앉으면서 쏘아붙였다.

"전 누구한테도 아기를 안 주겠어요! 제가 낳은 아기는 제가 기르겠어요! 상관하지 마세요. 돈은 필요 없어요! 아무리 돈을 많이 줘도 전 싫어요!"

박 사장의 두 눈이 커지는 것 같았다. 그는 술이 깨는지 표정을 똑바로 하고 기팔을 돌아다보았다.

"김 선생 이거 어떻게 된 거지요? 이러면 약속이 다르지 않습니까? 돈은 어디 있지요?"

"그런 게 아니고 아직……."

"뭐가 그런 게 아니란 말이오? 당신이 2백만 원을 모두 착복했군. 이런 사기꾼!"

"그게 아니고 아직 말을 못했어요."

김 씨는 안절부절못하면서 영화를 흘낏흘낏 바라보았다.

영화는 대강 내막을 짐작할 수가 있었다. 그녀는 분노 대신 역겨움을 느꼈다. 어른들의 세계가 더없이 추악하게만 생각되는 것이었다.

"그럼 돈은 어딨소?"

박 사장은 날카롭게 추궁해 들어가고 있었다.

"으, 은행에 넣어 뒀어요."

"어디, 통장을 좀 봅시다."

기팔은 궁지에 몰리자 반격을 가했다.

"보여 줄 수 없어. 통장을 보자니, 사람을 뭘로 알고 그러는 거요?"

"이봐! 그 돈은 당신 가지라는 게 아니야. 영화가 가질 돈이야. 이 사기꾼, 돈을 내놔!"

"뭐, 사기꾼이라고? 이게 눈에 보이는 게 없나?"

"그래, 이 자식아. 보이는 게 없다! 당장 돈 내놔! 돈 안 내놓으면 경찰에 고발할 테야!"

"고발할 테면 해 봐! 너는 온전할 줄 아냐? 미성년자를 강간한 놈이 뭐가 잘났다고 떠드는 거야?"

"뭐가 어쩌고 어째? 이 사기꾼!"

그들은 서로 멱살을 틀어쥐고 노려보았다. 영화는 겁이 나서 그들을 뜯어말렸다.

"아이, 왜들 이러세요? 이거 놓고 말씀하세요."

그들은 의외로 순순히 물러앉았다. 그리고 심각한 얼굴로 상대방을 쳐다보았다. 먼저 입을 연 것은 김 씨 쪽이었다. 그는 갑자기 표변하면서 부드럽게 말했다.

"싸워 봐야 서로 손해니까 좋게 해결합시다."

"좋아요. 나도 싸우고 싶진 않으니까. 술이나 한 잔 하면서 이야기 합시다."

김 씨는 잠깐 나갔다 들어오더니 소년을 불렀다. 그때까지 골목에 서 있던 소년이 뛰어 들어왔다.

"너 심부름 하나 해라. 가서 청주 한 병하고 소주 한 병 사와라. 그리고 주전자에 붓고 미지근하게 데워. 주전자는 선반 위에 있다."

소년은 김 씨가 주는 돈을 받고 뛰어나갔다. 그날 따라 김 씨

부인은 시골에 가고 없었으므로 영화가 술상을 차려야 했다.

그녀가 부엌에서 술상을 차리고 있을 때 소년이 술병 두 개를 들고 들어왔다. 영화는 청주병 마개를 딴 다음 선반 위에 놓여 있는 낡은 주전자를 내려 거기에 술을 따라 부었다.

영화가 술상을 들고 들어갔을 때 김 씨는 박 사장을 달래고 있었다.

"내가 잘 달래서 좋게 해 줄 테니까 염려 말아요. 이런 일이 어디 그렇게 쉽게 됩니까?"

"하여간 빨리 해결해 주시오. 안 되면 돈을 도로 돌려주고……."

박 사장은 종이를 꺼내어 놓더니 다시 말했다.

"영화가 싫다니까 당신만이라도 돈을 받았다는 영수증을 하나 써 주시오. 그렇지 않으면 난 이대로 물러갈 수 없소."

"허어. 내 참, 그렇게 못 믿겠다면 좋소. 제기랄……."

김 씨는 달필로 영수증을 쓴 다음 소년에게 인주를 가져오게 하여 지장을 꼭 찍었다. 그것을 보고 나서야 박 사장은 술잔을 받았다.

박 사장은 주전자에 데운 청주를 마셨고, 김기팔은 소주를 마셨다.

"왜 이걸 안마시고 그걸 마시는 거요?"

"난 소주가 제일 좋아요."

영화는 죽은 듯이 앉아 빈 잔에 술을 따라 주었다. 소년은 말없이 구석에 쭈그리고 앉아 어른들의 술 마시는 모습을 바라보고 있었다. 그는 상 위에 놓여 있는 두부찌개가 먹고 싶었다. 저녁밥을 먹었는데도 배에서 꼬르륵 소리가 나고 있었다.

술이 얼근히 들어가자 박 사장은 기분이 풀어졌는지 히죽히죽 웃으면서 영화를 희롱하기 시작했다.

"이리 와 봐. 넌 뭐래도 내 색시야. 내가 밉지? 그렇지만…… 난 그렇게 나쁜 놈이 아니야."

그의 손이 영화의 엉덩이를 더듬었다. 영화는 그를 뿌리치고 물러앉았다. 그녀는 죽이고 싶도록 박 사장이 저주스러웠다. 그때 영화의 이런 저주에 맞아떨어지기라도 하듯 갑자기 박 사장이 배를 틀어쥐면서,

"아이구 배야. 배, 배가 왜 이러지?"
했다.

그는 몸을 일으키다가 도로 주저앉았다. 그리고 깊은 신음 소리를 내면서 몸을 뒤틀기 시작했다.

"왜, 왜 이러는 거요?"

기팔이 놀라서 박 사장을 부축했지만 이미 그의 몸은 심하게 경련을 일으키고 있었다. 입에서는 거품이 흘러나오고 있었고, 눈은 까뒤집혀 있었다. 박 사장의 손이 억세게 영화의 옷자락을 움켜쥐었다.

"나…… 죽어…… 나…… 살려줘…… 아이구…… 으윽……."

영화는 너무 무서워 그를 뿌리치고 방구석으로 도망쳤다. 오누이는 서로 끌어안은 채 박 사장이 죽어 가는 것을 바라보기만 했다.

박 사장이 신음 소리를 높게 내자 김 씨는 갑자기 수건으로

그의 입을 틀어막고 짓눌렀다. 손발이 마비되기 시작한 박 사장은 버둥거리기만 했다.
"빨리 병원에 데려가요!"
영화가 안타깝게 말하자 김 씨는 눈을 부라렸다.
"이젠 틀렸어. 이 바보 같은 년아. 죽고 싶어 환장했나?"
박 사장의 몸이 한 번 심하게 경련하더니 그대로 축 늘어져 버렸다. 김 씨는 오누이 앞으로 다가서더니 그들의 뺨을 사정없이 후려갈겼다.
"너희들이 술에다 독약을 탔지?"
"아니에요! 그럴 리가!"
오누이는 바들바들 떨었다. 천장을 향해 눈을 부릅뜨고 있는 박 사장을 보자 더욱 무섭기만 했다.
"그럼 박 사장이 왜 갑자기 죽었어! 술을 마시고 죽었단 말이야! 네가 술을 사 왔지? 술 사 가지고 오면서 독약을 탔지?"
김 씨가 멱살을 쥐고 흔들자 소년은 우는 소리를 냈다.
"저…… 전…… 안 그랬어요! 전…… 그냥 사오기만 했어요!"
"그럼 네년이 독약을 탔구나?"
"저도 안 그랬어요!"
"잔소리 마! 하여간 술을 마시고 죽었기 때문에 경찰이 알면 너희들은 꼼짝없이 붙잡혀 간다! 너희들은 살인범으로 체포돼서 사형을 받든가 죽을 때까지 감옥에 갇혀 있게 돼. 안 그랬다고 그래도 소용없어. 술 마시고 죽은 게 분명한데, 너희들밖에 의심 가는 사람이 어디 있니. 가겟집 주인이 술에 독약을 타서 팔았을 리는 없고…….”

　오누이는 겁에 질려 오들오들 떨어 대기만 했다. 김 씨의 말은 옳은 것 같았다. 박 사장이 술을 마시고 죽은 것은 틀림없는 사실이다. 영화는 김 씨에게 매달렸다.

　"아저씨, 살려 주세요! 저희들은 정말 안 그랬어요! 살려 주세요!"

　"내 말대로만 해. 그러면 안심할 수 있어. 나도 너희들을 감옥으로 보내고 싶지는 않아. 그래서 사람들이 들을까 봐 수건으로 입을 틀어막은 거야. 알겠어?"

　"네, 알겠어요."

　"아무한테도 여기서 일어난 일을 말하지 마. 말하면 큰일 난다. 경찰이 와서 물으면 그런 사람 본 적도 없다고 그래. 시체는 내가 치울 테니까 염려하지 마. 너희들 때문에 잘못하다가는 나까지 큰일 나겠다."

　김 씨는 박 사장을 힘들여 업고 급히 밖으로 빠져 나갔다.

　이미 자정이 지난 골목에는 사람 하나 보이지 않았다.

15

　밤이 깊어 갈수록 정신은 더욱 맑아지기만 했다. 오 형사는 어둠 속에서 눈을 뜬 채 드러누워 있었다.

아직도 눈이 내리는 소리가 들려오고 있었다. 바람이 문풍지를 흔드는 소리도 들려오고 있었다. 오누이는 잠이 들었는지 꼼짝도 하지 않고 있었다. 그는 벽쪽으로 돌아누웠다가 다시 몸을 바로 했다. 집힐 것 같으면서도 잡히지 않는 안개처럼 검은 정체가 아까부터 그를 괴롭히고 있었다.

범인은 누굴까. 세 명 중의 하나가 분명하다. 아니면 공범일지도 모른다.

그는 한숨을 내쉬고 눈을 감았다. 모든 것을 잊고 한숨 푹 자두고 싶었다. 그러나 너무 피곤한 탓인지 오히려 머릿속은 더욱 맑아지기만 했다. 구석에서 부스럭거리는 소리가 났다. 병호는 귀를 세우고 주의를 집중했다. 종이 같은 것을 만지는 소리 같았다. 병호는 고개를 조금 들어 올리고 오누이쪽을 바라보았다.

한참 부스럭거리는 소리가 나더니 이윽고 누군가가 일어서는 것이 보였다. 어슴푸레한 빛 속에서 그는 소년이 일어서 있는 것을 알아볼 수가 있었다. 소년은 어둠 속에 한동안 꼼짝 않고 서 있었다. 저놈이 나를 해치려고 그러나. 병호는 본능적으로 방어 태세를 취했다. 놈이 달려들면 사정을 두지 않고 주먹으로 후려칠 생각이었다.

그러나 소년은 생각과는 달리 문 쪽으로 다가갔다. 문 앞에서 소년은 또 한참 동안 서 있었다. 저놈이 오줌을 누려고 저러나. 아니면 도망치려고 그러는 것인지도 모른다. 도망친다 해도 눈 때문에 멀리 가지도 못할 것이다. 순간적으로 그는 차라리 오누이가 멀리 도망쳐 버리면 얼마나 마음 편할까, 하고 생각했다. 소년이 도망친다 해도 그는 막고 싶지가 않았다. 도망쳐라, 임마, 도망쳐. 도망치라구. 그는 속으로 외쳐 댔다. 그러나 그것이 쓸데없는 것이라는 걸 그는 잘 알고 있었다.

눈은 이미 어른의 무릎 높이까지 차올랐을 것이다.

마침내 문소리가 났다. 찬바람이 몰려들어 왔다. 병호는 어깨를 움츠리고 소년을 쏘아보았다. 소년은 발소리 하나 내지 않고 밖으로 사라졌다. 조용히 문이 닫히고 다시 정적이 찾아왔다. 그는 또 한숨을 내쉬었다. 그리고 벽 쪽으로 머리를 처박고, 이번에는 정말 한숨 자야겠다고 생각했다.

얼마 후 그는 정말로 잠이 들었다. 그러나 한 시간쯤 지나 도로 깨어났다. 깊은 잠이 아니었는데도 실컷 자고 난 기분이었다. 그는 머리맡을 더듬어 담배를 찾았다. 담배를 한 대 피우고 났을 때 그는 마침내 하나의 분명한 정체를 바라볼 수가 있었다. 그는 그것을 두 손으로 움켜쥐고 흔들었다. 그것은 바로 주전자였다. 주전자가 그토록 떠오르지 않았던 것이다.

다시 생각해 보자. 김기팔은 오누이도 모르게 그들에게 간접 살인을 시킨 것이다. 그는 부엌 선반 위에 놓여 있는 주전자에 그 전부터 집에 있던 쥐약을 미리 부어 놓은 다음 방으로 돌아와 소년에게 청주와 소주를 사 오게 했다. 소년은 시키는 대로 술을 사 와 그 중 청주를 주전자에 붓고 따끈하게 데웠을 것이다. 김기팔은 소주만 마시면서 박 사장에게는 청주를 권했다. 박 사장이 죽자 그는 오누이에게 죄를 덮어씌웠다. 겁에 질린 그들은 기팔이 시키는 대로 입을 다물 수밖에 없었을 것이다. 기팔은 이런 식으로 오누이의 입을 틀어막아 버렸다. 그리고 2백만 원도 고스란히 먹어 치울 수가 있었다. 아주 교묘하고 지능적인 방법이다. 시체를 내다 버리는 건 어려운 일이 아니다. 기팔은 시체를 쓰레기 더미 위에 내던진 다음 시계를 벗기고 소지품도 모조리 빼앗았을 것이다. 그리고 집으로 돌아온 그는 방안에 박 사장이 벗어 놓은 코트를 발견하고 증거가 되지 않도록 허겁지겁 치웠을 것이다. 놈은 영화에게 2백만 원을 착복한 것이 드러나자 잔뜩 겁을 집어 먹었을 것이다. 돈을 도로 내놓으면 문제가 없겠지만, 돈에 환장한 놈은 어떤 방법을 써서라도 그 돈을 차지하고 싶었을 것이다. 그 뒤에 일어난 일은 간단하다. 수사망이 좁혀지자 놈은 불안한 나머지 오누이를 시골로 내려 보냈다.

사전에 물론 위험이 닥칠 경우 박 사장의 이름으로 전보를 쳐주기로 약속했겠지. 본명으로 전보를 치면 영화의 삼촌이란 자가 알아보고 이상하게 생각할까 봐 박 사장의 이름으로 전보를 쳤을 것이다. 영화의 삼촌과 김기팔은 같은 고향으로 서로 잘 아는 사이일 것이다. 오누이는 정말로 자기들이 박 사장을 죽인 줄 알고 기팔이 시키는 대로 움직였을 것이다. 병호가 여기까지 생각했을 때 울음소리가 들려왔다. 병호는 일어나서 불을 켰다.

영화는 무릎 위에 머리를 파묻고 앉아 울고 있었다.

"왜 그래?"

"동생이 어디 갔어요. 기다려도 안 돌아와요."

그녀는 눈물을 줄줄 흘리면서 그를 원망스러운 듯 바라보았다. 병호는 그제서야 소년이 아까부터 나간 다음 아직 돌아오지 않은 것을 깨달았다. 그는 나가려다가 말고 문 앞에 떨어져 있는 종이쪽지를 발견했다. 그것을 집어 든 그는 소스라치게 놀랐다.

어둠 속에서 쓴 탓인지 글자는 제멋대로 그려져 있었다.

〈형사님, 제가 사람을 죽였습니다. 누나는 아무 죄도 없습니다. 우리 누나를 잘 부탁합니다. 저는 형사가 싫어졌어요.〉

그는 치밀어 오르는 감정을 목으로 넘기면서 멍하니 서 있다가 발작이 난 것처럼 밖으로 뛰쳐나갔다. 아직 날이 새지 않아 밖은 어두웠다. 그러나 하얀 눈빛 때문에 주위는 어느 정도 알아볼 수가 있었다.

눈을 그쳐 있었지만 쌓인 눈은 무릎까지 차오르고 있었다.

"상수여! 상수야!"

그는 정신없이 소년의 이름을 불러 보았다. 그러나 어디에서도 소년의 대답은 들려오지 않았다.

북쪽으로 눈이 깊이 헤쳐져 있는 것이 보였다. 그는 영화의 손을 잡고 그 쪽으로 조금씩 나가 보았다. 한참을 가 보아도 눈은 끝없이 헤쳐져 있었다.

"돌아가 있어! 넌 위험해!"

울부짖는 영화를 돌려보내고 나서 병호는 눈 속을 뛰어갔다. 그는 자신이 눈 속에 묻혀 죽어도 좋다는 심정으로 뛰어갔다. 눈은 길을 벗어나 들판 쪽으로 헤쳐져 있었다.

날이 뿌옇게 밝아 오기 시작했을 때 그는 마침내 헤쳐진 눈길의 끝에 닿을 수가 있었다.

소년은 눈 속에 공처럼 뭉쳐져 있었다. 무릎을 가슴에 대고 몸을 오그려 붙인 채 옆으로 누워 있는 소년을 보자 병호는 아무 느낌, 아무 생각도 가질 수가 없었다. 다만 자신도 이 소년처럼 자살하고 싶다는 충동만이 그를 사로잡고 있었다. 소년이 끼고 있는 빨간 장갑을 보자 그는 비로소 눈물이 나왔다.

　소년은 형사가 되는 것이 꿈이었다. 그러나 결국 형사를 저주하면서 죽어 갔다. 소년은 마지막으로 무슨 꿈을 꾸면서 눈을 감았을까.

　그는 가슴이 찢기는 비통한 심정을 느끼면서 떨리는 손으로 소년의 몸에서 눈을 털어 냈다. 그런 다음 소년을 안고 일어섰다.

　소년의 몸은 생각보다는 아주 가벼웠다. 많이 굶주린 탓인지 앙상한 뼈가 그대로 손바닥에 전해져 왔다. 그는 잠시 서서 울음을 삼킨 다음 조심스럽게 걸음을 옮기기 시작했다.

1977년 2월

김성종

1941년 중국 제남시 출생. 전남 구례에서 성장기를 보냈다.
구례 농고와 연세대학교 정외과 졸업한 후 언론매체에 종사하다가
전업 작가로 전업.
1969년 조선일보 신춘문예 단편소설 당선
1971년 현대문학 소설추천 완료
1974년 한국일보 장편소설 공모에 「최후의 증인」 당선
장편 대하소설 「여명의 눈동자」 (전10권)는 TV드라마로 방영
장편 추리소설 「제5열」, 「부랑의 강」 등 50여 편의 작품을 발표하였다.

어느 창녀의 죽음
김성종 작품집

초판발행 ──── 1987년 10월 25일
3판 1쇄 ──── 2012년 9월 25일
저　자 ──── 金聖鍾
발행인 ──── 金仁鍾
발행처 ──── 도서출판 남도
등록일 ──── 서기 1978년 6월 26일 (제2009-000039호)
주　소 ──── 경기도 성남시 중원구 둔촌대로 464
　　　　　　 중일아인스플라츠 507호
전　화 ──── 031-746-7761　서울 02-488-2923.
팩　스 ──── 031-746-7762　서울 02-473-0481
Email ──── ndbook@naver.com

ⓒ 2012 Kim Sung Jong. Printed in Korea
　저자와의 합의로 인지를 붙이지 않습니다.

ISBN　978-89-7265-572-5　　03810
　　정가: 16,000원

이 소설 초판본은 1977년 도서출판 문학예술사에서 발행되었습니다.

이 도서의 국립중앙도서관 출판시도서목록(CIP)은 e-CIP홈페이지(http://www.nl.go.kr/ecip)와 국가자료
공동목록시스템(http://www.nl.go.kr/kolisnet)에서 이용하실 수 있습니다. (CIP제어번호: CIP2012004092)

파본이나 잘못된 책은 교환하여 드립니다.